Juliet Blackwell
Eines Tages in Paris

PIPER

Zu diesem Buch

Claire lässt ihren Job und ihren Freund in Chicago hinter sich, um nach Louisiana zurückzukehren – ans Sterbebett ihrer geliebten Großmutter, bei der sie nach dem Unfalltod ihrer Mutter aufwuchs. Auf dem Dachboden entdeckt sie in einer verwitterten Holzkiste ein altes Kunstwerk: die Totenmaske einer jungen Frau, eingewickelt in einen rätselhaften Brief. Claire findet heraus, dass die Maske unter dem Namen »L'inconnue de la Seine« (»Die Unbekannte aus der Seine«) berühmt geworden ist und vor über einem Jahrhundert in Paris gefertigt wurde. Von dem Kunstwerk fasziniert, bricht sie nach Frankreich auf, um mehr über die geheimnisvolle Schöne zu erfahren. Ihre Recherchen führen Claire aber nicht nur in die schillernde Welt der Belle Époque, sondern auch zu einem Geheimnis um eine große Liebe.

Juliet Blackwell wuchs in Kalifornien auf. Nach ihrem Studium der Anthropologie arbeitete sie als Sozialarbeiterin, Englischlehrerin sowie als freischaffende Künstlerin und Autorin, unter anderem in New York, Kuba und Frankreich. Sie hat zahlreiche Romane veröffentlicht, die es auf die New-York-Times-Bestsellerliste geschafft haben. Heute lebt und schreibt sie in in ihrer Heimat Kalifornien.

Juliet Blackwell

Eines Tages in Paris

Roman

Aus dem Amerikanischen
von Hanna Klimesch

PIPER

Mehr über unsere Autoren und Bücher:
www.piper.de

MIX
Papier aus verantwortungsvollen Quellen
FSC® C083411

Deutsche Erstausgabe
ISBN 978-3-492-31130-4
1. Auflage April 2018
2. Auflage Juli 2018

Titel der amerikanischen Originalausgabe:
»Letters from Paris«, Berkley, an imprint
of Penguin Random House LCC, New York 2016

Umschlaggestaltung: zero-media.net, München
Umschlagabbildung: FinePic®, München
Satz: Satz für Satz, Wangen im Allgäu
Gesetzt aus der Gentium Alt
Druck und Bindung: CPI books GmbH, Leck
Printed in the EU

Für die Goodson Girls:
Minerva, Betty, Mem, Suzy und Jane.
Danke für die Freude, das Gumbo und die Prise Übermut.

Sie treffen mich bei der Arbeit an; entschuldigen Sie bitte den Staub auf meiner Bluse. Ich behaue meinen Marmor selbst.
Camille Claudel

Prolog
SABINE

27. Februar 1898

Er schläft.

Sabine kriecht noch vor Anbruch der Dämmerung durch das Atelier und fleht die stummen Gesichter an, sie nicht zu verraten. Sie beobachten jede ihrer Bewegungen, stille Zeugen ihres Verbrechens.

Sie schlüpft durch die Tür und schreckt zusammen bei dem kreischenden Geräusch von Metall auf Metall. Nebel umschließt sie, der Dunst dringt durch ihre fadenscheinige Bluse, wie mit Nadeln sticht ihr die kalte Luft in die Haut.

Sabine denkt sehnsuchtsvoll an die zwei Kleider, die sie im Schrank zurückgelassen hat. Er hatte sie ihr gekauft. Es sind die feinsten Gewänder, die sie je getragen hat: eines blau, eines grün. Gefertigt aus geschmeidigem Batist, einem samtig weichen Material, so verlockend. Oft hatte sie den Rock gestreichelt und das Gefühl genossen, wenn der kostbare Stoff ihre Handflächen liebkoste. Er hatte sie damit aufgezogen.

Nimm nichts mit.

Sie trägt den schweren schwarzen Rock und die dünne graue Bluse, die sie trug, als sie einander auf der Place Pigalle kennengelernt hatten. Als sie noch dachte, er sei ihre Rettung. Vorher.

Ihre Füße stecken in alten schwarzen Stiefeln. Ihr einziger Schutz gegen die Kälte der Nacht ist der taubengraue Schal, den ihre Mutter ihr zu ihrem sechzehnten Weihnachtsfest geschenkt hatte. Sie trägt ihr Haar so, wie er es gerne hat: als altmodischen Dutt links und rechts am Kopf.

Als wäre sie einer anderen Zeit entsprungen.

Auch das goldene Armband hat sie aufgegeben, es liegt noch in dem Nest aus weichem schwarzen Samt, in einer blauen Schachtel auf ihrem Nachtkästchen. Und ihren Kamm aus Schildpatt. Ihren kleinen Handspiegel. Die Kerzenstumpen und das kleine Büchlein mit den Sonetten, ihr Skizzenbuch und die Kohle. Sogar ihren Kissenbezug hat sie zurückgelassen, in den sie ihre wenigen Habseligkeiten gepackt hatte, als sie vor so langer Zeit ihrem Zuhause auf dem Land entflohen war.

Vor Paris. Bevor sie das Modell eines Künstlers wurde. Vor Maurice.

Vorher.

Die kalte Luft sticht ihr in die Wangen. Das trübe Licht der Gaslaternen wirft einen gelben Schein auf das Kopfsteinpflaster und blitzt in den Regenpfützen auf.

Eine Warnung scheint in ihnen aufzuleuchten: *Damit wirst du nicht davonkommen. Damit wirst du niemals davonkommen!*

Sabine hält den Kopf gesenkt und geht, so schnell sie sich getraut. Sie lauscht. Sie hört Wasser aus einem Wasserspeier an der Seite der Kirche herunterplätschern. Ein oder zwei Blocks entfernt wiehert ein Pferd. Ein Hund jault auf. Ihre Stiefel klackern auf dem Kopfsteinpflaster, ein Widerhall ihres Herzschlags.

Ihr hektischer Atem ist das lauteste Geräusch.

Und ... noch etwas anderes?

Sie erstarrt. Hält den Atem an. Lauscht.
Schritte.
Sabine rennt. Rennt um ihr Leben.
Sie schafft es bis zum Quai du Louvre. Bis zum Pont Neuf.
Bis zur Brücke über die Seine.

1

Das war wahrscheinlich ein Fehler, dachte Claire, als sie ihren Gepäckwagen durch den Ausgang des Flughafens von New Orleans bugsierte. Warum musste sie auch ausgerechnet immer den erwischen, bei dem ein Rad klemmte? Die Glastür glitt hinter ihr zu und schnitt sie von der unnatürlichen Kälte im Terminal ab. Mit einem Mal stand sie knietief in der drückenden Juli-Schwüle Louisianas.

Louisiana. Claire kam in den Sinn, dass sie noch mit verbundenen Augen und zugehaltenen Ohren genau wüsste, wo sie war. Sie konnte es fühlen, es lag eine schmerzhaft vertraute Note in der Luft. Die Hitze streckte die feuchten Finger nach ihr aus und umschlang sie. Die Schwüle wisperte auf ihrer Haut, begrüßte sie wie ein vertrauter Liebhaber.

Ein Liebhaber, den sie vor Jahren mit einer Mischung aus Bedauern und Erleichterung verlassen hatte, einer abstrakten Zuneigung, gepaart mit dem fieberhaften Wunsch weiterzuziehen.

Claire atmete die heiße, feuchte Luft tief ein und blies sie langsam wieder aus, während sie die Autos absuchte, die draußen vor der Gepäckausgabe um Parkplätze in der ersten Reihe konkurrierten. Als sie das Darlehen für den neuesten Wagen ihres Cousins Ty mitunterzeichnet hatte, hatte er gesagt, dass der »riesig, schwarz und glänzend« sei. Das war ein Vorteil, dass sie in Plaquemines Parish mehr Cousins hatte, als sie zählen konnte: Es gab immer jemanden, der sie vom Flughafen abholen konnte.

Eine kleine Gruppe angetrunkener Touristen Mitte zwanzig rempelte Claire auf dem feuchtfröhlichen Gang zum Taxistand zur Seite. Anscheinend waren sie auf der Suche nach den berühmten Mardi-Gras-Feiern – außerhalb der Saison. Sie schaffte es gerade noch, ihre Laptoptasche aufzufangen, die ihr von der Schulter rutschte. Ein Schweißtropfen lief ihr den Rücken herunter. Da stand sie nun, mit einer Hand am Gepäck. Die zwei großen Koffer, der Seesack und die Handtasche waren alles, was sie auf der Welt besaß, abgesehen von den wenigen Kartons mit Büchern und Erinnerungen, die sie mit der Post vorausgeschickt hatte. Die restlichen Dinge hatte sie weggegeben, bevor sie Chicago verlassen hatte.

Das war wahrscheinlich ein Fehler, dachte Claire wieder. Der Satz war so etwas wie ein Mantra geworden, seit ihre Cousine Jessica sie letzte Woche angerufen hatte, um ihr zu sagen, dass ihre Großmutter wohl bald sterben würde.

»Mammaw braucht dich jetzt, Chance«, hatte Jessica gesagt. Claires Verwandte nannten sie Chance; ihre Großmutter war Mammaw. »Sie redet Cajun. Niemand versteht sie außer Onkel Remy. Und du weißt ja, wie er ist.«

Als Claire den Anruf erhalten hatte, saß sie gerade in ihrem klimatisierten Büro in Chicago und fragte sich, was sie in die Oper anziehen sollte. War ihr normales schwarzes Bürokostüm gut genug für den Abend? Vielleicht wenn sie es ein bisschen aufhübschte, mit einer auffälligen Ethnokette oder einem bunten Tuch. Oder verlangte der Anlass eher nach Glitzer und Seide? Von ihrem Schreibtisch aus sah sie auf endlose Flure hinab, mit beigem Teppichboden, ein Gewirr aus kleinen Bürowaben und alten Fabrikmauern aus Ziegelsteinen, die für ihren Arbeitgeber No-Miss Systems, ein Softwareunternehmen, aufwendig renoviert und mit Oberlichtern und Trennwänden aus Stahl und Glas ausgestattet worden waren. Sie ließ ihren Blick über die stumme Bürolandschaft gleiten, stellte sich Mammaws Haus vor und dachte: Wenn Jessica eine Stimme aus der Vergangenheit ist, was ist dann meine Zukunft? Ein Abend in der *Oper*? Wirklich?

Du bist deinen kurzen Hosen wohl allmählich entwachsen, Chance Broussard.

Wie ihr frischgebackener Exfreund Sean sagen würde: »Da ist Claire mal wieder ein klitzekleines bisschen indifferent.«

Dann entdeckte Claire Tys Wagen, der sich riesig und neu seinen Weg durch ein Meer von kleineren Autos und verbeulten Pick-ups bahnte. Er ignorierte das Hupen, parkte in zweiter Reihe, sprang aus dem Auto und schloss Claire in die Arme. Dann warf er ihre schweren Taschen auf die Ladefläche, als wären sie federleicht.

Ty fuhr in Richtung des kleinen Städtchens in Plaquemines Parish, wo sie aufgewachsen waren. Sie plauderten über das Leben in der Großstadt, über sein neues Auto, die Jobsituation auf den Ölbohrplattformen, Mammaws heiklen Gesundheitszustand, bis das Gespräch im Sande verlief. Claires Verwandte arbeiteten hart, verachteten Wehleidigkeit, grüßten die Flagge und liebten Football. Wenn sie Alkohol tranken, schlugen die jungen Männer manchmal über die Stränge und die älteren Leute erzählten komplizierte Geschichten, in denen Fakten und Fiktion, Geschichte und

Fantasie ineinandergriffen. Doch wenn ihre Cousins nicht in Erzählstimmung waren, dann schwiegen sie stoisch. Ihre Gedanken, Hoffnungen und Träume verstauten sie unter schweißgetränkten Baseballcaps der New Orleans Saints oder der Ragin' Cajuns.

Claire sah grübelnd in die Landschaft hinaus, die sich flach, bedeckt von Dickicht und niedrigen Bäumen, durchzogen von Bächen und Flussarmen, vor ihr ausstreckte.

Nachdem Claire das Telefonat mit Jessica beendet hatte, hatte sie ihre Arbeit erledigt, mit ihrem Abteilungsleiter gesprochen und war zu einem Treffen mit Sean in einer angesagten Lounge gehastet, einer ehemaligen Surfbar, die nun ironisch im Stil der Fünfzigerjahre à la Frank Sinatra und Rat Pack dekoriert war. Sie bestellten Craft-Cocktails aus Produkten aus der Umgebung, für deren Zubereitung der bärtige Barkeeper jeweils etwa zehn Minuten brauchte und die mindestens das Vierfache von dem kosteten, was sie in der alten Bar dafür ausgegeben hätten.

Als die Cocktails fertig waren, setzten sie sich an einen Tisch und Claire erzählte Sean, dass sie bei No-Miss gekündigt hatte und nach Hause fahren würde, um sich um ihre Großmutter zu kümmern.

»Einfach so?«, fragte Sean, wobei sich ein erstaunter Ausdruck in sein hübsches Gesicht schlich und der bittere Grapefruitcocktail auf halbem Weg zu seinem Mund in der Luft verharrte.

»Sobald sie in der Firma einen Ersatz für mich gefunden haben.«

»Aber ... was ist mit mir? Was ist mit *uns*?«

»Ich ...« Claire sprach nicht weiter. Die traurige Wahrheit war, dass sie nicht über Seans Reaktion auf ihre Neuigkeiten nachgedacht hatte.

Natürlich war er ihr wichtig. Ihr lag etwas an Sean. Viel sogar. Sie hatten sich kurz nach dem College kennengelernt, und Sean, der aus Evanston kam, hatte Claire in die Wunder der großen Stadt eingeführt. Er hatte sie in schicke Restaurants und auf Cocktailpartys mitgenommen, hatte ihr gezeigt, wie man ein Taxi heranwinkte oder sich in der U-Bahn zurechtfand und wie man durch das Museum of Art schlenderte und dabei elaborierte Kommentare fallen ließ. Mit Sean an ihrer Seite hatte Claire Geschmack an thailändischer und äthiopischer Küche gefunden. Sie gewöhnte sich auch daran, in dem schicken Eckcafé in der Nähe der Arbeit für eine Tasse French Roast so viel zu zahlen wie zu Hause für ein komplettes Frühstück. Sie waren jung, verdienten gut, und sie hatten Spaß.

Aber in letzter Zeit hatte Sean das nicht mehr gereicht. Ihre Freunde heirateten, kauften Häuser und bekamen Kinder. Claire mochte Sean und genoss seine Gesellschaft. Aber es fehlte etwas.

Jahrelang war sie eine Getriebene gewesen: wollte aus ihrer Heimatstadt wegkommen, dann das College beenden, dann einen Job ergattern, dann mehr Geld verdienen. Und jetzt? Sie saß zehn Stunden pro Tag über einer Tastatur, am Wochenende ging sie in edle Klubs, konnte sich eine schöne Wohnung und neue Klamotten leisten ... Aber war es das, wofür sie so hart gearbeitet hatte? Claire ging in ihrer Arbeit auf: programmieren, Betatests durchführen, Fehler beheben. Aber sie fragte sich: War irgendetwas davon langfristig von Bedeutung? *War das schon alles?*

Und wenn sie sich vorstellte, wie sie sich mit Sean irgendwo niederließ und eine Familie gründete, dann hatte sie das Gefühl, die Wogen würden über ihrem Kopf zusammenschlagen und sie vergeblich nach Luft schnappen.

»Was ist denn los, Claire?« Sean nahm ihre Hand und drückte sie sanft. »Du bekommst einen Anruf und willst plötzlich dein komplettes Leben hier in Chicago aufgeben? Es tut mir leid, dass es deiner Großmutter nicht gut geht, aber sie ist auch nicht mehr die Jüngste, nicht wahr? Es kommt also nicht wirklich unerwartet, oder täusche ich mich? Könntest du sie nicht einfach besuchen, wie ...?«

Wie jeder andere auch, beendete Claire seinen Satz in Gedanken. Doch wie sehr sie die teuren Cocktails auch genießen mochte, so hatte sie sich in der Stadt doch nie heimisch gefühlt.

Als sie damals an der Universität von Chicago angekommen war, mit einem Stipendium in der Tasche, da war sie aus der Menge herausgestochen wie ein Fremdkörper. Sie trug die falsche Kleidung und eine krause Dauerwelle, die schon seit zwei Jahrzehnten aus der Mode war, wenn man ihrer wenig diplomatischen Zimmergenossin Zoey Glauben schenkte, die aus New York City stammte und sich mit so etwas auskannte. Sie sprach mit einem Akzent, der über ihren Sätzen hing wie ein Mückenschwarm an einem warmen Sommerabend über den Sümpfen.

Anfangs fand sie alles einschüchternd – die geschwätzigen Studenten, die gelehrten Professoren, den Stadtverkehr. Genau wie zu Hause verschanzte sie sich am Abend in ihrem Zimmer oder lernte in der Bibliothek.

Aber nach ein paar einsamen Wochen traf Claire eine Entscheidung. Schließlich hatte sie sich nicht aus Plaquemines Parish herausgekämpft, um ihr Leben an sich vorbeiziehen zu lassen. Also setzte sie ihre hervorragende Lernkompetenz ein, um das Verhalten der anderen Mädchen zu studieren: ihre Kleidung, ihren Tonfall, die Art, wie sie kicherten und über Jungs Witze machten. Wie leicht sie Versprechen brachen, wie sie Ja sagten, wenn sie Nein meinten, und Nein, wenn sie Ja meinten. Wie sie sich per se nicht setzten, um eine Mahlzeit zu sich zu nehmen, und an einem Tag nur Selleriestangen mit Erdnussbutter und am nächsten dafür riesige Schüsseln mit Eis aßen.

Immer häufiger stellte sie sich in der Zeit als Claire vor, nicht mehr als Chance. Und sie lernte zu trinken und zu rauchen, zu flirten und »Party zu machen«. Sie erzählte lange und wilde Geschichten über ihre Heimatstadt, die ihre Freunde unglaublich witzig fanden, und kultivierte ihren merkwürdigen Bayou-Akzent. Zum ersten Mal in ihrem Leben hatte Claire sozial und akademisch Erfolg. Dem armen kleinen Cajunmädchen gelang es, Freunde zu gewinnen, auf Jungs verführerisch zu wirken und trotzdem ihr Studium cum laude abzuschließen. Sie fand einen guten Job als Softwareentwicklerin in Chicago, und ihr Einstiegsgehalt überstieg all ihre Erwartungen und war gemessen an den Standards von Plaquemines Parish ein kleines Vermögen. Zu Hause würden sie sagen: »Also, diese Chance! Seht sie euch nur an! Sie verkörpert den amerikanischen Traum – kommt aus dem Nichts und hat etwas aus sich gemacht.«

Doch das lag nun schon einige Jahre zurück, und Claire hatte nicht mehr das Gefühl, den amerikanischen Traum zu leben.

Früher hatte sie wissen wollen, warum sie nicht gemeinsam mit ihrer Mutter gestorben war, als Lizzie Broussards zehn Jahre alter Ford von der Straße abgekommen war und mit dem Dach nach unten im Bayou landete. Mammaw hatte darauf stets geantwortet: »Gott hat etwas ganz Besonderes mit dir vor, du wirst sehen. Die Stimme deiner Mutter hat sich aus dem Sumpf erhoben, damit du gerettet wirst – es war ein Wunder!«

Doch inzwischen fragte Claire sich: Abgesehen von dem Gehaltsscheck, ging es ihr heute wirklich besser, besser als wenn sie damals direkt nach der Schule den Job in der Raffinerie angenommen und nach der Arbeit mit der Clique bei Charlie Bob's ein Bier getrunken hätte.

Claire wusste, Seans Antwort darauf wäre ein entschiedenes Ja.

Und doch ...

»Mammaw ist nicht einfach nur meine Großmutter«, erwiderte Claire. Sie versuchte, ihren Standpunkt klarzumachen. »Sie hat mich großgezogen. Sie hat mir das Leben gerettet.«

»Ich weiß, wie wichtig sie für dich ist«, sagte er mit weicher Stimme. »Und du solltest unbedingt zu ihr fahren. Nimm dir ein paar Wochen frei, sag, du brauchst Zeit für deine Familie. Ich könnte dich begleiten.«

Sean war ein netter Mann, umgänglich und rücksichtsvoll. Aber er war es gewöhnt, dass Claire seinen Wünschen entsprach. Claire war es egal, ob sie in ein klassisches Konzert oder in die Oper gingen, ob sie beim Vietnamesen oder beim Thailänder aßen. Aber diesmal war es anders.

»Ich bin in Chicago nicht glücklich, Sean. Irgendwie ist mir das alles nicht genug. Es ist schwierig, es zu erklären, aber ... Ich will etwas anderes.«

»Du willst also zurück nach *Plaquemines Parish* ziehen?« Er presste die Lippen zusammen, und seine Worte hatten einen schnippischen Klang. »Du hasst es dort. Wie oft hast du mir erzählt, dass du nie richtig dazugehört hast, dass du mehr vom Leben willst? Du hast so hart daran gearbeitet, dem Ganzen zu entkommen. Wie kannst du auch nur daran *denken*, wieder zurückzugehen?«

»Es wäre ja nur für eine Weile, sodass ich bei Mammaw

sein kann. Jessica sagt, dass es wahrscheinlich nicht mehr lange dauert. Ich werde mir Gedanken über meine Zukunft machen. Vielleicht komme ich ja auch zurück nach Chicago, ich weiß es einfach noch nicht. Tut mir leid, Sean. Du bist ein wunderbarer Mann. Ich habe einfach–«

»Das ist ein Fehler, Claire«, unterbrach Sean sie. »Du machst einen Fehler.«

»Ja, vielleicht«, räumte sie ein.

Wahrscheinlich war es wirklich ein Fehler. Aber es war ein Fehler, den sie machen musste.

Zehn Tage später war sie in das Flugzeug nach Plaquemines Parish gestiegen, wo man billigen, mit *Chicory* gestreckten Kaffee trank, wo niemand im Traum daran dachte, in die Oper zu gehen, und wo Claire nun mit ihrem Universitätsabschluss und ihren Großstadtgepflogenheiten herausstach wie ein Fremdkörper.

2

»Warum liegt denn da ein Baum auf dem Dach?«, fragte Claire, als Ty vor Mammaws Haus hielt.

»Wir hatten einen Sturm vor ein paar Tagen«, antwortete Ty und sah hinauf zu dem Laub auf dem kleinen weißen Holzbungalow. »Ist doch nur ein Ast.«

»Ja«, sagte Claire. »Ein sehr großer Ast.«

»Fällt mir gerade erst auf«, erwiderte Ty achselzuckend. »Ich würde mich ja kümmern, aber ich muss jetzt zurück zur Arbeit. Remy ist wahrscheinlich eh schon dran.«

Genau in diesem Moment kam Onkel Remy grauhaarig und leicht gebeugt aus dem Haus. Auf alten Fotos, auf denen er als junger Mann in Uniform zu sehen war, grinste er stets breit. Er war ein begabter Mechaniker gewesen, der schon von Kindesbeinen an alles reparieren konnte. Das sagten alle. Aber er war mit einer Kopfverletzung aus Vietnam zurückgekehrt, und obwohl es äußerlich so wirkte, als wäre alles verheilt, hatte er sich im Innern verändert. Er war wieder bei Mammaw eingezogen und dortgeblieben.

Mammaw sagte immer, er sei »etwas langsam«. Auch in seiner Gegenwart. Remy schien das nie zu stören. Erst seit Claire nach Chicago gegangen war, fiel ihr auf, dass es irgendwie nicht ganz richtig war, so etwas zu sagen. Remys

Langsamkeit war ihr immer als eine unumstößliche Tatsache erschienen, so wie man beispielsweise groß war oder Locken hatte. Als Mädchen hatte sie darüber nicht weiter nachgedacht. Er war in ihrer Kindheit ihr Freund gewesen – ihr einziger echter Freund. Sie hatten gemeinsam Verstecken gespielt und manchmal sogar mit Barbies, wenn sie im Gegenzug versprach, mit ihm Dame zu spielen.

»Hey!«, rief Remy und kam den rissigen, asphaltierten Weg entlanggeschlurft. »Na so was! Meine liebe Chance! Wir haben dich vermisst!«

Sie sprang aus dem Auto, lief auf Remy zu und fiel ihm in die Arme. Sie hielten einander lange fest. Er roch leicht nach Mottenkugeln und Gewürzen, ein schmerzhaft vertrauter Geruch, der für sie Zuhause und Familie bedeutete.

Wahrscheinlich hatte Sean recht. Wahrscheinlich war die ganze Sache ein Fehler. Aber das hier – dieser eine Moment – war die Reise wert.

»Wir müssen jemanden holen für das Dach«, sagte Onkel Remy besorgt, sobald sie sich aus der Umarmung löste. Das war es auch schon mit der herzlichen Begrüßung zu Hause. Claire war nicht überrascht; Remy lebte in der Gegenwart. Er fing an, seine Hände zu kneten und trat von einem Fuß auf den anderen. »Ist mitten durch die Teerpappe gekracht. Was, wenn es wieder regnet?«

»Mach dir keine Sorgen, Remy«, beruhigte ihn Claire. »Ich kümmere mich drum. Arbeitet Cousin Hog nicht auf dem Bau?«

»Er ist auf dem Krabbenkutter«, sagte Remy und hob den Seesack von der Ladefläche herunter. Ty trug die schwereren Koffer ins Haus, und winkte ihnen zum Abschied.

»Die sind zurzeit alle draußen auf den Kuttern«, fuhr

Remy fort. »Zumindest diejenigen, die nicht auf der Bohrinsel sind.«

»Dann rufe ich jemand anders, kein Problem.«

»Jessica weiß bestimmt, was zu tun ist. Sie weiß alles.«

»Gute Idee. Lass mich kurz Mammaw Hallo sagen, dann überlegen wir uns was, okay?«

»Okay.« Er nickte und schien sich zu entspannen. »Gut, dass du wieder zu Hause bist, Claire. Wirklich gut, dass du wieder zu Hause bist.«

Wie immer, wenn Claire durch Mammaws gelbe Tür trat, erfasste sie ein intensives Gefühl von Nostalgie, vermischt mit dem Drang zu fliehen, zurückzueilen in ihr Großstadtleben mit den überteuerten Drinks und den Menschen, die die internationalen Nachrichten verfolgten.

Mammaw hatte vor zehn Jahren mit dem Rauchen aufgehört, aber das Haus roch immer noch nach kaltem Zigarettenrauch, nach alten Büchern und nach Cola von Dr Pepper. Eine uralte Klimaanlage im Fenster rappelte und spuckte gerade so viel kalte Luft aus, um die Hitze ein bisschen abzumildern. Trotzdem war es im Wohnzimmer, das mit Möbeln und Bücherregalen vollgestellt war, stickig. Hinter dem vorderen Zimmer lag die Küche, und seitlich gab es zwei Schlafzimmer und ein Badezimmer. Das war alles. Als Chance eingezogen war, hatte sie entweder auf dem Sofa geschlafen oder manchmal mit Mammaw in deren Bett.

»Sie ist wach und wartet auf dich«, sagte Remy. »Sie spricht nur Cajun, also ist es gut, dass du da bist. Willst du 'ne Limo?«

»Nein, danke. Ich brauche gerade nichts.«

Claire sah vor ihrem inneren Auge lebhaft das Bild, wie

sie mit sechs Jahren das allererste Mal das Haus betreten und gewusst hatte, dass sie bleiben würde. Gewusst hatte, dass sie nicht zu ihrem Vater zurückmusste. Dass sie in Sicherheit war. Mammaw hatte Lachskroketten gemacht; sie hatte Chance an der Tür begrüßt, während sie ihre Hände an einem Geschirrtuch trocknete. Dann hatte sie Chance in die Küche geschoben, hatte sie auf die Anrichte gehoben und ihr einen großen Becher süßen Tee in die Hand gedrückt.

Sie hatte verkündet, dass sie ab dem nächsten Tag im Haus ausschließlich Cajun sprechen würden.

»Aber ... ich kann doch gar kein Cajun«, hatte Chance besorgt protestiert.

»Du wirst es lernen, genau wie ich Englisch gelernt habe. Als ich klein war, haben wir zu Hause nur Cajun gesprochen, und als ich in die Schule gekommen bin, sollte ich plötzlich Englisch reden, obwohl ich doch gar kein Englisch konnte. Wenn die Lehrer hörten, dass ich in meiner Sprache redete, musste ich mich auf Reis knien.«

»Auf Reis knien?«

»Ganz genau«, bestätigte sie, während ihre knochigen, geschickten Finger Dosenfisch, gehackte Zwiebeln, Paniermehl, Eier und Gewürze für die Lachskroketten in einer riesigen blauen Keramikschüssel vermengten. Chance sah zu, wie die rosafarbene Masse wie weiche Knete durch die Finger ihrer Großmutter glitt.

»Und jetzt geh und wasch deine Hände. Du musst mir hier helfen.«

»Aber ... ist Reis denn nicht weich?«, hatte Chance gefragt und war von der Anrichte heruntergesprungen. Sie zog den Schemel an die große altmodische Spüle, griff nach oben, um den antiken Wasserhahn aus Messing aufzudrehen, und hielt die Hände unter das Wasser. Sie griff nach dem riesigen Stück Kernseife, das Mammaw bei Piggly Wiggly gekauft hatte, und verrieb sie zwischen den Händen, während sie im Kopf *Happy Birthday to You* von vorne bis hinten durchsang, so wie sie es gelernt hatte.

Chance bemühte sich immer, alles so zu tun, wie sie es gelernt hatte.

Sie wusch sich die Hände ab, trocknete sie an einem ausgebleichten Handtuch, das noch ganz steif war. Es scheuerte, und durch die Seife fühlten sich ihre Hände trocken und wund an, aber auch sehr sauber.

»Ich spreche nicht von gekochtem Reis wie in Jambalaya, Schätzchen«, lachte Mammaw. »Das wäre ja weich wie ein Kissen. Es waren ungekochte, harte Körner. Sie bohren sich in deine Haut, und es fühlt sich an, als würden sie sich bis unter deine Kniescheibe drücken. Probier es aus, dann siehst du ja, ob es dir gefällt.«

»Nein, danke, Ma'am.«

Mammaw lachte wieder, löffelte eine kleine Handvoll Lachsmasse aus der Schüssel und ließ sie in die offene Hand fallen, um eine Krokette zu formen.

»Du bist ein gutes Mädchen, Chance. Ja, Gott hat etwas Großes mit dir vor, Schätzchen, glaub mir. Deshalb hat er dich verschont und deiner Mama geholfen, aus dem Jenseits zu sprechen.«

Claire fasste in die Schüssel, nahm ein bisschen von der klebrigen Masse heraus und versuchte konzentriert, einen Taler daraus zu formen. Sie gab ihr Bestes, aber als sie ihn aufs Blech legte, sah er neben den makellos runden Scheiben ihrer Großmutter aus wie ein ausgefranster Klumpen. Erschrocken sah sie zu Mammaw auf.

»Du musst nicht immer solche Angst haben, Schätzchen«,

beruhigte Mammaw sie, nahm das unförmige Teil vorsichtig auf die Hand und glättete die Ränder mit einer schnellen, geübten Bewegung. »Jeder ist ungeschickt, wenn er klein ist. Kein Grund, sich zu schämen. Man braucht Zeit, Dinge zu lernen. Zeit und Übung.«

Chance bemühte sich bei der zweiten Krokette noch mehr, ihre Zungenspitze verharrte vor lauter Konzentration im Mundwinkel.

»Außerdem«, fuhr Mammaw fort, »glaube ich nicht, dass Gott dich gerettet hat, damit du eine gute Köchin wirst. Dafür ist der Rest von uns zuständig. Er hat andere Pläne mit dir. Ganz andere Pläne.«

»Welche denn?«

»Das weiß ich nicht. Es geht mich auch nichts an. Aber etwas ganz Besonderes. Vertrau mir.«

Claire betrat Mammaws hellblaues Zimmer. Es war so klein, dass das Doppelbett mit dem schweren Gestell kaum hineinpasste. Auf ein knallbuntes Kissen war von Kinderhand BESTE MAMMAW DER WELT gestickt.

Und dann war da Mammaw. Jessica hatte Claire gewarnt, dass Mammaw nicht mehr viel aß, trotzdem war es ein Schock, sie so winzig zu sehen, als ob sie verschrumpeln und irgendwann in den weichen weißen Laken verschwinden würde. Sie war immer kräftig gewesen, und ihre molligen Arme und ihr großer Busen waren ein willkommener Fluchtpunkt für das verängstigte kleine Mädchen gewesen. Doch Mammaws hellbraune Augen waren so klar wir immer, und ihr Lächeln war ungetrübt.

»Nein, was bist du doch für eine Augenweide, Schätzchen?«

Claire quetschte sich auf die Bettkante und umarmte ihre Großmutter, wobei sie aufpasste, nicht zu fest zu drücken. Sie konnte Mammaws Knochen und den schnellen Herzschlag durch das dünne rosafarbene Nachthemd spüren.

Einmal in der dritten Klasse hatte Claire auf dem Heimweg einen verletzten Vogel gefunden. Das Gefühl in der Handfläche war das gleiche gewesen: winzig, zerbrechlich und ein rasender Herzschlag. Remy hatte ihr geholfen, aus Zeitungen und Blättern ein kleines Nest zu bauen. Sie hatten Würmer ausgegraben, aber das verängstigte kleine Tier hatte ihr Angebot ignoriert. Es hatte den Tag nicht überlebt. Sie hatten es in einer Schuhschachtel hinter dem alten Ford begraben, der neben der Garage vor sich hin rostete, seit sie denken konnte. Remy hatte die Stelle mit einem einfachen Holzkreuz markiert, das immer noch dort stand.

Mammaw entzog sich der Umarmung, und Claire fühlte Tränen in sich aufsteigen.

»Wag es ja nicht, wegen mir traurig zu sein, Schätzchen«, sagte Mammaw in Cajun und drohte ihr mit dem Finger. »Ich bin fast bereit zu gehen. Ich brauche nur noch zwei Dinge: Ich muss ein paar Briefe schreiben und meine Beerdigung planen. Ich möchte hier zu Hause sterben, hörst du? Bring mich ja nicht ins Krankenhaus. Versprich es mir!«

Claire nickte, unfähig zu sprechen.

Mammaw hatte sich nie mit Gefühlen aufgehalten. Sie nahm die Dinge in die Hand; das machte sie aus, das, und wie sie spontan lachte, wie sie mit offenem Mund aß und alles glaubte (und wiederholte und ausschmückte), was sie in der Boulevardzeitung las. Wie sie – als sie älter wurde und nicht mehr so gut gehen konnte – mit einem Bürostuhl durch die Küche rollte, sich vom Tisch abstieß, um zur Anrichte zu gelangen, und umgekehrt.

»Ich habe ein paar Anweisungen für meine Beerdigung«, fuhr Mammaw fort. »Aber hilf erst mal Remy mit diesem Baum, der aufs Dach gefallen ist. Damit er endlich von was anderem redet. Dieser Junge sorgt sich noch zu Tode, das schwöre ich. Und schieb den ganzen Kram da oben einfach auf die Seite, ja, Schätzchen?«

»Natürlich, das mache ich«, antwortete Claire. »Ich kümmere mich gleich darum. Aber kann ich dir vorher nicht noch irgendetwas bringen? Vielleicht was zu essen?«

»Ich habe riesige Lust auf Gumbo. Vielleicht kannst du die Zutaten für morgen besorgen?«

»Das mache ich. Und jetzt gerade willst du nichts?«

Sie schüttelte den Kopf. »Ich mache ein kleines Nickerchen. Ab mit dir an die Arbeit.«

Claire küsste die weiche Wange ihrer Großmutter – sie roch nach Mandeln, eine Mischung aus Jergens-Creme und Babypuder – und tat wie ihr geheißen. Als Erstes rief sie bei einer Dachdeckerfirma an, die Männer wollten am nächsten Tag kommen. Dann schlüpfte sie in ein altes Paar Jeans und streifte ein T-Shirt über.

Claire traf Remy in seinem Schlafzimmer an und bat ihn um Hilfe. Sie betrat seinen Wandschrank, schob die muffigen Armeeuniformen und den dunklen Anzug beiseite, den er für Hochzeiten oder Beerdigungen aufhob, und drückte mit den Fingerspitzen leicht gegen die Bretter an der Rückseite des Schranks, sodass eine Luke aufsprang und eine Holzleiter zum Vorschein kam, die daran festgeschraubt war.

Claire fragte sich, wie es sein konnte, dass sie sich als Kind oft auf dem Dachboden aufgehalten hatte. Es war unerträglich heiß, und innerhalb von Minuten standen ihr Schweißperlen auf der Stirn. Es war so drückend und eng, dass sie kaum Luft bekam, während sie die Kisten auf die unbeschädigte Seite des Dachbodens schob. Einige – diejenigen, die Briefe und Fotos enthielten – reichte sie Remy nach unten, damit er sie in einer Ecke seines Schlafzimmers übereinanderstapelte. Claire arbeitete so schnell wie möglich, um der Hitze wieder zu entkommen, aber als sie auf eine Kiste stieß, die ganz hinten unters Dach geschoben war, verlangsamte sie das fieberhafte Tempo.

»Was ist das für eine Holzkiste aus Paris, Remy? Kennst du die?«, rief sie nach unten.

Sein Kopf tauchte in der Luke auf. »Das weiß ich nicht. Ich bin nicht oft hier oben. Da solltest du Mammaw fragen.«

Sobald sich Claire der Kiste näherte, brachen die Erinnerungen über sie herein.

3

Es war August, und unter dem Dach war es heiß wie in einem Ofen.

Doch die zehnjährige Chance störte sich nicht daran. Hier oben auf dem Dachboden hatte sie eine Zuflucht gefunden.

Es war der einzige Ort, wo sie sich vor ihrer vier Jahre älteren Cousine Jessica verstecken konnte, und vor dem Mob aus Anhängern, der Jessica auf Schritt und Tritt folgte und tat, was immer sie verlangte, und das nur, weil sie langes, glänzendes platinblondes Haar hatte und, das musste Chance zugeben, blitzgescheit war. Sie lebte mit ihren Eltern in einem riesigen Nobelbungalow mit Whirlpool und Kabelfernsehen einschließlich aller Premiumkanäle. Jeder aus Jessicas Entourage wusste: Sie brauchten ihre Karten nur richtig auszuspielen, um mit etwas Glück zu einem Kinoabend mit Pizza und Limonade bei Jessica eingeladen zu werden.

Chance war bei diesen Events nur dabei, wenn Mammaw eine große Sache daraus machte und darauf bestand, dass sie auch eingeladen wurde. Aber Chance scherte sich nicht darum. Sie wollte sowieso nicht hin.

Wahrscheinlich wusste Jessica gar nicht, dass es in Mammaws kleinem Häuschen einen Dachboden gab. Denn wenn sie es wüsste, dann würde sie Onkel Remy so lange auf die Nerven fallen, bis er ihr den geheimen Eingang verriet. »Wo versteckt sich nur diese Chance?«, würde sie lächelnd fragen. »Wir haben eine Überraschung für sie!«

Und auch wenn Chance Remys Liebling war und er es nicht verraten wollte, würde er es doch tun müssen. Jessica machte ihre Sache einfach zu gut.

In der drückenden Hitze war Chance innerhalb von Sekunden von einem Schweißfilm überzogen, aber sie genoss die Einsamkeit, den Nervenkitzel, einen geheimen Rückzugsort zu haben. Hier oben hatte sie schon lange, stickige Nachmittage mit einem großen Becher süßen Tee verbracht, sicher vor Jessica und ihrer Gang, und hatte Mammaws Schätze durchstöbert, auch wenn das meiste nur Plunder war: alte Alben mit verknitterten Fotos und ausgeblichenen Schnappschüssen – sie war immer auf der Suche nach Bildern von ihrer Mutter gewesen –, modrig riechende Babykleidung, Kartons mit Bowlingpokalen und Armeeunterlagen, ein altes rosafarbenes Babybett, an dem zwei Stäbe fehlten.

Doch dann fiel ihr Blick auf die hölzerne Kiste.

Jemand hatte sie ganz nach hinten unter das Dach geschoben, weit hinter die Pappkartons, in denen einst Hundefutter und Waschmittel aufbewahrt wurde, und die jetzt mit alten Schulheften, vergilbten Spitzendeckchen und selbst gebasteltem Weihnachtsschmuck vollgestopft waren.

ATTENTION – FRAGILE stand in roten Buchstaben auf den Seiten der Kiste. MANIPULER AVEC ATTENTION. Der Absender lautete: MOULAGE LOMBARDI, 17 RUE DE LA HUCHETTE, PARIS, FRANCE.

Paris. Ein Kribbeln durchströmte sie.

Neugierig wie sie war, versuchte sie, die Kiste mit bloßen Händen zu öffnen und dabei die Holzsplitter zu ignorieren. Doch es gelang ihr nicht. Sie suchte herum, bis sie in der Weihnachtskiste auf einen Kranzhalter aus Metall stieß, schob ihn in den schmalen Spalt unter dem Deckel und stemmte sich mit all ihrem Gewicht dagegen. Mit einem lauten Quietschen gaben die rostigen Nägel nach, und Chance hob den Deckel an.

Darin war eine Mischung aus Sägespänen, Zeitungen und zusammengeknülltem Schmierpapier. Sie schob alles beiseite und erstarrte: In der Kiste lag das lebensgroße schlafende Gesicht einer Frau. Ihre Augen waren geschlossen, aber sie lächelte, ein bisschen nur, als hütete sie ein Geheimnis.

Sie war bestimmt wunderschön, dachte Chance.

Aber das Gesicht war in ein halbes Dutzend Stücke zerbrochen, und hässliche Risse überzogen die glatte weiße Stirn und die runden Wangen.

Was für ein Jammer. Sie hätte so hübsch an einer Wand ausgesehen. Vielleicht über dem Fernseher, sodass man während der Werbepausen sie hätte anschauen können. Direkt neben dem Gratiskalender aus der Bäckerei des Ortes, neben Remys altem Armeefoto und dem blau-schwarzgrünen Bild einer Spinne in ihrem Netz, das Claire in der zweiten Klasse mit Fingerfarbe gemalt und das Mammaw gerahmt und voller Stolz aufgehängt hatte.

Chance streichelte über die Teile der Maske, ertastete die Linien und Konturen. Die Stücke waren aus dickem Gips und sehr schwer. Die Oberfläche glänzte seidig, als ob sie von einer Lackschicht bedeckt wäre, aber als sie mit den Fingern an den Kanten der Scherben entlangfuhr, fühlten diese sich sandig und rau an und erinnerten sie an die groben grauen Felsen am Strand.

Als sie die Hände zurückzog, waren sie von weißem Staub bedeckt. Chance zerrieb den Staub zwischen den Fingern und fragte sich, wer die Dame wohl war und wie sie den langen Weg von Paris bis auf Mammaws Dachboden gefunden hatte.

Chance zögerte, dann warf sie einen Blick über die Schulter, um zu sehen, ob sie auch wirklich allein war. Natürlich war sie es, denn schließlich kam hier nie jemand hoch. Aber man wusste ja nie.

Sie kniff die Augen zu, atmete tief aus und griff nach dem zerbrochenen Gesicht. Sie wartete, ob die Maske zu ihr sprechen würde.

Das war genau der Grund, warum Chance eine Außenseiterin war und Jessicas Verachtung auf sich zog. *Kein Wunder, dass deine Mama sich umgebracht hat und dich mit sich nehmen wollte!*

Chance war sich darüber bewusst, aber manchmal funktionierte es trotzdem. Manchmal, wenn sie sich vor ihrem Vater in dem kleinen Dreieck zwischen Sofa und Wand versteckte, dann nahm sie eine der selbst gemachten Tonfiguren ihrer Mutter in die Hand – ein kleines Schwein, ein Elefant oder eine Robbe –, schloss die Augen und hielt die Luft an. Und dann konnte sie fühlen, wie sie zum Leben erwachten. In ihrer Hand.

Und sie flüsterten ihr zu: »Alles wird gut werden. Du bist nicht allein. Du bist ein Wunder.«

Chance schloss die Augen, legte die Hände auf das Gesicht und konzentrierte sich. Sie war geduldig, aber die Frau weigerte sich, zu ihr zu sprechen. Vielleicht funktionierte es ja nur bei Dingen, die ihre Mutter gemacht hatte, dachte

Chance. Vielleicht war das die Art ihrer Mutter, aus dem Grab zu ihr zu sprechen.

Doch egal ob stumm oder nicht, Claire mochte das Gesicht in der Kiste. Die Frau sah so freundlich und nett aus. Und definitiv, als ob sie etwas zu sagen hätte, aber wohl erst, wenn sie selbst die Zeit dafür gekommen sah. Oder blieb sie etwa stumm, weil sie zerbrochen war? Vielleicht sollte sie Kleber holen? Sie könnte sie ja reparieren.

Chance richtete ihre Aufmerksamkeit auf die Papiere, in die das Gesicht gebettet war. Sie glättete eines nach dem anderen und versuchte, die Sätze zu entziffern. Doch obwohl Mammaw darauf bestand, dass sie zu Hause Cajun sprachen, war Chances Französisch noch nicht perfekt. Sie sprach die Wörter aus, so gut sie konnte. Eines der Blätter schien ein alter Einkaufszettel zu sein, sie erkannte *haricots verts, poireaux, pommes de terre*. Da waren kurze Notizen, Rezepte und grobe Skizzen von Gesichtern und Händen. Und eine Liste mit Maßen.

Und dann entdeckte sie den Brief.

Es war kein wirklicher Brief, und er war zerrissen, aber Chance durchwühlte die Kiste und fand die zweite Hälfte.

Die Schrift war geschwungen und schwer zu entziffern, anders als auf den anderen Zetteln. Die Tinte war zu einem Sepiaton verblasst, und das Papier war vergilbt, so als ob die zwei Farbtöne über die Jahre versucht hätten, sich einander anzunähern.

Das schwere Papier war gefaltet und auf den *26 février* datiert. Kein Jahr, kein Kontext, keine Adresse. Geschrieben in Französisch lautete der Brief:

Meine Liebe, meine Teuerste,
Olivier wird uns helfen. Wir dürfen nicht länger zögern. Wir müssen handeln. Ich werde warten. Nimm nichts mit.

In einer anderen Handschrift, ungeübter, weniger selbstsicher und mit mehr Tintenflecken versetzt, stand darunter:

Er wird mich niemals lebendig gehen lassen.

Chance drehte das Blatt um und leerte die Holzkiste aus, um nach weiteren Hinweisen zu suchen. Aber das war alles. Ihre Hände zitterten, als sie den Brief erneut las und dem Klang der Worte lauschte. Es musste sich um etwas Besonderes handeln, das stand fest.

Vielleicht war es das, dachte Chance. Vielleicht war das das Geheimnis, der Grund, weshalb sie dem Tod entkommen war.

Erzähl es mir noch mal. Erzähl mir von meiner Mama, als das Auto von der Straße abgekommen ist. Warum bin ich nicht auch gestorben?

Gott hat etwas Großes mit dir vor, Chance. Glaub mir. Du bist ein Wunder, Schätzchen, vergiss das nie.

4

Claire reichte Remy die schwere Holzkiste nach unten. Er stellte sie auf den Boden neben sein Bett.

»Und du weißt wirklich nicht, wo sie herkommt?«, fragte Claire erneut und kniete sich daneben.

Remy schüttelte den Kopf und rümpfte die Nase. »Sieht ganz schön alt aus, finde ich.«

»Kannst du mir deinen Brieföffner reichen?« Er lag neben einem halb fertigen Modellflugzeug auf dem Schreibtisch. Remy schrieb keine Briefe, aber er liebte es, welche zu erhalten. Auch Mammaw war eine große Freundin altmodischer Briefe, und ihre drei Schwestern, zahlreiche Freunde und Bekannte aus der Kirchengemeinde schrieben Remy regelmäßig.

Claire benutzte den kupfernen Öffner, um den Deckel der Kiste aufzuhebeln. Aufregung und auch Wehmut durchfluteten sie. Sie schob die Sägespäne und das Packmaterial beiseite.

Tatsächlich ruhte das Gesicht noch in seinem Nest, genau wie sie es in Erinnerung hatte. Zerbrochen. Tropfen von gelbem Kleber und alter Tesafilm hielten einige der Scherben zusammen und betonten die grausame Entstellung noch.

Trotzdem war es auf seine eigene Art wunderschön. Ewig schlafend.

»Wer ist das?«, fragte Remy.

Claire schüttelte den Kopf. »Ich weiß es nicht.«

Sie nahm den alten Brief in die Hand.

Er wird mich niemals lebendig gehen lassen.

Woher um Himmels willen stammte diese Kiste? Ihre Familie erhielt normalerweise keine Pakete aus Paris.

Claire hatte als Kind Mammaw nie danach gefragt. Zum einen fürchtete sie damals, Schwierigkeiten zu bekommen, weil sie überhaupt auf dem Dachboden war. Und dann hatte sie ihre Nase auch noch in fremde Angelegenheiten gesteckt! Mammaw mochte Neugierde nicht. Chance war sich nur weniger Dinge sicher gewesen. Aber das hatte sie gewusst: Sie musste ein braves Mädchen sein, sonst würde man sie wieder zurück zu ihrem Vater schicken. Sie hatte noch Jessicas höhnischen Singsang im Ohr: »Deine Tage hier sind gezählt, Chance. Deine Mama wollte dich umbringen, und dein Papa wird dir den Hintern versohlen.«

Noch aus einem anderen Grund hatte sich die Plastik ganz ... nah angefühlt. Besonders. Chance hatte sich damals angewöhnt, sich auf dem Dachboden zu verkriechen, wenn die Einsamkeit sie zu überwältigen drohte. Dort hatte sie dann mit dem Gesicht gesprochen. Die Maske wurde ihre Freundin, eine Vertraute für ein kleines Mädchen, das keine Freunde hatte. Und obwohl sie stur blieb und nicht sprach, erzählte Chance ihr von ihren Problemen, ihren Sorgen – und ihren Träumen. Das Gesicht hörte zu, selbst in den dunklen Tagen des Erwachsenwerdens, als unzählige Ängste und Unsicherheiten sie in einen Abgrund rissen und sie sich beinahe wünschte, auch bei dem Autounfall ums Leben gekommen zu sein.

Doch als Claire aufs College gegangen war und sich in Chicago neu erfunden hatte, hatte sie die Maske in die hinterste staubige Ecke ihres Gedächtnisses verbannt.

»Möchtest du gebratenen Fisch und Hushpuppies zu Abend essen?«, fragte Remy.

»Ja, gerne. Ich helfe dir dann, wenn es so weit ist.«

Nachdem sie die Kiste wieder verschlossen hatte, trank sie zwei Gläser Wasser und stellte sich unter die kalte Dusche.

Erfrischt und in ihrem dünnsten Sommerkleid ging sie zu Mammaw ins Schlafzimmer. Remy saß neben ihr und sah schweigend zu, wie sie akribisch letzte Nachrichten an Freunde und Verwandte schrieb. Ihre knochige Hand bewegte sich langsam und zitternd – aber entschlossen – über die weißen Seiten.

»Mammaw?«, fragte Claire, nachdem ihre Großmutter eine Adresse auf einen Umschlag gekritzelt, ihn versiegelt und Remy gereicht hatte, damit er Briefmarken darauf klebte und ihn abschickte. »Oben auf dem Dachboden habe ich eine Kiste aus Paris gefunden, in der eine zerbrochene Plastik liegt. Erinnerst du dich daran? Wo kommt sie her?«

»Natürlich erinnere ich mich. Mein Vater hat sie während des Zweiten Weltkriegs aus Paris geschickt. Ich habe dir doch gesagt: Er war dort, um gegen die Nazis zu kämpfen.«

»Es ist eine wunderschöne Plastik. Irgendwie sehr bewegend.«

Mammaw nickte. »Meine Mama sagte immer, sie hätte fast geweint, als sie die Kiste geöffnet hat und sah, dass sie zerbrochen war. Aber sie hat sie trotzdem behalten. Sie sagte immer, das Wichtigste sei, dass ihr Jerry in einem Stück aus dem Krieg zurückkommt. Vielleicht kannst du sie ja reparieren, wenn du sie so gern magst.«

»Ich werde es mir mal anschauen«, antwortete Claire, obwohl offensichtlich war, dass die Maske zu stark gelitten hatte. Es gab keine Möglichkeit, sie zu reparieren, ohne dass man die Risse sah. Ihre unbeholfenen kindlichen Versuche, sie zu reparieren, hatten die Situation zusätzlich verschlimmert. »Was ist mit diesem merkwürdigen Brief, der in der Kiste liegt?: ›Er wird mich niemals lebendig gehen lassen.‹«

»Ich weiß nichts von einem Brief. Aber lass dir gesagt sein: Deine Mama mochte die Maske auch. Sie hat immer Fragen gestellt. Sie wollte immer eine Künstlerin sein und solche Dinge machen. Ach, ach, ach! Das Mädchen war eine Träumerin.«

»Ich erinnere mich an die kleinen Tiere, die sie gemacht hat. Schade, dass es sie nicht mehr gibt.«

Claires Vater hatte die Tonfiguren eines Tages im Zorn zerschmettert, kurz bevor das Jugendamt Chance in Mammaws und Remys Obhut gegeben hatte. Sie erinnerte sich, wie sie das Zimmer betreten und das Knirschen von hartem Ton unter den Füßen gespürt hatte. Es hatte ein paar Augenblicke gedauert, bis sie begriffen hatte, dass es die Tiere ihrer Mutter waren, die zerstört dalagen. Sie war auf den Boden gesunken und hatte angefangen zu schluchzen. Die Scherben hatten sich in ihre Knie und Handflächen gebohrt, sodass sie bluteten. Diese kleinen Tiere waren alles gewesen, was sie von ihrer Mutter hatte.

»Und du hast keine Ahnung, wer die Frau ist? Wer das Modell für die Maske war?«

Mammaw schüttelte den Kopf. »Ich fürchte nicht. Wenn

du das unbedingt wissen willst, solltest du vielleicht nach Paris gehen und herausfinden, wo sie herkommt.«

Claire lachte.

»Das meine ich ernst.« Mammaws Augen leuchteten auf. Mit überraschender Kraft drückte sie Claires Hände, und die hauchdünne Haut spannte über ihren Knochen. »Mach das, Schätzchen. Finde dieses Gesicht, da wartet ein Geheimnis auf dich!«

Claire lächelte und fragte sich, ob Mammaw jetzt wirklich nicht mehr ganz richtig im Kopf war, wie Jessica am Telefon angedeutet hatte. Wovon redete sie?

»Ich mache mich doch jetzt nicht nach Paris aus dem Staub, Mammaw. Ich bin doch extra hergekommen, damit ich mich um dich kümmern kann. Hast du das schon vergessen? Außerdem: Seit wann reisen wir denn in dieser Familie?«

»Wir gehen in dieser Familie auch nicht auf schicke Colleges in Chicago, aber das hat dich nicht davon abgehalten.«

»Stimmt.«

Tatsächlich scrollte Claire manchmal, wenn sie noch spät im Büro war, durch Reisewebsites. Dann stellte sie sich vor, wie sie in Bali am Strand lag, in einer Trattoria in Italien saß oder in Schottland eine Küstenwanderung machte. Aber die meisten Träume kreisten um Paris, die berühmte Stadt des Lichts. Es war eine Anwandlung von Romantik, die ihr peinlich war. Nach Paris zu reisen war nicht sinnvoll.

Manchmal ging sie sogar so weit, dass sie Flüge buchte, nur um sie am nächsten Tag wieder zu stornieren. Soweit sich Claire erinnern konnte, verließ man das Land in ihrer Familie nur in Uniform: Zwei Cousins hatten im Irak gedient, ein anderer im Golfkrieg, Onkel Remy war in Vietnam gewesen, und ihr Urgroßvater hatte im Zweiten Weltkrieg gekämpft.

Werd jetzt nicht größenwahnsinnig, Chance Broussard.

Ihre Vernunft siegte am Ende immer über die Träumerei von einem Urlaub in Paris. Sie würde unweigerlich einen Anruf erhalten: Onkel Remy sei krank, und das Krankenhaus verlange nach der Zahlung; ihr Vater brauche Geld für eine Kaution oder um sich einen anständigen Anwalt leisten zu können; Cousin Jimmys Auto sei wieder mal kaputt. Also wagte Claire nicht, ihren Träumen nachzugeben, sondern arbeitete bis spät am Abend und sparte das Geld. Ihre Familie hatte sie ihr ganzes Leben unterstützt. Sie hatte sie zwar fürs College und das Leben in der Stadt zurückgelassen, aber das Mindeste war doch, dass sie ihnen half, wenn die Zeiten schwierig waren.

Remy spielte ein Videospiel auf dem Fernseher im Wohnzimmer, während Mammaw im Bett Briefe schrieb.

Claire rollte sich neben Remy auf dem Sofa zusammen. Mammaw hatte Unsinn geredet. Sie würde nicht nach Paris fliegen. Ausgerechnet Paris! Sie brauchte eine Richtung in ihrem Leben, keine Hirngespinste. Aber ein wenig nachzuforschen, konnte ja nicht schaden.

Im Haus gab es kein Internet, also suchte sie in ihrem Handy nach der Adresse auf der Kiste: Moulage Lombardi, 17 Rue de la Huchette, Paris, France.

Der Name war der erste Treffer in der Liste der Ergebnisse. Sie war überrascht und aufgeregt. War der Handwerksbetrieb Lombardi nach all den Jahren tatsächlich immer noch im Geschäft?

Die Website wirkte amateurhaft. Einige der Links funktionierten nicht. Außerdem hasste es Claire, auf dem winzigen Display ihres Handys nach etwas zu suchen. Aber sie las: Die Familie Lombardi ist seit dem Jahr 1871 auf Gussverfahren und die Herstellung von Abdrücken spezialisiert. In unserem Betrieb finden Sie einen umfangreichen Bestand an traditionellen Totenmasken, Friesen, lebensgroßen Statuen und anderen Reproduktionen. Auftragsarbeiten auf Anfrage.

Sie rief einen Stadtplan von Paris auf und fand die Rue de la Huchette im Quartier Latin auf der Rive Gauche im fünften Arrondissement, nicht weit von der berühmten Kathedrale Notre-Dame. Claire scrollte durch das umfangreiche Inventar von bekannten historischen Figuren und mythologischen Wesen und fand schließlich das Foto, nach dem sie gesucht hatte: das porzellanweiße Gesicht einer jungen Frau. Sie hatte die Augen geschlossen, die Wangen waren zart und rundlich, leicht gewelltes Haar umrahmte ihre Züge, und sie lächelte geheimnisvoll.

Es war ein Schock, sie so zu sehen, intakt und ohne Risse. Sie war wunderschön.

Auf der Website stand, dass sie als *L'Inconnue de la Seine*, als »Die Unbekannte aus der Seine«, bekannt war.

Das war es also. Mehr steckte nicht dahinter. Claire suchte nach weiteren Informationen. Sie stieß auf mehrere Einträge zu einer unbekannten Frau, die in den späten 1890er-Jahren in der Nähe des Quai du Louvre ertrunken am Ufer der Seine aufgefunden worden war. Aber niemand schien zu wissen, wer sie war.

Ausgerechnet ertrunken! Claire schüttelte es. Sie zog fast jede Todesursache dem Ertrinken vor.

»Chance?«, rief Mammaw.

»Ich komme.« Claire ging ins Schlafzimmer, um nachzusehen, was Mammaw brauchte.

»Ich möchte, dass du etwas aufschreibst«, sagte Mammaw und reichte ihr Block und Stift.

»Ich bin bereit«, sagte Claire, nachdem sie sich auf die Bettkante gesetzt hatte.

»Gumbo, gedünsteter Wels, Po' Boy-Sandwiches mit Austern, Alligator-Chili, Hushpuppies, Kohl, gegrilltes Gemüse und Okra, und den besten süßen Tee und viel Dr Pepper und Bier.«

»Remy wollte heute Abend Fisch grillen, aber du hast anscheinend Hunger.«

Mammaw lachte. »Nein, natürlich nicht. Das ist für meine Beerdigung. Pekankäsekuchen und Torte und Pralinen als Nachspeise. Ich möchte, dass es genug Essen für viele Tage gibt.« Mammaw war in Armut aufgewachsen, und sie sorgte sich immer, dass nicht genug zu essen da sein könnte. »Hank Williams und Zydeco als Musik. Die einzige moderne Musik, die ich möchte, ist Garth Brooks mit *Friends in Low Places*. Ich mag diesen Song. Und weine bitte nicht, hörst du, Schätzchen? Es ist an der Zeit für mich.«

»Ja, Ma'am«, antwortete Claire.

Aber in ihrem Inneren flehte sie: Verlass mich nicht, Mammaw. Was soll ich ohne dich tun? Wohin soll ich denn gehen? Wer bin ich ohne dich?

5

Die folgende Woche verging schnell. Die Dachdecker kümmerten sich um den Ast, Remy kochte Mammaws Lieblingsessen, und Claire saß stundenlang am Bett ihrer Großmutter und lauschte ihren endlosen, verworrenen Geschichten, die halb fiktiv waren und von Familienlegenden oder Nachrichten in der Boulevardzeitung inspiriert, die sie irgendwo im Hinterkopf gespeichert hatte. Mammaw erzählte von ihrer Zeit als Teenager in den 1950er-Jahren, von Tanzveranstaltungen und Cabriofahrten entlang der winzigen Hauptstraße. Sie behauptete, ihr Großonkel sei FBI-Agent gewesen, der während der Prohibition Destillen dichtmachte und am Ende zur Bestürzung der Mutter seinen eigenen Bruder verhaftete. Außerdem erzählte sie, dass sie einmal in einem Restaurant Lucille Ball bedient habe. Der Hollywoodstar habe ihr zwanzig Dollar Trinkgeld und eine persönliche Einladung nach Hollywood gegeben.

Mammaws Schwestern, entferntere Verwandte, Freunde, Nachbarn und Mitglieder der Kirchengemeinde kamen und gingen, brachten Nudelauflauf, frisch gefangenen Fisch und Papierteller, die sich unter dem Gewicht der hausgemachten Pekankuchen und Pralinen nur so bogen.

Claire hatte am Tag nach ihrer Ankunft Gumbo gemacht, aber Mammaw wünschte es sich ein weiteres Mal. Sie kaufte bei Piggly Wiggly frische Okraschoten und bekam ein Pfund Shrimps von Onkel Rudy. Mammaw hatte ein riesiges Glas mit Sassafrasblättern in der Küche, um das traditionelle Gumbogewürz damit herzustellen. Fertigmischungen kamen ihr nicht in den Topf.

Das vertraute Cajun-Aroma strömte durchs Haus, als das Gumbo auf dem Herd köchelte. Eine weitere Runde Besucher war gerade gegangen und hinterließ einen Auflauf mit grünen Bohnen und einen Zitronenkuchen. Wenn sie mehr Appetit gehabt hätte, dann hätte sie jetzt schon einige Kilo zugelegt, dachte Claire. Aber seltsamerweise hatte sie in letzter Zeit nicht so viel für Essen übrig.

»Was ist los mit dir, Schätzchen?«, fragte Mammaw, den aufmerksamen Blick auf Claire gerichtet. »Du erzählst mir, dass du deinen Freund und deinen tollen Job in Chicago aufgegeben hast? Was hast du denn jetzt vor?«

»Ich weiß es nicht. Ich habe keine Ahnung.«

»Selbst als Kind wolltest du immer alles richtig machen und hattest Angst, dass dir ein Fehler unterläuft.« Mammaw streichelte ihre Hand. »Das liegt wahrscheinlich an deinem Papa und daran, dass du deine Mama so früh verloren hast. Aber hör mir zu: Du brauchst nicht immer so viel Angst zu haben, Schätzchen.«

Claire lächelte sie traurig an. »Ich habe keine Angst. Ich bin eher ... verloren, Mammaw.«

»Du musst nach Paris, das sage ich dir. Versuch herauszufinden, wo diese Maske herkommt. Deine Mama hat sich auch immer Gedanken darüber gemacht. Liegt wohl in der Familie.«

Claire lächelte und schüttelte den Kopf. »Du denkst also,

ich sollte herausfinden, wo die Maske herkommt. Und was dann?«

»Ach ... Vielleicht stößt du ja auf ein Geheimnis.«

»Was für ein Geheimnis?«

»Du musst unbedingt nach Paris, Schätzchen«, wiederholte ihre Großmutter eindringlich. »Es ist wichtig. Finde etwas über die Herkunft der Maske heraus. Versprich es mir.«

»Mammaw, jetzt mal im Ernst, was redest du denn da?«

Es entstand eine lange Pause. Schließlich antwortete Mammaw: »Also, ich finde, das Gumbo riecht jetzt genau richtig. Jetzt fehlt nur noch ein bisschen von meinem Gewürz.« Sie hustete und sank zurück in ihre Kissen. Ein leerer Ausdruck trat in ihre Augen. »Kümmere dich um das Gumbo, und wenn du wieder da bist, erzähle ich dir vielleicht etwas Wichtiges.«

»Mammaw, ist alles in Ordnung?«

»Jetzt geh schon, Schätzchen.«

Claire ging in die Küche, um nach dem köchelnden Eintopf auf dem Herd zu sehen, fügte noch eine Handvoll Sassafrasgewürz hinzu, rührte das Ganze gründlich durch, damit nichts am Boden kleben blieb, und als sie ins Schlafzimmer zurückkam, war Mammaw gestorben.

Sie war weg.

Einfach so.

Claire sank auf die Bettkante. Sie war verzweifelt. Sie fühlte sich wie ein Waisenkind, das barfuß auf der Straße stand, was absurd war, schließlich war sie erwachsen. Trotzdem. Mammaw war ihr Anlaufpunkt gewesen, ihre Lehrerin, ihre Zuflucht, ihre Freundin.

Und jetzt?

Es gab Verschiedenes, worum sie sich kümmern musste:

die Gedenkfeier organisieren, die Situation mit Remy klären, Mammaws Angelegenheiten sortieren. Ihre Cousine Jessica war als Testamentsvollstreckerin festgelegt worden, weil sie in der Nähe wohnte und Buchhalterin war. Aber was dann?

Beim Gedanken daran, nach Chicago zurückzukehren, ballte sich ein harter Knoten in Claires Magengegend zusammen. Sie wollte nicht zu Sean zurück und so tun, als wäre sie glücklich. Oder ihm – und allen anderen, insbesondere sich selbst – erklären, warum sich ihr perfektes kleines Leben nicht perfekt anfühlte.

In Plaquemines Parish zu bleiben, vor allem ohne Mammaw, war auch keine Option. Sean hatte recht: Sie hatte zu lange und zu hart gekämpft, um hier wegzukommen. Claire gehörte nicht mehr hierher. Aber wohin gehörte sie?

Versprich mir, dass du nach Paris gehst, Schätzchen. Finde diese Maske – es wartet ein Geheimnis auf dich.

Paris!

Die Idee ergriff von ihren Gedanken Besitz und ließ sich nicht mehr abschütteln. Während sie Mammaws Sachen sortierte, weggab und verpackte und sich um alles kümmerte, schwankte Claire zwischen dem Schluchzen über den unwiderruflichen Verlust von Mammaw, dem Mitgefühl für Remy und Tagträumen über Paris. Vielleicht war es ja ein Zeichen, dass sie die Maske auf dem Dachboden wiederentdeckt hatte. Ein Zeichen, das sie in die richtige Richtung weisen sollte.

Es war eine etwas wirklichkeitsfremde Vorstellung, aber selbst wenn ...

Was wäre, wenn sie sich tatsächlich nach Paris aufmachen und die Herkunft der *L'Inconnue* erforschen würde, sobald hier alles geregelt war? Was, wenn sie über das Kopfsteinpflaster der kleinen Gassen flanieren, Croissants essen und Wein trinken würde zu den Melodien französischer Straßenmusiker?

Paris klang wie eine hervorragende Idee.

Warum musste sie beim Gedanken daran dann immer weinen?

6 SABINE

1897

Paris raubt Sabine den Atem. Innerhalb von einer Stunde, nachdem sie am Gare Montparnasse angekommen war, war sie schon mehrere Male beinahe von einer der riesigen Straßenbahnen erfasst worden. Immer wenn sie stehen bleibt, um an den unfassbar hohen Gebäuden nach oben zu starren – allen voran der Eiffelturm! –, wird sie von den Menschenmassen mitgerissen, die sich auf den Gehwegen tummeln, glückliche Seelen mit einer Anstellung und einer Familie und einem Zuhause, die voller Selbstbewusstsein ihrer Wege gehen.

Sie fühlt sich wie eine Fremde in der riesigen Hauptstadt, dabei ist sie doch genauso französisch wie die Pariser.

Sabine hatte ihr Zuhause auf dem Land mit den Kleidern, die sie am Körper trug, und mit einigen wenigen persönlichen Gegenständen verlassen, die sie in einem Kopfkissenbezug aufbewahrte. Ihre Vorräte bestehen inzwischen nur noch aus einem Kanten Brot, einem Stück harten Käse und drei leicht angeschlagenen Äpfeln. Und dem Wichtigsten: der Adresse ihrer Cousine Toinette Morant, die sich in einen Kellerraum in der 27 Rue des Trois Portes eingemietet hat.

Nur mit der Hilfe einer freundlichen alten Frau vor einem

Kleidergeschäft findet Sabine die Wohnung. Als sie an die Tür klopft, antwortet niemand, also setzt sie sich auf die Stufen und wartet. Den Kopf gegen die Mauer gelehnt, schläft sie irgendwann ein. Sie wird wach von den lauten Stimmen zweier junger Frauen: Es sind Toinette und ihre Mitbewohnerin Honorine. Sie tragen nasse Schürzen, ihr Haar ist feucht von Schweiß, und einzelne Locken haben sich gelöst. Sabine weiß, dass sie als Wäscherinnen in La Blanchisserie Camboise auf der anderen Seite der Seine arbeiten.

Sie freuen sich sehr, sie zu sehen.

»Willkommen in unserem Palast«, sagt Toinette, und Honorine lacht.

Ihr Zimmer, das ist ein Raum mit einem Bett und einer kleinen Truhe, die als Tisch für eine Öllampe dient, dazu ein Krug Wasser, eine Schüssel sowie ein Eimer und ein kleines Kästchen. Die Kleidung hängt an Haken an der Wand. Das einzige natürliche Licht fällt durch ein kleines rechteckiges Fenster knapp unter der Decke, durch das sie die Beinkleider und Röcke der Passanten sehen können.

Toinette und Honorine fallen aufs Bett und seufzen erschöpft. Sabine macht sich Sorgen, dass ihre nassen Schürzen das Bett feucht machen, aber es scheint sie nicht zu kümmern, also sagt sie nichts, sondern sitzt nur aufrecht auf einem kleinen hölzernen Stuhl.

»Also, erzähl mir alles!«, fordert Toinette sie auf. »Wie geht es Tante Therèse?«

Sabine erzählt ihrer Cousine den neuesten Familienklatsch und berichtet über das Dorf. Dann reicht sie ihr einen Brief von ihrer jüngeren Schwester und ihrer Tante, zusammen mit einem Päckchen, in dem sich eine kleine Birnentorte befindet, die Ausrufe des Entzückens hervorruft.

»Du kannst ein paar Nächte bei uns auf dem Boden schlafen«, sagt Toinette. »Aber du musst aufpassen, dass der Vermieter dich nicht sieht, sonst berechnet er für dich extra. Er ist klein, hat eine Glatze, eine rote Nase und einen riesigen Bauch. Du erkennst ihn, wenn du ihn siehst.«

Honorine ist eingeschlafen und schnarcht leise, bis Toinette sie anstupst. »Komm, lass uns Suppe zum Abendessen besorgen. Und zum Nachtisch gibt es Torte!«

Honorine grummelt, streckt sich und reißt gähnend den Mund auf wie ein Löwe.

»Ich habe kein ...«, beginnt Sabine und wird rot. Sie hat kaum mehr Geld übrig, nachdem sie das meiste für die Zugfahrt ausgegeben hat.

»Ich lade dich ein«, sagt Toinette. »Schließlich bist du meine kleine Cousine! Du kannst dich ja revanchieren, wenn du dein erstes Geld verdienst. Hast du irgendetwas in Aussicht? Wo würdest du denn am liebsten arbeiten?«

»Ich dachte, ich könnte vielleicht als Haushälterin irgendwo anfangen«, sagt Sabine, als sie die kleine Wohnung verlassen und die Straße hinuntergehen.

»Wahrscheinlich wird es schwer für dich, eine Stelle zu finden«, gibt Toinette zu bedenken. »Schließlich hast du keine Erfahrung.«

»Und dann auch noch dieses Gesicht«, fügt Honorine mit einem heiseren Kichern hinzu. »Die Herren würden dir keine Ruhe lassen. Und die Ehefrauen mögen das gar nicht.«

Sabine weiß nicht genau, was Honorine damit meint. Sie hat einen kleinen Spiegel, nicht größer als ihre Handfläche, in dem sie die Linien und Vertiefungen ihrer Erscheinung studiert hat. Sie ist ein ganz normales Mädchen. In ihrem Dorf hat der Pferdetrainer einmal zu ihr gesagt, sie sei wunderschön. Aber der wollte ihr einen Kuss abluchsen.

Eine glänzende schwarze Kutsche rast vorbei, und Sabine springt zur Seite.

Honorine kichert und nimmt sie am Arm. »Ich war genau wie du, ich hatte Angst vor meinem eigenen Schatten, als ich das erste Mal nach Paris gekommen bin. Aber du wirst dich schon daran gewöhnen. Die *fiacres* sind Kutschen, die man mieten kann. Wenn du das nötige Geld hast, bringen sie dich, wohin du auch möchtest.«

»Wer verschwendet schon Geld für eine Kutschfahrt?«, schnaubt Toinette.

»Also ich würde, wenn ich das Geld hätte«, widerspricht Honorine und stößt einen langen Seufzer aus. »Das Laufen strengt mich so an.«

»Ich möchte wirklich gern arbeiten, aber ich habe keine besonderen Fähigkeiten«, sagt Sabine. »Könnte ich mit euch als Wäscherin arbeiten?«

»Der Besitzer stellt im Moment niemanden ein, ich habe schon gefragt«, antwortet Toinette.

Sie nähern sich einem kleinen Wagen auf dem Gehweg, auf dem zwei dampfende Kessel stehen. Ein alter Mann serviert ihnen daraus Kohlsuppe in hölzernen Schüsseln, und sie setzen sich auf eine Stufe in der Nähe, um zu essen. Toinette isst sehr anmutig, selbst mit dem groben Holzlöffel, aber Honorine schlürft ihre Suppe genüsslich und trinkt direkt aus der Schüssel. Danach wischt sie sich den Mund mit dem Ärmel ab.

Sabine versucht, Toinettes Verhalten zu imitieren.

»Kannst du nähen?«, fragt Honorine. »Ich habe gehört, dass sie in *La Maison de Louise* Näherinnen suchen.«

»Nicht sehr gut«, erwidert Sabine.

»Was hast du vorher gemacht?«

»Mein Stiefvater hatte eine kleine Farm und eine Holzwerkstatt. Ich habe ihm manchmal in der Werkstatt geholfen, aber meistens habe ich mich um die Tiere gekümmert. Als meine Mutter gestorben ist, mussten wir alles verkaufen.«

»Das klingt, als hättest du zwei Möglichkeiten«, sagt Honorine. »Die Beine breit zu machen oder als Modell für einen Künstler zu arbeiten. Wahrscheinlich beides.«

Sabine bemüht sich, ihr Erschrecken zu verbergen.

Toinette stößt Honorine mit dem Ellbogen an. »Hör auf damit, du machst ihr Angst.«

Honorine zuckt mit den Schultern, sammelt die Schüsseln und Löffel ein und bringt sie dem alten Mann zurück. Sie sagt irgendetwas, was ihn zum Lachen bringt. Er schöpft noch einen halben Löffel Suppe in die Schüssel, den sie in einem Zug austrinkt. Dann lässt er die Schüsseln in einen Eimer mit Spülwasser gleiten, wäscht sie aus und stellt sie zum Abtropfen auf ein Gitter.

»Das ist eigentlich gar keine so schlechte Idee«, sagt Toinette. »Du bist zwar dünn, aber mit diesem Gesicht bekommst du vielleicht einen Auftrag als *modèle de profession.*«

»Was macht ein Künstlermodell?«, fragt Sabine.

»Es ist ganz einfach«, seufzt Honorine, als sie sich wieder zu den beiden setzt. »Du liegst auf einem Sofa, während dich Leute zeichnen. Manchmal musst du allerdings nackt sein und sie alles sehen lassen.«

Wieder knufft Toinette Honorine mit dem Ellbogen, woraufhin diese kichert.

Sabine spürt, wie ihre Wangen erröten. Es ist nicht so, als wüsste sie nichts über solche Dinge. Der Pferdetrainer hat ihr mehr beigebracht, als ihre Mutter gutgeheißen hätte. Er sprach mit der sanftesten Stimme, die Sabine je gehört hatte, und als er ihr seine Hand entgegengestreckt hatte,

hatte sie sie ergriffen und war ihm in den Wald gefolgt. Er flüsterte ihr liebevolle Dinge ins Ohr, und sie fühlte sich sicher in seiner Gegenwart. Seine Hände hatten eine Spur der Hitze auf ihrem Körper hinterlassen.

»Wie kann ich ein Modell für einen Künstler werden?«, fragt sie.

»Es gibt einen Platz in Pigalle, wo die Künstler sich ihre Modelle aussuchen«, erklärt ihr Toinette. »Ich zeichne dir eine Karte.«

»Es ist ein ziemlich weiter Weg«, gibt Honorine zu bedenken und schüttelt den Kopf. »Zu dumm, dass du kein Geld für den *fiacre* hast!«

Am Abend zünden sie die Lampe an und waschen sich unter den Armen und zwischen den Beinen. Nachdem sie sich hingelegt haben, erzählen Toinette und Honorine Geschichten von ihren Abenteuern in Paris: vom Soldaten, der Honorine in eine Filmvorführung der Brüder Lumière mitgenommen hatte und von Toinettes speziellem Freund, der einmal mit einer wunderschönen Rose aus Marzipan vor der Wäscherei auf sie gewartet hatte. Sie schildern ihr die Wunder von Paris: die zoologischen Gärten und Kaleidoskope und den riesigen mechanischen Elefanten, der die Champs Élysées heruntermarschierte.

Der geflieste Boden ist kalt und hart. Toinette reicht ihr eine kratzige Wolldecke, und Sabine ist so erschöpft, dass sie sofort einschläft. Ihren Kopf hat sie auf ein Bündel aus Röcken gebettet.

Am nächsten Tag stehen Toinette und Honorine früh auf und eilen zur Arbeit. Sabine isst zum Frühstück einen Apfel und das letzte Stück Käse aus ihrem Kopfkissenbezug.

Sie muss eine Arbeit finden, aber als Erstes geht sie zur großartigen Kathedrale Notre-Dame de Paris, um Kerzen für ihre Mutter und ihren Bruder anzuzünden. Sie taucht die Finger in das Becken mit Weihwasser, bekreuzigt sich und kniet nieder. Die großen runden Fenster sehen aus wie riesige Blumen aus buntem Glas. Sie sind so faszinierend, dass sie sich für einen Moment ganz in ihrem Anblick verliert und ihren Hunger und ihre Angst vergisst.

So muss der Himmel aussehen, denkt sie. Ein Paradies aus schillernden Farben.

Sabine geht auf einen kleinen Seitenaltar mit einer Statue der Jungfrau mit Kind zu, die Notre Dame de Paris, Unserer Lieben Frau von Paris, gewidmet ist. Die Jungfrau ist umgeben von frischen Sträußen schneeweißer Blumen, Symbol ihrer Reinheit, aber es ist ihr Gesicht, das Sabine anzieht. Es sieht aus wie eine Studie widerstreitender Emotionen: ruhig und dennoch ängstlich, so als ob die junge Mutter überglücklich wäre, ihren Sohn zu halten, aber gleichzeitig um die Prüfungen weiß, die ihm bevorstehen.

Sabine wirft eine ihrer letzten Münzen in die hölzerne Spendenbox und zündet zwei weiße Kerzen an, während sie ihre Gebete flüstert.

Als ihre Mutter und ihr Bruder noch am Leben waren, hatte Sabine eine Familie und ein Zuhause gehabt. Jetzt treibt sie vor sich hin. Sie weiß, dass man Gottes Plan nicht infrage stellen darf, aber oft hadert sie damit, dass sie nicht auch gehen durfte. Sie sollte so etwas nicht denken, aber in ihrem Herzen wünscht Sabine sich, sie wäre erkrankt und gestorben wie die beiden Menschen, die ihr am liebsten waren.

Im Schutz des Beichtstuhls gesteht sie dem Priester ihren Wunsch und bittet um Buße und Vergebung. Dann erzählt sie ihm von ihren Plänen. Er ist jung und voller Idealismus, daher warnt er Sabine, dass sie sich vor den Künstlern in

Acht nehmen soll, wenn sie eine anständige Frau bleiben möchte.

»Das künstlerische Temperament ist liederlich und wankelmütig, *ma fille*. Um Ihre Tugendhaftigkeit zu schützen, müssen Sie großen Abstand zu dieser Welt halten. Hüten Sie sich besonders vor dem Lebenswandel der Boheme. Vertrauen sie dem Herrn, *ma fille*. Der Herr steht uns bei.«

Anstatt also zum Place Pigalle zu gehen, wandert Sabine die gepflasterten Straßen entlang in der Hoffnung, eine andere Arbeit zu finden, eine anständige Beschäftigung.

Sie spricht eine müde Frau mit Schürze an, die vor der Werkstatt Gaullier Frères steht. Sie suchen zwar Silberpolierer, aber jede Frau muss ihr Werkzeug selbst mitbringen. Und wenn sie keine Erfahrung hat, gibt es eine dreimonatige Probezeit ohne Bezahlung, damit sie die Tätigkeit erlernt. Sabine bedankt sich bei der Frau und geht weiter. Wie soll sie drei Monate ohne Geld überleben?

Sie fragt in einer Taverne nach, aber die Frauen sind grob und laut und nur dürftig bekleidet. Sie erinnern Sabine an Honorine, sind aber nicht so nett wie sie und scheuchen sie weg. Sie raten ihr, zurück aufs Land zu gehen und einen netten Witwer zu heiraten.

Sabine ist sechs Jahre zur Schule gegangen und hat hart gearbeitet, um Lesen und Schreiben zu lernen. Aber sie hat keinerlei Werkzeug, keine Ausbildung und keine Fertigkeiten. Es scheint keine Arbeit für sie zu geben.

Ihr Brot und ihr Käse sind schon lange aufgebraucht, und der Hunger nagt an ihrem Magen.

Sie ruht sich auf einer Bank im Jardin du Luxembourg aus, wo sie zwei adrett gekleideten kleinen Jungen zusieht, wie sie mit ihren Segelbooten an einem seichten Teich spielen. Der Duft von Crêpes weht zu ihr herüber und verursacht ihr Schwindel. Auf einer Weihnachtsfeier in ihrem Dorf hat sie einmal Crêpes probiert. Die Erinnerung daran quält sie. Sie schließt die Augen und kann die Erdbeeren und die gesüßte Sahne förmlich schmecken, die zerlaufene Schokolade und die fruchtige Konfitüre, die in den köstlichen hauchdünnen Teig gewickelt ist.

»Darf ich Sie zu einem Crêpe einladen, Mademoiselle?«

Sabine öffnet die Augen. Der Mann ist älter als ihr Stiefvater, trägt einen hübschen Anzug, hat einen gestutzten Bart, einen großen Hut und einen Stock mit einem silbernen Griff, der an seinem Unterarm hängt.

»Mit diesem Gesicht«, hört sie Honorine sagen.

»*Non, merci, monsieur*«, antwortet sie und schüttelt schnell den Kopf. Sie zieht sich den Wollschal enger um die Schultern und eilt zurück zu Toinettes Wohnung.

7 *Paris*

Claire stieg die enge Treppe nach oben. Mit jedem vorsichtigen Schritt gaben die alten hölzernen Stufen ein knarzendes Geräusch von sich. Mit den Jahren waren sie von den Schuhsohlen zahlloser Füße glatt und glänzend getreten worden.

Sie fühlte sich wie ein Eindringling. Dass sie von Dutzenden blinden Augen beobachtet wurde, machte die Sache auch nicht besser.

Der gesamte Treppenaufgang war bevölkert von glatten weißen Gesichtern: Flachreliefs römischer Gottheiten, Prinzessinnen der Renaissance, Napoleon, Beethoven und Baudelaire. Einige schienen zu schlafen, während andere mit leerem Gesichtsausdruck in die Welt hinausstarrten.

Claires Blick wanderte von einer Maske zur nächsten, aber sie konnte das Gesicht, das sie suchte, nirgends entdecken.

Sie wusste, dass sie an der richtigen Adresse war: 17 Rue de la Huchette, eine kleine Straße am linken Ufer der Seine, nur einen Steinwurf von der Kathedrale Notre-Dame entfernt. Ein aufwendig gearbeiteter Fries über der Tür verriet: MOULAGE DE LA FAMILLE LOMBARDI, DEPUIS 1871. Abgusswerkstatt der Familie Lombardi, seit 1871. Lebensgroße Statuen flankierten den Eingang wie stumme Wächter: manche aus Gips, andere aus Kunstharz oder Beton, wieder andere glasiert oder bunt bemalt.

Sie standen einfach auf der Straße, ungesichert und unbewacht.

Zu Hause hätte sie irgendein Halbstarker schon längst in ein Footballtrikot eingewickelt und auf seinen Pick-up geladen, um damit eine Spritztour zu unternehmen, dachte Claire. Und wie lange hätten solche Figuren wohl in Chicago draußen überdauert? Höchstwahrscheinlich hätte jemand ihnen inzwischen Bärte aufgesprayt ... oder Schlimmeres.

Lieber Onkel Remy, begann sie im Kopf zu schreiben. Sie hatte Remy zwei Briefe pro Woche versprochen und zusätzlich Postkarten, und obwohl Claire selten die Worte fehlten, so war es doch eine Herausforderung, ihr Versprechen zu halten. Wegen ihres Jetlags und der ungewohnten Umgebung hatte es sie den halben Tag gekostet, allein herauszufinden, wo man Briefmarken – *timbres* – kaufen konnte. Und wie viele man worauf kleben musste, um die französische Post davon zu überzeugen, die Korrespondenz den langen Weg nach Plaquemines Parish zu fliegen.

Lieber Onkel Remy,
erinnerst du dich, als Wade Penning die Plastikstatue von Hank's Howdy Hippo vom Dach von Hank's Diner geklaut und sie dann oben auf dem Wasserturm befestigt hat? Hier in Paris müsste er sich mit dem Abguss einer griechischen Göttin zufriedengeben. Und die sehen ein kleines bisschen schwerer aus, lass dir das gesagt sein.

An der Eingangstür zum Atelier der Lombardis hing ein handgeschriebener Zettel:

BIENVENUE,
S'IL VOUS PLAÎT MONTEZ AU PREMIER ÉTAGE.
BITTE GEHEN SIE IN DEN ERSTEN STOCK HINAUF.

Claire hielt auf halbem Weg nach oben inne, neben einer Maske von Frédéric Chopin.

Soll ich weitergehen?

Aber Chopin antwortetet nicht.

Weil ich nämlich auch irgendwas anderes in Paris machen könnte. Ich habe eine lange Liste von Sehenswürdigkeiten, die ich mir noch unbedingt anschauen muss.

Chopin verzog keine Miene.

Claire ließ sich nicht leicht aus der Ruhe bringen. Aber sie hatte Angst, enttäuscht zu werden. Was, wenn sie auf Drängen einer alten Frau nach Paris gekommen war, die keinen Bezug zur Realität mehr hatte? Was, wenn es überhaupt kein Geheimnis zu entdecken, keine verschlungenen Verbindungen aufzulösen gab? Wenn an der geheimnisvollen Notiz und der Skulptur gar nichts Außergewöhnliches war? Was, wenn Sean recht hatte und sie sich aus Trauer um ihre arme Mammaw völlig irrational verhielt?

Andererseits wollte sie ja nichts Verbotenes. Sie war für einen Urlaub nach Paris gekommen, so wie Millionen andere Touristen auch. Sie hatte doch das Recht auf eine kleine Auszeit, auf ein kleines Abenteuer, oder etwa nicht? Was war denn daran so ungewöhnlich?

Ihre Gedanken wurden von einem Tumult am oberen Ende der Treppe unterbrochen. Zwei Männer stritten sich: einer mit amerikanischem Akzent, der andere in stark französisch gefärbtem Englisch. Dazwischen mischte sich immer wieder die schrille Stimme einer amerikanischen Frau. Dann kam ein Paar mittleren Alters die enge Treppe heruntergestürmt – der Mann in Bermudas, mit Baseballkappe und einem T-Shirt der Yankees, die Frau in Strickjacke und Caprihose.

Claire drückte sich an das Stück Wand, an dem keine Skulpturen hingen.

»Hoffentlich sprechen Sie Französisch«, murrte der Mann in Claires Richtung. »Sonst brauchen Sie sich die Mühe gar nicht erst zu machen.«

»Ja, ich spreche Französisch. Warum?«, fragte Claire. »Ist alles in Ordnung?«

»So was von unhöflich!« Die Frau schüttelte den Kopf. »Man hat mir gesagt, jeder in Paris spricht Englisch.«

Claire öffnete den Mund, um etwas zu erwidern, aber der Mann kam ihr zuvor.

»Das hat doch der Mann im Reisebüro nur gesagt, damit du die Tickets bei ihm kaufst«, sagte der Mann und zeigte mit dem Kinn nach oben ans Ende der Treppe. »Diesem Arsch würde ich sowieso nicht mein hart verdientes Geld in den Rachen werfen. Ganz schön arrogant, dafür dass er noch nicht mal ein richtiger Bildhauer ist. Er macht Abgüsse von irgendwelchem Zeug – das kann ja nicht so schwierig sein!«

»Vielleicht haben Sie ja mehr Glück«, sagte die Frau. »Wissen Sie, wie man von hier am besten zu den Katakomben kommt? Ich habe gehört, die darf man sich auf keinen Fall entgehen lassen.«

Claire suchte die Adresse in ihrem Handy heraus, dann zeigte sie dem Paar den Weg auf der Karte und sah ihnen hinterher, als sie die Stufen nach unten gingen und durch die Tür verschwanden. Sollte sie nicht auch die Gelegenheit nutzen und umkehren?

Erneut klangen Stimmen von oben durch das Treppenhaus. Diesmal war die Diskussion ein Schlagabtausch auf Französisch zwischen einem Mann und einer Frau.

»Halt diese Touristen von meinem Studio fern!«, rief der Mann erregt.

»Willst du Geld verdienen oder nicht?«, antwortete die Frau gelangweilt. »Entscheide dich, Armand. Wenn du im Geschäft bleiben möchtest, musst du mit den Kunden Englisch sprechen oder jemanden einstellen, der das für dich übernimmt. Und hör auf, den Touristen Angst zu machen.«

Claire traf eine Entscheidung und ging die Treppe weiter hoch.

Für dich, Mammaw.

Die Stufen führten direkt zum Ausstellungsraum im ersten Stock. Die Nachmittagssonne, die durch Oberlichte hereinfiel, bildete einen hellen Fleck auf dem Treppenabsatz.

Claire blinzelte und fühlte sich wie eine Schauspielerin, die ins Rampenlicht tritt.

Der Mann und die Frau trugen weiße Arbeitskittel und standen neben einer großen Werkbank. Sie waren in ihren Streit vertieft und schienen sie gar nicht zu bemerken. Claire nutzte die Gelegenheit, um den Blick noch ein wenig schweifen zu lassen.

Durch eine Reihe von Fenstern konnte man in eine Werkstatt sehen, die vom Ausstellungsraum abgetrennt war. Die Wände waren bedeckt mit unzähligen Objekten, und auf einfachen Holzregalen lagerten weitere Gefäße, Friese und dekorative Tafeln. Von der Decke hingen Büsten von wunderschönen jungen Frauen und bärtigen alten Männern, von römisch anmutenden Kriegern und Grandes Dames. Lebensgroße Statuen standen in den Ecken und in der Mitte des Raums.

Alles – die Skulpturen, die Regale und die Fensterbretter – war von einer dicken Schicht Gipsstaub bedeckt. Fußabdrücke auf den Bodenbrettern formten einen Kreis wie ein Pfad in einem verschneiten Wald. Einige große Eimer mit milchigem Wasser standen neben einer Tür. Daneben lagen Schaufel und Besen, die aber wohl nur selten benutzt wurden.

Claire suchte die Wände nach der Skulptur ab, die sie suchte. Nach dem Gesicht, das sie auf Mammaws Dachboden gefunden hatte und dem sie die Träume ihrer Kindheit und die Ängste ihrer Jugend anvertraut hatte. Aber es waren zu viele: eine ganze Armee von jungfräulich weißen Masken.

Der Streit wurde schärfer. Die gestikulierenden gipsbedeckten Hände des Mannes flogen wie weiße Tauben auf und nieder, während er vor sich hin schimpfte.

Die Frau lehnte an der Werkbank und hatte die Arme vor der Brust verschränkt. Sie sah ihn mit einer erhobenen Augenbraue an und war so unbewegt wie die Skulpturen um sie herum. Sie war schlank, um die vierzig und hatte ein sympathisches rundes Gesicht und honigfarbenes Haar, das zu einem schicken und doch praktischen Bob geschnitten war. In Kontrast dazu stand ein Tattoo, das unter dem Kragen des Arbeitskittels hervorlugte: eine mit Stacheln versehene Art Rebe.

Der Mann – Armand? – hätte jedes Alter von Anfang dreißig bis Ende vierzig haben können. Sein dunkles und wildes Haar war über und über mit Gipsstaub bedeckt und erinnerte Claire an die gepuderten Perücken der Aristokraten am Hofe von Ludwig XVI. und Marie Antoinette.

Als eine weitere Minute verstrichen war, ohne dass das Paar sie bemerkte, ergriff Claire das Wort:

»Bonjour messieurs dames.«

Die beiden unterbrachen ihren Disput und sahen erstaunt auf.

»*Bonjour, madame*«, sagte die Frau und nickte ihr zu.

»Bitte entschuldigen Sie die Unterbrechung«, fuhr Claire auf Französisch fort.

Sie musterten sie und schienen von ihrem Cajun-Akzent fasziniert. Um genau zu sein, schien nur die Frau fasziniert zu sein, während der Mann eher irritiert aussah. Claire sagte sich, dass das wohl sein übliches Verhalten war. Seine durchdringenden blauen Augen waren eingebettet in ein Gesicht, das leicht aus dem Gleichgewicht gekommen schien und dessen grobe Züge aussahen, als seien sie zerbrochen und neu zusammengesetzt worden. Die Wirkung war verstörend, aber auch fesselnd.

»Können wir Ihnen helfen?«, fragte die Frau. Sie lächelte zwar nicht, war aber trotzdem freundlich.

»Ja, hoffentlich«, antwortete Claire. Sie griff in ihre Ledertasche und suchte einen Moment darin herum, bevor sie ihr Handy gefunden hatte und das Foto öffnete, das sie eine Woche zuvor in Remys Schlafzimmer aufgenommen hatte. »Ich suche ein bestimmtes Objekt, die Maske einer jungen Frau, die wohl in diesem Atelier hergestellt wurde. Erkennen Sie diese Skulptur?«

Sie warfen einen Blick auf das Bild.

Der Mann verdrehte die Augen, warf die Hände in die Luft, grummelte etwas auf Französisch – es handelte sich wohl um Flüche, auch wenn Claire die Wörter nicht kannte – und zog sich in die Werkstatt hinter der Wand mit den Fenstern zurück und schlug die Tür zu. Auf einem Schild stand:

DÉFENSE D'ENTRER. PRIVÉ.

Privat, Zutritt verboten.

»*Je suis désolée*«, entschuldigte sich die Frau. »Beachten Sie ihn nicht weiter. Mein Cousin ist immer so. Aber ich spreche kein Englisch, also muss er sich um die Touristen kümmern. Sie können sich ja vorstellen, wie das klappt ... Aber Sie sprechen gut Französisch, *n'est-ce pas*?«

»Ein bisschen«, antwortete Claire, obwohl sie in Wirklichkeit fließend sprach. Aber egal wie sehr sie versuchte, das Französisch zu imitieren, das man ihr in der Schule beigebracht hatte, sie konnte sich doch nicht von Wendungen und Wörtern des Cajun-Dialekts lösen, den sie als kleines Mädchen gelernt hatte.

»Hier drüben«, sagte die Frau und zeigte auf die Wand auf der gegenüberliegenden Seite des Ladens. »Die Maske, die Sie suchen, hängt da drüben, direkt unter Beethoven.«

»Hier drüben?«

Irgendwie hatte Claire entgegen aller Vernunft gehofft, dass ihre Maske etwas Seltenes und Besonderes war.

Doch nach all dem – nachdem sie den Tod ihrer Großmutter und die quälende Trauerfeier, die Reaktionen von Freunden und Familie auf ihre Reise und den anstrengenden Flug und die furchtbare Unterkunft hatte ertragen müssen – hing das Gesicht ihrer Vertrauten aus Kindheitstagen jetzt hier in diesem Atelier, *da drüben, direkt unter Beethoven.*

Claire ging auf die Wand zu und entdeckte sie sofort.

Sie hielt die Augen geschlossen, als würde sie schlafen. Ihre Lippen formten ein leichtes, aber wissendes Lächeln, das im Kontrast stand zur Unschuld ihres jungen Gesichts.

Auf einem Schildchen neben der Maske stand:

L'INCONNUE DE LA SEINE, 1898.

Die Unbekannte aus der Seine, 1898.

Claire wartete und hoffte, dass das Gesicht zu ihr sprechen und ihr auf irgendeine Art Trost spenden würde.

Aber *L'Inconnue* blieb so kalt und stumm wie Chopins Maske neben der Treppe, so mundfaul wie Beethoven und all die Göttinnen und Krieger, die das Atelier der Lombardis bevölkerten.

Sie blieb eine Unbekannte und offenbarte keine Geheimnisse.

Also was in Gottes Namen mache ich hier, Mammaw?

8

»Nehmen Sie sie oder nicht?«

Die Männerstimme schreckte Claire aus ihren Gedanken.

Sie drehte sich um und fand sich Armand gegenüber, der mit noch mehr Staub bedeckt war und wie eine zum Leben erwachte Skulptur aussah. Er stand dicht hinter ihr, beinahe zu dicht, und starrte sie an, als versuchte er, aus ihr schlau zu werden. Er sprach Englisch, aber sie antwortete auf Französisch.

»Oh! *Non, non, merci.* Ich ... ich habe schon eine.«

»*Déjà?* Schon? Was wollen Sie denn dann?«

Auf dem Treppenabsatz tauchten weitere Touristen auf, offenbar aus England, die kicherten und sich aufgeregt unterhielten. Ein Ausdruck kaum verhaltener Ungeduld spiegelte sich plötzlich auf Armands Gesicht wider, und er fluchte leise vor sich hin.

Die Touristen blieben auf dem Treppenabsatz stehen, sahen sich um und verstummten beim Anblick seiner finsteren Präsenz.

Sie fühlten sich wahrscheinlich genau wie sie: als Eindringlinge im Atelier eines Künstlers. Eines Künstlerateliers in Paris. Ihr fiel ein, was die Inhaberin zu ihrem Cousin gesagt hatte: Die Familie Lombardi brauchte die Touristen, um das Geschäft aufrechterhalten zu können.

Claire lächelte die Neuankömmlinge an und sagte auf Englisch: »Bitte kommen Sie doch herein, und sehen Sie sich um!«

Die Besucher wirkten erleichtert, bedankten sich und fingen an, durch Regale zu stöbern, in denen sich historische Figuren und die Masken von Künstlern, Dichtern und Komponisten drängten.

Leise raunte Claire Armand zu: »Sie wissen aber schon, dass Sie jemanden brauchen, der Englisch spricht, wenn Sie den Touristen die Dollars aus der Tasche ziehen wollen, oder?«

Er zuckte mit den Schultern. »Wir hatten eine Amerikanerin, aber sie hat gekündigt.«

»Kann ich mir gar nicht vorstellen.«

»Es tut mir so leid, ich hatte einen wichtigen Anruf«, entschuldigte sich die Inhaberin, als sie wieder zu ihnen stieß. Sie trocknete sich die Hände an einem Handtuch ab und lachte ein weiches, ein wenig heiseres Lachen, das sehr sympathisch klang. »Was hast du denn diesmal wieder angestellt, Armand?«

»Kaufen Sie das Stück oder nicht, ganz egal«, sagte er achselzuckend und ging wieder zurück an die Arbeit.

Die Frau murmelte etwas über Armand. Claire verstand nicht ganz, was sie sagte, aber die Bedeutung wurde am Tonfall deutlich.

»Erlauben Sie, dass ich mich vorstelle: Ich bin Giselle Bouvay. Beachten Sie Armand nicht weiter. Er ist immer so. Deshalb müssen wir wohl auch bald hier raus. Die Gegend ist so teuer geworden, es ist ein Touristenmekka.«

»Ist das nicht eigentlich eine gute Sache?«

»Das wäre es, wenn mein Cousin sie nicht alle in die Flucht schlagen würde. Aber so können wir es uns wahrscheinlich nicht mehr lange leisten zu bleiben.«

»Das tut mir leid«, erwiderte Claire. Auf der anderen Seite des Raums überschlugen sich die britischen Touristen angesichts einer Sammlung von römischen Friesen vor Begeisterung. »Was diese Maske betrifft, habe ich mich gefragt, ob Sie mir vielleicht sagen können, wer die junge Frau war, die dafür Modell gestanden hat?«

»Ich weiß nur, dass sie *L'Inconnue de la Seine* ist.«

»Die Unbekannte aus der Seine.« Claire nickte. »Ich habe gelesen, dass sie ertrunken ist. Aber gibt es noch weitere Details zu der Geschichte? Wissen Sie, wer sie war?«

»Niemand weiß das«, antwortete Giselle und seufzte. »Viele Leute kommen hierher und wollen mehr über sie erfahren, aber niemand weiß etwas über sie. Wir kennen nicht mal ihren Namen. Nur, dass sie sich in den späten 1890er-Jahren ertränkt hat.«

»Das ist so traurig.«

»Der Legende nach fand ein Angestellter im Leichenschauhaus sie so schön, dass er meinen Urgroßvater Jean-Baptiste Lombardi gebeten hat, eine Maske von ihr anzufertigen, bevor sie begraben wurde.«

»Ist diese Geschichte wahr?«

Sie zuckte mit den Schultern. »Was ist schon Wahrheit? Es ist zumindest die Geschichte, die man über sie erzählt.«

Claire nickte und musterte das Gesicht, das an der Wand hing.

»Wir haben immer noch die Originalgussform, und wir gießen jeden Monat Dutzende Masken von ihr. Diese *Inconnue* ist ein echter Bestseller«, fuhr Giselle fort. »Es ist zwar schon lange her, aber ich verstehe trotzdem nicht, warum sich die Leute das Gesicht eines Suizidopfers an die Wand hängen. Ich nehme an, dass manche das romantisch finden. Na ja, jedenfalls ...« Sie verlor den Faden, als ihr Blick auf die Touristen fiel, die Preise vor sich hin murmelten. »Entscheidend ist, was die Touristen wollen.«

»Ich ... möchte mich nicht aufdrängen, aber ich könnte sehr gerne dolmetschen, wenn Sie möchten.«

»Wirklich?« Giselle schien überrascht, aber erfreut zu sein. Sie sah zu ihrem Cousin in der Werkstatt hinüber, der gerade eine Büste abschliff. »*C'est super.* Das wäre toll, danke! Ich mache die Buchhaltung. Wenn also jemand was kaufen möchte, können Sie zu mir kommen und mir übersetzen. Wunderbar! Wir haben eine Angestellte, die relativ gut Englisch spricht, aber sie ist gerade in Mutterschutz. Und die andere hat vor zwei Tagen gekündigt. Wir müssen unbedingt jemanden einstellen, aber das ist nicht so einfach, besonders mit Armand ...«

Claire grinste. »Ich helfe gerne.«

Bevor sie sich zu den Touristen gesellte, um ein bisschen mit ihnen zu plaudern, blieb sie noch einmal vor dem sanft lächelnden Antlitz von *L'Inconnue de la Seine* stehen.

Ihrer Vertrauten aus Kindertagen.

Claire half den britischen Touristen bei ihrem Einkauf – ein Paar kaufte zwei Friese für seinen Kamin; ein anderes entschied sich für eine Büste von Beethoven, und ein drittes wählte die Maske einer Frau aus der Renaissance, die wie eine Prinzessin aussah. Im Anschluss übersetzte sie für Giselle, als die mit den Käufern die Details des Versands besprach.

»Ich weiß gar nicht, wie ich Ihnen danken soll!«, sagte Giselle, als die Kunden zufrieden das Atelier verlassen hatten. »Es ist wirklich eine schwierige Situation.«

»Überhaupt kein Problem. Ich habe gerne geholfen.«

»Kann ich Ihnen im Gegenzug etwa anbieten? Vielleicht möchten Sie ja *L'Inconnue* billiger haben? Ich könnte sie Ihnen zum Selbstkostenpreis verkaufen als Dankeschön für die Hilfe.«

»Das ist lieb, aber ...« Was sollte Claire mit einer schweren Gipsmaske anfangen? Sie war auf Reisen und konnte sie auch nirgends hinschicken lassen. Mammaws Haus kam einem Zuhause am nächsten, aber jetzt, da Mammaw weg war, schien sich ihre Verbindung nach Louisiana aufzulösen wie der Morgendunst über dem Delta. Onkel Remy war natürlich noch da, aber auch schon vor ihrer Abreise hatten die übrigen Familienmitglieder damit begonnen, über die Aufteilung der mageren Hinterlassenschaften aus Mammaws bescheidenem Leben zu streiten.

Claire mochte sie wirklich, aber die Familienstreitigkeiten über Geld waren deprimierend vorhersehbar.

»Aber?«, hakte Giselle nach und holte Claire in die Gegenwart zurück.

»Entschuldigung, es ist nur, dass ich gerade reise und auch nicht wirklich einen Ort habe, an den ich sie schicken könnte. Und ich habe ja schon eine, auch wenn sie zerbrochen ist. Ich wollte einfach etwas über die Geschichte hinter der Maske erfahren.«

»Ja, wie gesagt: Niemand kennt die wahre Geschichte. Wahrscheinlich verkauft sie sich gerade wegen dieser geheimnisvollen Seite so gut, denken Sie nicht? Wenn wir die Wahrheit kennen würden, wäre sie ja schließlich nicht mehr *L'Inconnue*.«

»Ja, das stimmt«, antwortete Claire.

Giselle zögerte und fügte dann hinzu: »Ich könnte meinen Cousin fragen, ob er mehr über sie weiß, wenn er besser gelaunt ist. Er kümmert sich um unseren Familiensitz, also weiß er mehr über die Geschichte als ich. Außerdem ist er der bessere Zuhörer – ich schalte immer ab, wenn die Alten anfangen zu erzählen.«

»Das wäre wirklich toll«, antwortete Claire, auch wenn sie keine großen Hoffnungen hegte. Sie zog ihre Visitenkarte heraus, eine alte von No-Miss Systems in Chicago, strich die alten Informationen durch und schrieb ihre Handynummer auf die Rückseite.

»Sie sind in der IT-Branche?«, fragte Giselle.

»Das war ich. Im Moment bin ich arbeitslos.« Sie wies auf einen Postkartenständer mit Fotos des Ateliers und der vollgestellten Regale der Moulage Lombardi. »Ich hätte vielleicht stattdessen gerne ein paar Postkarten, wenn ich darf?«

»*Mais bien sûr*. Natürlich!«

Claire suchte sich einige Karten aus, und Giselle steckte sie in eine hellblaue Papiertüte mit dem kunstvollen Wappen der Lombardis, das einen brüllenden Löwen im oberen linken und ein an eine Meerjungfrau erinnerndes Wesen im unteren rechten Feld des Schildes trug.

»Also ... es war schön, Sie kennenzulernen, Giselle.« Claire warf einen Blick auf Armand, der in der Werkstatt mit einer Büste beschäftigt war. Mit Werkzeugen, die aussahen wie winzige Zahnarztinstrumente, arbeitete er die Gesichtszüge heraus. Die Bewegung seiner Rückenmuskeln war durch den Kittel hindurch sichtbar. »Und richten Sie auch Ihrem Cousin viele Grüße aus. Es war mir ein Vergnügen.«

Giselle lachte. »Er ist selten ein Vergnügen, aber er ist interessant. Und talentiert. Außerdem gehört er zur Familie, also was soll ich sagen?«

»Das kenne ich.«

Als Claire die Treppe hinunterging, kämpfte sie mit den Tränen.

Es ist egal, schalt sie sich selbst. Es war dumm, sich einzubilden, dass sie die Geschichte hinter der Maske herausfinden würde, indem sie das Atelier in Paris besuchte. Und schon gar nicht würde die Geschichte der *L'Inconnue* ihr den Weg weisen können.

Sie bog in eine schmale, mittelalterliche Gasse ein, in der sich griechische und orientalische Restaurants, kleine Cafés und billige Souvenirläden aneinanderreihten.

Vergiss es.

Es war eine kindische Idee gewesen, dass der merkwürdige alte Brief etwas mit der Maske zu tun haben könnte und dass beide Gegenstände etwas über ihre Zukunft oder ihre Vergangenheit aussagen würden. Sie war schlicht einer blühenden Fantasie entsprungen und der Überzeugung, dass Mammaw ein Geheimnis hütete. Das Ergebnis zu vieler Stunden, die sie allein mit der Maske auf dem engen und stickigen Dachboden verbracht und sich eingebildet hatte, die Maske spräche zu ihr.

Die grausame Wahrheit war, dass das Gesicht, das ihr so viel bedeutet hatte, ein in Massen produzierter Gipsabdruck war, und der Brief nicht mehr als altes Verpackungsmaterial. Die Maske war einfach ein Souvenir, ein beliebiges Teilchen aus einem Leben, das längst vergangen war. Es hatte nichts Magisches, genauso wenig wie die rosafarbenen Nachthemden von Mammaw, die nach Mottenkugeln rochen, oder die Bowlingpokale ihres Großvaters oder all die anderen Gegenstände, die man irgendwann auf den Dachboden geschoben und vergessen hatte.

Also ... wie sollte es jetzt weitergehen?

9 SABINE

Sabine muss dringend Arbeit finden.

Ein bohrender Hunger macht sich in ihrem Magen breit, der sich wie ein Messer anfühlt. Nachts krümmt sie sich zusammen. Doch es ist weniger der Schmerz als die Schwäche, die ihr zusetzt, die Unfähigkeit, sich zu konzentrieren.

Toinette und Honorine sind wirklich großzügig, und Sabines letzte Mahlzeit – eine gekochte Kartoffel, die Toinette gestern mitgebracht hat – hat sie ebenfalls ihnen zu verdanken. Aber sie arbeiten hart, um selbst über die Runden zu kommen, und erlauben ihr schon, bei ihnen auf dem Boden zu schlafen. Sabine bringt es nicht über sich, ihnen noch mehr abzuverlangen. Also behauptet sie, eine Freundin habe sie zum Abendessen und Frühstück eingeladen.

Ihr fällt ein, was der junge Priester gesagt hat: »Sie müssen sich selbst helfen, mein Kind. Hüten Sie sich vor dem liederlichen Temperament der Künstler.«

Aber sie leidet Hunger.

Also geht sie die Rue de la Rochefoucauld hinauf bis zur Rue Pigalle. Die Straßen sind vereist; jede Oberfläche in der Stadt scheint kalt und unnachgiebig, die Pflastersteine und Kalksteinfassaden, die eisernen Geländer und kalten Steinbänke in den Parks. Es ist vollkommen anders als auf dem

Land, wo alles so weich ist – die Kiefernnadeln, die Pfade, die Heuböden –, sodass Sabine Sehnsucht nach zu Hause bekommt, trotz der Annäherungsversuche ihres Stiefvaters und obwohl der Tod wie ein böser Geist durch das Dorf gezogen war, seine Sense ein heftiges Fieber.

Sie nähert sich dem Platz, der so belebt ist, als fände ein Straßenfest oder ein riesiger Markt statt. Aber niemand verkauft Melonen oder Geflügel. Hier sucht man sich Menschen aus. Meistens Frauen. Doch es gibt auch Kinder, und ein paar gut aussehende breitschultrige junge Männer.

Sabine kommt an einer schwarzhaarigen Familie vorbei, die wohl aus Italien stammt, an einem Zigeunerpärchen in bunten Tüchern und silbernem Schmuck, an zwei jungen Frauen in Schleiern, die sich in einer Sprache unterhalten, die Sabine vage vertraut vorkommt, die sie aber nicht versteht. Sie scheinen herumzulungern, haben sich aber gleichzeitig herausgeputzt und lächeln mit durchgedrückten Schultern und erhobenem Kinn den vorbeischlendernden Männern zu, die sie von oben bis unten mustern.

Das müssen die Künstler sein, denkt Sabine. Sie tragen Anzüge unterschiedlicher Qualität, und viele halten Skizzenbücher in der Hand. Einige wirken genauso verzweifelt wie der bunte Haufen der Modelle, während andere feine glänzende Schuhe tragen und wohlgenährt aussehen. Ihre prallen Bäuche sind in aufwendig verzierte Brokatwesten gezwängt.

Einige der hübschen jungen Frauen – und ein paar Männer – scheinen die Künstler bereits zu kennen. Sie rufen ihnen zu, sprechen sie mit Namen an, treiben Späßchen mit ihnen und flirten ungeniert. Sofort werden sie ausgewählt. Sabine beobachtet alles und hört zu, während sie um die Bezahlung feilschen; die genannten Summen wären ausreichend für ein gutes Abendessen und ein Bett für die Nacht.

Honorine und Toinette haben Sabine versichert, dass sie hübsch ist und dass ein Künstler sich für sie entscheiden wird. Dennoch ist Sabine zu schüchtern, um vor diesen Männern auf und ab zu stolzieren, sie zu umschmeicheln und zu umwerben. Sie hat solchen Hunger, aber das Schauspiel erinnert sie an einen Viehmarkt. Wollen sie am Ende auch noch ihre Zähne untersuchen?

Müdigkeit überkommt sie; sie schwankt und lehnt sich gegen eine Mauer. Dann schließt sie die Augen. Sie stellt sich das Essen vor, das sie in den Schaufenstern gesehen hat, als sie durch die Straßen spaziert ist: Pyramiden aus pastellfarbenen Macarons, Windbeutel, Éclairs und glänzende Buttercroissants, köstliche Quiche mit Ei und Käse. Am Fenster der Chocolatière Élise hatte sie einige Minuten gestanden und den winzigen Eiffelturm bestaunt, dessen Konstruktion ausschließlich aus feinen Schokoladenfäden bestand und mit kandierten Kirschen und Marzipan verziert war. Sabine denkt an den Taubenbraten, den ihre Mutter zu besonderen Anlässen immer zubereitet hat, und an den dampfenden Eintopf aus Lauch, Karotten und Kaninchen.

Ihr läuft das Wasser im Mund zusammen. Gibt es etwas Hervorragenderes als den Duft von gebratenem Fleisch oder von Eintopf, der auf dem Herd vor sich hin köchelt?

»*Bonjour, mademoiselle*. Ist alles in Ordnung?«

Sie öffnet die Augen. Ein großer, kräftiger Mann mit Bart und hellbraunem Haar steht vor ihr. Seine Züge sind zu grob, als dass man ihn als gut aussehend bezeichnen könnte, aber er lächelt, und sein Anzug ist aus feinem, weichen Wollstoff gefertigt. Er trägt ein Seidentuch um den Hals, und der Geruch von Tabak und etwas Süßlichem umweht ihn, Obst oder Nelken.

»*Mademoiselle?*«

Sabine merkt, dass sie ins Leere starrt. Ihr fällt ein, dass sie eine Aufgabe zu erledigen hat. Sie richtet sich auf und strafft die Schultern, sodass die Haare ihr den Rücken hinunterfließen, so wie Honorine es ihr gezeigt hat. »Bitte verzeihen Sie. Ich war in Gedanken.«

»Wie heißen Sie, Mademoiselle?«

»Sabine Moreau.«

»Ich bin Monsieur Maurice Desmarais. Und darf ich fragen, welche Gedanken solch ein bezauberndes Lächeln auf Ihre Lippen gezaubert haben?«

Soll sie ihm die Wahrheit sagen? Dass sie von Pyramiden aus Macarons geträumt hat und von gebratener Taube?

Ich darf nicht verzweifelt erscheinen.

»Ich habe an die Seine gedacht.« Sie nennt das Erste, was ihr in den Sinn kommt. Es stimmt, dass der Fluss, der Paris durchschneidet, in ihren Gedanken ist. In dem Gewirr von Straßen verliert sie oft die Orientierung, aber der Fluss ist eine Konstante und hilft ihr, sich zurechtzufinden. Sabine steht gerne auf einer der vielen Brücken und schaut auf das dunkle Wasser hinunter. In solchen Momenten fragt sie sich, wo es herkommt und wo es hinfließt.

»An die Seine?« Er zieht eine Augenbraue nach oben.

»Die Seine ist ein hübscher Fluss, finden Sie nicht?«, fragt sie und spürt, wie sie errötet. Sie kokettiert nicht gerne, das hat sie noch nie. Flirten fällt ihr nicht leicht.

»Ich würde sagen, die Seine ist eher aromatisch als hübsch«, erwidert ein zweiter Mann, der Desmarais einen Arm um die breiten Schultern legt. Die Augen des Mannes sind von einem hellen Sherrybraun, aber trotz des warmen Farbtons lässt sein Blick Sabine frösteln. Er untersucht sie ungeniert und mustert ihr Gesicht und ihren Körper.

Sabine zieht sich ihr Tuch enger um den Oberkörper und sieht weg.

Prostituierte oder Modell – manchmal ist das ein und dasselbe, hatte Honorine gesagt. Sabine versteht jetzt, was sie gemeint hat.

»Ein hübsches kleines Vögelchen, diese hier, was, Maurice? Sehr ... ungewöhnlich.«

»Verzieh dich, Clément«, antwortet Desmarais. »Ich habe sie zuerst gesehen.«

Sabine hofft, dass sich Monsieur Desmarais für sie entscheidet. Auch wenn seine braunen Augen sie genauso intensiv mustern wie die des anderen Mannes, ist sein Verhalten doch höflich, das eines Gentlemans.

»Sie ist *le rat des champs* – ein kleines Feldmäuschen vom Land. Hüte dich vor der kleinen Feldmaus, die von der Seine träumt, Desmarais«, stichelt Clément. »Du weißt doch, was man über die Frauen sagt, die ins Wasser gehen.«

Desmarais starrt Clément mit eisigem Blick an. »Es ist gerade mal neun Uhr morgens, und du hast schon getrunken?«

Clément zuckt mit den Schultern. »Ist ja nicht verboten, wird sogar von mir erwartet. Ich bin schließlich ein Künstler«, sagt er und verbeugt sich übertrieben vor Sabine.

»Du bist ein Trinker«, widerspricht ihm Desmarais. »*Ich* bin ein Künstler.«

Clément schnaubt abfällig. »Du bist ein reicher Mann. Wie kann ein Künstler reich sein? Ein Künstler muss schließlich leiden. Wie auch immer, Mademoiselle«, sagt er, nun an Sabine gewandt, »ich mache Ihnen ein Angebot.«

Sabines Magen krampft sich zusammen, aber nicht vor Hunger. Ihr Blick wandert Hilfe suchend zu Desmarais. Wenn er sich nicht für sie einsetzt, wird sie in das Angebot des kleinen, hinterhältigen Mannes einwilligen müssen. Das oder hungern.

Desmarais zögert, dann scheint er eine Entscheidung zu treffen.

»Sie ist schon vergeben«, sagt er. Sabine atmet erleichtert auf. »Es handelt sich um eine exklusive Abmachung.«

Clément presst die Lippen aufeinander und drückt die Brust heraus. »Du denkst, dass du alles kaufen kannst, was du möchtest, oder?«

Desmarais bleibt unbeeindruckt. »Du solltest nach Hause gehen und deinen Rausch ausschlafen, mein Freund.«

Clément wirft Desmarais und anschließend Sabine einen düsteren Blick zu, dann stürmt er davon.

»Sie haben Erfahrung als Modell, will ich hoffen?«, fragt Desmarais.

»*Oui, monsieur*«, lügt sie, ohne zu zögern.

»Ich bin sowohl Bildhauer als auch Maler. Ich muss in drei Dimensionen arbeiten. Ist das in Ordnung?«

»*Oui, monsieur*«, wiederholt sie. Sie ist sich nicht sicher, was er meint, aber es ist ihr egal. Es ist eine Arbeit, sie wird bezahlt dafür und wird heute Abend etwas zu essen haben.

»Wollen wir?«, fragt er mit einer auffordernden Handbewegung. Sie geht neben ihm, dankbar, dass er nicht nach Referenzen gefragt hat. Toinette hat ihr einige Namen von Künstlern beigebracht, aber wenn er wirklich nachgefragt hätte, wäre sie als Betrügerin enttarnt gewesen.

Er bewegt sich geschickt durch die Menge und ruft von Zeit zu Zeit jemandem eine Begrüßung zu. Dann geht er zügig die Rue Pigalle hinunter, weg von dem geschäftigen

Platz voller suchender Künstler und hoffnungsvoller Modelle.

Sabine versucht Schritt zu halten, stolpert aber schon bald.

»Haben Sie heute schon gefrühstückt?«, fragt Desmarais und stützt sie am Arm.

Sie schüttelt den Kopf. Sie hat seit ihrem letzten Apfel und der gekochten Kartoffel am Vortag nichts mehr gegessen.

»Sie sind ein mageres junges Ding, nicht wahr?«, sagt er, wobei seine großen Finger durch den dünnen Stoff der Bluse ihren knochigen Ellbogen befühlen. »Lassen Sie uns erst mal Kaffee und Croissants zu uns nehmen. Wir müssen ein bisschen Speck auf Ihre Rippen bringen. Danach machen wir uns an die Arbeit.«

Kaffee und Croissants. Und alles, was sie tun muss, ist still zu sitzen, während er ihre Züge nachmodelliert? Das scheint ein geringer Preis zu sein, den sie zahlen muss.

Vielleicht steckt doch noch mehr dahinter, bohrt eine leise Stimme in ihrem Kopf. Trotzdem macht ihr Magen beim Gedanken an Essen einen Satz, das Wasser läuft ihr im Mund zusammen, und ihr wird schwindelig. Für eine Mahlzeit würde sie im Moment so einigem zustimmen.

Also hebt sie den Kopf, lächelt ihr schüchternes Lächeln und geht neben dem bärtigen Mann mit dem hellbraunen Haar her, der nach süßen Früchten und Nelken riecht.

10

Das Apartment, das Claire gemietet hatte, lag ein Stück die Seine hinunter, nicht weit vom Rathaus entfernt, und der Fluss diente ihr als Orientierung.

Trotzdem hielt sie respektvoll Abstand.

Sie erwartete nicht wirklich, dass er ohne Vorwarnung plötzlich über die Ufer trat. Claire dachte als IT-Ingenieurin stets logisch.

Dennoch. Sie sah nach oben zu den grauen Wolken. Würde es regnen?

Im Jahr 1910, das wusste sie aus ihren Nachforschungen, hatte die Seine die Stadt überflutet. Das lag zwar schon lange zurück, aber man wusste ja nie ... Claire hatte alte Fotos gesehen, auf denen die Bewohner der Stadt in viktorianischer Kleidung auf Holzstegen über die Wassermassen spazierten und in Booten die breiten Boulevards befuhren. Sie bekam die Bilder nicht mehr aus dem Kopf.

Sie erschauderte beim Gedanken an diese junge Frau, die man nur noch die *Unbekannte* hieß, die sich vom Quai du Louvre aus in das kalte Wasser gestürzt hatte.

Claire seufzte frustriert. Sie hatte gewusst, dass die Maske nicht einzigartig war, aber ein Teil von ihr hatte trotzdem gehofft, auf irgendetwas Besonderes und Außergewöhnliches zu stoßen. Vielleicht sogar auf ein wenig von der Magie, die sie als kleines Mädchen bei verschiedenen Skulpturen gespürt hatte: die Sinnlichkeit der Formen, das raue und gleichzeitig weiche Gefühl von Ton und Metall und Stein in ihren Handflächen. Sie dachte an die kleinen rundlichen Tiere, die ihre Mutter für sie geformt und die zu ihr gesprochen hatten. Damals, als sie sich hinter dem Sofa versteckt hatte, während ihr Vater zornig tobte. Dann hatte sie die Augen zusammengekniffen und war zu einer der Skulpturen geworden. Sie hatte die kleinen Figuren betastet, als wäre sie blind, und sich hinter dem Sofa zusammengerollt. Dort hatte sie auf das Knirschen im Kies gewartet, das ihre Großmutter verursachte, wenn sie kam, um sie zu retten.

Ihre Mutter war zwar tot, hatte sie aber nicht im Stich gelassen: Sie hatte die Retter zu Hilfe gerufen und durch diese kleinen Tiere zu Chance gesprochen.

Jetzt saß Claire auf einer Steinbank auf einem kleinen Platz ein Stück vom Fluss entfernt, suchte eine Postkarte heraus, auf der das Atelier der Lombardis abgebildet war, und schrieb ihrem Onkel Remy eine Nachricht:

Habe unser geheimnisvolles Gesicht gefunden! In der Moulage d'Art der Familie Lombardi. Ich habe dir doch die Website gezeigt, erinnerst du dich? Sie ist in sehr guter Gesellschaft, hängt neben Berühmtheiten wie Beethoven und Chopin an der Wand. Wenn du nur sehen könntest, wie schön sie unzerbrochen aussieht!

Claire hatte Briefmarken dabei, also klebte sie eine auf die Karte und warf sie dann in einen gelben Briefkasten seitlich am Gebäude der *Postes.*

Danach streifte sie ziellos durch die Gegend, hob orangene und rote Blätter vom Gehweg auf und legte sie in ihr kleines Adressbuch, das sie immer in der Tasche trug. Sie blätterte durch einige alte Bücher, Karten und Lithografien, die in grünen Kisten von den Straßenhändlern, den *bouquinistes*, entlang der Seine zum Verkauf angeboten wurden. Ganz in der Nähe verkaufte ein alter Mann Crêpes aus einem kleinen Wagen heraus, und duftende Schwaden wehten durch die Luft. Die Straßen waren vollgestopft mit Autos, und etwa die Hälfte der Fahrer schien zu hupen. Wunderschöne Frauen auf Vespas, viel zu schick, um einen Helm zu tragen, schlängelten sich zwischen den Autos hindurch, und einige mutige Radfahrer stellten sich dem Verkehr.

Cafés und Bistros, die gleichermaßen von Einheimischen und Touristen bevölkert waren, nahmen buchstäblich jede Ecke ein, ihre kleinen Eisentische und filigranen Stühle ergossen sich auf die Gehwege und manchmal noch in kleine Seitenstraßen hinein. Mit Kreide beschriftete Tafeln priesen vor jedem Restaurant das *menu du jour* an, meist ein Drei- oder Vier-Gänge-Menü zu einem moderaten Preis. Sie kam an einem großen, dünnen Akkordeonspieler vorbei, der ein rot-weiß gestreiftes T-Shirt und eine Baskenmütze trug und dem Klischee von einem längst vergangenen Paris entsprach.

Claire hatte hart daran gearbeitet, ihre Gewohnheiten aus den Südstaaten abzulegen, als sie in Chicago gelebt hatte, also vermied sie es, Augenkontakt aufzunehmen oder zu lächeln oder andere Passanten zu grüßen. Pariser kümmerten sich wie alle Großstadtbewohner nur um ihre eigenen Angelegenheiten.

Vor dem Schaufenster einer Patisserie blieb sie stehen. Sie war fasziniert von den Pyramiden aus pastellfarbenen

Macarons und den Türmen aus Croquembouches: hoch aufgetürmte, mit Karamell verzierte Windbeutel. Eine Tür weiter befand sich ein Chocolatier, dessen Kreationen von den Süßwaren zu Hause meilenweit entfernt waren; selbst mit den teuren Schokoladen von Godiva, die Sean in Chicago manchmal für sie gekauft hatte, schienen sie nichts gemeinsam zu haben.

Apropos – es war beinahe Zeit fürs Mittagessen. Claire wusste, dass es in den Bistros in Paris durchaus üblich war, allein zu essen, und sie konnte ja auch ein Buch mitnehmen. Aber bis jetzt hatte sie noch nicht den Mut aufgebracht; es fühlte sich unangenehm an, allein über seinem Teller zu sitzen, während das Restaurant sich mit Pärchen und kleinen Grüppchen füllte. Außerdem hatte sie ihren Appetit noch nicht wiedererlangt.

Trauer, kam ihr in den Sinn. Manchmal überkam es sie ohne Vorwarnung, wie ein Schlag in die Magengrube. Sie versuchte, sich davon zu überzeugen, dass sie darüber hinweg war, aber dann übermannten sie die düsteren Gedanken wieder, wenn ein Schal sie an Mammaw erinnerte, oder eine bestimmte Formulierung oder der Duft des Parfüms, das Mammaw zu besonderen Anlässen getragen hatte.

Claire seufzte. Sie fühlte sich so ... ziellos.

Wahrscheinlich sollte sie ein paar Lebensmittel besorgen und dann im Apartment etwas kochen. Doch der Gedanke konnte sie nicht recht begeistern. Die hübsche Küche, die in der Anzeige angepriesen worden war, hatte sich als winziger Kühlschrank entpuppt, dessen Innentemperatur sich nur unwesentlich von der Umgebung unterschied, und als winziger Gasherd mit undichter Leitung, die man nach der Benutzung an der Wand zudrehen musste. Claire war sowieso keine große Köchin. Mammaw hatte darauf bestanden, dass sie lernte, wie man Gumbo zubereitet, ihr Vorzeigegericht. Und sie hatte ein Händchen für Lachskroketten, weil sie Mammaw unzählige Male bei der Zubereitung geholfen hatte. Aber wer machte schon Gumbo oder Lachskroketten für eine einzige Person?

Bis jetzt war sie mit Sandwiches aus der *boulangerie* ganz gut über die Runden gekommen – frisches Baguette mit rohem Schinken und Butter. Zweimal bereits hatte sie ihr Sandwich in den kleinen Park hinter der Kathedrale mitgenommen. Auf der Vorderseite der Kathedrale drängten sich die Besucher, doch nur wenige fanden den Weg hinter die mächtige Kirche. Und obwohl der Fluss ganz in der Nähe war, mochte Claire den kleinen Platz.

Doch trotz der wunderschönen Architektur, den pittoresken Cafés, den sensationellen Süßwaren und den einladenden Parks musste Claire sich eingestehen, dass Paris ihr weniger gefiel, als sie erwartet hatte.

Nach all den Jahren, in denen sie von der Stadt geträumt und sich dorthin gesehnt hatte, war sie enttäuscht.

Die Straßen kamen ihr abweisend und hektisch vor. Fremd. Ein wenig unheimlich. Und doch gab es in Frankreich etwas – die Melodie der Sprache, den Geschmack des Essens –, das sie an Louisiana erinnerte und sie nostalgisch werden ließ. Sie empfand Heimweh. Aber nach wohin? Es zog sie weder nach Plaquemines Parish noch nach Chicago.

Ein paar Monate zuvor waren Claire und Sean zu einem Scrabbleabend zu Freunden gegangen, was in erster Linie ein Vorwand war, um Wein zu trinken und sich zu unterhalten, während man sich einen harmlosen Wettbewerb lieferte. In dem Spielzug, der ihm den Sieg bescherte, hatte Sean ein Wort gebildet, das Claire noch nie gehört hatte: *hiraeth*. Er hatte ihnen erklärt, dass es sich dabei um ein walisisches Wort handelte, das eine Sehnsucht nach einem Ort bezeichnete, den es nicht mehr gab oder noch nie gegeben hatte.

Das Wort kam Claire immer wieder in den Sinn. *Hiraeth.* Und jetzt, da sie in Paris war, Heimat existenzialistischer Ikonen wie Sartre, rückte es wieder in den Vordergrund.

Claire umschlang mit den Armen ihren Oberkörper und prüfte den Wasserstand der Seine. War er etwa gestiegen?

Eins war gewiss: Sie selbst war vollkommen aus dem Gleichgewicht.

Ihr Magen knurrte. Trotz ihrer Traurigkeit musste sie lächeln. Sie hörte Mammaws Stimme: *Dieses Problem sollte sich lösen lassen, Schätzchen. Eine gute Mahlzeit wird dich wieder auf andere Gedanken bringen.*

Aber die meisten *boulangeries* hatten inzwischen geschlossen oder nur noch unansehnliche trockene Sandwiches im Angebot.

Sie spazierte los und hoffte darauf, dass sie unterwegs eine Eingebung hätte. Als sie an einer Kunstgalerie vorbeikam, wanderten ihre Gedanken zurück zu Giselle und Armand aus der Moulage Lombardi. Wie es sich wohl anfühlen mochte, Teil einer Legende zu sein? Vorfahren zu haben, die ihre Kunstfertigkeit von Generation zu Generation weitergaben?

Von außen betrachtet, erschien die Tradition eines Familienbetriebs sehr reizvoll. Doch als Claire die Vorstellung auf ihre eigenen Umstände übertrug, verlor das Konzept schnell seinen romantischen Reiz. In einer Fabrik, auf einer Ölbohrinsel oder einem Fischerboot im Austausch für einen niedrigen Stundenlohn zu schuften, war weniger glamourös. Wie es sich wohl anfühlen würde, wenn ihre Familie im Besitz von etwas historisch Bedeutsamem oder Wertvollem wie einem erfolgreichen Familienunternehmen oder auch einem Stammsitz wäre? Hätte sie dann eher das Bedürfnis, in ihrer Heimatstadt zu bleiben oder eine Hüterin der Tradition zu werden? Oder hätte es sie auch dann in die Ferne gezogen, weg von zu Hause?

Vielleicht hatte Mammaw erkannt, dass Claire in Louisiana nicht glücklich werden würde, und hatte sie deshalb gedrängt, nach Paris zu fliegen? Vielleicht war sie auch einfach davon ausgegangen, dass sie hier schon eine gute Zeit haben würde.

Aber sie wurde das Gefühl nicht los, dass mehr dahintersteckte.

Versprich mir, dass du nach Paris gehst, Schätzchen, hatte Mammaw insistiert. *Es wartet ein Geheimnis auf dich!*

Aber ihre Familie neigte zum Fabulieren. Sie erzählten nicht wirklich Lügen, aber Geschichten, die übertrieben und derartig ausgeschmückt wurden, bis sie dazu angetan waren, den Zuhörer in die Irre zu führen. Onkel Charles beispielsweise schwor, dass er auf einem Feld einem *rougarou* über den Weg gelaufen war – einer Art Werwolf. Ihr Cousin Richard war nicht davon abzubringen, dass er in eine Hinrichtung der Mafia geraten und nur haarscharf mit dem Leben davongekommen war. Ihre Cousine Sheila behauptete, sie könne beweisen, dass sie adoptiert war und dass königliches Blut in ihren Adern floss. Und sie alle (ausgenommen Jessica) bestanden darauf, dass die Stimme von Claires Mutter am Abend des Autounfalls aus ihrem nassen Grab herausgerufen hatte und dass Claires Überleben ein Wunder war.

Soweit Claire das beurteilen konnte, gab es dafür keinerlei Beweise.

Jetzt reicht es!, schimpfte sie mit sich selbst. Wenn sie kein besonderes Geheimnis fand, nichts Magisches, das die alte Maske oder den geheimnisvollen Brief betraf, dann wollte sie zumindest die Stadt des Lichts genießen. Es gab schließlich wohl kaum jemanden, der Paris nicht mochte. Sie musste sich einfach ein wenig bemühen.

Sie zog ihre Liste mit den Sehenswürdigkeiten hervor, die sie auf jeden Fall besuchen wollte, und machte sich auf den Weg zur Metro Richtung Champs-Élysées. Dort gab es bestimmt eine große Auswahl an Essen.

Ihr Reiseführer nannte die Avenue des Champs-Élysées ein Muss, wie den Eiffelturm. Jedes Jahr fand dort am Nationalfeiertag die Militärparade statt, die Tour de France endete dort, und unter der Weihnachtsbeleuchtung erstrahlte sie jedes Jahr in noch größerem Glanz. *La plus belle avenue du monde* – die schönste Straße der Welt – war eine der elegantesten Adressen in Paris. Der französische Präsident selbst wohnte dort im Élysée-Palast.

Doch als Claire an der Station Charles de Gaulle – Étoile wieder ans Tageslicht kam, erwartete sie nicht so sehr Schönheit als vielmehr das mehrstimmige Hupen der Autos, die um den Arc de Triomphe herumfuhren. Sie hatte irgendwo gelesen, dass der Kfz-Versicherungsschutz vorübergehend erlosch, sobald ein Fahrer in diesen Kreisverkehr einbog. Vielleicht war das nur ein Gerücht, aber es kam ihr durchaus plausibel vor, als sie das chaotische und anscheinend völlig außer Kontrolle geratene Kreisen beobachtete.

Sie spazierte die breiten Gehwege der Champs-Élysées entlang, wobei Schwärme anderer Touristen sie flankierten, die ebenfalls nach Zeichen der angeblich so eleganten Straße suchten.

Sie schnappte Satzfetzen in Französisch auf, aber größtenteils hörte sie andere Sprachen: Englisch, Spanisch, Japanisch, Deutsch, Chinesisch. Busse parkten entlang der Bordsteine. Sie spuckten Dieselqualm und Dutzende von Touristen aus. Frauen in Saris umklammerten Taschen von Louis Vuitton, und junge Leute strömten in und aus Banana Republic, Gap und Abercrombie & Fitch. Es gab einen Disneyladen und sogar ein Hard Rock Café.

Claire versuchte, die orientierungslosen Touristen und den Kommerz zu ignorieren, aber es fiel ihr nicht leicht. Ich hätte nach Einbruch der Dunkelheit kommen sollen, dachte sie. Viele Orte sahen im Dunkeln und mit funkelnder Beleuchtung besser aus.

Ihre Gedanken wanderten: Was hatten diese Straßen nicht alles gesehen? Im Jahr 1940 waren die deutschen Truppen die Champs-Élysées hinuntermarschiert und hatten ihren Sieg über die französische Armee gefeiert. Vier Jahre später war Claires Urgroßvater unter den amerikanischen Soldaten, die die Nazis aus Paris vertrieben. Der Krieg sollte zwar im pazifischen Raum und darüber hinaus andauern, aber die Vertreibung der Deutschen aus Paris war ein symbolisch wichtiger Sieg, ein Wendepunkt im Krieg.

Die Stadt des Lichts war gebeugt, aber bei Weitem nicht geschlagen aus dem Krieg hervorgegangen.

Claire knurrte der Magen. Das war ja nicht zu fassen: Da war ein McDonald's. Direkt an der Champs-Élysées.

Wenn das kein Zeichen war! Claire betrat das Fast-Food-Restaurant.

Es hatte zwei Stockwerke und war rappelvoll. Die meisten Kunden waren Touristen, aber auch unzählige junge Franzosen aßen dort. Der vertraute Geruch von Burgern und Pommes lag in der Luft. Seit Claire bei Mammaw ausgezogen war, hatte sie eine Menge Junkfood gegessen. Im College hatte sie sich von Pizza, Burgern und leuchtend orangenen chinesischen Gerichten ernährt, danach lebte sie jahrelang von Business-Mahlzeiten zum Mitnehmen, die sie mittags, oft auch noch am Abend vor dem Bildschirm ihres Computers aß.

Sie wollte wetten, dass die Franzosen diese Angewohnheit abscheulich fanden.

Die Speisekarte unterschied sich insofern von der amerikanischen Version, als sie mehrere Varianten mit Blauschimmelkäse anbot. Außerdem war alles teurer: Ein Burger kostete über neun Dollar.

Das Beste war jedoch der McCafé mit den Macarons. Die köstlichen kleinen Gebäckstücke wurden für jeweils nur einen Euro verkauft.

Claire bestellte sich einen Burger mit Blauschimmelkäse und trug ihn nach oben, um ihn mit Blick über den breiten Boulevard zu essen. Es war zwar nicht das Paris, von dem sie geträumt hatte, aber es machte Spaß. Und entweder es war Heimweh oder der horrende Preis, oder es kehrte einfach ihr Appetit zurück, aber auf jeden Fall schmeckte das Essen viel besser, als sie es von zu Hause gewohnt war.

Zum krönenden Abschluss gönnte sie sich ein Macaron.

Pappsatt beschloss sie, zu Fuß zu ihrem Apartment zu gehen. Auf dem Weg würde sie am Eiffelturm vorbeikommen, dem nächsten Punkt auf ihrer Liste.

Natürlich hatte sie ihn aus der Ferne bereits gesehen. Aber aus der Nähe war er riesig und viel mächtiger, als sie erwartet hatte. Die Wartezeit für den Aufzug zur Spitze betrug mehrere Stunden, und Claire hatte keine Lust auf einen Aufstieg zu Fuß. Also begnügte sie sich damit, auf dem Platz unterhalb des Turms umherzustreifen und das Gewirr von Trägern, Balken, Verbindungen und Bögen zu bestaunen. Im Reiseführer stand, dass viele Einwohner von

Paris erzürnt waren, als der Turm für die Weltausstellung 1889 gebaut werden sollte. Sie hielten ihn damals für eine hässliche Platzverschwendung, da er nicht mal etwas in seinem Inneren beherbergte. Er war einfach nur eine Struktur, die errichtet wurde, um über der Stadt zu thronen, wie aus einem Kinderbaukasten, nur eben viel, viel größer.

Auch bei Claire wollte sich keine rechte Begeisterung einstellen.

Eine Sorge machte sich in ihr breit und umklammerte ihr Herz. Wenn sie ausgerechnet für Paris so wenig empfand, dann lag das vielleicht an ihr. Sie hatte seit so vielen Jahren von dieser Stadt geträumt. Und jetzt war sie hier, in der romantischsten, meistbesuchten und wunderschönsten Stadt der Welt, wie sich alle Reiseführer einig waren, und war enttäuscht.

Paris fühlte sich kalt und unpersönlich an, außerdem überlaufen von Touristen – zu denen sie natürlich auch zählte –, und selbst die berühmtesten Sehenswürdigkeiten langweilten sie.

Auf ihrem Weg nach Hause blieb sie an einem Buchladen stehen und stöberte in ein paar Souvenirläden. Vielleicht war es weniger Paris selbst als ihre Situation, dachte Claire. Nachdem sie jahrelang auf bestimmte Ziele hingearbeitet hatte, war es verstörend, nun keinen genauen Plan zu haben. Wenn sie die Augenblicke der Reise mit jemandem teilen könnte, wäre es wahrscheinlich etwas anderes.

Es war schon nach zehn Uhr, als Claire in ihr klägliches Apartment zurückkehrte. Sie hatte gedacht, dass sie Geld sparen könnte, wenn sie, statt im Hotel zu wohnen, etwas für eine Woche mietete, aber das hatte sich als Fehlentscheidung entpuppt. Das Haus war modern, aber nicht auf gute Art und Weise. Es schien in den Siebzigern modernisiert worden zu sein. Die verwendeten Materialien waren billig, es war dürftig geplant und schlampig ausgeführt. Die Schränke aus Sperrholz fielen auseinander, und die goldfarbenen Linoleumplatten wellten sich. Der ganze Raum war von einem schimmeligen, modrigen Geruch durchdrungen.

Hinzu kam, dass das Apartment sich direkt neben einer Disco befand, deren wummernde Bässe bis zum frühen Morgen durch die Wände drangen. Die Gäste waren alle ziemlich schick, hübsche junge Leute im Collegealter.

Claire seufzte, als sie sich durch die Menschenmenge drängte, die bereits vor der Disco wartete. Sie ging in den zweiten Stock und ins Apartment. Alles wird gut, sagte sie sich. Wirklich. Morgen würde sie nach Montmartre fahren und dem berühmten Hügel einen Besuch abstatten, auf dem einst so viele Künstler tätig gewesen waren. Vielleicht würde sie auch dem Friedhof Père Lachaise einen Besuch abstatten und Oscar Wilde und Jim Morrison Tribut zollen. Dann konnte sie diese Sehenswürdigkeiten auch von ihrer Liste streichen.

Erst danach würde sie sich Gedanken über den weiteren Verlauf des Tages machen.

Sie setzte sich an den kleinen Frühstückstisch neben der kleinen Küchenzeile und holte ihre Schreibutensilien heraus: dickes Papier, rotes Wachs und das Siegel in Form eines *C*, das Remy ihr geschenkt hatte, als sie zehn war und eine Brieffreundin in Nepal hatte.

Claire hatte die meiste Zeit ihres Lebens am Computer gearbeitet, aber die Tradition des Briefeschreibens wurde in ihrer Familie hochgehalten. Ihre Großmutter hatte darauf bestanden, dass sie ihre gesamte Kindheit hindurch Briefe an ihre Verwandten verfasste, und aus dem College hatte sie einmal in der Woche nach Hause geschrieben. Ihre

Vorliebe für Kettenbriefe belustigte ihre Freunde, aber das war ihr egal.

Lieber Onkel Remy,
ich schreibe diesen Brief spät in der Nacht, weil man hier kaum schlafen kann! Das Apartment ist direkt neben einem Klub, aus dem die Musik lauter dröhnt als der Lärm der Truck Rallies, zu denen Du mich immer mitgenommen hast. Erinnerst Du Dich?
Heute bin ich die Champs-Élysées hinuntergegangen, eine berühmte Prachtstraße, die vom Triumphbogen bis zur Place de la Concorde verläuft. Im Jahr 1940 sind hier anscheinend die Nazis entlangmarschiert und dann, im Sommer 1944, die Amerikaner. Es heißt, dass in der ganzen Stadt die Kirchenglocken läuteten, um die Befreiung der Stadt zu signalisieren.
Heute befinden sich in der Straße hauptsächlich teure Geschäfte, die von Touristenhorden heimgesucht werden. Ich habe einen Burger bei McDonald's gegessen. Aber weil wir schließlich in Frankreich sind, servieren sie den Burger mit Blauschimmelkäse.
Ich lege Dir ein paar Blätter bei, die Dir vielleicht gefallen. Ich habe sie in der Nähe der Seine gefunden, dem Fluss, der durch die Stadt fließt.
Ich denke an Dich. Ich vermisse Dich. Ich liebe Dich.
Deine Nichte,
Chance

Sie faltete den Brief und steckte ihn in den Umschlag. Dann zündete sie ein Streichholz an, hielt es an das Wachs und sah zu, wie die roten Tropfen auf den Umschlag fielen, tiefrot wie Blut. Claire drückte das Siegel in das flüssige Wachs, bis es fest wurde.

Dabei stellte sie sich Remy vor, wie er mit seinen tollpatschigen Fingern den Brief öffnete, das Blatt herauszog und zusah, wie das Laub auf den Boden segelte.

Die Bässe der Disco rüttelten an den dünnen Wänden des Apartments. Sie wurden begleitet von Rufen und lauten Stimmen aus der Menge, die draußen vor der Tür auf Einlass wartete. Claire wusste inzwischen, dass das die ganze Nacht so gehen konnte. Diese Pariser wussten, wie man feierte. Wenn sie länger bleiben wollte, würde sie eine andere Unterkunft finden müssen. Aber warum sollte sie in dieser Stadt verweilen?

Hatte sie das Geheimnis gelüftet? Sie wusste auch nicht mehr als vor ihrer Ankunft. Nur dass die Maske der *L'Inconnue* in der Moulage Lombardi ein Bestseller war. Sie wusste nach wie vor nicht, was es mit dem seltsamen Brief aus dem Verpackungsmaterial auf sich hatte, aber allem Anschein nach stand er nicht mit der Maske in Verbindung.

Hier in Paris hatte sie nichts verloren, genauso wenig wie in Chicago oder in Plaquemines Parish. Rein gar nichts.

Mammaw hatte ihr immer wieder eingeschärft: *Triff niemals eine Entscheidung mitten in der Nacht. Entscheidungen muss man im hellen Schein des Tages durchdenken, Schätzchen. Was auch immer es ist, es kann bis zum Morgen warten.*

Morgen also. Morgen würde Claire über ihren nächsten Schritt entscheiden.

Als sie im Bett lag, wanderte sie in Gedanken zur Tür des Ateliers Lombardi zurück. Bewacht von Statuen, die sie drängten, doch einzutreten. Der kalte Hauch der Skulpturen streifte ihre Wange. Das Wispern der leuchtend weißen Masken. Da hing das geliebte stumme Gesicht von Mammaws Dachboden an der Wand, eine Maske zwischen vielen anderen.

11 PIERRE-GUILLAUME

1944
Werkstatt der Familie Lombardi,
Maskenbildner, Rue de la Huchette, Paris

Der Junge bemerkte den Amerikaner sofort. Wie hätte er auch nicht? Der Soldat war groß und laut, mit einer donnernden Stimme. Er stand auf dem Gehweg vor dem Laden.

Pierre-Guillaume war siebzehn und schätzte sich glücklich, überhaupt eine Anstellung zu haben, und dann auch noch als Auszubildender bei der berühmten Familie Lombardi. Sein Meister, Marc-Antoine Lombardi, war berüchtigt für sein gallisches Temperament; einmal hatte er eine Büste von Robespierre quer durch den Raum geschleudert und Pierre-Guillaumes Kopf nur um Haaresbreite verfehlt.

Er war zwar nicht das beabsichtigte Ziel gewesen, aber Monsieur Lombardi konnte bekanntermaßen schlecht zielen, also war man besser auf der Hut.

Abgesehen von diesen gelegentlichen Ausbrüchen war Monsieur Lombardi ein guter Meister, ein anspruchsvoller, aber auch großzügiger Lehrer. Marc-Antoines Vater, Jean-Baptiste Lombardi, hatte sich auf dem Familiensitz in der Franche-Comté zur Ruhe gesetzt und das Geschäft in Paris einige Jahre zuvor seinem ältesten Sohn überlassen. Es gab noch einen Sohn in der Familie sowie drei Töchter, aber Marc-Antoine Lombardi hatte die künstlerische Begabung geerbt. Und das Temperament der Lombardis. Man sagte, beides gehörte zusammen.

Pierre-Guillaume fragte sich manchmal, ob seine eigene Ausgeglichenheit seiner künstlerischen Entwicklung abträglich war, behielt diese Zweifel aber für sich.

Monsieur Lombardi hatte zwei Kinder, einen Sohn und eine Tochter. Der Sohn war viel zu jung, um das Unternehmen zu erben, und zum Verdruss seines Vaters eher an Fußball und seinen Freunden interessiert als an der Kunst der Maskenbildnerei. Die Tochter, Delphine, war eine Herausforderung für Pierre. Schon im zarten Alter von zehn Jahren folgte das Kind ihm durchs Atelier und bombardierte ihn mit Fragen: »Wozu sind die Gazestreifen? Warum klopfst du nach dem Einfüllen so gegen die Kiste? Warum riecht der Schellack so komisch?«

Pierre-Guillaume tat gerne so, als wäre er der Nächste in der Reihe derer, die die Moulage der Familie Lombardi übernehmen würden. Er würde dieses absurde Streben niemals laut äußern, aber ihm war aufgefallen, dass in der Liste der Meister an der Tür ein Name stand, der nicht Lombardi lautete. Ein Mann namens Olivier Delen hatte sich um das Geschäft gekümmert, während Jean-Baptiste Lombardi die meiste Zeit auf dem Land verbracht hatte, bis Marc-Antoine alt genug war, um zu übernehmen. Vielleicht würde Pierre-Guillaume eines Tages in die Reihe der Meister aufsteigen, auch wenn er kein Lombardi war. Er würde hart arbeiten und sich bewähren müssen. Eines Tages vielleicht. Pierre-Guillaumes Familie war während des Krieges auseinandergerissen worden: Ein deutscher Soldat hatte seinen Vater erschossen; seine Mutter war einer Lungenentzündung erlegen, sein älterer Bruder war gleich zu Beginn des Krieges bei einem Traktorunfall gestorben.

Nun war Pierre-Guillaumes einzige Familie seine jüngere Schwester, die bei Onkel und Tante auf dem Land lebte. Es war Pierre-Guillaumes Verantwortung, für sie zu sorgen, Onkel und Tante Geld zu schicken und seinen Beitrag zum Wiederaufbau von Paris zu leisten. Und dazu war er bereit, er war erfüllt von einem entschlossenen Nationalismus und wollte mithelfen, die großartigste Stadt der Welt wieder in vollem Glanz erstrahlen zu lassen.

Paris war mehr als nur Gebäude und Geschäfte. Es war eine Metropole der Künstler und Kunsthandwerker, und Pierre-Guillaume schwor, dass er dieser Stadt wieder zu dem Ruhm verhelfen würde, der ihr zustand.

Manchmal kam Jean-Baptiste Lombardi zu Besuch, und wenn er genügend Cognac trank, erzählte er Anekdoten aus den alten Zeiten: aus der Belle Époque, als das Leben wundervoll und Paris die Heimat großer Schriftsteller, Künstler und Philosophen gewesen war.

Pierre-Guillaume wollte Teil der neuen Belle Époque sein. Unbedingt wollte er das.

Als er den Amerikaner zum ersten Mal vor dem Laden stehen sah, trug er gerade in jeder Hand einen schweren Eimer voll schmutzigem Wasser. Er erstarrte und wusste nicht, was er sagen sollte. Wie jeder Pariser spürte auch Pierre-Guillaume beim Anblick der amerikanischen Uniform sein Herz vor Stolz schwellen. Zwei seiner Cousins waren im Widerstand aktiv gewesen, und er selbst hatte Straßenschilder entfernt oder verändert, um die verhassten deutschen Besatzer in die Irre zu führen. Die Résistance hatte Wunder bewirkt, aber erst als sich die Amerikaner dem Kampf anschlossen, hatte sich das Blatt gewendet.

»*Hello, sir. How are you?*«, hatte Pierre-Guillaume endlich herausgebracht. Es war einer der Sätze, die sein Vater ihm beigebracht hatte, bevor er erschossen wurde, damals, als sie noch in ihrem gemütlichen kleinen Bauernhaus beisammengesessen und gemeinsam musiziert hatten. Das war vor dem Krieg, bevor der Tod seine Familie heimgesucht und das Glück gestohlen hatte.

»Oh, hallo, junger Mann«, dröhnte der Amerikaner. *»Je parle français si tu préfères.«*

»Ja, danke. Das wäre mir in der Tat lieber«, sagte Pierre-Guillaume, froh, nicht weiter Englisch sprechen zu müssen. Als er sich um seinen Job beworben hatte, hatte er ein wenig dick aufgetragen, was seine Englischkenntnisse betraf. »Wenn ich fragen darf: Wo kommen Sie her, Monsieur?«

»Louisiana«, antwortete der Mann.

Wieso sprechen Sie dann meine Sprache?, dachte sich der Junge im Stillen, traute sich jedoch nicht zu fragen. Er hatte noch nie einen Amerikaner kennengelernt, der mehr als ein paar Worte Französisch sprach.

Delphine – mit Pferdeschwanz und knochigen Beinen – tauchte am Fuß der Treppe auf und fragte: »Wieso sprechen Sie Französisch, Monsieur?«

Pierre-Guillaume scheuchte sie zurück ins Haus und schloss die Tür.

»In Louisiana sprechen einige Leute Französisch«, sagte der Mann grinsend. »Wir nennen es Cajun. Es ist ein bisschen anders als euer Französisch, aber man kann sich verständlich machen, habe ich recht? Ich heiße übrigens Jerry. Jerry Duval.«

Pierre-Guillaume lächelte und senkte den Kopf. Er hatte noch nicht viele Amerikaner kennengelernt, aber diejenigen, die er getroffen hatte, waren alle so: gut gelaunt und gesprächig, mit einer freundlichen Ausstrahlung. Er fand es gleichermaßen irritierend und reizvoll.

»Wir beide werden einander schon verstehen. Aber ich will dich nicht von der Arbeit abhalten. Die Eimer sehen schwer aus.«

Pierre-Guillaume nickte und machte sich daran, das Wasser in den Gully zu leeren. Immer wenn er dem milchigen Wasser hinterhersah, wie es in der Kanalisation verschwand, musste er daran denken, was sein Meister ihm erzählt hatte: dass während des Krieges Widerstandskämpfer die Kanalisation benutzt hatten, um auch während der Ausgangssperre durch die Stadt zu streifen. Sein Meister hatte gesagt, dass es unterhalb der Straßen von Paris Hunderte Kilometer Tunnel gab. Sie waren sogar über mehrere Stockwerke angeordnet, und manche enthielten die Gebeine ihrer Vorfahren. Sein Meister erzählte oft derlei Dinge, und Pierre-Guillaume war sich nie ganz sicher, was er glauben sollte und was nicht. Aber die Geschichte mit der Kanalisation kaufte er ihm ab.

Paris war eine Stadt der Wunder. Es fiel einem nicht schwer, sich ein unterirdisches Netzwerk vorzustellen, Schichten von historischem Einfallsreichtum, die dem Ganzen noch mehr Magie verliehen.

»Mein Meister ist gerade nicht im Atelier, er ist beim Mittagessen, aber kann ich Ihnen vielleicht behilflich sein, Sir?«, fragte Pierre-Guillaume und nahm die leeren Eimer wieder auf.

»Ja, bitte. Ich interessiere mich für diese Maske«, sagte der Amerikaner und zeigte auf das Gesicht einer jungen Frau, das neben der Tür hing.

Pierre-Guillaume nickte. »Sie ist wunderschön, nicht wahr?«

»Ja, das ist sie. Ist sie berühmt?«

»O nein, nicht wirklich. Na ja, gewissermaßen ist sie es jetzt. Ihre Identität ist unbekannt.«

»Unbekannt?«

»Ja, so nennt man sie auch: Die Unbekannte aus der Seine. *L'Inconnue de la Seine*. Man hat sie im Fluss gefunden.«

»Gefunden?«

»Sie war ertrunken.«

»Das ist ja schrecklich.«

»Ja, das ist es. Die anderen Masken sind aber von berühmten Leuten. Wir haben Napoleon, Beethoven, Pascal.«

»Warum ist *L'Inconnue* dann hier?«

Pierre-Guillaume stellte die Eimer wieder hin, richtete sich zu voller Größe auf (was nicht viel brachte; neben dem riesigen Amerikaner sah er aus wie ein Zwerg) und gab die Geschichte wieder, die sein Meister ihm erzählt hatte:

»Man sagt, sie war ein einfaches Mädchen vom Land, deren Herz von einem bösen Mann gebrochen wurde. Daher stürzte sie sich in die kalte, dunkle Seine, um sich den Wassergeistern anheimzugeben. Als man ihren Körper aus dem Wasser zog und ins Leichenschauhaus brachte, entschied einer der Arbeiter dort, dass sie zu schön war, um dem Vergessen anheimzufallen. Also ließ er den Vater meines Meisters rufen, Monsieur Jean-Baptiste Lombardi, der das Atelier damals leitete. Er nahm eine Maske von ihrem Gesicht ab, obwohl sie nicht berühmt war, sondern ...«

»... weil sie wunderschön war.«

Er nickte. »Weil sie wunderschön war und weil sie wissend lächelte.«

»Wissend?«

Pierre-Guillaume zuckte mit den Schultern. Ich glaube, sie soll das Geheimnis kennen, das auch *La Joconde* kennt.«

»*La Joconde*? Die *Mona Lisa*?«

»*Oui, monsieur*. Sie kennt das Geheimnis, das nur eine Frau kennen kann.«

12

Am nächsten Morgen gönnte sich Claire ein sogenanntes »Amerikanisches Frühstück« in einem Café, dessen Zielgruppe eindeutig Touristen waren: Zusätzlich zu Café au lait und Croissants bot die Speisekarte auch Eier mit Speck, Röstkartoffeln, Toast und amerikanischen Kaffee aus stark verdünntem Espresso an.

Der Kellner war herablassend, fast unhöflich, also versuchte Claire, ihn so weit wie möglich zu ignorieren. Trotz des vertrauten Essens brachte sie nicht viel herunter. Der Burger von gestern lag ihr noch immer schwer im Magen.

Als der Kellner ihren Teller mitnahm, bestellte sie noch einen Kaffee, breitete den Stadtplan vor sich aus, zog ihren Reiseführer hinzu und plante den Tag.

Sie hakte Punkte von ihrer Liste ab: die Champs-Élysées, den Eiffelturm.

Sie war schon im Louvre und in der Impressionistischen Sammlung im Musée d'Orsay gewesen, und gestern hatte sie die Kathedrale Notre-Dame de Paris und den Jardin du Luxembourg besichtigt, bevor sie zur Moulage Lombardi im Quartier Latin gegangen war.

Ein Tourist in Paris zu sein war ein Fulltime-Job.

Sie blätterte durch den Reiseführer und bemerkte ein kleines Kästchen, in dem stand:

> Amerikaner empfinden Ladenbesitzer und Kellner in Paris manchmal als unhöflich, aber das ist nicht deren Absicht.

Claire warf dem Kellner einen Blick zu, der neben der glänzenden Espressomaschine lehnte. Sie war ziemlich sicher, dass es sehr wohl seine Absicht war, unhöflich zu sein.

Sie las weiter:

> Sie sind absolute Profis ihres Fachs und haben großen Respekt gegenüber Kunden, die genau wissen, was sie wollen. Sie erwarten ein entschiedenes Auftreten und begegnen ihren Kunden ebenso.

»Was wollen Sie?«, hatte Armand, der mürrische Maskenbildner aus der Moulage Lombardi, Claire gefragt.

Wenn sie das nur wüsste. Mammaw hatte ihr die gleiche Frage gestellt, als sie verkündet hatte, aufs College zu gehen. Sean hatte sie das gefragt, als sie ihm erzählt hatte, dass sie ihren Job kündigen und Chicago und ihn verlassen wollte. Ihre Verwandten hatten sie dasselbe gefragt, als sie beschlossen hatte, nach Paris zu fliegen. Aber wie sollte man denn wissen, was man will?

Doch es hatte keinen Sinn, derlei Gedanken weiterzuverfolgen. Es gab zu viel zu tun.

Heute würde sie die Metro nach Pigalle nehmen, das Viertel, in dem sich auch das berühmte Moulin Rouge befand. Dann würde sie den Montmartre erklimmen, den Hügel, der sich einst am Rande der Stadt erhoben hatte und wo so viele berühmte Künstler in ärmlichen Verhältnissen gelebt hatten, während sie nach einer neuen Sicht auf die Welt suchten. Edgar Degas, Toulouse-Lautrec, Pablo Picasso ... Vielleicht würde sie es auch zum Musée Rodin schaffen, das in einem anderen Viertel lag.

Claire gab die Adressen in ihr Handy ein, aber sie sah gerne auf den papierenen Stadtplan, auf dem sie sich besser orientieren konnte. Zusätzlich zu ihrem Handy und dem großen Plan benutzte sie ein kleines grünes Büchlein mit detaillierten Kartenausschnitten der unzähligen Viertel der Stadt und ihrem Gewirr aus Straßen und Gassen.

Ihr Handy klingelte, sie schrak zusammen. Es war eine französische Nummer.

Der Kellner sah sie finster an. Sie hob entschuldigend die Hand und signalisierte ihm, dass sie gleich zurück sein würde. Schnell schlüpfte sie nach draußen, um den Anruf entgegenzunehmen.

»*Allô?*«

»Claire? Hier ist Giselle aus der Moulage der Familie Lombardi.«

»Hallo, wie schön!«

»Mein Cousin Armand würde gerne wissen, warum Sie in den Laden gekommen sind.«

»Ich war neugierig wegen der Maske. *L'Inconnue.*«

»Er sagt – warte einen Augenblick ...« Claire konnte hören, wie Giselle und Armand über etwas diskutierten.

»Giselle!«, Claire wagte einen Vorstoß. »Vielleicht sollte ich direkt mit ihm sprechen?«

Sie hörte einen gedämpften Wortwechsel. Soweit Claire mitbekam, weigerte Armand sich, das Telefon zu nehmen. Sie sah ihn vor sich: die Hände voller Gips, die Stirn in Falten gelegt, ein irritierter und herrischer Ausdruck auf dem Gesicht.

Einen Moment später war Giselle wieder dran.

»Es tut mir leid, er sagt, er kann jetzt gerade nicht ans Telefon kommen. Aber es geht um Folgendes: Wir erwarten heute Nachmittag zwei Busladungen amerikanischer Touristen. Könnten Sie herkommen und die Kommunikation mit ihnen übernehmen.«

»Wie bitte?«

»Ich dachte, Sie könnten heute Nachmittag vorbeikommen und uns helfen. Sie haben doch gesagt, dass Sie gerade keine Arbeit haben?«

»Ja, in Amerika. Nicht hier. Hier bin ich im Urlaub. In *Paris*.«

»Ich weiß, aber könnten Sie vielleicht trotzdem kommen und uns helfen? Ich kann heute Nachmittag nicht da sein, also ist Armand allein. Sie können sich ja vorstellen, wie das ablaufen würde. Außerdem spreche ich doch auch kaum Englisch.«

»Ich wollte heute eigentlich ein bisschen Sightseeing machen ...« Claire unterbrach sich, als sie daran dachte, dass es vielleicht ganz lustig wäre, einen Nachmittag lang in einem Atelier in Paris zu arbeiten.

»Wir bezahlen Sie natürlich. Unter der Hand, alles nur vorübergehend. Es wäre uns wirklich eine große Hilfe.«

Claire hörte, wie Armand im Hintergrund etwas rief, und hätte wieder am liebsten mit ihm direkt gesprochen.

»Außerdem«, sagte Giselle, »gibt es eine Kiste.«

»Eine Kiste?«

»Ja. Armand lässt ausrichten, dass es eine Kiste mit Zeitungsauschnitten und Artikeln über *L'Inconnue* gibt, und Familienunterlagen. Wenn Sie uns diesen Gefallen tun, lässt er Sie die Sachen in der Kiste anschauen, wenn Sie wollen.«

Claire fragte sich, warum Giselle – oder Armand – die Kiste gestern nicht erwähnt hatte. Aber andererseits war das ihr gutes Recht. Sie war eine Fremde. Warum sollten sie ihre privaten Familienunterlagen vor ihr ausbreiten?

»Bitte. Ich weiß, dass das ein ungewöhnliches Anliegen ist, aber Sie würden uns wirklich einen großen Gefallen tun«, beharrte Giselle.

Warum eigentlich nicht?, dachte Claire. Ihre Pläne waren ja flexibel. »Ja, natürlich. Ich mach das gerne. Um wie viel Uhr?«

Giselle erklärte, dass sie zwischen zwölf und zwei Mittagspause machten und der erste Bus für halb drei angekündigt war. Claire sagte zu, spätestens um zwei da zu sein, damit Giselle ihr noch alles erklären konnte, bevor sie wegmusste.

Claire lächelte angesichts dieser unerwarteten Entwicklung der Ereignisse, legte auf und ging zurück in das Café und setzte sich an ihren Tisch.

Der Kellner kam herüber, sah hochnäsig auf sie herab und demonstrierte seine Missbilligung.

»Ist alles in Ordnung, Madame?«

Aus irgendeinem Grund fühlte sie sich bemüßigt, seiner Feindseligkeit mit einer Prise Südstaaten-Charme zu begegnen. Sie lächelte ihn gewinnend an. »Ja, es ist alles bestens, danke! Das war gerade ein Anruf von meiner neuen Chefin. Stellen Sie sich das vor! Ich, *ich* arbeite in Paris! *C'est magnifique!*«

13 SABINE

Die Arbeit als Modell für einen Künstler erscheint Sabine weniger schwierig als vielmehr merkwürdig.

Im Vergleich zur Arbeit auf der Farm – Wasser schleppen, der müden Erde Gemüse abringen, die Tiere versorgen oder mit dem Werkzeug hantieren – ist das einfach: Sabine muss so still liegen oder sitzen wie nur möglich, manchmal in ungewohnten Stellungen, von denen ihr die Muskeln schmerzen oder die Arme einschlafen. Selbst Atmen oder Blinzeln muss auf ein Minimum reduziert werden, sonst erntet sie eine Rüge. »So still wie die Toten«, sagt Maurice immer.

Ein Jucken, das man durch Kratzen bekämpfen möchte, oder eine Mücke, die vor ihren Augen herumfliegt, das sind die Feinde.

Weil sie gelogen hat, was ihre Erfahrung angeht, muss sie vorgeben, nicht schockiert zu sein, als Desmarais seine Schwester Isabelle, eine finstere Hexe, anweist, Sabine beim Ausziehen zu helfen. Sabine hat sich bisher immer selbst ausgezogen, aber Isabelle besteht darauf, den Anweisungen ihres Bruders zu entsprechen, und folgt Sabine hinter den Vorhang, wo sie an Sabine zerrt und reißt, während sie die Schnürung löst, und sich über das Alter und den fadenscheinigen Zustand ihrer Kleidung lustig macht.

Sobald Sabine entkleidet ist, reicht Isabelle ihr einen Seidenumhang, der sich an ihre Glieder anschmiegt; er ist alt, hat einen Riss und gehörte wahrscheinlich dem letzten Modell, das für den Künstler gearbeitet hat. Aber Sabine hält den Atem an und genießt das himmlische Gefühl, das ihr der Stoff auf der Haut verursacht.

Monsieur Desmarais führt sie zu einem kleinen Podest in der Mitte des Raums. Sonnenlicht fällt durch das Fenster an der Decke des Raumes und lässt alles erstrahlen.

Sie spürt die Hitze ihrer Wangen, als er sie auffordert, den Umhang fallen zu lassen. Er streicht sich über den Bart, während er um das Podest herumgeht, und betrachtet ihren nackten Körper von allen Seiten. Jedes »Hmmm«, das er von sich gibt, ist eine Qual für sie.

Wird er sie wegschicken? Toinette und Honorine haben ihr versichert, dass sie ein wunderschönes Gesicht hat, aber was ist mit ihrem Körper? Sie hat einen Hintern, und sie weiß, dass Männer das mögen. Aber was ist mit dem Rest? Sie hat seit Monaten nicht mehr viel gegessen, aber sie ist gesund: Ihre Arme und Beine sind stark von der jahrelangen Arbeit; ihr Rücken ist gerade. Viel weiter hat sie nie gedacht.

»Sie ist ein mageres kleines Ding«, befindet Isabelle mit zusammengekniffenen Augen. »Ich kann ja sogar ihre Knochen sehen!«

»Du hast recht«, sagt ihr Bruder. »Wir müssen sie ein wenig mästen. Mehr Croissants, eh, meine kleine Feldmaus?«

»Und ihre Hände sind so rau«, fährt Isabelle fort. »Wie Männerhände.«

»Natürlich sind sie das«, antwortet der Bildhauer. »Sie hat diese Hände zum Arbeiten benutzt. Wir werden sie mit deiner Lavendelsalbe behandeln.«

Anstatt sie wegzuschicken, platziert er sie auf dem Sofa. Er weist sie an, sich zurückzulehnen, das eine Bein angewinkelt über dem unteren, den linken Arm über dem Kopf erhoben, der andere auf dem Bauch.

Und so liegt sie stundenlang, bis ihr der Arm einschläft und die Hüfte schmerzt. Zumindest hält sie die unbequeme Haltung davon ab einzuschlafen. Monsieur Desmarais ist vertieft in den Klumpen Ton auf seiner Werkbank. Er fügt an einigen Stellen etwas hinzu und nimmt an anderen etwas weg. Anfangs arbeitet er fieberhaft mit bloßen Händen und bespritzt die Werkbank und sich selbst mit Tropfen von rötlichem Ton. Nach einer Weile geht er es ruhiger an. Als die Arbeit langsam detaillierter wird, verwendet er Werkzeuge aus Metall, Drähte und Bürsten.

Isabelle sitzt in einer Ecke und liest ein Buch. Sie schaut Sabine finster an, wann immer ihr Blick auf sie fällt.

Sabine versucht, sich abzulenken. Sie denkt an das Croissant und den Kaffee, den Monsieur Desmarais ihr in der Brasserie gekauft hat: Es wurde mit einem Stück köstlicher Schokolade serviert, das ihr so gut schmeckte, dass Desmarais lachte und ihr sein Stück überließ. Sie denkt an das Lachen ihres Bruders, daran, wie sie im Sommer gemeinsam Kaulquappen aus dem Tümpel gefangen haben, und an das unnatürliche Glühen seiner fiebrigen Stirn unter ihrer Hand, kurz bevor er starb. Sie denkt an den Pferdetrainer, an ihren Spaziergang im Wald, das Gefühl seiner Lippen auf ihren, den Schmerz in den Augen des alten Stallbesitzers, als er Sabine erzählte, dass der junge Mann in der Nacht verstorben war.

Sie versucht, nicht daran zu denken, wie ihr Isabelle von ihrem Stuhl in der Ecke aus missbilligende Blicke zuwirft, als ob Sabine eine Hure wäre; oder an die Warnungen des jungen Priesters; oder an die Kälte in Monsieur Desmarais' Augen, wenn er sie mustert, als wollte er ihre Seele in einen Klumpen Ton bannen.

Sabine versucht, nicht daran zu denken, was er danach von ihr erwartet und wo sie nachts schlafen soll.

Ob sie morgen noch eine Arbeit haben wird oder wann sie das nächste Mal etwas zu essen bekommt.

Sie versucht, nicht zu denken.

14

Claire langte knapp eine halbe Stunde, bevor die Reisebusse eintreffen sollten, am Atelier der Lombardis an. Die Skulpturen standen draußen, ungestört, und bewachten den Eingang.

Die Vordertür war verschlossen. Auf einem Schild stand:

FERMÉ 12 – 2. REVENEZ, S'IL VOUS PLAÎT.
CLOSED 12 – 2. PLEASE COME BACK.

Sie klopfte an die alte Holztür, die ganz verwittert und grau war.

Nach ein paar Augenblicken hörte sie Schritte herunterkommen, und Armand riss die Tür auf.

Wieder war Claire von seinem markanten Gesicht in den Bann gezogen. Wenn sie eine Bildhauerin wäre, dann würde sie sein Gesicht modellieren wollen. Hinter dieser Fassade steckten Geschichten, da war sie sicher. Würden sie aus dem Stein an die Oberfläche treten, wenn sie nur begabt genug wäre, einem Klumpen Ton oder einem Block Marmor seine Erscheinung zu entlocken?

Doch andererseits wäre Obsidian wohl eher das passende Material, wenn sie an seinen Charakter dachte.

»Guten Tag«, sagte sie.

»Guten Tag«, erwiderte er, neigte den Kopf leicht zur Seite und winkte sie herein.

Kein »Danke, dass Sie einen Tag Ihres Urlaubs bei uns verbringen!« oder »Danke, dass Sie uns den Hintern retten!« oder einfach nur »Danke, dass Sie gekommen sind!«

Claire ging die knarzenden Stufen nach oben, Armand folgte ihr.

»Ich bin mir nicht ganz sicher, was Sie von mir erwarten, außer dass ich Englisch sprechen soll ...«

»Das reicht schon. Giselle wird Ihnen das Wesentliche zeigen. Und ich werde da sein, um die Bestellungen entgegenzunehmen und die Lieferdetails zu klären.«

Als sie gerade oben an der Treppe angekommen waren, platzte Giselle durch die Hintertür hinein. Sie roch nach Zigaretten.

»Vielen, vielen Dank, dass Sie kommen konnten!« Sie küsste Claire zur Begrüßung einmal auf jede Wange und hüllte sie in eine Wolke von Tabak und Parfüm. »Es tut mir so leid. Das ist einfach zu viel auf einmal: Da kündigt unsere Dolmetscherin, als die andere gerade in Mutterschutz ist, und das ausgerechnet in der Hochsaison. Und meine Kinder haben Ferien, also muss ich mich um sie kümmern. *C'est fou!*«

Es ist verrückt! Claire fand, dass das stimmte: Es war wirklich zum Verrücktwerden. Und Armand, der finster dreinsah, machte die Sache auch nicht einfacher. Claire sah zu ihm hinüber; er machte sie nervös.

»Ich zeige Ihnen alles, und dann muss ich los, um rechtzeitig nach Hause zu kommen: Ich lebe auf der anderen Seite der Stadt, in Fontainebleau – kennen Sie es? Ich werde heute Abend wieder hier sein.«

»Ich kann so lange bleiben wie nötig«, sagte Claire. Es fühlte sich richtig an, sich nützlich zu machen nach den Tagen des Müßiggangs. Und es war aufregend, wenn auch ein bisschen einschüchternd, ein Atelier in Paris zu führen, wenn auch nur für einen Tag.

»Wunderbar! Kommen Sie, ich zeige Ihnen alles. Lassen Sie uns unten anfangen.«

Sie gingen durch die Hintertür und eine Außentreppe hinunter, die auf eine hübsche Terrasse und einen kleinen ummauerten Garten führte.

Die Möbel, die Pflanzen und Töpfe waren leicht verwittert, aber einladend, wie auf einem Foto aus einer Gartenzeitschrift: *Geheime Gärten in Paris!* Vor den Backsteinmauern wuchsen mächtige Sträucher, in jeder Ecke stand ein Baum, Blumen und üppige Weinreben rankten aus Pflanzkästen. Ein Brunnen plätscherte. Ein kleines Hochbeet beherbergte Tomatenpflanzen und Bohnen, die an riesigen Stangen emporrankten. Ein anderes war Kräutern vorbehalten. Einige Gartenstühle aus Metall und zwei Korbsessel bildeten einen Halbkreis um einen Tisch herum, und ein Grill war an eine der Wände gemauert. Lebensgroße Skulpturen standen im Garten verteilt und entlang des Kieswegs, und von Wein umrankte Masken blickten von den Gartenmauern und der Außenwand des Hauses herab.

Anders als die unbefleckten Abdrücke im Verkaufsraum waren diese Masken von leuchtend grünem Moos überzogen, und die Risse waren von Dreck und Staub verfärbt.

»Wir lassen einige unserer Abdrücke draußen, damit sie eine natürliche Patina bekommen«, erklärte Giselle. »Manche Leute mögen es, wenn sie verwittert sind und nicht weiß und sauber. Wussten Sie, dass Michelangelo neue Skulpturen ein oder zwei Jahre eingrub und sie dann als antik verkaufte?«

»Ist das wahr?«

Giselle zuckte die Schultern. »Das wird zumindest behauptet.«

»Michelangelo war also an Kunstbetrug beteiligt?«

»Die einen nennen es Betrug, die anderen sagen, er hat seine Abdrücke klug verwendet«, sagte sie und schob ein riesiges Scheunentor auf, um in eine Werkstatt im ersten Stock voranzugehen. »Und denken Sie daran, Sie sprechen mit jemandem, der beruflich Kopien erstellt, also sehen Sie sich vor.«

Claire grinste, war sich aber nicht sicher, ob Giselle es ernst meinte oder nicht.

»Wenn beide gleich schön sind, wer sollte dann beurteilen, welches schöner ist, Original oder Kopie?«

»Na, beispielsweise Kuratoren und Kunstsachverständige, schätze ich mal.«

Giselle lachte und bot Claire eine Zigarette an. Sie lehnte dankend ab.

Giselle zündete sich eine an und inhalierte tief, bevor sie eine große Wolke Rauch ausstieß. »Armand mag keine Zigaretten, also bin ich gezwungen, draußen oder hier unten zu rauchen, wie ein Kind, das sich vor seinen Eltern versteckt. Schauen Sie mal, diese Tore hier sind schön, nicht wahr? Das Gebäude war mal ein Stall, aber das ist schon lange her. Wir können sie aufschieben und halb draußen arbeiten, wenn es das Wetter zulässt.«

Neben einem offenen Arbeitsbereich im vorderen Teil war der Rest des riesigen Raums sogar noch voller als der Verkaufsraum im oberen Stockwerk. Schmale Gänge führten zwischen den Statuen hindurch.

»Hier machen wir die großen Statuen, und im hinteren Teil haben wir ein Lager. Einige der wertvolleren oder unersetzbaren Stücke mussten während des Kriegs und der Besetzung versteckt werden – manchmal finden wir unter den Bodenbrettern oder in Nischen in der Wand noch Dinge.« Sie zeigte auf die Werkbank nahe der Tür. »Und hier mischen wir Lasuren und Versiegelungen. Sie wissen ja wahrscheinlich, dass Gips sich auflöst, wenn man ihn unbehandelt im Regen stehen lässt. Man muss ihn gründlich versiegeln, um ihn zu schützen.«

Zahlreiche Dosen waren hinter einer langen Werkbank aufgereiht. In alten Marmeladengläsern standen Pinsel, von ganz feinen bis hin zu groben Borstenpinseln, und Drahtkörbe waren voller Lappen und Naturschwämme.

»Wir haben nicht die Zeit, all unsere Sachen auf natürliche Art und Weise altern zu lassen, deshalb helfen wir mit Lacken und Klebern nach.«

»Wofür sind die Federn?«, fragte Claire, als sie einen Keramikbehälter bemerkte, in dem mehrere Gänsefedern steckten.

»Wir verwenden sie, um unregelmäßige Linien zu erzeugen, wie die Adern im Marmor oder anderem Stein. Sie ergeben ein zufälliges Muster, das man kaum mit einem Pinsel erreicht.«

»Und dieser hier?«, fragte Claire und strich mit den Fingern über einen weichen Pinsel.

»Dachshaar. Es gibt nichts Besseres zum Mischen.«

»Faszinierend. Eine Welt für sich, oder?«

Giselle nickte und blies mehr Rauch durch die Lippen, sie wirkte nicht sehr beeindruckt.

»Die Touristen sehen aber meist nur die Räume oben, es sei denn, sie haben eine spezielle Führung gebucht.«

»Eine bezahlte Führung?«

»Zu einem angemessenen Preis«, sagte Giselle mit einem verschwörerischen Grinsen, als sie in den Garten voranging, ihre Zigarette in einem Blumentopf ausdrückte und die Treppe in den ersten Stock hinaufstieg. »Wenn die Reisebusse vorbeikommen, kaufen die Kunden meistens genug, dass es sich für uns lohnt. Wenn die Verkäufe eine bestimmte Höhe nicht erreichen, zahlt das Busunternehmen die Differenz. So sind alle glücklich – die Kunden haben das Gefühl, dass sie ein historisches Pariser Atelier besichtigen, und wir verkaufen unsere Produkte. Jeder ist zufrieden, außer meinem Cousin, der nie zufrieden ist.«

Oben angekommen, wies Giselle durch die Fenster auf Armand, der auf der Werkbank im Atelier gerade eine leuchtend blaue Masse auf eine Maske auftrug.

»Wir halten die Besucher aus den Arbeitsbereichen heraus«, sagte Giselle. »Aber sie können durch die Fenster zusehen. Das war der Kompromiss, auf den wir uns einigen konnten, da Armand es nicht leiden kann, wenn Touristen ihn bei der Arbeit belästigen.«

»Und es macht ihm nichts aus, wenn sie ihn durch die Fenster anstarren?«

»Er mag es nicht besonders, aber er akzeptiert, dass es notwendig ist. Das Gießen selbst findet meistens unten statt. Hier oben nehmen wir die feineren Arbeiten an kleineren Objekten wie Masken und Büsten vor.«

»Was für feinere Arbeiten?«

»Das Abschleifen und Verspachteln und Veredeln. Man gießt nicht einfach eine Maske oder macht einen Abguss, und das war's. Das ist erst der Anfang. Der Name Lombardi ist seit fast zwei Jahrhunderten ein Synonym für Qualität; Armand nimmt das sehr ernst.«

»Das kann ich mir vorstellen.«

»Und hier hinten« – Giselle öffnete eine große, massive Holztür – »ist die Küche. Natürlich nicht für die Touristen, aber wenn Sie sich eine Tasse Tee machen wollen, nur zu. Aber halten Sie die Tür geschlossen, um den Staub draußen zu halten.«

Es war eine altmodische Küche mit gemusterten Kacheln an der Wand und einer Arbeitsplatte aus Carrara-Marmor. Von einem Metallgestell an der Decke hingen Töpfe und Pfannen, und auf einem Gasherd stand ein großer Kupferkessel. Drei Flügelfenster schauten in den Garten, und Sonnenlicht durchflutete den Raum. Auch hier säumten Gesichter die Wand. Feiner weißer Gipsstaub breitete sich von der Tür über den Boden aus.

Zurück im Verkaufsraum, zeigte Giselle ihr den Tresen, auf dem ein Computer und ein altmodisches Festnetztelefon standen. Dann reichte sie ihr die Preisliste.

»Die Preise sind fix«, erklärte Giselle. »Wir handeln hier nicht, auch wenn die Touristen es manchmal versuchen. Wenn ein Kunde etwas kaufen möchte, ruf einfach Armand. Er wird die Bezahlung regeln und sich um den Versand kümmern. Du musst einfach nur charmant sein und sie davon überzeugen, dass sie etwas mitnehmen!«

Sie hörten aufgeregte Stimmen und gingen die Treppe nach unten und auf die Straße. Der Reisebus passte kaum durch das enge mittelalterliche Sträßchen, das Jahrhunderte zuvor für Pferde und Kutschen geplant worden war, und hätte beinahe ein winziges Auto gerammt, das zu nahe an der Ecke geparkt hatte. Der Busfahrer hielt mitten auf der Straße an und stieg aus, um die Situation zu begutachten. Ein Kellner aus dem Café an der Ecke tat lautstark seine Einschätzung kund, zwei junge Frauen waren stehen geblieben und beobachteten das Spektakel, und ein älterer Mann mischte sich ein und machte Vorschläge.

Immer mehr Nachbarn und Passanten versammelten sich, bis genügend starke Arme beisammen waren, um das kleine Auto anzuheben und auf dem Gehweg wieder abzusetzen.

Der Bus bewegte sich Zentimeter um Zentimeter nach vorne, bis er vor der Moulage Lombardi hielt.

»So was habe ich noch nie gesehen«, sagte Claire lachend. Sie sah über ihre Schulter zu Giselle und bemerkte, dass selbst Armand nach unten gekommen war, um die Szene zu beobachten. »Sie haben einfach das Auto weggehoben!«

Armand hielt einen Moment lang ihren Blick, antwortete aber nicht.

Claire zuckte mit den Schultern. »Das ist genau nach dem Geschmack der Jungs bei mir zu Hause.«

»Heben die auch einfach Autos weg?«, fragte Giselle. »Das ist bei Ihnen in den USA wohl kaum notwendig, oder?«

»Nein, normalerweise nicht. Unsere Straßen sind meistens ziemlich breit. Aber mit dieser Art der Problemlösung bin ich aufgewachsen. Brachiale Kraft statt komplizierter Konzepte.«

Giselle grinste. »Okay. Ich muss los. Kommen Sie klar, was meinen Sie?«

»Ja, machen Sie sich keine Sorgen. Genießen Sie den Tag mit Ihren Kindern.«

Giselle gab ihr ein Küsschen auf jede Wange und eilte davon.

Armand hatte sich nach oben zurückgezogen. Wahrscheinlich stand er schon wieder in seiner Werkstatt über die Arbeit gebeugt, dachte Claire. Es war ihr ganz recht, dass seine finsteren Blicke nicht die ganze Zeit über sie wachten und sie beurteilten.

Sie stand neben der Eingangstür und begrüßte die Touristen, als sie aus dem Bus stiegen und bedeutete ihnen, ihr über die Treppe nach oben ins Atelier zu folgen.

Die erste Gruppe kam aus Iowa, die nächste aus Texas. Die Texaner hatten es ihr besonders angetan; ihr Akzent wirkte beruhigend auf ihre Seele. Als sie mit den Touristen sprach, fiel ihr mit einem Mal deutlich auf, wie extrem verschieden die Amerikaner und die Franzosen waren. Claire war zwar erst seit ein paar Tagen in Paris, aber bereits jetzt bemerkte sie Unterschiede. Die Amerikaner waren praktisch und bequem gekleidet und trugen Turnschuhe, riesengroße T-Shirts und Shorts. Sie waren quirlig, lachten viel, lächelten offen und hatten ein einnehmendes, freundliches Wesen.

Sie schienen die Pariser zu irritieren, aber dieses Gefühl beruhte auf Gegenseitigkeit.

Eine ältere Texanerin rührte sie fast zu Tränen, weil sie sie so an Mammaw erinnerte. Doch die ernste Präsenz der Skulpturen im Atelier hatte eine beruhigende Wirkung auf sie. Claire ließ die Finger über die Linien der Gesichter gleiten, spürte, wie die winzigen Hügel und Täler aus Gips an ihren Handflächen entlangglitten, und genoss das Gefühl.

Der Nachmittag flog vorbei. Kein einziges Mal saß sie an einem Computer – wenn sich jemand entschieden hatte, etwas zu kaufen, schrieb Armand alles von Hand auf. Er bat die Kunden, die Adressetiketten selbst auszufüllen und erfasste jeden Kauf in einem altmodischen Kassenbuch. Selbst die Quittungen füllte er in einem Block aus. Mit den Touristen sprach er Englisch mit einem starken Akzent, aber mit

Claire redete er Französisch. Sobald er die Bestellungen erledigt hatte, verschwand er wieder in seiner Werkstatt.

Lieber Onkel Remy,

schrieb Claire in ihrem Kopf.

Du errätst nie, was ich heute gemacht habe: Ich habe in einem Atelier gearbeitet und Reproduktionen von Statuen und berühmten Gesichtern verkauft, unter anderem unser besonderes Gesicht. Die wundervolle Frau hat mir den ganzen Tag zugesehen. Zumindest hätte sie das, wenn sie nur endlich ihre Augen öffnen würde!

Zum ersten Mal, seit sie in Frankreich gelandet war, genoss sie ihre Zeit voll und ganz.

15

Giselle kam am Abend wieder, als Armand Claire gerade gesagt hatte, dass sie das Atelier nun schließen würden und sie die Tür zusperren könne.

Sie hatte zwei Kinder im Schlepptau, einen sechsjährigen Jungen, den sie als David vorstellte, und ein vierjähriges Mädchen namens Victorine.

Die Kinder küssten Claire auf beide Wangen und murmelten ein höfliches »*Enchanté, madame*«, bevor sie sich in die Arme ihres Onkels stürzten.

Claire erwartete einen erzürnten Protest von Armand, doch stattdessen ließ er sich auf die Knie fallen und schloss die Kinder fest in die Arme. Er flüsterte ihnen zu, dass er ihnen etwas ganz Besonderes zeigen müsse, und führte sie in die Werkstatt, wobei seine großen Hände auf ihren Schultern lagen.

Claire bemerkte, dass Giselles Blick auf ihr ruhte.

»Er liebt Kinder«, sagte Giselle sanft. »Er ist nie ruppig mit ihnen.«

Claire nickte.

Oben ging Giselle die Quittungen des Tages durch, während Claire einige Büsten geraderückte, die sie beiseitegeschoben hatte, um an die letzte Kopie von Robespierre für einen Mann aus Galveston zu gelangen, der für französische Geschichte schwärmte.

»Heute haben wir viel Geld eingenommen«, bemerkte Giselle, als sie die Papiere sortierte und die Bücher verstaute.

»Das freut mich. Es hat mir wirklich Spaß gemacht.«

»Trotz Armand?«

»Er war in Ordnung. Außerdem hat er die meiste Zeit in der Werkstatt gearbeitet. Ich finde, wir haben uns gut ergänzt.«

Giselle reichte Claire einen Umschlag mit ein paar Scheinen.

»Danke«, sagte Claire zögerlich. Sollte sie anbieten wiederzukommen? Oder einfach gehen? »Sehen wir uns also wieder?«

»Bleiben Sie nicht zum *apéro?*«, fragte Giselle.

»Apéro?«

»Ein Glas Wein und ein kleiner Snack vor dem Abendessen. Leisten Sie uns doch Gesellschaft. Es ist ein warmer Abend, und wir wollen draußen sitzen.«

Der ummauerte Garten war im dämmrigen Licht des frühen Abends noch hübscher. Giselle hatte den kleinen Tisch mit einem karierten Tuch eingedeckt und eine Kette mit weißen Lichtern eingeschaltet, die Mauer und Äste schmückte. Der Sonnenuntergang ließ den griechischen Chor der Masken an den Wänden leicht orange leuchten und erweckte ihn zum Leben.

Armand öffnete eine Flasche Rosé und goss drei Gläser ein. Teller mit dünn aufgeschnittener Salami, mit Apfelschnitzen, Rosmarincrackern und Salzmandeln in Olivenöl waren bereits angerichtet. Giselle stellte eine Flasche Pellegrino auf den Tisch.

»Was ist das?«, fragte Armand und nahm die Flasche. »Wo ist das Badoit?«

»Sie hatten keines mehr, also habe ich Pellegrino gekauft. Wo ist der Unterschied?«, fragte Giselle. »Es ist doch beides mit Kohlensäure.«

»Das eine ist französisch, das andere italienisch«, antwortete Armand, als würde er einem Kind etwas erklären.

»Haben Sie etwas gegen Italien?«, fragte Claire.

»Gegen Italiener«, schnaubte er, ohne es weiter zu erläutern.

Die Kinder aßen ein paar Mandeln und Äpfel, bevor sie sich in eine Ecke des Gartens zurückzogen, wo sie am Brunnen spielten und die Blumenkästen unter die Lupe nahmen.

Giselle hob ihr Glas: »Lasst uns auf diesen schönen Geschäftstag voller Kunst anstoßen.«

Sie stießen an, und Claire nahm einen Schluck. Der gekühlte Wein war überhaupt nicht süß, sondern trocken, erfrischend und köstlich. Perfekt für diesen warmen Sommerabend.

»Dann erzählen Sie doch mal«, forderte Giselle sie auf. »Woher kommen Sie, Claire?«

»Ursprünglich aus Louisiana. Meine Familie ist Cajun.«

»Das erklärt, warum Sie Französisch mit diesem Akzent sprechen«, sagte Armand.

»Besser als gar nicht«, erwiderte sie achselzuckend. »Vor allem, weil Sie sich ja weigern, Englisch zu sprechen.«

»Ich spreche genug«, antwortete er auf Englisch.

Er ließ seine tiefblauen Augen auf ihr ruhen. Nachdem sie seinen Blick einen Moment ignoriert hatte, starrte sie zurück.

»Und wie haben Sie von uns erfahren?«, fragte Giselle und zündete sich eine Zigarette an.

»Muss das sein?«, fragte Armand seine Cousine.

»*Oui*, es muss«, sagte Giselle. »Ich bin draußen, da darf ich das. Erzählen Sie doch weiter, Claire.«

»Ich habe eine Maske der *L'Inconnue* auf dem Speicher meiner Großmutter gefunden, als ich ein kleines Mädchen war. Irgendwie habe ich mich immer gefragt, wo sie herkommt. Also habe ich im Internet recherchiert, und jetzt bin ich hier.«

Armand machte eine abfällige Handbewegung.

»Habe ich etwas Falsches gesagt?«, fragte Claire.

»Mein Cousin lehnt das Internet ab«, erklärte Giselle grinsend. »Ich habe auf der Website bestanden – mein ältester Sohn, Luc, hat sie erstellt. Er studiert inzwischen. Sie kennen sich ja damit aus, also ist Ihnen sicher aufgefallen, dass man einiges anders machen kann. Aber es ist besser als nichts.«

»Sie hat mir den Weg hierhergewiesen, insofern hat sie ihre Aufgabe erfüllt«, sagte Claire. »Komisch, ich war schon seit Tagen nicht mehr online. Zu Hause lebe ich praktisch im Internet.«

»Warum sind Sie überhaupt nach Paris gekommen?«, fragte Armand. »Sie hätten doch genauso gut in Ihrer kleinen Wabe im Großraumbüro sitzen bleiben und auf den Bildschirm starren können, um herauszufinden, was Sie herausfinden wollten?«

»Weil das Essen hier besser ist«, antwortete sie. »Und natürlich der Wein.«

Armand schob das Kinn nach vorne und nickte, als würde er ihr Argument anerkennen. »Ja. Ja, das stimmt natürlich.«

Giselle lachte. »Und Claire, hat Ihnen der Aufenthalt in Paris bis jetzt gefallen?«

»Ja«, erwiderte Claire der Höflichkeit halber. »Gestern war ich auf den Champs-Élysées und beim Eiffelturm.«

Ein abfälliges Schnauben von Armand war die Reaktion.

»Was habe ich diesmal Falsches gesagt?«

»Die Champs-Élysées sind berühmt dafür, dass sie berühmt sind, weiter nichts. Und der Eiffelturm? Das ist doch nicht Paris. Es gibt einen Grund dafür, dass Franzosen diese Orte nicht besuchen. Es sind Touristenfallen.«

»Ach, wirklich? Ich glaube mich zu erinnern, dass ich auf den Champs-Élysées Französisch gehört habe. Selbst im McDonald's.«

Giselles Augen weiteten sich, und sie sah ihren Cousin vorsichtig an.

»McDonald's?«, wiederholte er mit französischem Akzent.

»Es gibt dort Macarons, wussten Sie das?«

»Typisch.« Er schnaubte. »Die Amerikaner kommen nach Paris und essen Big Macs.«

»Ich glaube, es war ein *bleu burger*. Er war sogar ziemlich gut. Genau wie die Macarons. Sagte ich das bereits?« Claire hoffte, dass ihre Worte selbstsicher und zuversichtlich klangen, aber im Innern klopfte ihr Herz wie wild. Was war das mit diesem miesepetrigen Bildhauer? Sie fühlte sich aufgeregt und fahrig. Ihre Nerven lagen blank. Und das konnte nicht nur am Wein liegen.

»Die einzig brauchbaren Macarons sind von Pierre Hermé«, erwiderte Armand. »Das weiß jeder. Und falls Sie dort Franzosen gesehen haben, dann waren die aus der Provinz. Nicht aus Paris.«

»Das führt uns zu einer entscheidenden Frage: Verachten Sie französische Touristen genauso wie die anderen?«

Armand runzelte die Stirn, als ob er die Frage nicht verstanden hätte.

»Ich habe den Eindruck«, fuhr sie fort, »dass jeder überall auf Touristen herabsieht, aber was ist denn die Alternative? Sollen denn alle zu Hause bleiben und Reisereportagen anschauen, aber selbst nie verreisen? Haben Sie sich nicht selbst gerade über Leute beschwert, die nur vor dem Computer sitzen?«

»Mir wird langsam klar, warum ihr so gut miteinander ausgekommen seid«, bemerkte Giselle kichernd. »Ihr ergänzt euch wirklich hervorragend!«

Armand ignorierte seine Cousine und wechselte das Thema. »Warum sind Sie denn so interessiert an der Maske von *L'Inconnue*«, fragte er Claire.

»Ich habe es Ihnen doch erzählt: Mein Urgroßvater hat am Ende des Zweiten Weltkriegs hier im Laden eine gekauft und nach Louisiana geschickt. Ich habe sie auf dem Dachboden meiner Großmutter gefunden.«

»Das erklärt, warum Sie von ihr wussten, aber nicht, warum Sie den ganzen Weg nach Paris gekommen sind, um sie ausfindig zu machen.«

Weil ich immer mit ihr gesprochen habe. Ich habe das für ein Zeichen gehalten. Und ... ich wusste nicht, was ich sonst mit mir anfangen sollte.

»Der Grund schien mir so gut wie jeder andere.«

»Ah.« Er stand auf. »Wir haben noch eine Flasche Rosé im Kühlschrank«, sagte er nach einem Blick auf Claires Glas. »Er scheint Ihnen ja zu schmecken.«

Trank sie zu viel?, fragte sich Claire und spürte, wie ihre Wangen glühten. Sie hatte doch auch nicht mehr getrunken als die beiden, oder etwa doch? Sie sah zu, wie Armand die Außentreppe nach oben ging.

»Sie beide sind also Cousin und Cousine?«

Giselle nickte. »Seine Großmutter ist meine Tante, also bin ich nicht sicher, wie man das Verwandtschaftsverhältnis genau nennt, aber wir sind auf jeden Fall Familie. Zwei Lombardi-Brüder sind in den Siebzigerjahren des achtzehnten Jahrhunderts aus Italien nach Frankreich gekommen. Einer der Brüder hat sich in der Franche-Comté niedergelassen, im Osten Frankreichs, der andere ist nach Paris gegangen und hat dieses Atelier gegründet. Seither wurden Talent und Geschäft über die Generationen weitervererbt, und die gesamte Familie teilt sich die Zeit zwischen dem Landsitz und dem Atelier auf.«

»Das ist ja großartig. Wo ich herkomme, findet man eine solche Kontinuität selten. Führt also immer noch ein Lombardi das Atelier?«

»Offiziell ist Armand ein Fontaine. Seine Großmutter war die Lombardi. Aber wir haben eine Ausnahme für ihn gemacht, weil er das Talent geerbt hat, nicht wahr, Armand?«

Er knurrte, als er wieder an den Tisch kam und die Weinflasche abstellte.

»Ich hoffe, dass mein Ältester irgendwann Interesse an dem Geschäft entwickelt«, fuhr Giselle fort. »Wenn er sein Studium an der Kunstakademie abgeschlossen hat.«

»Er sollte lieber hier eine Lehre machen«, sagte Armand.

»Er interessiert sich für viele Dinge, und außerdem ist er noch jung«, erwiderte Giselle. »Lass ihn ein bisschen die Welt entdecken, und vielleicht kehrt er dann zum Familienunternehmen zurück. Er möchte zum Beispiel noch mehr über Computer lernen.«

Armand schwieg und brütete vor sich hin, während er den Kindern beim Spielen zusah. Ihre Stimmen wehten durch den Garten und vermischten sich mit den gedämpften Geräuschen der Straße, dem gelegentlichen Hupen und Rufen.

»Vielleicht kannst du Luc ja überzeugen, bei dir zu arbeiten, wenn wir in der Franche-Comté sind«, sagte Giselle. An Claire gewandt erklärte sie: »In zwei Wochen haben wir unseren Sommerurlaub. Unsere Familie feiert ein großes Ereignis. Eine Hochzeitsfeier auf dem Land.«

»Wie wundervoll.«

»Eine Hochzeitsfeier von zwei Leuten, die seit fünfundsechzig Jahren zusammen sind«, fügte Armand hinzu, er klang unbeeindruckt.

»Was die Sache nur noch romantischer macht«, sagte Giselle.

Claire lächelte. »Sie sind seit fünfundsechzig Jahren zusammen?«

»Es sind Armands Großeltern«, sagte Giselle. »Delphine war erst siebzehn, als sie geheiratet haben, und achtzehn, als das erste Kind kam, Armands Vater.«

»Also eine Art zweite Hochzeit? Bei der das Paar sich erneut die Treue schwört?«

»Nein, ich glaube, das ist nach der langen Zeit wohl nicht nötig. Mein Onkel – Armands Großvater – ist ein Romantiker, und er und Delphine konnten keine Feier abhalten, als sie geheiratet haben. Das Leben war während des Krieges und danach so schwierig; das Atelier hat nur mit Mühe überlebt. Weißt du, in Frankreich heiraten alle auf dem Standesamt. Man macht eine Feier, wenn man es sich leisten kann, aber viele können das auch nicht.«

»Und sie haben fünfundsechzig Jahre damit gewartet? Ich stimme Ihnen zu, Giselle, das ist wirklich sehr romantisch.« Claire versuchte, ein Gähnen zu unterdrücken. »Entschuldigung, ich habe nicht besonders gut geschlafen.«

Giselle sagte etwas, was sie nicht verstand – *décalage horaire* –, doch nach einer kurzen Erklärung begriff Claire, dass Giselle wissen wollte, ob sie unter Jetlag litt.

»Nein, das ist es nicht«, sagte Claire. »Es liegt an dem Apartment, das ich gemietet habe. Es ist ganz in der Nähe des Rathauses, eine tolle Lage, aber direkt nebenan ist ein Klub. Le Ciel Bleu. Kennen Sie ihn?«

»Ich habe zwei kleine Kinder, ich gehe nicht aus«, sagte Giselle.

Sie sah zu Armand. »Und du?«

Er nickte. »Ich kenne ihn. Also tanzen Sie die ganze Nacht?«

Claire lachte. »Eher nicht. Ich versuche krampfhaft, mir die Ohren zuzuhalten, aber den Bässen entkommt man nicht. Ich muss dringend eine andere Unterkunft finden, aber Paris ist ja ziemlich teuer, und dann ist auch noch Hochsaison. Aber ich weiß auch gar nicht, wie lange ich noch bleibe.«

»Sie haben keinen Rückflug gebucht?«, fragte Giselle.

»Noch nicht. Ich wusste nicht, was mich hier erwarten würde, also habe ich es offengelassen. Ich habe Ihnen ja erzählt, dass ich im Moment keinen Job habe, also bin ich völlig frei.«

Giselle warf ihrem Cousin einen Blick zu, doch der schüttelte den Kopf. Dann begannen sie, hitzig zu diskutieren, und senkten die Stimmen. Sie saßen zwar nur am anderen Ende des Tisches, und Claire konnte das meiste hören – »Aber ich kann nicht länger als ein paar Stunden pro Tag hier sein, Armand« –, aber sie redeten schnell und benutzten viele Ausdrücke, die Claire nicht kannte, sodass es keinerlei Sinn für sie ergab.

Sie wollte höflich sein und stand auf, um den Kindern

Gesellschaft zu leisten, die etwas in einem der Hochbeete entdeckt hatten.

»*Escargots!*«, kreischte Victorine und zeigte Claire eine Schnecke. Sie hielt sie hoch in die Luft und rief ihrer Mutter zu: »Sollen wir die essen, *Maman*?«

»Sammle sie in einem Eimer, wenn du möchtest, dann können wir sie nach Hause mitnehmen und sie mit Maismehl füttern«, antwortete Giselle, bevor sie ihre Diskussion mit ihrem Cousin wiederaufnahm. Victorine holte einen Eimer aus einem Schuppen und sammelte die Schnecken vorsichtig ein.

»Ich mag *escargots* nicht, und Sie, Madame?«, fragte David.

»Ich weiß es, ehrlich gesagt, nicht«, antwortete Claire. »Ich habe noch nie im Leben eine probiert.«

»*Noch nie?*«

»Noch nie.«

»Ist es bei Ihnen nicht üblich, sie zu essen?«, fragte David.

»Wo ich herkomme, essen die Leute sie manchmal, aber wir nennen sie *bigarno*.«

»*Bigarno?* Warum?«

Claire lachte. »Ich weiß es wirklich nicht. Es ist einfach nur das Wort, das wir benutzen. Aber meine Großmutter mochte sie nicht, also haben wir sie zu Hause nie gegessen.«

Victorine sah sie mit großen Augen an. »Einmal hatten wir im Haus eine Katastrophe mit einem ganzen Eimer voller Schnecken und –«

Sie wurde unterbrochen, als Armand die Arme hochwarf und rief: »Na wunderbar, mach doch, was du für richtig hältst.«

»Claire«, rief ihr Giselle zu. »Wir möchten Ihnen etwas vorschlagen.«

Claire ging zum Tisch hinüber. »Einen Vorschlag?«

»Ja«, sagte Giselle. »Würden Sie gerne hier wohnen und ein Weilchen für uns arbeiten?«

»Entschuldigung?« Claire war sich nicht sicher, ob sie sich verhört hatte. Obwohl sie das Pariser Französisch normalerweise gut verstand, entging ihr hier und da ein Wort. Vielleicht hatte sie die Bedeutung falsch verstanden.

»Sie meinen, ich kann hier *wohnen*?

Giselle nickte. »Es gibt ein kleines Schlafzimmer neben der Küche.«

»Sehr klein«, ergänze Armand. »Ich glaube nicht, dass es Ihnen zusagt. Amerikaner mögen ja eher riesige Häuser.«

»Glauben Sie mir, Größe ist mir nicht so wichtig.« Sie hatte kein eigenes Bett gehabt, bis sie aufs College ging. Es musste schon ein sehr kleiner Raum sein, wenn er sie aus dem Konzept bringen sollte.

»Uns wird die Arbeit zu viel, Armand und mir. Unsere Assistentin kommt voraussichtlich nach der Augustschließung zurück«, sagte Giselle. »Aber bis dahin brauchen wir jemanden.«

»Darf ich denn in Frankreich als Ausländerin arbeiten?«, fragte Claire.

»*Non*«, sagte Armand.

»Nicht offiziell«, sagte Giselle. »Aber wir bezahlen Sie in bar, und der Staat bekommt gar nichts mit. Es ist ja nur für zwei Wochen. Ich finde, es ist ein hervorragender Plan – Sie haben einen richtigen Platz zum Schlafen, und wir haben jemanden, der uns mit den Touristen hilft. Und das Beste ist, dass Sie keine Angst vor Armand haben.« Giselle setzte sich zufrieden grinsend hin und zündete sich noch eine Zigarette an, überzeugt, dass sie die perfekte Lösung gefunden hatte.

»Ich weiß nicht so recht, Giselle«, sagte Claire. Die Wahrheit war, dass Armand ihr sehr wohl Angst machte. Sie fühlte sich nervös und übersensibilisiert in seiner Nähe – konnte seine unbändige Energie praktisch über den Tisch hinweg spüren.

»Außerdem hat Giselle mir erzählt, dass Sie mehr über *L'Inconnue* herausfinden wollen. Es gibt hier eine Kiste mit Zeitungsausschnitten und Artikeln. Wenn Sie bleiben und uns helfen, können Sie sie ja mal durchschauen«, griff Armand das Thema wieder auf.

»Giselle hat mir gesagt, dass ich die Kiste durchschauen kann, wenn ich heute komme«, warf Claire ein. »Außerdem habe ich gedacht, Sie wollen mich gar nicht hierhaben? Haben Sie beide nicht gerade darüber diskutiert? Woher der Sinneswandel?«

Er zuckte die Schultern.

»Ich sag Ihnen mal was, Monsieur Armand Lombardi Fontaine«, sagte Claire auf Englisch. »Bei uns zu Hause würde man sagen, Sie sind stur wie ein Maulesel.«

»Une mule? C'est vrai!«, sagte Giselle. Manche Dinge benötigten anscheinend keine Übersetzung.

»Ja, vielleicht bin ich das«, sagte Armand nach einer langen Pause. »Also, bleiben Sie bei uns und helfen uns? Das wäre doch sicherlich interessanter als die Champs-Élysées. Zumindest authentischer als McDonald's. Sie können damit sicherlich Ihre Freunde beeindrucken, wenn Sie ihnen erzählen, dass Sie in einem echten Pariser Atelier gearbeitet haben.«

Claire lächelte und wusste nicht, wem sie die Geschichten erzählen sollte. Ihre Freunde in Chicago hatten schon mehr Anekdoten aus Paris zum Besten gegeben, als sie jemals imstande wäre zu erzählen – die meisten von ihnen waren schon mehrmals in Europa gewesen, ehe sie das College abschlossen. Und ihre Familie ließ sich von Reisen nicht beeindrucken und fragte ständig, warum man das Geld nicht sinnvoller verwendete.

Trotzdem hatte er recht. Sie hatte diesen Tag mehr genossen als alle anderen zuvor, seit sie französischen Boden betreten hatte.

»Denken Sie darüber nach, und geben Sie uns Bescheid. Wenn ihr mich nun entschuldigen würdet«, sagte Armand und stand auf. »Ich muss mich vor dem Abendessen noch um ein paar Dinge kümmern.«

Er ging zu den Kindern, kitzelte sie ein bisschen und inspizierte die Schnecken. Sie umarmten ihn, dann verschwand er die Treppe nach oben.

»Er ist kein schlechter Mann«, sagte Giselle leise. »Er ist nur ein bisschen ... überfordert. Er muss nicht nur diesen Laden hier am Laufen halten, sondern arbeitet auch noch am Schloss der Familie auf dem Land – das sowieso nicht zu retten ist. Es wurde im Krieg praktisch völlig zerstört.«

»Was für ein Jammer. Aber wenn es doch nicht zu retten ist, warum versucht er es überhaupt?«

Sie zuckte mit den Schultern. »Er fühlt sich verpflichtet. So wie er sich verpflichtet fühlt, dieses Atelier zu betreiben. *C'est la coutume* – es ist Tradition. Versuchen Sie, Geduld mit ihm zu haben. Er hat eine große persönliche Tragödie erlebt, und er versucht immer noch, darüber hinwegzukommen.«

»Das tut mir leid«, sagte Claire. »Meine Großmutter hat immer gesagt ›Die Zeit heilt alle Wunden.‹«

»Ich glaube, ihr Amerikaner seid sehr optimistisch. Aber es gibt manche Dinge ...«

Giselle schien nach Worten zu suchen, dann gab sie auf. »Über manche Dinge kommt man nie hinweg.«

Claire spürte, wie sich ihr Magen verkrampfte. Wie viele Male hatten ihr Leute über die Jahre gesagt: *Du musst darüber hinwegkommen.*

Sie hatte es versucht. Sie konnte sich nicht daran erinnern, was an dem Abend passiert war, an dem das Auto von der Straße abkam, nicht wirklich. Nur in ihren Träumen rekonstruierte ihre Fantasie die Szene, die sie aus den Erzählungen ihrer Familie kannte. Doch trotzdem drohte sie das Vermächtnis des Unfalls ihrer Mutter manchmal in die Tiefen dieses Bayous zu ziehen.

»Kommen Sie«, sagte Giselle. »Ich zeige Ihnen das Zimmer, in dem Sie unterkommen können, dann entscheiden Sie, ob es Ihnen zusagt. Ich bin übrigens Giselle, wollen wir uns duzen?«

Claire freute sich über das Angebot und willigte ein.

Das Zimmer neben der Küche war eher ein begehbarer Schrank oder eine als Zimmer verkleidete ehemalige Abstellkammer. Ein einzelnes Eisenbett, kleiner als die amerikanische Version, kaum mehr als ein Kinderbett, schmiegte sich gegen eine graue Steinmauer; ein kleiner Sekretär und ein winziger Schrank standen an der gegenüberliegenden Wand. Ein einzelnes Flügelfenster ging auf die Terrasse und den ummauerten Garten hinaus. Davor war ein geschwungenes schmiedeeisernes Gitter angebracht. Claire hatte den Eindruck, in einem Vogelkäfig zu stehen. Oder in einem Nonnenkloster.

Der Raum war klein und dunkel, aber trotzdem hatte er Charme; als Kind hätte sie sich genau so etwas für eine Prinzessin erträumt, die in einem Turm gefangen gehalten wird.

»Ist das in Ordnung?«, fragte Giselle mit besorgtem Blick. »Ich weiß, es ist nichts Besonderes. Ich wünschte, ich könnte dich in mein Haus einladen, aber meine Schwiegereltern sind gerade zu Besuch. So musst du außerdem nicht pendeln. Ich muss den ganzen langen Weg bis ins Arrondissement de Fontainebleau.«

»Nein, nein, es ist wunderbar«, sagte Claire. »Es ist wirklich sehr charmant und hat dieses historische Pariser Flair.«

Armand kam mit einem Stapel Bettwäsche und Decken, den er ihr wortlos überreichte. Die Sachen rochen nach Lavendel und frischer Luft und erinnerten Claire an Mammaws geliebten Spruch: *Luft kostet nichts, und danach duftet die Wäsche himmlisch.*

»Hier drüben gibt es ein kleines Bad mit Dusche«, sagte Giselle und zeigte auf die andere Seite der Küche. »Die Handtücher sind frisch. Und die Toilette ist hier drüben.«

»Danke. Das sieht alles toll aus. Ich freue mich wirklich darauf, heute Nacht endlich mal wieder zu schlafen.«

»Sie können die Küche natürlich uneingeschränkt benutzen«, sagte Armand. »Ich möchte Sie nur bitten, sich von meinen Räumen fernzuhalten. *Je vous souhaite une bonne soirée*«, verabschiedete er sich, stolzierte in seine Werkstatt und schloss die Tür.

»Moment mal. Armand lebt hier?«, fragte Claire Giselle. »Ich meine *hier*?«

»Ja natürlich«, antwortete Giselle. »Er hat ein Zimmer hinter seiner Werkstatt. Claire, danke, dass du das für uns machst. Wahrscheinlich rettest du unser Geschäft! Hier ist der Haustürschlüssel. Nur für zwei Wochen, das ist alles.«

Sie hielt einen riesigen Bartschlüssel hoch, der Claire an alte Kinofilme erinnerte.

»Ich ... natürlich«, sagte Claire, als sie den Schlüssel nahm.

Zwei Wochen Gipsmasken verkaufen und mit Monsieur Miesepeter unter einem Dach leben. Das konnte ja heiter werden.

Andererseits handelte es sich um zwei Wochen Gipsmasken verkaufen und mit Monsieur Miesepeter unter einem Dach in *Paris* leben.

Zumindest das war doch hervorragender Stoff für eine Geschichte. Nur dumm, dass sie niemanden hatte, dem sie es erzählen konnte.

16 SABINE

Monsieur Desmarais mustert gerne ihr Gesicht, selbst während sie schläft. Schon mehrere Male ist sie aufgewacht, und er hat sie angestarrt. Sucht er nach dem Geheimnis künstlerischen Erfolgs?

Es ist ein Erfolg, der ihm bisher nicht vergönnt war, merkt Sabine bald. Maurice – er besteht darauf, dass sie ihn so nennt – ist Spross einer wohlhabenden Familie, auch wenn sein Vater seine künstlerischen Ambitionen verachtet und droht, ihn zu enterben. Maurice hat jedoch von seiner Großmutter mütterlicherseits geerbt, und davon zahlt er seine Miete. Seine Künstlerkollegen verachten ihn aber dafür, denn viele von ihnen leben von der Hand in den Mund.

»Es ist, als wärst du aus einer anderen Zeit zu mir gekommen, meine kleine Feldmaus«, sagt Maurice. »Ich bin überzeugt, dass die Götter mir eine Muse geschickt haben.«

Er kleidet sie in altmodische Gewänder und beauftragt Isabelle, ihr Haar in traditionelle Schnecken zu legen, die ihr Gesicht einrahmen. Er ist überzeugt, dass die Kunst zu ihrer klassischen Blüte zurückkehren muss, und wünschte, er wäre ein Jahrhundert früher geboren, damit sein Stil wertgeschätzt würde.

Sabine findet Maurice sonderbar. Einen Moment lang ist er freundlich, im nächsten ignoriert er sie, kurz darauf schnauzt er sie an. Seine Launen sind unberechenbar. Einmal hat er ein Modell nach Isabelle geworfen, als diese vorgeschlagen hatte, dass sie doch ihren Vater besuchen könnten.

Isabelle steht nicht weniger unter Druck als Maurice, im Gegenteil: Man erwartet von ihr, dass sie heiratet und sich in ihre Rolle fügt. Aber ihr Bruder unterstützt sie, und sie respektiert seine Rebellion gegen die Eltern und sein Beharren auf seiner künstlerischen Tätigkeit. Leider hat Isabelle kein derartiges Talent, keine Leidenschaft für irgendeine Sache in sich. Lediglich ihren Bruder himmelt sie an, und gerne tut sie, was er von ihr verlangt.

Sie ist wie seine Frau, findet Sabine. Zumindest wäre es ein geheimer Teil von ihr wohl gerne.

Vielleicht hatte der Priester in der Kathedrale Notre-Dame ja recht, als er Sabine vor den Künstlern gewarnt hatte. Sie kann nun nachvollziehen, dass es eine verlockende Vorstellung ist, die Welt nach eigenen Ideen umzugestalten. Ist das nicht Blasphemie? Sollte man die Welt nur durch die Augen Gottes betrachten? Aber was ist dann mit religiöser Kunst? Bevor sie nach Paris kam, hatte Sabine nur in der Kirche Skulpturen, Gemälde und Fensterbilder gesehen, die so wunderschön waren, dass sich einfache menschliche Wesen ganz klein vorkamen.

Das sind einige der Gedanken, die sie sich macht, während sie stundenlang für Maurice still steht (oder liegt).

Seine Aufmerksamkeit ist zwar unerwünscht, aber sie ist ihr auch nicht zuwider. Er hat ein weiches Daunenbett, das sich anfühlt, als würde man auf einer Wolke aus Seide schlafen. Sabine wusste gar nicht, dass es etwas so Weiches überhaupt gibt. Sie denkt an etwas anderes und lässt ihn gewähren. Zumindest ist er nicht ihr Stiefvater.

Außerdem sorgt er dafür, dass er ihr kein Kind anhängt. Sein Leben ist seiner Kunst gewidmet, wiederholt er oft. Er hat keine Zeit für Kinder.

Er zahlt ihr wenig, da er ja auch für Kost und Logis aufkommt. Aber es reicht, um sich bei Toinette und Honorine für ihre Freundlichkeit zu revanchieren. An Sabines freien Tagen, wenn Maurice nicht nach Arbeiten zumute ist, trifft sie sich vor dem Atelier mit ihnen und lädt sie auf eine Suppe ein. Sie tratschen über die Künstler, die sie getroffen hat, fragen aber nicht nach ihrer Vereinbarung mit Monsieur Desmarais. Sie haben eine Vermutung, verurteilen sie aber nicht.

Sabine war noch nicht wieder in der Kathedrale, um ihre Sünden zu beichten.

Aber sie hat keinen Hunger mehr.

Jeden Morgen gibt es etwas zu essen. Es ist wie ein Wunder. Morgens trinkt sie Kaffee mit Zucker und Sahne, isst Croissants, die dick mit Butter und Kirschmarmelade bestrichen sind. Mittags gibt es knuspriges Brot, Schinken und Obst. Und abends Fleisch und Salat. Zur Nachspeise werden Himbeerkuchen, Birnenkompott oder Erdbeeren mit süßer Sahne gereicht. Manchmal kauft er ihr sogar Schokolade.

Ab und zu hören sie abends früher auf zu arbeiten und gehen in eine Brasserie, wo Maurice raucht, Absinth trinkt und sich mit seinen Freunden unterhält. Er bestellt gerne das Tagesmenü, oder sie essen Schnecken oder Rillettes, gefolgt von Moules frites, Steak au poivre oder Lapin à la moutarde mit einer so sämigen Soße, dass Sabine am liebsten den Teller ablecken würde. Sie liebt Schokoladencreme und hat einmal eine neuartige Dessertsensation gekostet, bei der der Orangenlikör vor dem Servieren angezündet wird: Crêpes Suzette.

Viele Tage lang, viele Wochen, eine sehr lange Zeit ist das alles, was zählt. Sie hat keinen Hunger.

Manchmal möchte Maurice sie nicht dabeihaben. An diesen Abenden, manchmal sind es auch mehrere Tage am Stück, hat sie das Atelier für sich. Er lässt sie mit einem kleinen Klumpen ausrangierten Ton herumspielen, mit seiner Kohle zeichnen, seine alten eingetrockneten Farben und kaputten Pinsel benutzen. Sie zeigt ihm, was sie macht; es amüsiert ihn. Im Atelier gibt es auch drei Bücher: zwei über Bildhauerei, eines über Malerei. Sabine hat nie ein Buch besessen. Die Wörter sind lang und schwierig, aber sie arbeitet sich mühsam durch die Sätze. Und sie studiert die Abbildungen: Lithografien berühmter Werke von Künstlern mit Namen wie Michelangelo oder Caravaggio, Gérôme oder Falconet.

Während Sabine in den Straßen von Paris vorher nur Menschenmengen und Kutschen gesehen hat, bemerkt sie jetzt überall Bilder und Skulpturen, von den Monumenten in den Parks bis hin zu den revolutionären Gemälden der Impressionisten oder der Nabis, die später folgten. Wenn sich die Freunde oder Kollegen von Maurice unterhalten, hört sie zu: Sie sprechen über Farben und Formen und den Geist. Es ist aufregend.

Eines Abends verspricht ihr Maurice, sie in den Palais du Louvre mitzunehmen. Sabine fragt sich laut, ob ihr wohl Zugang zu einem Palast gewährt würde, aber er lacht nur, nennt sie seine kleine Feldmaus und erklärt ihr, dass seit der Revolution selbst die Armen in diesen heiligen Hallen willkommen sind.

Abends schläft Sabine ein in dem Wissen, dass es am Morgen Kaffee mit dicker Sahne geben wird und vielleicht sogar Schokolade.

17

Claire nahm die Metro zu ihrem kleinen Apartment und rief die Vermieterin an, um ihr mitzuteilen, dass sie ausziehe. Sie würde später über einen Preisnachlass mit ihr streiten. Sie checkte ihre Mails und aß das inzwischen durchgeweichte Sandwich vom Vortag, das sie mit dem restlichen Wein hinunterspülte.

Dann sammelte sie ihre Toilettenartikel und Kleidung zusammen, packte ihr Briefpapier ein, den Laptop und den Roman, den sie gerade las, und sagte dem Nachtklub und dem Schimmel Ade.

Sie wollte nicht zu schnell zum Atelier Lombardi zurück. Die Aussicht auf ein verkrampftes Gespräch mit Armand oder die Vorstellung, sich den ganzen Abend in dem winzigen Kämmerchen zu verkriechen, war schließlich nicht gerade verlockend. Also zog sie ihre kleine Reisetasche am Quai hinter sich her, blickte auf die Seine und ließ den Pariser Abend auf sich wirken: Natürlich gab es Liebespaare, die am Fluss entlangspazierten; eine junge Frau in einem langen Seidenmantel spielte an einer Ecke Geige; ein Trio von unfassbar alten Männern saß vor einem Café. Die drei teilten sich eine Flasche Wein, rauchten Zigarillos und diskutierten lautstark.

Sie ging über den schmucken Pont Neuf, spazierte die gesamte Île de la Cité entlang – die von der Kathedrale Notre Dame überragt wurde – und bog in den Quai de Conti ein, kam an Straßencafés, Souvenirläden und allerlei internationalen Restaurants vorbei, die Souvlaki, Couscous und Panini anboten.

Als sie schließlich an der Tür der Moulage Lombardi ankam, blieb sie stehen und fragte sich, ob sie klopfen sollte. Nein, sie *lebte* ja jetzt hier, dachte sie – zumindest zwei Wochen lang. Sie fühlte sich wie Alice im Wunderland, bevor sie in den Kaninchenbau fällt, als sie den riesigen eisernen Schlüssel aus ihrer Umhängetasche nahm, ihn in dem uralten Schloss umdrehte und das Haus betrat.

Sie sperrte die Tür hinter sich zu, schleppte ihre Tasche die Treppe hoch, nickte im Vorbeigehen der Armee von Masken zu und blieb auf dem Treppenabsatz stehen. Der Geruch von Gips schien sie zu begrüßen und gab ihr das Gefühl von Zugehörigkeit: Sie hatte eine Rolle zu spielen, ein Ziel im Leben, wie vorübergehend es auch sein mochte.

Sie ging auf die kleine Kammer neben der Küche zu, doch zögerte dann. Durch die Fensterfront fielen die Lichter des Ateliers, und Armand saß mit dem Rücken zu ihr und arbeitete an etwas – keine Maske oder Büste, sondern etwas anderes; sie konnte nicht erkennen, was es war. Als sie leicht gegen das Fenster klopfte, warf er eilig einen Lappen über das Objekt und kam zur Tür.

»Ich dachte, Sie verstehen Französisch«, sagte er auf Englisch. »Ich hatte Sie doch gebeten, mich nicht zu stören.«

»*Oui, je parle français*«, erwiderte sie. »Und es tut mir leid, dass ich Sie gestört habe, aber ich würde gerne die Kiste mit den Informationen über *L'Inconnue* sehen. Ich habe vergessen, Giselle darum zu bitten, bevor sie gegangen ist.«

Er seufzte. »Jetzt? Sie sind ja wirklich besessen von dieser armen toten Frau.«

»*Ich* bin besessen? Sie umgeben sich doch hier mit all den Toten und leben mitten unter ihnen.«

»Sie haben offenbar einen Hang zur Dramatik. Wie Sie möchten. Die Kiste ist unten.«

Sie folgte ihm die Treppe hinunter und durch das Scheunentor, dort schlängelten sie sich zwischen den Skulpturen hindurch, bis sie vor einem Schrank an der Rückwand des Raums standen, den Armand mit einem kleinen Schlüssel aufsperrte. Auf der einen Seite lagerte eine umfangreiche Weinsammlung, auf der anderen ein Stapel von Ordnern und Kisten. Er griff nach oben und zog eine heraus, die älter aussah als die restlichen und deren Design offenbar aus den Sechzigerjahren stammte: *Bas Couture*. Damenstrümpfe.

»Das ist sie?«, fragte sie.

Er nickte und trug die Kiste nach oben, ging an der Küche vorbei und in ihr winziges Zimmer. Er stellte sie auf dem kleinen Tischchen ab und sah sich im Raum um.

»Es ist ...« Er schien nach Worten zu suchen. »Es ist kein sonderlich schöner Ort.«

»Es ist wunderbar, wirklich.«

»Hier hat der Lehrling geschlafen, früher, als Lehrlinge noch nicht besonders gut behandelt wurden. Der Letzte, der hier geschlafen hat, war mein Großvater.«

»Wirklich?«

Er nickte. »Mein *grand-père* Pierre-Guillaume Fontaine hat Delphine Lombardi geheiratet, die Tochter meines Urgroßvaters Marc-Antoine Lombardi, Sohn von Jean-Baptiste Lombardi, der wiederum der Sohn des Mannes ist, der die Moulage gegründet hat.«

»Da brauche ich ja eine Übersichtstafel, um die Namen nicht durcheinanderzubringen.«

»Das ist Geschichte. Ansonsten gibt es hier nur noch mein Zimmer.«

»Ich komme klar, wirklich. Sie sollten mal sehen, wie ich aufgewachsen bin.«

Er sah sie lange an.

»Nun«, sagte sie sanft. »Danke für die Kiste. Und dass Sie mich hier wohnen lassen.«

Er verzog spöttisch den Mund. »Wie auch immer. Morgen ... können Sie ja das Zimmer ein bisschen herrichten, wenn Sie Lust haben. Im Keller sind ein paar Sachen, die Sie benutzen können.«

»Ich brauche nur Bettwäsche.«

Er nickte. »Wie Sie möchten. Also gute Nacht.«

»Gute Nacht.«

Er zögerte noch einen Augenblick, bevor er sich umdrehte und zu seiner Werkstatt zurückstapfte.

Claire ließ den Blick durch ihre kleine Kammer schweifen und lächelte. Wenn ihre Familie sie jetzt nur sehen könnte. Was würde sie wohl davon halten, dass das schicke Großstadtmädchen mit Uniabschluss in diesem winzigen Kabäuschen neben einem Atelier wohnte?

Abgesehen von den gedämpften Geräuschen der Straße war es himmlisch ruhig. Der Abend war warm, daher ließ sie das Fenster offen stehen, und eine leichte Brise wehte vom Garten herein und erfüllte den Raum mit einem zarten Blütenduft.

Sie bezog das Bett, hängte ihre Kleidung auf und legte ihr Briefpapier bereit, um Onkel Remy zu schreiben.

Aber zuerst setzte sie sich aufs Bett und öffnete die Kiste.

In einem großen Briefumschlag steckten Zeitungsausschnitte – manche waren schon vergilbt und brüchig, andere jüngeren Datums. Es gab Fotokopien von Geschichten und handgeschriebene Notizen, die auf Zitate zu *L'Inconnue* verwiesen. Und dann waren da noch zwei dünne Bücher mit Ledereinband.

Sie holte sich ihr Wörterbuch. Bei manchen der komplizierten Zeitungsausschnitte würde sie Hilfe benötigen.

Das meiste, was sie las, deckte sich mit dem, was sie im Internet herausgefunden hatte, als sie noch in Mammaws Wohnzimmer saß. *L'Inconnue* hatte im ausgehenden neunzehnten Jahrhundert gelebt, über ihr genaues Todesjahr war man sich allerdings uneins, weil zu dieser Zeit in Pariser Leichenschauhäusern nicht genau über alle aus der Seine gefischten Leichen Buch geführt wurde.

Genau wie Giselle gesagt hatte, waren sich die Artikel einig, dass Jean-Baptiste Lombardi von einem Mitarbeiter im Leichenschauhaus gebeten wurde, eine Totenmaske der jungen Frau anzufertigen, weil sie so wunderschön war.

Während der Belle Époque war das Gesicht von *L'Inconnue* zum Erkennungszeichen der europäischen Künstlerszene geworden und zierte die Wände beinahe jedes Schriftstellers und Künstlers der Stadt und in ganz Europa. Greta Garbo und der deutschen Schauspielerin Elisabeth Bergner sagte man nach, sie hätten ihr Erscheinungsbild *L'Inconnue* nachempfunden. Als ein Verleger im Jahr 1933 den Schriftsteller Louis-Ferdinand Céline um ein Foto bat, schickte dieser stattdessen eines von *L'Inconnue*.

Eine Geschichte besagte, sie sei ein naives Mädchen vom Lande gewesen, das von einem wohlhabenden verheirateten Mann geschwängert worden war. Eine andere gab an, sie sei eine junge Britin gewesen, die von ihrem Liebhaber verlassen worden war, weil er eine adlige Debütantin geheiratet hatte und nach Ägypten gezogen war. Rilke schrieb eine Betrachtung über ihr Schicksal, in der er die Vermutung äußerte, sie sei verführt und verlassen worden; mehrere Berichterstatter behaupteten, dass sie Russin oder Deutsche sei. Ein Autor beschrieb sie als zarten »Schmetterling, der, sorglos beschwingt, an der Leuchte des Lebens seine feinen Flügel vor der Zeit müde geflattert und versengt hat«.

Als Claire tiefer in die Kiste vordrang, erfuhr sie, dass man von *L'Inconnue* auch als Ophelia aus *Hamlet* oder als *Mona Lisa* gesprochen hatte. Anaïs Nin und Vladimir Nabokov hatten Geschichten über sie als Wassergeist geschrieben. Und der österreichische Dramatiker Ödön von Horváth nannte *L'Inconnue* eine Nachfahrin der Sagengestalt Melusine, die als Wasserfee die Männer in den Tod lockte.

Doch in einem Punkt waren sich alle Autoren einig: Immer fand *L'Inconnue* am Ende den schrecklich frühen Tod in der Seine. Und trotzdem wusste niemand, wer sie war. Wie konnte es sein, dass so viele über sie geschrieben hatten, sogar besessen waren von ihr – einschließlich einiger der größten Köpfe Europas – und sie dennoch *inconnue* blieb?

Claire vertiefte sich in die Lektüre und arbeitete sich durch die Papiere, bis die Wörter vor ihren Augen verschwammen. Sie kam nur langsam voran, weil sie alle ein bis zwei Zeilen ein Wort nachschlagen musste.

Sie stöberte durch den Rest der Kiste und hoffte unbewusst, dass sie einen ähnlichen Brief finden würde wie den, den sie auf Mammaws Dachboden gefunden hatte, oder irgendeinen anderen Briefwechsel. Irgendetwas, was nicht so augenscheinlich Fiktion war.

Aber da erwartete sie wohl zu viel. Die Notiz, die sie gefunden hatte, war gemeinsam mit der Skulptur geschickt worden und 1945 aus Paris gekommen, vierzig bis fünfzig Jahre nachdem die Maske von *L'Inconnue* gegossen worden war. Sie hatte höchstwahrscheinlich überhaupt nichts mit dieser armen Frau zu tun. Vielleicht war es ein Witz oder das Überbleibsel einer anderen tragischen Geschichte.

Er wird mich niemals lebendig gehen lassen.

Claire ließ den Kopf auf das überraschend weiche und nach Lavendel duftende Kissen sinken – dankbar, dass keine Bässe durch die Wände wummerten – und schloss die Augen.

Wenn sie eine Sache schon sehr früh gelernt hatte, dann war es das: An tragischen Geschichten mangelte es nicht.

18

Claire wachte auf von dem Geruch von frisch aufgebrühtem Kaffee.

Sie hatte in T-Shirt und Shorts geschlafen, wurde aber trotzdem nervös, als sie auf dem Weg zur Toilette in der Küche auf Armand traf.

»Guten Morgen«, murmelte sie.

»Bonjour«, erwiderte er, ohne sie anzusehen. Er schnitt gerade Erdbeeren klein. Auf der Küchenplatte lag eine Tüte aus einer *boulangerie*.

Sie ging sich schnell ein wenig waschen, dann kehrte sie zu Armand in die Küche zurück – nachdem sie beschlossen hatte, dass sie mit T-Shirt und Shorts ausreichend bekleidet war. Er war gerade damit fertig, ein Tablett mit Geschirr und Essen zu beladen.

Es wirkte ungewöhnlich häuslich für jemanden, der so getrieben war.

Und merkwürdig vertraut. Es war richtig gewesen, sich von Sean zu trennen, da war Claire sich sicher, aber diesen Teil des Lebens zu zweit vermisste sie, wenn sie bei ihm übernachtet hatte oder umgekehrt: die frühmorgendlichen Abläufe in der Küche, die wortlosen, aufeinander abgestimmten Bewegungen, die stumme Vertrautheit, bevor das tägliche Sperrfeuer an Worten und die Anforderungen der Arbeit alle Gedanken beiseitedrängten.

»Nehmen Sie doch bitte die Zeitung und das Obst«, sagte Armand, als er das Tablett hochhob, das mit Croissants, Marmelade, Kaffee und Sahne beladen war. »Und vielleicht wollen Sie sich ja noch etwas überziehen. Wir gehen in den Garten.«

»Hervorragend. Stört es Sie, wenn ich mein Handy hier auflade?«, fragte sie und zeigte auf eine Steckdose über der Küchenplatte. »In meinem Zimmer habe ich keine Steckdose gefunden.«

Er grunzte. Sie deutete das als ein Ja.

Claire zog ein Sweatshirt über und schlüpfte in ihre Schuhe, schloss ihr Handy an, nahm die Zeitung und die Erdbeeren und ging nach unten in den Garten.

Es lag eine kühle Brise in der Luft; der Himmel war grau. Die Vögel, der Nebel, die Verkehrsgeräusche und eine Stimme, die nach einem Antoine rief, umgaben sie. Sie waren in der Mitte von Paris, aber wenn der Verkehr und das Hupen nicht gewesen wären, dann hätte sie auch überall sonst in Frankreich sein können, in einem Garten irgendwo auf dem Land.

Eine Sache musste sie Armand zugutehalten: Er konnte sehr hübsch den Tisch decken. Sie war davon ausgegangen, dass Giselle am Abend zuvor den Tisch für den *apéro* gedeckt hatte, aber es hätte genauso gut Armand gewesen sein können. Aber vielleicht lag es auch einfach daran, dass sie in Frankreich war und alles, was mit Essen zu tun hatte, Anlass zum Feiern bot.

Sie nahm ein Croissant und legte es auf einen gelben Teller mit blauem Blümchenmuster. Armand schob ihr ein kleines Tellerchen mit Butter zu, obwohl das Croissant vor

Fett glänzte und seine köstlichen, hauchdünnen Schichten bereits jetzt die Arterien zu verstopfen drohten. Sie beobachtete ihn, wie er sein Croissant in den Kaffee tunkte, der großzügig mit Sahne versehen war.

»Also, wann öffnen wir?«, wagte Claire einen Vorstoß.

»Wir?«

»Den Laden. Um wie viel Uhr öffnen wir ihn?«

»Wenn ich Lust habe.«

Sie lachte.

Armand verschwand hinter seiner Zeitung, *Le Monde.* Nachrichten holte sich dieser Künstler wohl auch nicht aus dem Internet. Claire hatte sich noch nicht getraut, nach Internetempfang zu fragen, und eigentlich hatte es etwas ganz Reizvolles, nicht darüber nachdenken zu müssen.

Sie beschloss, sich zu entspannen und ihren Kaffee zu trinken.

Nach einigen Minuten versuchte sie es wieder: »Ich wollte nur sicherstellen, dass ich auch fertig bin. Schließlich ist es mein erster Tag bei Ihnen.«

»Sie haben doch schon gestern angefangen.«

»Na ja, nicht so richtig.«

»Mmm«, brummte er und versteckte sich weiter hinter seiner Zeitung.

»Ich würde einfach vorher noch gerne duschen und mich ein bisschen zurechtmachen, das ist alles.« Sie biss in das Croissant und stöhnte leise auf. »Dieses Croissant ist unglaublich.«

»Es ist aus einer guten *boulangerie.*«

»In den Staaten gibt es natürlich auch Croissants, aber die schmecken nicht so.« Sie hatte anfangs keinen Hunger gehabt, änderte aber nun ihre Meinung. »Es ist komisch.

Selbst die Butter schmeckt hier anders. Wer hätte gedacht, dass Butter anders schmecken kann?«

Armand ließ die Zeitung sinken. »Reden alle Amerikaner in der Früh so viel?«

»Das weiß ich wirklich nicht. Ich kenne nicht alle Amerikaner.« Ihr Herz flatterte, aber sie erwiderte: »Sind alle Franzosen so unhöflich?«

Er schnaubte. »Entspannen Sie sich einfach, und genießen Sie ihren Kaffee. Es ist schlecht für die Verdauung, zu schnell zu essen.«

»Okay, Chef! Was immer Sie befehlen.«

Die Zeitung raschelte, als er sie wieder aufnahm, und Claire versuchte, die Stille des Morgens zu genießen, die Ruhe vor dem Sturm.

Eigentlich war Claire auch in dieser Tradition groß geworden. Die Cajuns hatten zwar ihre eigene Kultur, aber sie hatten auch viel mit den Franzosen gemeinsam: Sie genossen ihre *beignets* und starken Kaffee zum Frühstück und saßen bei ausgedehnten Familienessen beisammen. Claire dachte an den Picknicktisch zurück, der immer mit alten Zeitungen ausgelegt war und auf dem riesige Töpfe mit Krebsen und Shrimps abgestellt wurden, an den Duft des Dampfes, der beim Kochen der Krabben entstand, die gigantischen Brotlaibe und die scharfe Soße, die es zu allem dazu gab. Sie hatte sich verändert, als sie aufs College gegangen war und sich »Yankee-Angewohnheiten« angeeignet hatte, wie ihre Familie das nannte: nach einem engen Zeitplan zu leben, nur eine halbe Stunde Zeit fürs Mittagessen, Cracker, Käse und Obst zum Abendessen. Schnell etwas in sich hineinstürzen, was gerade griffbereit war, die Reste des chinesischen Take-away vom Vortag vor dem Computer essen. Und keine Zeit für ausgedehnte Mahlzeiten.

Obwohl Paris nicht weniger mit Plaquemines Parish gemeinsam hätte haben können, fühlte Claire trotzdem eine tiefe Vertrautheit.

Nach dem Frühstück wusch sich Claire in der winzigen Dusche und stand dann vor der Kommode, und überlegte, was sie anziehen sollte. Sie hatte nur wenig Gepäck dabei und nichts wirklich Passendes für die jetzige Situation. Was trug man, wenn man in einem Atelier arbeitete?

Wahrscheinlich etwas Weißes, dachte sie, als ihr Blick auf den Gipsstaub fiel, der sich hartnäckig seinen Weg auch unter geschlossenen Türen hindurch suchte. Das meiste, was sie besaß, war schwarz und ein wenig formell, ideal für die Arbeit in einem Büro. Schließlich entschied sie sich für ein paar saubere Jeans und eine hellblaue Bluse.

Sobald sie angezogen war, ging sie im Verkaufsraum auf und ab und fragte sich, ob Armand ihr noch zeigen würde, was sie genau tun sollte. Hinter einem Tisch hing ein weißer Laborkittel über einer Stuhllehne. Sie zog ihn an, ohne zu wissen, ob er Giselle oder Armand gehörte oder ob er für sie bereitlag.

Er gefiel ihr. Sie hatte das Gefühl, für die Rolle, die sie spielen sollte, adäquat gekleidet zu sein.

Nachdem immer noch kein Zeichen von Armand in Sicht war, beschloss sie, ein Schild auf Englisch zu schreiben, das die Besucher willkommen hieß und sie aufforderte, in den ersten Stock zu kommen. Sie fand in einer der Schubladen Stifte und Papier, schrieb einen Zettel und stieg die knarzenden Stufen zur Haustür hinunter.

Sie bemerkte eine Tafel, die sie vorher immer übersehen hatte:

MOULAGE DE LA FAMILLE LOMBARDI, EST. 1871
MAÎTRES PROPRIÉTAIRES:
GUISEPPE LOMBARDI, 1871–1891
JEAN-BAPTISTE LOMBARDI, 1891–1924
(OLIVIER DELEN, 1898–1924)
MARC-ANTOINE LOMBARDI, 1924–1957
PIERRE-GUILLAUME FONTAINE, 1957–1981
LOIC LOMBARDI FONTAINE, 1981–2010
ARMAND LOMBARDI FONTAINE, 2010

Wieder fragte sich Claire, wie es wohl war, Teil einer solchen Abstammungslinie zu sein. War es tröstlich, genau zu wissen, was von einem erwartet wurde? Oder war es einengend, keine andere Wahl zu haben, als in die Fußstapfen anderer zu treten? War das vielleicht mit ein Grund, warum Armand so unglücklich wirkte?

Auf der anderen Seite der Straße öffnete eine weißhaarige Frau gerade einen Laden, der Souvenirs verkaufte: Geschirrtücher, kleine Geldbeutel, Musikboxen, die mit dem Eiffelturm oder dem berühmten Emblem des Etablissements *Le Chat Noir* bedruckt waren. Wenn Armand nicht von Touristen überrannt werden wollte, dann musste er aus dem Schatten der Kathedrale wegziehen, dachte Claire. Es war ein wirklich langer Schatten, der sich bis weit über das vierte und bis hinein in das fünfte Arrondissement erstreckte.

Claire winkte der Nachbarin zu: »*Bonjour, madame!*«

Die Frau wirkte irritiert und nicht sonderlich erfreut, murmelte aber ein schnelles *bonjour*, bevor sie wieder im Laden verschwand.

Ein großer, dünner Mann kam aus dem Nebenhaus: Er war von klassischer Schönheit, sein langes hellbraunes

Haar war zu einem Pferdeschwanz zusammengebunden, und er trug eine Ledertasche unter dem Arm. Er nickte in Claires Richtung.

»Bonjour«, grüßte ihn Claire.

»Bonjour«, grüßte er zurück, dann blieb er stehen. »Sind Sie neu hier?«

»Ja, das bin ich.«

»Ich dachte nicht, dass Armand so schnell eine neue Assistentin findet.«

»Ich bin Claire Broussard. Heute ist mein erster Arbeitstag.«

»Ich bin Quentin. Der Nachbar. Es ist mir ein Vergnügen.«

»Enchantée«, antwortete Claire.

»Est-ce que vous êtes Américaine?«, fragte er.

»Ja, ich komme aus Louisiana.«

»Ich liebe Amerika. Ich war vor vielen Jahren einmal dort, bei einem Schüleraustausch in Milwaukee.«

»Ach, wirklich? Dort war ich noch nie«, sagte Claire und fragte sich, wie um alles in der Welt der Pariser ausgerechnet in Milwaukee gelandet war. Doch andererseits hatte ihm die Stadt wahrscheinlich einen repräsentativeren Einblick in Amerika vermittelt, als es New York oder Los Angeles getan hätte.

»Dann werden wir uns wahrscheinlich schon bald wiedersehen«, sagte Quentin. »Vielleicht schaue ich heute Abend zum *apéro* vorbei.«

Claire nickte, war aber nicht sicher, ob Armand es gutheißen würde, wenn sie Nachbarn einlud. Schließlich war es nicht ihr Haus. Und Armand schien auch nicht zu den Leuten zu gehören, die andere einluden vorbeizukommen. Doch andererseits hatte er den Tisch am gestrigen Abend sehr liebevoll gedeckt. Und er hatte Claire – über Giselle –

eingeladen, beim *apéro* dabei zu sein und in seinem Haus zu wohnen. Trotzdem.

Es gab aber wohl keinen Grund, sich Sorgen zu machen. Erst mal würde sie das Gefühl genießen, in einem Laden in Paris zu arbeiten. Es war nie eines ihrer Ziele im Leben gewesen, aber sie liebte Veränderungen und genoss das Gefühl, ein neues Leben auszuprobieren.

Als sie den Zettel an der Tür anbrachte, ermahnte sie sich, dass es nur für kurze Zeit sein würde.

Sie würde sich klar werden müssen, was sie langfristig mit ihrem Leben vorhatte. Aber im Moment wollte sie sich diese Atempause gönnen: in einem Atelier in Paris.

19

Der Verkaufsraum konnte eine gründliche Reinigung vertragen, befand Claire. Sie entdeckte einen Besen neben der Hintertür und einen Staubwedel und ein paar Lappen in einem Schrank. Sie fegte einmal grob die hartnäckigsten Ecken, in denen sich über ein Zentimeter Gips angesammelt hatte, wie kleine Schneeverwehungen, und begann dann, die Waren abzustauben.

Es wäre unmöglich, alle Skulpturen und Friese frei von Staub zu halten, außerdem trug der Schmutz zum authentischen Ambiente bei. So wirkte es eher wie das Atelier eines Künstlers als wie ein Verkaufsraum, und genau das war es, was die Touristen ansprach, vermutete Claire. Sie jedenfalls mochte es so. Und nachdem sie ja auch eine Auswärtige war, würde sie auf ihr Bauchgefühl hören.

Sie benutzte hauptsächlich den Staubwedel, um die Gesichter der Masken und Skulpturen zu reinigen. Sie sollten sich den Besuchern von ihrer besten Seite zeigen.

»Was, um Himmels willen, tun Sie da?«

Claire war so in ihre Gedanken vertieft gewesen, dass sie aufschrie und vor Schreck herumfuhr.

Armand stand ihr mit fragendem Gesichtsausdruck gegenüber.

»Sie haben mich ganz schön erschreckt! Ich mache ein bisschen sauber – wonach sieht es denn aus?«

»Das ist nicht Ihre Aufgabe.«

»Wessen Aufgabe ist es denn dann?«

»Na, Ihre jedenfalls nicht.«

»Sie haben mich angeheuert, um zu dolmetschen, aber es ist ja noch niemand hier, und ich wollte mich nützlich machen.«

»Wenn Sie sich nützlich machen wollen, dann können Sie die Eimer mit dem schmutzigen Wasser nach unten bringen und in den Gully kippen.«

Claire warf einen zweifelnden Blick auf die riesigen Plastikeimer voll mit milchigem Wasser, die neben der Tür standen. Sie sahen unheimlich schwer aus.

»So nützlich wollte ich mich dann doch nicht machen.«

Er musste wider Willen grinsen. »Aber Sie haben natürlich recht: Es sind ja nicht die ganze Zeit Kunden da, für die Sie übersetzen müssen. In der Zwischenzeit können Sie mir in der Werkstatt helfen.«

Der Geruch nach nassem Gips schlug ihr entgegen, viel stärker als im Laden. Es war ein Geruch nach Kreide und Mineralien, der sie an den heißen Sand am Golf von Mexiko erinnerte, nur ohne den Fisch und die Algen. Auf einem Brett unter einer Werkbank bemerkte sie etwas Sperriges, das mit einem Geschirrtuch abgedeckt war. Das musste das Teil sein, an dem er letzte Nacht gearbeitet hatte. Aber warum hatte er es abgedeckt?

»Haben Sie sich jemals die Hände schmutzig gemacht?«, fragte Armand.

»Ich ...« Sie zuckte mit den Schultern. »Ich habe eine gewisse Heimwerkererfahrung.«

Er machte eine ungeduldige Handbewegung. »Haben Sie Erfahrung mit Bildhauerei?«

»Nicht wirklich«, sagte sie. Aber als sie die Worte aussprach, erinnerte sie sich an das Gefühl von Ton zwischen ihren Fingern, an Knete und die Sandburgen ihrer Kindheit. Sie spürte wieder, wie sie es genossen hatte, etwas mit den Händen zu formen. Das Erstaunen, wie etwas in den Händen Gestalt annahm, wie sie das schwere Material nach ihren Vorstellungen und Ideen formen konnte.

Bis sie älter wurde und merkte, dass sie einen richtigen Job brauchte.

»Nie?«, fragte Armand und bemerkte ihr Zögern.

»Nicht richtig. Ich habe natürlich als Kind Dinge geformt, aber das machen ja alle Kinder, nicht wahr? Und meine Mutter hat an Skulpturen gearbeitet ...« Ihre Stimme verebbte, und sie fragte sich, ob die kleinen Tiere, die ihre Mutter aus Ton für sie gemacht hatte, in den Augen von Armand Lombardi Fontaine als Bildhauerei gelten würden. Claire fügte hinzu: »Ein bisschen.«

»Haben Sie ihr zugesehen?«

»Nein, sie ist gestorben, als ich noch ein Baby war.«

»Das tut mir leid.«

»Danke.«

»Sind Sie bei Ihrem Vater aufgewachsen?«

»Eine Weile lang, aber dann bin ich zu meiner Großmutter gekommen. Und ich glaube nicht, dass sie jemals was anderes geformt hat als Lachskroketten. Es waren aber ziemlich beeindruckende Kroketten, und immer perfekt und rund. Einmal hat sie damit den zweiten Platz bei einem Wettbewerb gewonnen. Und zwei Jahre in Folge einen Preis für ihren Yummy Yammy Cake abgeräumt.«

»Aha«, brummte er.

»Ist das Erstellen von Abgüssen nicht außerdem etwas völlig anderes als Bildhauerei?«

»Natürlich, aber es sind die gleichen Sinne und Fertigkeiten gefragt. Wenn man einen guten Abdruck machen möchte, muss man ein Gefühl für die Konturen, für die Hohlräume und die Form des Objekts haben. Und nach dem Guss nehmen wir die Veredelung von Hand vor.«

Armand reichte ihr eine Atemmaske.

»Ziehen Sie die an, dann können Sie mir dabei helfen, den Gips für diese Formen anzurühren.«

Er wies auf drei leuchtend blaue Maskenformen, die in Kisten mit hartem weißen Reis gebettet waren. Eine Einkerbung an der Oberseite war frei gelassen, damit man später Haken anbringen und die Masken aufhängen konnte. Es war schwierig, die Formen zu identifizieren, weil sie nur die Innenseite sah, aber Claire glaubte in der einen Beethoven mit seiner markanten Braue zu erkennen.

»Ist Gips giftig?«, fragte Claire und zog die Maske an. Armand tat es ihr gleich.

»Nicht wirklich, aber es ist nie gut, Staub einzuatmen.«

Er hob einen großen Sack mit Gips hoch, schüttete etwas trockenes Pulver in einen großen Eimer und füllte ihn zu einem Viertel.

»Nehmen Sie den Wassereimer« – er wies ihr mit dem Kopf die Richtung –, »und schütten Sie ganz langsam etwas hinein, während ich rühre.«

Sie ließ einen dünnen Strahl aus dem Eimer laufen, und er schaltete die Maschine mit dem riesigen Rühraufsatz ein.

»Bei Gips schüttet man Wasser in das Pulver«, erklärte Armand. »Bei einigen anderen Materialien ist es andersherum: Da muss das Pulver in das Wasser eingestreut werden.«

Claire nickte und dachte an ihre Großmutter, die das Gleiche über Kekse gesagt hatte. Sie wunderte sich, warum es einen Unterschied machte, dann fragte sie sich, ob sie überhaupt lange genug hier sein würde, um solche Dinge zu lernen. Es war interessant, etwas über die Techniken zu erfahren, etwas für sie völlig Neues.

Während sie Armand beim Arbeiten zusah, fiel ihr auf, woher er seine Muskeln hatte: Man brauchte starke Oberarme, um die schweren Gipseimer zu heben. Die manuelle Natur der Arbeit, das Mischen und Heben und Wuchten, die schiere Körperlichkeit haute Claire um, die immer nur mit ihrem Kopf gearbeitet hatte. Den Eimer so halten, das Werkzeug so. *Die Hände müssen dreckig werden.*

Sie dachte an ihre Cousins, die auf Ölbohrinseln und Krabbenkuttern arbeiteten und deren Leben von der Kraft in ihrem Rücken und ihren Schultern diktiert wurde, von den Launen des Wetters und von den äußeren Gegebenheiten – würde die Quelle versiegen, die Krabben verschwinden? Würde ein Ölfilm die Arbeit in den nächsten Jahren unmöglich machen? Würde ein Hurrikan durch die Region fegen und alles vernichten, was ihm in den Weg kam?

Claire fragte sich oft, ob der Schritt weg von der körperlichen Arbeit an den Schreibtisch wirklich ein Schritt nach vorne war. Es war mit Sicherheit besser bezahlt, aber war es nicht auch eine körperliche Herausforderung, zehn bis zwölf Stunden am Tag über einen Computer gebeugt zu sitzen?

Als der nasse Gips die Konsistenz eines Joghurtdrinks erreicht hatte, schaltete Armand den Rührer aus, deponierte den Aufsatz in einem Bottich mit Wasser und hievte den schweren Eimer auf die Werkbank.

»Der Reis hält die Formen an Ort und Stelle, sodass sie

nicht verrutschen, während wir gießen.« Armand hob den Eimer in die Höhe und befüllte langsam die erste Form. Sorgfältig beobachtete er, wie die Ecken und Winkel voll-liefen. »Wenn man Wasser mit Gips mischt, löst man eine chemische Reaktion aus, deshalb muss man gleichmäßig gießen. Wenn man unterbricht, dann entstehen Linien. Man muss bis ganz oben einfüllen, sehen Sie?«

Claire nickte. »Was ist das blaue Zeug?«

»Es heißt Alginat. Es ist das Gleiche, was Zahnärzte verwenden, um einen Zahnabdruck zu machen. Es ist leichter zu verarbeiten als Gips. Aber den positiven Abdruck gießen wir immer aus Gips oder Harz.«

Nachdem Armand die Formen bis zum Rand gefüllt hatte, reichte er Claire den Eimer, nahm mit seinen weißen Händen die Kisten hoch und rüttelte sie ein wenig, dann klopfte er fest von außen dagegen.

»Die Formen müssen bewegt werden, damit die Blasen entweichen können«, erklärte er. »Wenn Luft eingeschlossen ist, entsteht ein Loch, und das Gesicht ist verunziert.«

Claire nickte. Sie hatte Mammaw in der Küche oft bei der gleichen Tätigkeit zugesehen.

»Sobald sich der Gips zu setzen beginnt, löffeln wir ein bisschen heraus, um das Gewicht zu reduzieren. Während diese Formen hier aushärten, können Sie die Kanten von den Formen abschleifen, die ich gestern gegossen habe.«

Er zeigte ihr eine Serie von Gipsmasken, deren Rückseite hohl war, und erklärte ihr, wie er die Gesichtszüge verfeinerte.

»Zahnarztwerkzeuge sind dafür am besten geeignet; alles andere verbiegt sich. Aber das werde ich übernehmen. Sie schleifen die rauen Kanten, sehen Sie?«

Claire hielt eine Maske in der linken Hand und Schleifpapier in der rechten. Am Anfang fühlte es sich merkwürdig an, aber sobald sie herausgefunden hatte, wie man die Maske am besten festhielt, machte es ihr immer mehr Spaß. Sie spürte Armands Blick auf sich ruhen, aber er sagte nichts.

»Haben Sie je selbst Skulpturen geformt?«, fragte sie ihn.

»Sie finden, dass Abgüsse nicht das Gleiche sind wie Skulpturen, ja?«

»Ich habe den Eindruck, dass es da schon noch einen Unterschied gibt.«

Er zuckte mit den Schultern. »Das Gießen ist einfach, da kann man nicht viel variieren. Aber das Herstellen der Abgussformen, das ist die Kunst.«

»Können Sie mir das beibringen?«

»Und ich dachte, Sie wollten sich beschweren, weil Sie mir beim Gießen helfen müssen. Und jetzt wollen Sie schon lernen, Abgussformen herzustellen?«

»Schließlich schlafe ich in der Lehrlingskammer.«

»Aber nur zwei Wochen.«

»Ich lerne schnell. Aber eines habe ich noch nicht verstanden: Warum macht man überhaupt Kopien?«

»Die Formen und Abgüsse der Familie Lombardi halten die Vergangenheit lebendig. Sie ermöglichen es anderen, am Genie des ersten Künstlers teilzuhaben, verstehen Sie? Nicht jeder hat die Möglichkeit, zum Louvre oder zu den Uffizien in Florenz zu reisen, geschweige denn nach Ägypten oder weiter. Auf diese Weise können Tausende das Genie bewundern, das diese Skulpturen erschaffen hat. Früher haben wir auch Kunst- und Medizinschulen mit Skulpturen ausgestattet. Sie wurden wie dreidimensionale Textbücher verwendet und waren lehrreicher als eine zweidimensionale Zeichnung. Kunststudenten verwenden die Objekte, um Perspektive, Schatten und Modellzeichnen zu lernen. Fotografie hat die Formen in den Hintergrund gedrängt, kann aber nicht die Dreidimensionalität unserer Objekte ersetzen.«

»Könnten Holografieaufnahmen das nicht?«

»Vielleicht eines Tages, ja. Aber uns gibt es schon so lange. Wir werden noch ein bisschen weiter da sein.«

»Außerdem bedienen Sie den Touristenmarkt.«

Er schnaubte abfällig. »Da Sie so gerne sauber machen, können Sie sich gleich darum kümmern: Die Werkzeuge müssen gereinigt werden, bevor der Gips aushärtet.«

»Ich habe nie behauptet, dass ich gerne sauber mache«, protestierte Claire. Trotzdem fing sie an, Gips von den Werkzeugen zu kratzen, bevor sie Schritte auf der Treppe von ihrer Tätigkeit erlösten. Sie ließ die Sachen stehen und liegen, um sich um die Kunden zu kümmern, und wischte sich die Hände an einem Lappen ab.

Die große Familie aus Seattle mit Großeltern, Kindern, Cousins, Cousinen und Enkeln freute sich darauf, ein echtes Künstleratelier zu besuchen. Die meisten von ihnen stellten sich vor den Werkstattfenstern auf, um Armand bei der Arbeit zuzuschauen.

»Onkel Fred ist von uns gegangen und hat uns ein bisschen Geld hinterlassen«, erklärte eine der Frauen Claire. »Es hat nicht fürs College gereicht oder um ein Haus zu kaufen, aber es war genug für einen Familienurlaub. Wir haben ein Haus an der Loire gemietet. Kennen Sie die Gegend?«

»Nicht näher, nein. Ich bin selbst neu in Paris.«

»Oh, wie wundervoll!«

Claire sah die Frage in den Augen der Frau: Was machte eine Amerikanerin hier in diesem Atelier in Paris? Claire fing an, sich zum Spaß eine Geschichte zurechtzulegen: Sie war hierhergekommen, um bei ihrem Verlobten zu sein, der sie jedoch für eine Pariserin verlassen und sich mit ihr nach Saint Tropez abgesetzt hatte, weshalb Claire um eine Arbeit betteln musste, damit sie sich das Ticket nach Hause leisten konnte.

Die Frau war zu höflich, um weiter nachzufragen, und ihre Aufmerksamkeit wurde stattdessen von einer Reihe von Friesen abgelenkt, die aus dem Loiretal stammten, nicht weit entfernt von dem Ort, an dem sie den Urlaub verbrachte.

Claire half der Familie dabei, ein paar Objekte auszusuchen, und rief dann Armand, damit er den Verkauf abwickelte. Claire hatte eine Fläche auf einer riesigen Werkbank freigewischt, sodass die Familie die Adressen auf den Lieferscheinen ausfüllen konnte. Nachdem das Geschäft abgeschlossen war, gingen sie zufrieden ihrer Wege in Richtung Kathedrale.

Claire räumte den Tisch auf, sammelte die Etiketten und Stifte zusammen. Die Maserung des alten Holztisches war mit Gipsstaub aufgefüllt, das leuchtende Weiß stand in starkem Kontrast zu dem dunklen Holz und schuf ein Netz von weißen Adern. Je länger sie hinsah, desto lebendiger wurde die Musterung: Die Linien flossen ineinander wie die Gewässer im Bayou von Louisiana.

Sie streckte ihre Finger aus und fuhr die Maserung mit den Fingerspitzen nach, als würde sie Braille lesen.

»Ist alles in Ordnung?«, fragte Armand.

»Ich sehe mir nur die Adern des Holzes an«, antwortete Claire. »Sie sind sehr ... interessant.«

»Mögen Sie Da Vinci?«

»Kann man ihn denn überhaupt nicht mögen?«

»Er war fasziniert von Adern und hat viel darüber geschrieben.«

»Über Adern? Wirklich?«

»Da Vinci war Wissenschaftler und Künstler. Er hat die Adern im Holz mit denen des menschlichen Körpers verglichen. Die Äste eines Baumes, Bäche und Flüsse, die zu Strömen zusammenfließen. Sie haben alle eine ähnliche Form, wie ein Fraktal.«

»Ein Fraktal?«

»Ein Muster, das sich in verschiedenen Dimensionen selbst wiederholt.«

»Ah«, sagte Claire und wandte sich um, weil eine neue Gruppe von Touristen die Treppe nach oben kam. »Ein ziemlich schlauer Kerl, scheint mir.«

Armand lächelte ihr widerwillig zu. Ihr Blickkontakt hielt den Bruchteil einer Sekunde zu lang.

20 SABINE

Es ist ein wunderschöner, sonniger Tag, wie es sie selten in Paris gibt, als Maurice sie zum ersten Mal schlägt.

Das Süße und das Bittere gehen oft Hand in Hand, denkt Sabine. Großes Glück bringt große Trauer mit sich. Sie hatte ihren kleinen Bruder mit einer Hingabe geliebt, die jegliches Maß überschritt; er war nach einer entsetzlichen Nacht kurz vor Einbruch der Dämmerung gestorben, dahingerafft von demselben Fieber, das auch ihre Mutter drei Tage zuvor aus dem Leben gerissen hatte. Sabine hätte an seiner Stelle sterben sollen – und wollen, aber so kam es nicht. Trotz des Hungers und der Fieberwellen, die durch die Stadt fegten und ein Leben nach dem anderen forderten, auch das des Pferdetrainers mit der sanften Stimme, hatte Sabine überlebt.

Der Tag ist sonnig und wundervoll und beginnt mit Kunst und Schokolade. Maurice hat entschieden, mit Sabine in den Louvre zu gehen. Er hat einen geduldigen Tag; unterwegs erlaubt er ihr, stehen zu bleiben und einen Blick in die Schaufenster zu werfen.

Sabine ist fasziniert von den Schokoladengeschäften. Sie sind wie Museen, voll mit den süßesten Kreationen, die man sich vorstellen kann. Eine Wolke von Kakao und Zucker hängt in der Luft und kitzelt in der Nase. Die Chocolatière bietet Sabine ein kleines Stück Schokolade an, das in ihrer Handfläche zu schmelzen beginnt, bevor sie es zum Mund führen kann. Es schmeckt, wie Samt schmecken würde, wenn er einen Geschmack hätte, so weich und reich und luxuriös, dass sie glaubt, gleich dort auf dem Mosaikboden in Ohnmacht zu fallen, auf den Fliesen, die die Worte CHOCOLATIÈRE ÉLISE bilden.

Wenn sie das doch nur gewusst hätte, als sie noch gehungert hat, dass sie nur in den Laden hätte gehen müssen, um kostenlos ein Stück Schokolade zu bekommen. Aber nein. Das wäre nicht möglich gewesen. Die Besitzerin hätte sie weggescheucht, sobald sie sich in ihren zerschlissenen Kleidern dem Laden genähert hätte. Jetzt trägt sie ein feines Kleid aus königsblauer Wolle, nichts, was eine echte Dame tragen würde, aber ausreichend für die Chocolatière. Und jetzt befindet sie sich in Begleitung von Monsieur Maurice Desmarais, dem es an nichts mangelt, was er gerne zur Schau stellt, sodass die Grenzen zwischen den Klassen nicht verwischen.

Der Palais du Louvre ist großartig, überwältigend. Der weite steinerne Hof ist leer, und Sabine versucht sich vorzustellen, wie er wohl aussieht, wenn er mit Königen und Königinnen samt ihrer Entourage gefüllt ist. Einen Augenblick lang hat sie Angst. Sicherlich wissen doch die Wachleute, dass sie nicht in einen Palast gehört, dass sie nur ein einfaches Mädchen vom Land ist.

Aber sobald Maurice sie hineinscheucht, vergisst sie ihre Zweifel, vergisst alles, so gefangen ist sie von den Farben, der Schönheit, dem Einblick in eine Welt, die ihr bis dahin unbekannt war. Bilder von Orten, an denen Frauen nichts weiter tragen als Seidenschals, nackt mit einem Schwan posieren oder am Ufer eines Teichs vor den Satyrn flüchten. Ihre Wangen glühen, als sie die Bilder mit den nackten Frauen sieht, die sich auf Diwanen rekeln, auch wenn Sabine inzwischen eine von ihnen ist. Bis zu diesem Moment hat sie sich nicht vorgestellt, wie andere vor einem Bild stehen und ihren nackten Körper anstarren.

Aber sie verdrängt die Vorstellung wieder und konzentriert sich stattdessen auf die außergewöhnliche Schönheit eines Blumenstraußes, der von einem Italiener namens Caravaggio gemalt wurde.

Maurice genießt es, ihr Führer und Tutor zu sein, zeigt ihr die Werke der Alten Meister, erklärt ihr, worauf sie sich konzentrieren soll, und bringt ihr bei, auf den Pinselstrich zu achten – oder auf das Fehlen desselben –, auf die Art und Weise, wie Maler Licht und Schatten einsetzen, was er *chiaroscuro* nennt, und wie man bei näherem Hinsehen übermalte Figuren erkennen kann, das sogenannte *pentimento*.

Sie hat viele dieser Begriffe in den Büchern im Atelier gelernt, aber sie bleibt stumm und lässt ihn reden. Sabine bemerkt, wie sein Schnurrbart zuckt, die ersten Anzeichen seines Missfallens. Maurice ist wütend, weil seine Werke nicht an diesen Wänden hängen oder die Hallen mit den Skulpturen schmücken.

Sie schlägt vor zu gehen, aber er besteht darauf, dass sie noch ein weiteres Bild sehen muss.

»Das ist das *pièce de résistance*«, sagt er und führt sie zu einem Bild mit einer voll bekleideten Frau, die die Hände vor dem Körper gefaltet hat und ein leichtes Lächeln auf dem Gesicht trägt. »Sie ist als *La Joconde* bekannt, aus dem Italienischen *La Gioconda*. In anderen Sprachen heißt sie auch die *Mona Lisa*.«

»Warum?«

Er lacht. »Du bist ein neugieriges kleines Mäuschen, nicht wahr?«

Sie findet nicht, dass das eine abwegige Frage ist – schließlich hat der Maler sein Bild *La Gioconda* genannt. Warum sollte jemand den Titel ändern? Aber Sabine ist klug genug, das Thema nicht weiter zu vertiefen. Maurice mag ihre Neugier nicht, findet es anstrengend und nicht charmant.

Also lächelt sie ihn stattdessen an.

»Dein Lächeln ist wie ihres, siehst du?«, sagt er und zeigt auf die Dame auf dem Bild. Auf Sabine wirkt sie geheimnisvoll, aber auch ein bisschen müde und angespannt. Sabine fragt sich, ob *La Joconde* Angst hatte, dass der Künstler ein Stück ihrer Seele klauen könnte.

Sabine fühlt sich häufig so. Es ist eine kriechende Angst, die sich ihrer Vorstellung bemächtigt in den Stunden, in denen sie absolut still hält und versucht, nicht einmal zu blinzeln. Manchmal erlaubt Maurice ihr, die Augen zu schließen, aber das ist noch schlimmer: Sie sieht lieber die Welt um sich herum und bleibt in der Realität verankert.

Maurice grummelt oft und zerreißt seine Skizzen, übermalt seine Leinwände oder vernichtet seine getrockneten Tonentwürfe wieder. Sabine weiß nicht, was er von ihr erwartet, aber sie fürchtet, dass er nicht zufrieden sein wird, bis er nicht ihre Seele eingefangen hat.

»Du steckst voller Geheimnisse«, sagt er, als sie zum Atelier zurückgehen. »Du bist wie *La Gioconda, la belle Italienne*.«

Sabine konzentriert sich auf die Schönheit, die sie heute gesehen hat, und auf die Schokolade, die in ihrem Mund schmilzt, auf den warmen Sonnenschein auf ihren Wangen.

Als sie im Atelier ankommen, wartet ein Brief auf Maurice. Seinem Gesichtsausdruck nach zu urteilen, ist er von seinem Vater. Das verursacht ihm immer schlechte Laune. Normalerweise ist sie in der Lage, ihn zu beruhigen; sie ist die Wutausbrüche ihres Stiefvaters gewöhnt.

Aber dieses Mal beginnt er zu trinken und wirft ihr vor, die Stirn in Falten zu legen, nicht zu lächeln, und was war sie schon wert ohne ihr Lächeln?

»Im Leben kann man nicht nur lächeln«, wagt sie sich zu äußern. Sie will noch mehr sagen, hinzufügen, dass man glücklich sein kann, ohne zu lächeln, aber er unterbricht sie.

»Du hast den Mann in dem Schokoladengeschäft angelächelt – ich habe dich beobachtet.«

Sabine wittert Gefahr, rudert zurück. »Das habe ich nicht, nicht wirklich. Ich wollte nur höflich sein, eine würdige Begleiterin für dich.«

»Hure.«

Und dann schlägt er sie ohne Vorwarnung mit dem Handrücken ins Gesicht.

Die Wucht des Schlags lässt sie gegen die Wand fliegen; sie wirft ein Objekt um, an dem er gerade arbeitet. Es knallt auf den Boden, und der getrocknete Ton zersplittert in einen Haufen Staub und Brocken.

»Siehst du, wozu du mich bringst?«, schreit er, dann tritt er sie.

Der Tritt ist nicht fest – eher verärgert als gewaltsam – und zielt auf ihren Oberschenkel, wofür sie dankbar ist. Aus Erfahrung mit ihrem Stiefvater weiß Sabine, dass ein Tritt in den Magen am schlimmsten ist: das verkrampfte Gefühl von Übelkeit und die Unfähigkeit zu atmen, die anhält, bis man sich fragt, ob man jemals wieder Luft bekommen wird. Der körperliche Schmerz ist unbeschreiblich und furchtbar. Doch der emotionale Schmerz ist noch schlimmer: Jemand, der einen eigentlich beschützen soll, verletzt einen, und der Körper, der immer allein atmen konnte, vergisst plötzlich die Grundfertigkeiten, die er immer beherrschte. Zurück bleibt ein Gefühl von niederträchtigem Verrat, noch lange nachdem die Verletzungen von Blau zu Lila zu Grün und dann zu Gelb gewechselt haben.

Sabine verkrampft sich, als Maurice die Hand nach ihr ausstreckt, aber durch den Nebel von Schmerz und über das Pochen ihres Kopfes hinweg merkt sie, dass er ihr hochhelfen will, ihr den Schmutz vom Rock wischt und sich entschuldigt.

»Schau, was du in mir ausgelöst hast. Schau, was meiner kleinen Maus passiert ist. Bist du verletzt?«

Er sagt das alles mit ganz sanfter Stimme, der Stimme, mit der er auch zu ihr gesprochen hat, als er sie angeheuert hat. Auf dem Platz in der Rue Pigalle, als Sabine Hunger hatte und dachte, ihre Gebete seien von dem bärtigen Mann erhört worden, der nach Früchten und Nelken roch.

Inzwischen weiß sie, dass der Geruch von seinem Pfeifentabak herrührt. Wenn sie den Geruch jetzt riecht, wird ihr flau.

Der Priester hatte noch versucht, sie zu warnen. Das Künstlerleben ist für Frauen gefährlich.

»Lächle für mich«, fordert Maurice sie auf und streicht ihr übers Haar. »Bitte, lächle wie *La Joconde*, meine *belle Italienne*.«

21

Kurz vor Mittag kam Giselle ins Atelier, brachte etwas zu essen mit und hängte das Schild in die Tür:

FERMÉ 12 – 2. REVENEZ, S'IL VOUS PLAÎT.
CLOSED 12 – 2. PLEASE COME BACK.

»Es tut mir leid, dass ich heute Morgen nicht da sein konnte!«, sagte Giselle, als Claire ihr half, Quiche und Salat zum Tisch im Garten zu bringen und den Tisch zu decken. »Deshalb brauchen wir unsere Mitarbeiter. Mein Terminkalender lässt es einfach nicht zu, dass ich jeden Tag herkomme. War Armand wenigstens nett zu dir?«

Armand kam gerade und hörte den Kommentar. Er machte ein abfälliges Geräusch.

»Er war ein perfekter Gentleman«, sagte Claire. »Er hat mir gezeigt, wie man Gips gießt und die Abdrücke abschleift.«

»Du hast sie in der Werkstatt arbeiten lassen?«, wollte Giselle von ihrem Cousin wissen. »Ich dachte, wir haben sie zum Dolmetschen engagiert?«

»Es stehen ja nicht die ganze Zeit Touristen im Laden, die auf eine Dolmetscherin warten. Und sie hat auch ihre Schwächen: Sie spricht weder Japanisch noch Deutsch.«

»Aber schließlich du, also ist das ja kein Problem.«

»Ist das wahr?«, fragte Claire.

»Ein bisschen«, antwortete er.

»Er spricht auch Italienisch«, sagte Giselle. »So viele Sprachen für jemanden, der es vorzieht, nicht zu sprechen. Aber jetzt, *bon appétit*!«

Als Amerikanerin kam Claire nicht umhin, sich zu fragen, wofür man eine zweistündige Mittagspause brauchte. Wäre eine Stunde nicht absolut ausreichend? Aber sie versuchte, sich zurückzulehnen und die entspannte Tagesordnung zu genießen. Vielleicht war das Teil des gesunden europäischen Lebensstils: Man arbeitete hart, während man arbeitete, gönnte sich dann aber wiederum ausreichend Pausen.

»Claire, die Moulage ist sonntags und montags geschlossen«, sagte Giselle. »Hast du noch weitere Sightseeingpläne?«

»Ich würde gerne auf den Montmartre gehen, und vielleicht noch mal in die Impressionistische Sammlung. Aber hauptsächlich wollte ich noch ins Musée Rodin. Das ist doch nicht zu weit von hier, oder?«

»Nein, es ist überhaupt nicht weit«, antwortete Giselle. »Ich liebe Rodin.«

Armand verdrehte die Augen.

»Nicht einverstanden?«, fragte Claire. Trotz ihrer Vorliebe in der Kindheit für solche Dinge wusste sie nicht viel über Bildhauerei. Im College war Claire so damit beschäftigt gewesen, sich auf die Arbeitswelt vorzubereiten, dass sie sich nicht erlaubt hatte, sich mit Kunstgeschichte zu befassen, geschweige denn mit Kunst.

»Rodin war natürlich ein Mann seiner Zeit«, sagte Armand. »Aber andere waren deutlich innovativer. Und es war seine Schülerin, Camille Claudel, die die berühmten Hände in *Les Bourgeois de Calais* geschaffen hat.«

»Verzeihung, *Les Bourgeois de ...?*«

»*Les Bourgeois de Calais.* Die Bewohner der Stadt. Die Stadt Calais hatte Rodin beauftragt, eine Skulptur zu entwerfen, und er erntete viele Lorbeeren dafür. Aber ein Großteil des Werkes stammte eigentlich von Camille Claudel.«

»Camille Claudel war Rodins Muse«, erklärte Giselle.

»Sie war zwar seine Muse, aber sie war auch selbst Bildhauerin«, warf Armand ein. »Und meiner Meinung nach war sie innovativer und begabter als Rodin.«

»Warum ist sie nicht bekannter?«, fragte Claire.

»Sie war eine Frau«, sagte Giselle und blies den Rauch ihrer Zigarette durch den Mundwinkel. »Außerdem ist sie verrückt geworden.«

»Verrückt?«

»Ihre Familie hat sie in die Psychiatrie gesteckt«, erklärte Armand. »Sie und Rodin hatten eine dramatische Trennung, und sie hat ihn beschuldigt, ihre Karriere zu sabotieren. Ob sie verrückt war oder nicht, ist schwer zu sagen. Ich kann mir gut vorstellen, dass man nach einigen Jahren in der geschlossenen Anstalt psychisch nicht mehr sehr stabil ist.«

»Sie hat den Großteil ihres Werks zerschlagen«, fügte Giselle hinzu.

»Das ist leider wahr. Aber einiges, was übrig blieb, ist heute im Musée Rodin ausgestellt«, sagte Armand. »Diesem Teil der Ausstellung solltest du besondere Aufmerksamkeit widmen.«

»Warum ist ihr Werk im Musée Rodin ausgestellt, wenn sie sich doch getrennt haben?«

»Rodin verlangte es so. Er war in der Zwischenzeit zu einem bekannten Bildhauer geworden, der auch von der Akademie anerkannt war. Ob es ein Zeichen seiner andauernden Liebe war oder seiner Schuldgefühle, das weiß keiner.«

»Warum ist es denn so entscheidend, wer *Les Bourgeois de Calais* entworfen hat?«

»Die Hände sind einzigartig«, sagte Armand. »Sie stehen nur dem Gesicht nach.«

»Ich habe mich über die Abdrücke von Chopins Händen gewundert, die im Laden hängen.«

Er nickte. »Chopin hatte außergewöhnliche Hände, sehr lange Finger, die wohl das Geheimnis für seinen Erfolg als Komponist und Pianist waren. In der Vergangenheit war es nahezu unmöglich, von einer berühmten Person eine Totenmaske zu machen. Daher hat man stattdessen die Hände genommen. Die Linien der Hände sind individuell und einzigartig, so wie das Gesicht.«

»So, genug von Rodin«, sagte Giselle. »Claire, nach dem Mittagessen werde ich dir zeigen, wie man die Verkäufe abwickelt. Dann musst du Armand nicht mehr stören, und er kann sich ganz seiner Kunst widmen.«

Einige Kunden kamen im Laufe des Nachmittags vorbei, um sich ein wenig umzusehen, andere wollten unbedingt etwas kaufen. Eine Frau aus Südkalifornien erklärte, dass sie eine Serie von Skulpturen für ihren Pool suche. Claire hatte das Gefühl, dass Mammaw durch sie sprach, als sie eine Geschichte über Meerjungfrauen in der Seine erfand und darauf hinwies, dass im Wappen der Lombardis ja auch ein Wesen war, das einer Seejungfrau ähnelte. Als die Frau ging, hatte sie sechs Skulpturen bestellt, die in ihre Villa nach Los Angeles geliefert werden sollten, um dort ihren Pool zu flankieren, wobei eine Seejungfrau am Kopfende den Ehrenplatz einnehmen würde.

»Du bist unglaublich, Claire«, sagte Giselle, nachdem die Kundin gegangen war.

Claire lächelte. »Ich glaube nicht, dass ich viel zu dem Verkauf beigetragen habe; es war die Kunst, die sie angesprochen hat.«

»Aber mir ist aufgefallen, dass du so viel lachst. Die ganze Zeit!«

»Ich bin schließlich Amerikanerin«, sagte Claire. »Bei uns steht der Dienstleistungsgedanke an erster Stelle.«

»Aber du hast sie ganz allein herumgehen lassen, ohne zu helfen.«

»Das stimmt. Wir werden gerne willkommen geheißen. Aber dann sind wir es gewöhnt, allein zurechtzukommen.«

Giselle machte einen Laut, der so ähnlich klang wie *Bof!*, und ging zu ihrem Schreibtisch zurück, um Papierkram zu erledigen. Sie kündigte an, dass sie um fünf gehen müsse.

Claire nutzte eine kleine Pause, um ihre Cousine Jessica anzurufen. Sie hatte das Telefonat bisher vermieden, aber nun war es an der Zeit.

Claire hatte ein schlechtes Gewissen, weil sie nach Mammaws Tod so wenig geholfen hatte. Sie war noch bis zur Gedenkfeier und der Beerdigung in Plaquemines Parish geblieben, hatte die restlichen Angelegenheiten aber Jessica überlassen, weil ihre Großmutter sie zu ihrer Testamentsvollstreckerin ernannt hatte. Wahnsinnig kompliziert konnte das nicht sein, denn Mammaw hatte nicht viel besessen, aber natürlich waren solche Dinge immer komplizierter, als man dachte.

Claire und ihre Cousine tauschten ein paar Höflichkeiten aus; dann erkundigte sich Claire nach Remy und dem Rest der Familie, und Jessica fragte nach Paris und wann Claire nach Hause kommen wolle, um wieder zu arbeiten.

Claire versuchte, ihre Cousine mit Geschichten von Käse, Schokolade und französischen Gerichten abzulenken.

Aber dann teilte sie Jessica ihre neue Adresse mit und erwähnte, dass sie eine Weile länger bleiben würde.

»Habe ich das richtig verstanden?«, hakte Jessica nach. »Du arbeitest als Verkäuferin?«

»In gewisser Weise, ja.«

»Das verstehe ich nicht. Wenn du als Verkäuferin hättest arbeiten wollen, hättest du das doch auch zu Hause machen können. Warum bist du weggegangen und hast dieses Diplom am College gemacht, wenn du am Ende nur in einem Laden arbeiten willst?«

»Es ist nicht leicht zu erklären. Es hat sich einfach ergeben, und ich habe die Gelegenheit genutzt. Ich bin zwar eine Verkäuferin, aber eine Verkäuferin in Paris.«

»Und wie lange willst du bleiben?«

»Das weiß ich noch nicht. Das entscheide ich spontan.«

»Ich sag dir mal was, Chance Broussard: Du wirst immer wunderlicher.«

»Vielleicht.« Claires Tonfall war unbefangen, aber in ihrem Inneren sah es anders aus. Erstaunlich, wie die schneidende Stimme ihrer Cousine sie in ihre Kindheit zurückversetzte, als sie sich auf Mammaws stickigem Dachboden versteckte. *Deine Tage hier sind gezählt, Chance. Deine Mama wollte dich umbringen, und dein Vater wird dir den Hintern versohlen.*

Als Claire auflegte, merkte sie, dass Armand sie beobachtet hatte.

»Was gibt es?«, fragte sie.

»Sind Sie fertig?«

»Ja.«

»Mögen Sie Ente?«

»Verzeihung?«

Er wiederholte ganz langsam: »Mögen Sie Ente?«

»Ich habe verstanden, was Sie gesagt haben. Ich war nur überrascht. Ja, ich mag Ente. Aber ich erwarte nicht, dass Sie für mich kochen.«

»Haben Sie schon Pläne fürs Abendessen?«

»Ich dachte, ich kaufe mir irgendwo was oder gehe essen.«

»Ach ja, etwa bei McDonald's?«

Sie grinste. »Nein, es hat mir zwar sehr gut geschmeckt, aber einmal reicht. Aber unter uns: Ich habe gehört, dass es einige exzellente Restaurants in dieser Stadt geben soll.«

»Sind Sie sehr wohlhabend? In Restaurants zu essen, ist nicht billig. Sie sind sehr teuer.«

»Ich ... Ich erwarte nur nicht, dass Sie für mich kochen. Mehr wollte ich doch gar nicht sagen.«

»Sie sind dann morgen dran.«

»Ich? Ich koche nicht.«

»Wie meinen Sie das?«

»Na ja, ich meine, dass ich nicht koche.«

Armand legte die Stirn in Falten. »Da waren doch diese Lachskroketten, wenn ich mich richtig erinnere?«

»Worum geht es? Lachskroketten?«, fragte Giselle und sammelte ihre Dinge zusammen, um zu gehen.

»Sie erzählt viele Geschichten«, sagte Armand. »In dieser Geschichte ging es um ihre Großmutter und um Lachskroketten.«

»Ich erzähle doch nicht viele Geschichten!«, protestierte Claire. »Und Lachskroketten habe ich im Zusammenhang mit Modellieren erwähnt, nicht mit Essen.«

Giselle lachte. »Versuch erst gar nicht, mit Armand zu diskutieren, Claire. Wir Franzosen nehmen unsere Mahlzeiten sehr ernst, und mein Cousin nimmt sie noch ein bisschen ernster.«

»In Ordnung«, sagte Claire. »Ich gebe auf. Wenn es zu meiner Lehrlingskammer gehört, dass ich Abendessen zubereite, dann werde ich mir etwas einfallen lassen.«

»Heute Abend werde ich mich um den Einkauf und das Kochen kümmern«, sagte Armand. »Sie bleiben hier und kümmern sich um den Laden.«

»Oui, chef.« Sie salutierte. »Ich werde Sie oder dieses ehrwürdige Unternehmen nicht enttäuschen.«

Giselle lachte. »Du machst das großartig, Claire«, sagte sie und drückte ihr ein rauchiges Küsschen auf jede Wange. *»On y va, Armand?«*

Armand nahm sich ein paar Einkaufstaschen, dann stiegen er und Giselle die Stufen hinab und ließen Claire zum ersten Mal allein im Laden.

In der Ruhe spürte Claire die Geschichtsträchtigkeit des Ateliers noch stärker, sie war beinahe greifbar – nicht nur wegen der Kunst selbst, sondern aufgrund der vielen Spuren, die all die Menschen hinterlassen hatten, die hier je gewesen waren: die Meister, die Lehrlinge, die Soldaten und Studenten und Touristen, die das Atelier über die Jahre besucht hatten, einschließlich Mammaws Vater, Claires Urgroßvater. Mammaw war zur Zeit des Zweiten Weltkriegs ein Kind, wahrscheinlich nicht älter als Giselles Tochter, Victorine. Claire lächelte, als ihr auffiel, dass Mammaw Mitte fünfzig gewesen sein musste, als Claire bei ihr einzog. Als Kind war sie ihr immer so alt vorgekommen.

Trauer umschloss ihr Herz. Jetzt, da die akute Traurigkeit wegen des Verlusts ihrer Großmutter nachließ, versuchte Claire sich einzureden, dass alles in Ordnung war. Aber dann kam wieder eine Welle, die sie umwarf, ohne

Vorwarnung, und sie versank in einer schmerzhaften Leere.

Claire fiel auf, dass sie durch die Fenster von Armands Werkstatt starrte.

Das sollte sie nicht. Sollte sie wirklich nicht. Sie hatte kein Recht, in seiner Werkstatt herumzuschnüffeln. Sie sollte Armands Privatsphäre respektieren, genau wie sie von ihm erwartete, dass er ihre respektierte. Aber … vielleicht ein ganz kurzer Blick?

Sie griff nach dem Türknauf, drehte ihn herum und trat ein.

22

Claire ließ ihren Blick über die halb fertigen Objekte auf der Werkbank gleiten: Abbildungen von Dichtern, Künstlern und Politikern, die auf Armands talentierte Hände warteten, damit sie im Detail ausgearbeitet, abgeschliffen und versiegelt wurden. Die Gipsabdrücke, bei denen sie geholfen hatte, waren jetzt ausgehärtet, und es juckte sie in den Fingern, sie umzudrehen und aus ihren Formen zu befreien, um zu sehen, um wen es sich handelte und wie sie geworden waren.

Aber dafür musste sie auf den Meister warten.

Hinter dem Arbeitsbereich stand eine Tür leicht angelehnt. Sie schob sie einen Spalt weit auf, um hineinzusehen. Es war Armands Schlafzimmer, neben dem sich ein kleines Bad befand.

Es war ein karger Raum mit riesigen Balken an der Decke, altem gelblichen Putz, hinter dem hier und dort kleine rötliche Flecken hervorlugten, und zarten Überresten eines Frieses unterhalb der Decke, der schon ganz verblasst und scheckig war. Das ordentlich gemachte Bett stand hoch über dem Boden; das schwere Gestell hatte schmuckvolle Pfosten an jeder Ecke. Es musste sehr alt sein und war so massiv, dass Claire sich nicht vorstellen konnte, wie es jemals über die enge Treppe und durch die Türen gepasst hatte. Vielleicht war es in genau diesem Raum gebaut worden.

Auf dem Nachttisch befanden sich eine Leselampe und ein dicker Roman; auf einer Seite des Raums standen eine Kommode mit Schubladen, ein überladenes Bücherregal und ein kleiner Tisch. Abgesehen von den Lampen und den Büchern lag auf keiner Oberfläche irgendetwas, und Claire brauchte einen Augenblick, um zu begreifen, was an dem Zimmer so merkwürdig wirkte: Es gab kaum Gipsstaub. Wischte Armand jeden Abend alle Oberflächen ab, bevor er ins Bett ging?

Und noch etwas fiel ihr auf: Es gab nirgends einen Fernseher. Abgesehen vom Computer im Laden hätte Armand auch vor fünfzig Jahren in Paris leben können, wenn man das altmodische Telefon und das Fehlen von modernen Annehmlichkeiten betrachtete.

Es war irritierend, aber auch irgendwie faszinierend. Es hatte auch etwas Entspannendes, nicht das Gefühl zu haben, ständig E-Mails, die sozialen Medien und das Weltgeschehen im Blick haben zu müssen.

Aber trotzdem hatte Armand eine derart melancholische Natur, dass Claire sich fragte, ob es ihm nicht guttun würde, sich ab und zu mit einem Film abzulenken. Eine leichtherzige Komödie, nicht einer von diesen düsteren und deprimierenden Filmen, die einem in den Sinn kamen, wenn man an französisches Kino dachte.

Vielleicht war seine Stimmung aber auch ein nationales Phänomen. Schließlich war *ennui* ein französisches Wort.

Claire war stark versucht, ein oder zwei Schubladen aufzuziehen, um zu sehen, was sich darin befand. Aber sie widerstand dem Drang, nicht nur, weil sie schon genug in seine Privatsphäre eingedrungen war, sondern auch, weil sie eine weithin sichtbare Gipsspur hinterlassen hätte.

Sie ließ die Tür leicht angelehnt, wie sie sie vorgefunden hatte.

Gerade als sie dabei war, die Werkstatt zu verlassen, blieb ihr Blick an dem verhüllten Objekt unter der Werkbank hängen. Das war die Plastik, an der er spät abends arbeitete und die er zugedeckt hatte, als sie in den Raum kam. Warum machte er so ein Geheimnis darum?

Eine Ecke des Geschirrtuchs war umgeklappt und enthüllte eine winzige Steinmauer. Claire ging in die Knie und hob das Tuch hoch, um einen Blick darunter zu werfen.

Es war ein Schloss im Miniaturformat.

Sie gab der Versuchung nach und hob das Tablett nach oben auf den Tisch, um es genauer ansehen zu können.

Das Gebäude war symmetrisch, hatte eine riesige Eingangstür und einen Turm auf jeder Seite. Es war ein Schloss, das einer Königin würdig gewesen wäre. Das Dach konnte in Teilen abgenommen werden und gab den Blick frei auf ein kunstvoll gearbeitetes Treppenhaus mit einem dekorativen Geländer, steinernen Feuerstellen mit ausgearbeiteten Akanthusblättern und einigen Schlafzimmern, in denen winzige Schränke und Schminktische aus Holz standen. Nicht alle Räume waren möbliert, und obwohl der linke Flügel des Schlosses außen fertig war, fehlten im Inneren noch die Details.

Vielleicht war es eine Auftragsarbeit, ein schmuckes Puppenhaus für ein besonders verwöhntes Kind. Aber warum war es dann abgedeckt, als dürfte es niemand sehen?

Jetzt fühlte sie sich schlecht. Wenn der Mann nachts mit Puppenhäusern spielte, dann war das seine Sache. *Genug herumgeschnüffelt, Claire.*

Sie hörte Schritte auf der Treppe und stellte das Tablett wieder zurück. Dann eilte sie in den Laden, um ein frisch verheiratetes Paar aus Albany, New York, zu begrüßen, das sich auf der Suche nach dem perfekten Souvenir befand – es war auf seiner Hochzeitsreise.

»Da sind Sie hier genau richtig«, sagte Claire und führte die beiden herum.

Sie hatten kein spezielles Interesse an berühmten historischen Figuren, also zeigte Claire ihnen *L'Inconnue*. Sie erzählte ihnen, wie Jean-Baptiste Lombardi in das Leichenschauhaus gerufen wurde, um eine Totenmaske zu fertigen, weil sie so außergewöhnlich schön war und dieses geheimnisvolle Lächeln auf ihrem Gesicht lag, obwohl sie tot war.

Sie verliebten sich in das hübsche Gesicht, wie so viele vor ihnen, und Claire leitete alles in die Wege, damit die Maske zu ihnen nach New York geschickt werden konnte.

»Ein anderer Name für die geheimnisvolle Frau ist *La Belle Italienne*«, erzählte Armand am späten Nachmittag, als sie beim *apéro* im Garten saßen. Sie tranken Champagner und aßen *Pâté de campagne*, Cracker und Walnusshälften, die mit Zimt und schwarzem Pfeffer gewürzt waren.

»War sie denn Italienerin?«, fragte Claire und nahm sich noch eine Walnuss. Sie schien ihren Appetit wiedererlangt zu haben und konnte nicht genug bekommen von dem Essen, das ihr Gastgeber ihr anbot. »Ich habe gestern Abend angefangen, die Artikel aus der Kiste zu lesen. Einige Autoren behaupten, sie war Deutsche, andere sagen, sie war Russin oder Engländerin.«

»Das weiß keiner genau. Im Laufe der Zeit hat wohl jede

Nation in Europa sie für sich beansprucht. Aber *La Belle Italienne* heißt sie, weil die italienischen Modelle damals als die schönsten galten.«

»Ganz recht«, sagte eine Stimme. »Da kann ich als Italiener nur beipflichten.«

Claire drehte sich um und sah Quentin, den Mann mit Pferdeschwanz, den sie am Morgen kennengelernt hatte. Er kam den schmalen Weg am Haus entlang auf den Tisch zu. In der Hand trug er eine fliederfarbene Schachtel.

»*Salut*«, sagte er, beugte sich herunter und küsste sie erst auf die eine Wange, dann auf die andere.

Armand begrüßte seinen Nachbarn mit einem widerwilligen Nicken und brummelte leise: »*Salut, ça va?*«

»*Ça va bien, merci*«, antwortete Quentin und setzte sich.

»Gehe ich richtig in der Annahme, dass du Claire schon kennengelernt hast?«, fragte Armand, holte noch ein Glas aus der Anrichte und schenkte Quentin Champagner ein. Claire fiel auf, dass es das erste Mal war, dass sie Armand ihren Namen sagen hörte. Sie mochte den Klang.

»*Oui*, wir haben uns heute Morgen vorgestellt«, erwiderte Quentin. »Ich muss sagen, mein Freund, ich bin wirklich beeindruckt, dass du so schnell jemanden gefunden hast. Und so eine charmante Dame noch dazu. Viel besser als die letzte.«

»Das wollte ich noch fragen«, sagte Claire. »Was ist eigentlich mit der letzten Dolmetscherin passiert?«

Armand zuckte mit den Schultern. »Sie hatte Talent, war aber etwas schwierig.«

»Ganz im Gegensatz zu Ihnen«, erwiderte Claire.

Quentin kicherte.

»Sie wollte ihre eigenen Plastiken machen, keine Abgüsse. Sie war nicht zufrieden.«

»Mit dem Leben generell, so schien es mir«, sagte Quentin.

»Wo kam sie her?«

Armand zog die Augenbrauen nach oben. »Sie hat nicht so viele Geschichten erzählt wie Sie.«

»Sie finden also, ich rede zu viel über mich?«

»Das habe ich nicht gesagt«, erwiderte Armand leise, wobei seine blauen Augen auf ihr ruhten. »Nur, dass Sie viele Geschichten erzählen.«

Claire wusste nicht recht, wie sie seine Worte interpretieren sollte, und wechselte das Thema: »Warum galten die italienischen Modelle als die besten?«

»Das wird uns über die klassische Geschichte vermittelt: Wir bewundern die Römer für ihre Kultur. Sie hat Schönheitsstandards gesetzt, die später von Kunstschulen und Akademien hochgehalten wurden.«

»Das wirkt ein bisschen engstirnig«, sagte Claire. »Gibt es denn nur eine Form von Schönheit?«

»Ja, in gewisser Weise schon. Heute haben wir Modezeitschriften, die uns sagen, wie wir aussehen sollen. Damals hat die Akademie das Ideal definiert, und Leute wie mein Großvater waren daran beteiligt, indem sie die Modelle bereitgestellt haben, die künftige Generationen von Künstlern beeinflusst haben.«

Genau in diesem Augenblick sprang eine schwarze Katze auf die efeuberankte Gartenmauer, eine schlanke Silhouette vor der grauen Dämmerung.

Das ist das Paris, das ich gesucht habe, schoss es Claire durch den Kopf. Sie saß in einem wunderschönen kleinen Garten unter einer Lichterkette in Gesellschaft von zwei interessanten Männern – einer ein Muffel, aber was sollte es –, und jetzt gesellte sich auch noch eine schwarze Katze dazu, gewissermaßen das Symbol der Stadt. Fehlte nur noch der Eiffelturm im Hintergrund, dann wäre es wie in einer Hollywoodschnulze.

»Einfach perfekt«, sagte sie und verlieh ihren Gedanken Ausdruck. »Eine schwarze Katze, ein wundervoller Abend, und *apéro* mit zwei attraktiven Männern.«

Quentin lächelte sie warm an.

»Sie sind also Italiener?«, fragte Claire.

»Hören Sie denn meinen Akzent nicht? Die Pariser weisen mich regelmäßig darauf hin.«

»Ich habe ja selbst einen merkwürdigen Akzent, daher bin ich wahrscheinlich nicht so sensibilisiert.«

Er fragte, wo sie herkam, und Claire erzählte ihm von Louisiana und den französischsprachigen Bevölkerungsgruppen dort. Sie unterhielten sich über kulturelle Unterschiede und die Überschneidungen und Unterschiede zwischen der Cajun- und Creole-Kultur.

Armand sagte nichts, nippte an seinem Champagner und starrte vor sich hin. Claire hatte ein schlechtes Gewissen, weil sie ihn nicht am Gespräch beteiligten, aber wenn sie versuchte, ihn einzubeziehen, prallte sie gegen eine Mauer aus Schweigen.

In einer Gesprächspause fragte Armand: »Und Odile?«

Quentins Lächeln verschwand, und der kecke Tonfall verließ seine Stimme. »Es geht ihr gut. Sie genießt die Provence. Es ist ruhig dort.«

Armand nickte und lenkte seine Aufmerksamkeit wieder auf den Champagner. Claire glaubte, die dicke Luft zwischen den beiden Männern greifen zu können.

»Wie auch immer«, sagte Quentin, öffnete die Schachtel, die er mitgebracht hatte, und hielt sie Claire hin. »Ich bin gekommen, um Ihnen dieses kleine Geschenk zu überreichen. Ich bin Chocolatier und habe Ihnen diese kleine Freiheitsstatue gemacht.«

»Oh, das ist ja unglaublich! Danke, Quentin, die ist wunderschön!«

»Sie ist das Symbol der gegenseitigen Liebe und des Respekts zwischen unseren beiden Ländern, nicht wahr? Die Franzosen haben sie errichtet, wussten Sie das?«

»Ja, das wusste ich. Aber ich dachte, Sie sind Italiener.«

»Aber jetzt bin ich Franzose«, sagte er achselzuckend. »Sagen Sie mal, wie sieht sie denn in echt aus?«

»Das weiß ich leider nicht. Ich war noch nie in New York.«

»Noch nie?«

Sie schüttelte den Kopf.

»Aber warum wollen Sie denn nicht nach New York? Es ist doch eine sehr berühmte Stadt, so wie Paris.«

»Es steht auf meiner Liste. Ich bin auf meinem Flug hierher in New York umgestiegen, aber ich war noch nie in der Stadt selbst. Ich habe noch nicht viel von meinem Heimatland gesehen. Sie haben recht, ich sollte mehr reisen.«

»Es ist eine Schande: Viele Franzosen waren noch nie in Paris. Können Sie sich das vorstellen?«

»Da verpassen sie etwas«, antwortete Claire. »Aber verraten Sie mir, Quentin: Wie schaffen Sie es, so schlank zu bleiben, obwohl Sie Chocolatier sind?«

Für eine Amerikanerin war Claire nicht besonders groß, aber in Paris kam sie sich vor wie eine Kuh. Hier waren die meisten Frauen nicht nur dünn, sondern auch so winzig wie durchschnittliche amerikanische Fünftklässlerinnen. Die Männer waren genauso klein; Armand war deutlich größer als der Durchschnitt. Er hatte die breiten Schultern und die Statur eines Athleten.

Quentin lachte. »Ich nasche nie von meinen Produkten.

Es reicht ja schon, dass ich die ganze Zeit nach Schokolade rieche, finden Sie nicht? Sie sollten unbedingt mal im Laden vorbeikommen, Ecke Rue de Rivoli und Rue Saint-Paul.«

Die Katze hatte sich zu ihnen gesellt und strich um Armands Beine.

»Wie sind Sie eigentlich zur Moulage Lombardi gekommen?«, fragte Quentin.

»Das ist eine lange Geschichte«, sagte sie mit einem Seitenblick auf Armand. »Aber die kurze Version lautet: Ich habe eine Kopie vom *L'Inconnue* auf dem Dachboden meiner Großmutter gefunden und wollte herausfinden, wo sie herkam. Haben Sie von ihr gehört?«

»Ja, natürlich, ich kenne sie. Einer meiner Onkel hatte diese Maske in seinem Wohnzimmer hängen; ich erinnere mich, dass ich mich als Kind immer gefragt habe, wer sie ist. Wussten Sie, dass sie als Vorlage für die Erste-Hilfe-Puppe diente?«

»Ist das wahr?«

»O ja. Sie kennen die Geschichte also nicht?«

Sie schüttelte den Kopf.

»In den 1950er-Jahren hat ein Arzt an der optimalen Technik für Herz-Lungen-Massage gearbeitet. Er brauchte eine Puppe, um anderen die Technik beizubringen. Er wandte sich an einen berühmten belgischen Puppenmacher. Damit das Modell möglichst lebensnah wurde, brauchte es natürlich ein Gesicht. Der Arzt hat beschlossen, dass es eine hübsche Frau sein sollte, damit die Leute keine Angst hatten, den Mund auf ihre Lippen zu legen.«

»Stimmt das?«, fragte Claire und sah zu Armand.

Armand nickte.

»Warum haben Sie mir das nicht erzählt?«

»Ich habe gedacht, Ihnen gefällt das Geheimnisvolle. Außerdem gibt es einen Artikel dazu in der Kiste. Wahrscheinlich haben Sie ihn nur noch nicht gefunden.«

»Der Puppenmacher hatte die Maske von *L'Inconnue* bei sich zu Hause hängen«, fuhr Quentin fort. »Also hat er entschieden, dass sie das Gesicht für die Puppe werden soll.«

Claire dachte an ihren Erste-Hilfe-Kurs zurück, an dem sie in der Highschool im Rahmen einer Katastrophenübung teilgenommen hatte für den Fall eines Hurrikans. Sie sah die Puppe nur noch vage vor sich, aber als besonders hübsch war sie ihr nicht in Erinnerung geblieben.

Als ob Armand ihre Gedanken gelesen hätte, sagte er: »Es ist das Lächeln, das *L'Inconnue* so anziehend macht. Aber wegen der besonderen Anforderungen der Erste-Hilfe-Kurse mussten sie ihren Mund umgestalten und ein bisschen öffnen, deshalb sieht sie anders aus. Ich finde das Ganze ein bisschen makaber.«

»Es ist eine wunderschöne Geschichte«, sagte Quentin. »Dieses arme Mädchen ist im Fluss ertrunken, verlassen und allein, aber am Ende haben Tausende, vielleicht sogar Millionen von Leuten versucht, sie zu retten.«

Es war ein faszinierendes Bild, das stimmte. Aber wunderschön?

»Du musst doch zugeben, dass es romantisch ist«, sagte Quentin.

»Ich gebe nur zu, dass es tragisch ist. Ich finde daran nichts Romantisches. Niemand würde sich freiwillig für solch eine Tragödie entscheiden. Entschuldige mich bitte«, sagte Armand, schob seinen Stuhl mit einem Quietschen zurück und stand auf. »Ich muss mich jetzt um das Abendessen kümmern. *Bonsoir, Quentin.*«

Armand ging zum Grill hinüber, zündete einen Haufen Kohlen an, pflückte einige Zweige Kräuter aus dem Hochbeet und ging dann die Treppe nach oben. Einen Augenblick später leuchtete das Licht im Küchenfenster auf und warf einen gelben Schein in den Garten.

Claire hatte das Gefühl, dass sie mit Armand nach oben gehen sollte, aber es wäre unhöflich gewesen, Quentin allein zu lassen. Eine peinliche Stille entstand.

Dann sprang die schwarze Katze auf ihren Schoß.

»Oh!«, rief Claire überrascht aus. Sie streichelte das weiche Fell der Katze und spürte ihr Schnurren. »Wem gehört sie?«

»Niemandem. Armand hat sie gefunden, da war sie ausgehungert und schwanger. Er hat sie gefüttert, sie zum Tierarzt gebracht und sie sterilisieren lassen und ein Zuhause für ihre Jungen gesucht.«

»Dann scheint es ja doch seine Katze zu sein.«

»Er beansprucht sie aber nicht für sich.« Nach einer Pause fügte er hinzu: »Sie kennen Armand nicht gut.«

»Ich kenne ihn überhaupt nicht.«

»Das dürfte auch schwierig werden.«

»Das klingt wie eine Warnung.«

»So habe ich das nicht gemeint. Er ist eben nur ... ein bisschen schwierig. Aber dafür gibt es einen guten Grund.«

»Was könnte das sein?«, fragte Claire leise. Sie fragte sich, ob Armand sie von den Küchenfenstern aus beobachtete und ob die Abendbrise ihre Worte zu ihm tragen würde.

Quentin schien etwas sagen zu wollen, lächelte dann aber nur.

Sein Lächeln war sympathisch. Er sah beinahe aus wie ein Model, hatte hohe Wangenknochen und ein klassisches römisches Profil. Er war schlank und wirkte trotzdem stark. Sein glänzendes Haar reflektierte das Licht.

Claire dachte an Armands merkwürdig schiefes Gesicht,

als ob die Knochenplatten nicht recht zusammenpassten. Seine Nase war gebogen, seine Braue zu einer Seite hängend. Es machte sein Äußeres nicht unbedingt attraktiv, vielmehr interessant. Und dann dachte sie an den konzentrierten Gesichtsausdruck, wenn er arbeitete, an seine Hände, die gegen die Kiste klopften, damit die Blasen aus den Gussformen entweichen konnten, an sein leichtes Lächeln, wenn es ihr gelang, ihn zu amüsieren.

»Ich bin mir sicher, dass Armand es Ihnen erzählen wird, wenn er möchte, dass Sie es wissen«, sagte Quentin. »Aber im Moment muss es reichen, dass er ein Mann ist, der sich um ein streunendes Kätzchen kümmert und die Tierarztrechnungen bezahlt und dann trotzdem keine Besitzansprüche erhebt.«

»Hat sie keinen Namen?«

»Soweit ich weiß, nicht.«

Die Katze rieb das Gesicht nun gegen Claires Schulter und hinterließ eine Spur feiner schwarzer Härchen. Claire kraulte ihr den Nacken, und das Schnurren begann von Neuem.

Claires Familie hatte immer eher Hunde gehabt. Sie erinnerte sich, wie Mammaw sagte: »Ein Hund warnt dich, wenn ein Fremder an der Tür ist und verjagt ihn. Er treibt Schafe zusammen, wenn man welche hat. Er ist nützlich. Eine Katze macht gar nichts für dich, außer Mäuse zu jagen, wenn sie hungrig genug ist. Aber auch darin sind nicht alle gut.«

Für Mammaw war »nützlich« ein Zauberwort.

Vielleicht war es die Abendluft, oder es lag an Paris, aber als Claire in die leuchtenden grünen Augen dieser schwarzen Katze sah, konnte sie plötzlich den Reiz dieser Tiere verstehen.

»Nun, jetzt da ich unseren Gastgeber verjagt habe, sollte ich wohl auch besser gehen«, sagte Quentin. »Ich werde den ganzen Monat in Paris sein, also lassen Sie mich wissen, wenn Sie etwas brauchen und Giselle und Armand nicht da sind. Lassen Sie sich die Schokolade schmecken. Und heben Sie sie bloß nicht auf, weil sie hübsch ist. Manche Dinge im Leben sind nur von kurzer Dauer. Deshalb arbeite ich mit Schokolade, nicht mit Stein. Oder mit Gips.«

Claire stand auf, und die Katze sprang auf den Boden, landete lautlos auf den Pfoten und schlich in eine dunkle Ecke des Gartens davon.

»*Bonne soirée*«, sagte sie. Sie küssten einander auf die Wangen, und Claire sah ihm hinterher, als er den dunklen Weg entlangging unter den Blicken der zahllosen Gesichter und hinter dem Haus verschwand.

23 SABINE

Eine große rosafarbene Schachtel steht auf dem Nachttischchen; es ist das Erste, was Sabine sieht, als sie aus dem Schlaf hochschreckt, noch ganz benommen von ihrem Traum.

Ihr Kopf hämmert. Ihre Rippen schmerzen. Übelkeit überkommt sie.

Sabine bleibt ruhig liegen und wartet. Sie lauscht. *Ist er da?*

Es ist jetzt einige Monate her, dass er sie das erste Mal geschlagen hat, nach ihrem Ausflug in den Palais du Louvre, um *La Joconde* zu sehen. In letzter Zeit trägt sie oft die Zeichen von Maurices Ärger: schwarze Augenringe, gerötete Wangen, aufgeplatzte Lippen. Hässliche Male, die erst lila sind, bevor sie blau werden, dann grün und schließlich gelb.

Maurice hat sie immer seine kleine Feldmaus genannt, und inzwischen fühlt sie sich auch so, als sei sie ein gejagtes Tier, das die ganze Zeit vor Bedrohung auf der Hut sein muss. Damit hatte sie ohnehin Erfahrung: Wenn ihr Stiefvater zu Hause anfing zu trinken, wurde er immer wütend auf sie und verlangte, dass sie sich um die Kinder, um das Kochen und den Abwasch kümmern sollte. Sie lernte, auf

Zehenspitzen an ihm vorbei zu ihrem Bett zu schleichen und an welchen Abenden es besser war, in eine Pferdedecke gewickelt im Stall zu bleiben.

Trotzdem. Es gibt Momente, in denen Sabine sich fragt, ob ein Leben in Angst alles ist, was sie erwarten darf. Auf der Straße geht sie an Frauen vorbei und fragt sich: Haben sie Angst? Kommen sie auch nach Hause und wissen nie, was sie erwartet, welche unberechenbare Gewalt, wissen auch sie niemals, ob ein unbedachter Blick, ein falsches Wort am Ende zu einer Ohrfeige führt oder zu einem Tritt in den Unterleib? Sollte sie zu Toinette laufen und sie anflehen, ihr bei der Suche nach einer Arbeit in einer Fabrik behilflich zu sein, wo sie Männern völlig aus dem Weg gehen konnte? Gab es solch einen Ort?

Ginge sie – würde Maurice sie dann verfolgen, sie ausfindig machen, sie zurückbringen? Oder schlimmer?

Er hält sie für seine Muse. Er glaubt, sie werde ihm den Erfolg bringen, den er so dringend braucht.

Nach einigen Minuten ist sie sicher, dass er nicht da ist. Er ist ein lauter Mann, der seine Anwesenheit geräuschvoll demonstriert. Er räuspert sich, rumpelt gegen Möbel oder schiebt sie lärmend aus dem Weg. Während der Arbeit spricht er mit sich selbst, wobei er seiner Unzufriedenheit und seiner Wut permanent Ausdruck verleiht.

Im Grunde zieht sie es vor, wenn er laut ist. Denn er ist viel gefährlicher, wenn er plötzlich leise wird.

Aber es kann sein, dass er seine Schwester Isabelle beauftragt hat, nach ihr zu schauen. Isabelle ist kaum hörbar, sie schleicht durch ihr Leben und hofft, dass niemand sie bemerkt. Sie trägt graue und beige Kleidung, und Sabine sieht in ihr ein unglückliches kleines Vögelchen, anspruchslos und auf der Hut, das hilflos umherhüpft und nicht in der

Lage ist, selbst einen Wurm für sich zu finden. Aber sie ist auch ein hinterhältiges kleines Vögelchen, das einen totpicken würde, wenn es denn könnte.

Die Feldmaus und das unberechenbare Vögelchen. Was für eine Paarung.

Sabine setzt sich langsam auf. Sie spürt ihre geschwollene Lippe, mit der Zunge ertastet sie den metallischen Geschmack von Blut. Wie schlimm sieht es wohl aus? Wird Maurice wieder darauf bestehen, dass sie drinnen bleibt?

Sie greift nach der rosafarbenen Schachtel.

Er bringt ihr oft Geschenke mit. Blumen, Gebäck, Spitze. Nach einer besonders furchtbaren Nacht hat er ihr ein edles goldenes Armband gekauft.

Sabine klappt den Deckel der Schachtel auf und erblickt einen winzigen Eiffelturm, der vollständig aus Schokolade besteht. Zarte braune Fäden ziehen sich von einem schokoladenen Träger zum nächsten. Die Verbindungsstellen schmücken kandierte Kirschen, und auf der Spitze thront eine Marzipanrose.

Es ist eine interessante Wahl, weil Maurice eigentlich immer gegen Monsieur Eiffels Projekt zur Weltausstellung wettert. Er hält den Turm für eine grauenhafte Scheußlichkeit. Eine Ansicht, die von vielen in der Künstlergemeinde geteilt wird. Sie hört sie in den Cafés und Bars darüber sprechen, während sie neben Maurice sitzt.

Sabine würde niemals ihre Meinung laut äußern, aber die Wahrheit ist: Sie mag *la tour*. Sie steht gerne unter der massiven Konstruktion, legt den Kopf in den Nacken und sieht nach oben, wo die Sonne und der blaue Himmel zwischen den Stahlbalken hindurchblitzen. Es ist nicht einmal ein Gebäude und erfüllt keinerlei Zweck. Einfach nur ein Turm, der sich so weit in den Himmel reckt, dass er den Vögeln und den Wolken Gesellschaft leistet. Als ob er sich hoch hinaufstreckte, um frei zu werden.

Sie nimmt den Eiffelturm aus der Schachtel, betrachtet ihn. Sie spürt eine Leere in sich.

Etwas Ähnliches hat sie schon einmal im Schaufenster der Chocolatière Élise gesehen, auf dem Weg zur Place Pigalle. Als sie noch gehungert hat und bereit war, die Warnungen des Priesters zu ignorieren, um Arbeit zu finden. Als sie bereit gewesen war, beinahe alles zu tun, nur um zu essen.

Als sie so verzweifelt war, dass sie einen Pakt mit dem Teufel schloss.

24

Claire folgte dem Duft von gebratenen Zwiebeln, Karotten und Selleriewurzel, und sie fand Armand in einer gestreiften Schürze in der Küche, wo er Gemüse in einer Pfanne auf dem Herd sautierte. Er war ganz vertieft in seine Tätigkeit, genau wie bei der Arbeit an seinen Skulpturen.

»Kann ich helfen?«, bot sie an.

»Ist Quentin weg?«

Sie nickte. »Sind Sie befreundet?«

»Nicht wirklich.«

Haben Sie überhaupt irgendwelche Freunde?, war die nächste Frage, die ihr auf der Zunge lag. Aber natürlich hielt sie den Mund. Es ging sie nichts an.

Armand legte ein hölzernes Schneidebrett vor sie auf den Tisch und reichte ihr ein Messer. »Es ist sehr scharf«, warnte er sie und sah einen Moment zu, wie sie das Messer hielt. Dann nahm er es ihr wieder aus der Hand und zeigte ihr an einer Selleriestange, wie man es richtig verwendete.

»So. Mögen Sie ein Glas Wein? Ich habe einen offenen Sancerre hier.«

»Klingt gut«, sagte sie und versuchte, so zu schneiden, wie er es ihr gezeigt hatte, wobei die Spitze des Messers auf dem Brett blieb. Er hatte recht: So war es einfacher.

»Was kochen wir?«, fragte sie.

»*Ich* koche. Sie helfen.«

»*Oui, chef*. Was kochen *Sie* also?«

»*Magret de canard*, Kartoffeln, Bohnen. Wir bereiten die Sauce und das Gemüse hier vor, dann gehen wir runter und grillen die Ente draußen. Sie ist sehr schnell gar.«

Fetzen von französischer Musik drangen aus dem Radio: Ein Mann sang mit tiefer, klangvoller Stimme. Claire war erleichtert. In der Disco hatten sie nichts anderes als die schlimmste Popmusik aus den USA gespielt, immer unterlegt mit Housebeats. Diese Musik hier war vielleicht etwas kitschig, aber zumindest französisch.

»Quentin hat mich übrigens Ihrer Katze vorgestellt.«

»Sie ist nicht *meine* Katze.«

»Haben Sie das auch *ihr* klargemacht?«

Schweigen. Armand hatte den Kopf leicht nach vorne gebeugt und hantierte geübt über dem Herd.

»Ich dachte immer, wenn man einem Tier einen Namen gibt und es füttert, dann gehört es einem«, sagte Claire.

»Das ist eine sehr vereinfachte Weltsicht.«

Sie zuckte mit den Schultern und nippte an ihrem Wein. »Ich bin eine einfache Frau.«

Er hatte Cognac in die Pfanne gegossen und zündete ihn an. Die Flammen stiegen in einem Feuerball nach oben.

Sauce flambée. Für ein einfaches Abendessen. Willkommen in Paris, dachte Claire.

»Ich habe ihr keinen Namen gegeben«, sagte Armand, hielt die Pfanne hoch und schwenkte den Inhalt, bis die Flammen sich beruhigten und schließlich ganz erloschen.

»Wie bitte?«

»Die Katze. Sie hat keinen Namen. Also ist sie auch nicht meine, nicht wahr?«

»Ich finde, Gertrude ist ein schöner Name für eine Katze.«

Armand seufzte ungeduldig und stellte die Pfanne dann mit lautem Getöse wieder auf den Herd. »Sie ist nicht deshalb namenlos, weil mir keiner eingefallen wäre, Claire. Und warum um Himmels willen sollte ich sie Gertrude nennen?«

»Nach Gertrude Stein. Sie hat Paris geliebt, es war ihre Wahlheimat. Ihre Wohnung war hier ganz in der Nähe, glaube ich. Also ich finde, Gertrude passt.«

Armand seufzte und murmelte etwas über die Namensgebung von Katzen nach verrückten Exilamerikanerinnen.

Den Rest der Vorbereitungen verbrachten sie schweigend. Es lag Claire auf der Zunge zu fragen, ob noch jemand zum Abendessen eingeladen war; ihr erschien der Aufwand eher einem formellen Anlass angemessen als einem Abendessen unter der Woche. Aber sie schwieg und beobachtete ihn lieber dabei, wie er sich gekonnt durch die Küche bewegte, mit konzentriertem Gesichtsausdruck und seinen großen Händen, die – vom Gips rau und mit Scharten übersät – einmal nicht weiß und staubig waren, sondern stattdessen behutsam Radieschen festhielten, mit Messern hantierten und Pfannenstiele umfassten.

Für einen kurzen, einen sehr kurzen Moment fragte sie sich, wie geübt diese Hände wohl in anderen Dingen waren.

Als er fertig war, trugen sie alles gemeinsam in den Garten, wo er die Entenbrust auf dem Grill garte. Als das Fleisch fertig war, schnitt er es in dünne Streifen, richtete jeweils eine Portion auf dem Teller an und sprenkelte Sauce über das Fleisch und die schon drapierten Bohnen und Kartoffeln. Schließlich öffnete er eine Flasche Rotwein und schenkte ihnen beiden ein.

»Bon appétit.«

Wäre Armand ein anderer Mann gewesen oder die Situation eine andere, dann hätte Claire vermutet, er wolle sie beeindrucken. Aber sie wusste, dass das einfach seine Art war. Wie Giselle gesagt hatte, nahmen die Franzosen Abendessen sehr ernst.

Einige Minuten lang war Claire ganz vertieft in die Mahlzeit: Die Entenbrust war zart und saftig, und die Sauce war unglaublich. Die winzigen gerösteten Kartoffeln waren außen knusprig und innen ganz weich. Sie waren mit Kräutern verfeinert. Die grünen Bohnen hatten die perfekte Konsistenz, waren in Butter geschwenkt und leicht gesalzen.

Das war schon etwas ganz anderes als ein Sandwich aus der *boulangerie*.

»Schmeckt es?«, fragte er.

»Ich würde mich am liebsten auf den Teller legen und in der Sauce wälzen«, antwortete Claire auf Englisch.

»Ist das gut oder schlecht?«, fragte er mit dem Anflug eines Lächelns.

»Das ist sehr gut. Es schmeckt unglaublich, Armand. Danke.«

Der Abend war warm und schwül, und eine leichte Brise trug den Duft von Jasmin und Rosen zu ihnen herüber. Beim Essen ließ Claire die Steinmauer, den Efeu, die Blumen und das plätschernde Wasser im Brunnen auf sich wirken. Es war alles so liebevoll konzipiert, dass sie sich fragte, ob es eine Frau in Armands Leben gegeben hatte, die den Garten entworfen und dann sein Herz gebrochen und ihn mit einem hübschen Garten, aber verbittert zurückgelassen hatte. Eine Frau, die seine köstlichen Mahlzeiten und sein großes Bett mit ihm geteilt hatte und Zeugin einer Facette gewesen war, die er so gut versteckte.

War das etwa die Tragödie, auf die Giselle und Quentin angespielt hatten? War das der Schmerz, den Armand wie ein Joch mit sich herumtrug?

Ihr fiel auf, wie sehr sie sich mit Menschen identifizierte, die Tragisches durchgemacht hatten: ihre Zimmernachbarin Zoey im College, die in Angst vor ihrem gewalttätigen Vater lebte. Die Arbeitskollegin, die ihr Baby durch plötzlichen Kindstod verloren hatte. Der Nachbar, dessen erwachsener Sohn an einer schweren bipolaren Störung litt und obdachlos durch die Straßen irrte. Zahllose Kinder von Alkoholikern.

All die Versehrten schienen einander anzuziehen, sei es im Arbeitsumfeld, in der Nachbarschaft oder bei Partys. Es war, als hätte Claire einen sechsten Sinn für das Unglück der Menschen. Man konnte sie in einen Raum mit hundert Leuten stecken, und innerhalb weniger Minuten stieß sie auf diejenigen mit einer tragischen Vorgeschichte. Es überraschte sie, dass sie bei Armand so lange gebraucht hatte.

Andererseits war eine Trennung zwar schmerzhaft und schwierig, aber nicht wirklich tragisch. Doch das war Frankreich. Vielleicht nahm man die Romantik hier so ernst wie das Abendessen.

Nach einer Weile fühlte es sich ungewohnt an, während des Essens nichts zu sagen, auch wenn es Armand nicht zu stören schien.

Claire versuchte, ein Gespräch zu beginnen: »Giselle hat erwähnt, dass Sie den Familiensitz in der Franche-Comté restaurieren.«

Er nickte, und damit war das Thema für ihn offensichtlich erledigt.

»Wie ist es dort?«, versuchte sie es erneut.

»Was meinen Sie damit?«

»Ich dachte … Ich war einfach noch nie in dieser Gegend.«

»Es ist ruhig. Viele Kühe und Felder, immer wieder kleine Dörfer. Es ist im Département du Doubs; dort wird hauptsächlich Landwirtschaft betrieben. Die Loue fließt dort, ein schöner Fluss.«

»Das klingt wundervoll.«

»Es gibt nur wenige Touristen«, fügte er hinzu. Es klang wie ein Vorwurf.

»Ja, das kann ich mir vorstellen. Ich weiß ja nicht, wie es bei Leuten aus anderen Ländern ist, aber ich glaube nicht, dass viele Amerikaner die Gegend kennen. Wir konzentrieren uns auf Paris und Bordeaux und vielleicht noch Südfrankreich, auf die Provence und Cannes. Aber nicht auf die Franche-Comté.«

Er nickte und aß weiter.

So viel also zum Small Talk. Claire hätte sich noch nach Giselle erkundigen können, nach ihren Kindern oder ihrem Mann. Oder nach französischer Geschichte.

Was sie jedoch eigentlich interessierte, war das Puppenhaus, das sie entdeckt hatte.

Sie nahm einen großen Schluck Wein und spürte seinen Blick auf sich ruhen. Erwartungsvoll.

»Was ist?«, fragte sie.

»Haben Sie ihn überhaupt geschmeckt?«

»Verzeihung?«

»Den Wein. Es ist ein Négrette aus dem Frontonnais. Er ist trocken und dunkel, stark, intensiv, aber trotzdem subtil. Nicht wie die amerikanischen Weine.«

»Wie sind denn amerikanische Weine?«

»Zu aufgedreht, zu plump, zu alkoholisch. Sie versuchen krampfhaft zu gefallen.«

»Und die französischen Weine wollen nicht gefallen?«

Sie grinste. »Wollen Sie damit sagen, dass Weine das Wesen einer Nation widerspiegeln?«

»In gewisser Weise, ja.«

»Wie meinen Sie das?«

»Die französischen Weine sind für ihre Raffinesse berühmt. Sie enthüllen ihr volles Aroma nicht gleich beim ersten Schluck auf der Zungenspitze, sondern entwickeln sich auf ihrem Weg zum Rachen. Und nach dem Schlucken behält man den Geschmack auf der Zunge.«

Sie lachte.

»Das meine ich ernst. Probieren Sie noch einen Schluck, einen großen Schluck, und konzentrieren Sie sich, während er den Gaumen entlangwandert.«

Um ihn zu amüsieren, nahm sie einen großen Schluck und behielt ihn noch ein wenig im Mund, bevor sie ihn schluckte.

Sie gab es nicht gerne zu, aber er hatte recht. Der Geschmack änderte und entwickelte sich, während er die verschiedenen Teile ihrer Zunge berührte. Nachdem sie geschluckt hatte, füllte das feine Aroma ihren Mund und ihre Nase.

Seine blauen Augen fixierten sie noch immer. Als ob er sie dazu bringen wollte, zu schmecken und zu verstehen, was er sagte. »Und, bemerken Sie den Unterschied?«

»Tatsächlich.«

Plötzlich stand er auf und nahm die leeren Gläser.

»Ich habe gekocht, also übernehmen Sie den Abwasch.«

»*Oui, chef.*«

25

Trotz seiner Ankündigung half Armand Claire, die Küche sauber zu machen, doch er schwieg dabei. Er drehte die Musik lauter, und sie arbeiteten nebeneinander, sie spülte ab, er trocknete das Geschirr und räumte es ein.

Danach ging er in seine Werkstatt und schloss die Tür hinter sich.

Als Claire zurück in ihrer kleinen Lehrlingskammer war, bemerkte sie, dass jemand – Giselle oder Armand? – ein paar Änderungen an der Einrichtung vorgenommen hatte: Vor dem Bett lag ein kleiner ovaler Teppich, und über dem Tisch hing ein Spiegel, der so alt war, dass das Silber stellenweise abblätterte.

Claire spürte, wie weich der Teppich unter ihren Füßen war, und ließ ihre Hand über den Rahmen des Spiegels gleiten. In der Steinmauer, direkt unterhalb des Spiegels, befand sich ein lockerer Stein. Claire fragte sich, wie lange diese Wände wohl schon standen und was sie alles erlebt hatten.

Seltsam, wie sehr sie sich in dem kleinen Raum schon zu Hause fühlte. Sie setzte sich an den Tisch und schrieb einen Brief an ihren Onkel.

Lieber Onkel Remy,
heute gab es Ente zum Abendessen! Es war ein raffiniertes Gericht, das mir mein missmutiger Chef gekocht hat, der mich allerdings nicht sehr mag. Aber wie sie hier das Abendessen zelebrieren, das erinnert mich an Mammaw und ihre Schwestern, die auch den ganzen Nachmittag damit verbrachten, eine Mahlzeit vorzubereiten, die dann innerhalb von einer Stunde vorbei war.
Außerdem hat mir ein italienischer Chocolatier eine Freiheitsstatue aus Schokolade geschenkt! Quentin (der Chocolatier) nennt es eine kurzlebige Kunst, die nicht für die Ewigkeit angelegt ist. Ich habe gerade die Fackel gegessen und kann bestätigen: c'est magnifique, le chocolat français!
Jetzt sage ich Gute Nacht, weil ich mich noch durch eine Vielzahl von Artikeln und Büchern über L'Inconnue lesen möchte, die in einer Kiste im Atelier gelagert waren. Vielleicht werde ich ja irgendwann ihre Identität herausfinden, wenn ich weitersuche. Was denkst du?
In Liebe, deine Nichte
Chance

Nachdem Claire den Briefumschlag beschriftet und mit Wachs versiegelt hatte, schrieb sie ein paar Postkarten, an Jessica, einige Freunde in Chicago und an Sean. Dann machte sie sich fertig fürs Bett, setzte sich und begann, in der Kiste zu stöbern.

Sie suchte nach einem Hinweis auf die Erste-Hilfe-Puppe – diese Geschichte schien so unwahrscheinlich, sie konnte kaum glauben, dass sie stimmte –, fand jedoch ein schmales Büchlein mit dem Titel *The Worshipper Of The Image* von Richard Le Gallienne.

Sie seufzte erleichtert auf, als sie bemerkte, dass es in

englischer Sprache verfasst war. Ihr Französisch war zwar einwandfrei, aber Englisch bereitete ihr trotzdem weniger Mühe. Sie rollte sich im Bett zusammen. Die Laken rochen immer noch nach Lavendel – wie war das nur möglich? –, und sie zog das Bettzeug enger um sich, nicht wegen der Wärme, sondern wegen des Dufts. Das Atelier hatte keine Klimaanlage, aber die Abendluft war erfrischend, und die Gerüche aus dem Garten wehten zusammen mit den Geräuschen der Stadt zum offenen Fenster hinein. Sie las.

In der Geschichte wanderte ein Mann durch die Straßen von Paris, als er an einem Atelier vorbeikam, das verblüffende Ähnlichkeit mit dem Atelier der Lombardis hatte. Le Gallienne beschrieb, wie der Protagonist zwischen den anderen Masken das Gesicht einer jungen Frau entdeckte. Er nannte sie *Silencieux*, doch trotz ihres Namens begann die Maske zu ihm zu sprechen. Im Laufe der Geschichte verfiel der Mann der Maske immer mehr, bis er irgendwann Frau und Tochter vernachlässigte, um mit ihr zusammen zu sein, nur mit ihr. Am Ende gibt er alles für *Silencieux* auf.

Claire las die gesamte Erzählung, dann schaltete sie das Licht aus, lag noch eine Weile wach und dachte über *L'Inconnue* nach. In den meisten anderen fiktiven Erzählungen wurde sie als Opfer der Umstände, grausamer Männer und einer herzlosen Gesellschaft dargestellt. In Le Galliennes Erzählung hingegen war das scheinbar unschuldige Gesicht mächtig und darauf aus, die Männer in den Untergang zu stürzen.

In gewisser Weise stimmte Claire diesem Bild zu: Das Gesicht ihrer heimlichen Verbündeten aus der Kindheit war immerhin mächtig genug gewesen, um sie dazu zu bringen, nach Paris zu reisen. Aber immer wurde sie nur flüchtig beschrieben; in den Erzählungen ging es nicht um sie, sondern um die Reaktionen ihrer Umwelt. Sie war ein Objekt, nicht wirklich ein Subjekt.

Wer war diese junge Frau gewesen? Und warum war es Claire so wichtig, das herauszufinden?

Sie legte das Büchlein zurück in die Kiste, fiel in einen unruhigen Schlaf und träumte.

Chance, achtzehn Monate alt, mit den dunklen Augen und den Löckchen ihres Vaters, starrt in das Gesicht ihrer Mutter und will, dass sie die Augen öffnet.

Auf auf auf.

Der Gesichtsausdruck ihrer Mutter ist ernst und doch distanziert. Ein Lächeln wie das der Mona Lisa *umspielt die vollen Lippen. Langes dunkles Haar umspielt ihren Kopf: ein Heiligenschein aus Seide, der sie langsam und würdevoll umschwebt wie in einem lakonischen Tanz.*

Chance ist sicher in ihrem Kindersitz auf der Rückbank des zehn Jahre alten Fords angegurtet; ihre Mutter sitzt hinter dem Lenkrad. Wie kann Chance dann ihre Augen sehen?

Doch da sind sie wieder, direkt vor ihr, und weigern sich, sich zu öffnen.

Dann der Moment, in dem das Auto von der Straße abkommt, sich überschlägt und auf dem Dach landet.

Das Gesicht ihrer Mutter mit den geschlossenen Augen.

Die merkwürdige Ruhe des Wassers, das in einem Schwall in das Auto eindringt, sie umgibt und ihre kindlichen Schreie dämpft.

Chance kopfüber in ihrem Kindersitz, gefangen in einer Luftblase.

Der Gestank des Brackwassers. Die heiße, stickige Luft. Die Angst. Der Durst. Die Wut.

Chance wimmert und beginnt zu schluchzen. Sie ruft: »Mama! Mama!«

Die Augen ihrer Mutter öffnen sich nicht.
Sie öffnen sich nie.

26

Den ganzen Tag über unterhielt Claire sich mit Touristen. Einer kleinen Gruppe aus Cleveland, einer anderen aus Berlin, einer Familie aus Sevilla. Mutter und Tochter aus Chicago, die Claire über die Lokalpolitik der Stadt auf den neuesten Stand brachten. Claire erfand Geschichten über Masken und Statuen und Büsten, über den Prozess des Abgießens, die geheimen Techniken und Talente der Künstler. Sie erklärte, dass der Meister – Armand, hinter den Werkstattfenstern über seine Projekte gebeugt – nicht bei der Arbeit gestört werden durfte.

Sie lachte leise in sich hinein, als sie daran dachte, wie Armand ihr vorgeworfen hatte, sie erzähle viele Geschichten. Er hatte recht, merkte sie. Auch im College und vor allem später hatte sie oft lange und übertrieben ausgeschmückte Geschichten über ihre Kindheit in Plaquemines Parish erzählt. Aber das lag in der Familie.

Nachdem sie zwei Masken, ein Set von Friesen und eine kleine Büste eines römischen Soldaten verkauft, die Lieferungen vorbereitet und die zufriedenen Touristen verabschiedet hatte, wurde es ruhig.

Claire klopfte leise an die Tür der Werkstatt.

»Kann ich dir bei irgendwas helfen?«

»Hier gerade nicht.« Armand sah von einer Friesserie auf, an deren Details er gerade arbeitete. Er richtete sich auf und wischte sich die Hände an einem Handtuch ab. Seit dem gestrigen Abendessen duzten sie sich, ohne dass sie darüber ein Wort verloren hätten, aber Claire freute sich sehr darüber, mehr als sie bereit war, sich einzugestehen. »Die Frau, die gekündigt hat, hat ihre Schlüssel mitgenommen. Könntest du die bei ihr abholen?«

Er reichte Claire einen Zettel mit einer Adresse darauf.

»Du kannst ihr auch gleich ihre Post mitbringen. Und erinnere sie daran, dass sie ihre Adresse ändern muss.«

Claire sah ihn fragend an.

»Du findest, das gehört nicht zu deinem Job, habe ich recht?«

»Was nicht von der Hand zu weisen ist.«

Er seufzte. »Wahrscheinlich ist es besser, dass du nur zwei Wochen hier bist.«

»Hey! Du und Giselle, ihr habt mich gebeten auszuhelfen, hast du das schon vergessen? Außerdem findet Quentin, dass ich eine charmante Dolmetscherin bin. Besser als die vorherige.«

»Holst du nun die Schlüssel oder nicht?«

»Ich gehe ja schon, ich gehe ja schon«, antwortete Claire und schmunzelte. »Ich will es dir nur nicht so einfach machen. Hast du vielleicht eine Telefonnummer, sodass ich sie vorher anrufen kann? Dann weiß ich, ob sie überhaupt da ist.«

»Sie hat kein Telefon.«

»Sie hat kein Telefon?«

»Sollen wir lieber Englisch reden?«, fragte er.

»Nein, ich habe schon verstanden. Ich bin nur überrascht, dass es heutzutage Leute gibt, die kein Telefon haben.«

»Wir sind hier in Paris«, sagte er, als würde das alles erklären. »Vielleicht wollen wir ja nicht alle ein Handy am Ohr kleben haben.«

»Ich dachte, in Europa gibt es mehr Handys als in den USA.«

Er zuckte mit den Schultern. »Du kannst diese Diskussion ja mit ihr weiterführen, wenn sie da ist.«

»Ja, vielleicht werde ich das.«

»Ich habe nur gemeint, dass jemand zu ihr gehen muss, um die Schlüssel zu holen. Und da du noch einige Jahrzehnte Übung vor dir hast, bevor du hier als Meister anfangen kannst, und ich außerdem wahnsinnig viel zu tun habe, dachte ich, du könntest an meiner Statt gehen.«

»Alles klar, kein Problem. Bist du sicher, dass du mit den Touristen klarkommst?«, fragte sie, während sie die Adresse in ihr Handy eingab.

Er verdrehte die Augen, als er merkte, was sie tat.

»Du kannst mich auch einfach nach dem Weg fragen. Nimm die Metro nach Buttes Chaumont, dazu musst du einmal umsteigen. Von da aus gehst du die Rue Botzaris entlang, bis du die Rue Fessart erreichst. Dann nach links.«

»Gut. Soll ich noch irgendwas erledigen, wenn ich schon draußen bin?«

»Du könntest die Sachen für das Abendessen besorgen. Ich mag den Marché Saint-Quentin im zehnten Arrondissement; er ist dort ganz in der Nähe.« Er reichte ihr eine Einkaufsliste und zwei große Taschen.

»Ich dachte, ich soll heute Abend kochen?«, sagte sie mit einem Blick auf die Liste. Sie wollte ihn immer noch ein bisschen aufziehen. Sie wusste nur, wie man ein oder zwei Gerichte zubereitete, und wo sollte sie in Paris schon Gumbo oder Okra finden?

»Willst du das denn?«

»Ich würde irgendwo was holen. Magst du Falafel?«

Er winkte geringschätzig ab. »Ich koche. Es gibt Lammkoteletts und *tomates provençales*.«

Claire griff nach ihrem Geldbeutel. Wenn er kochte, würde sie zumindest die Zutaten kaufen. Dann ging sie die Treppe nach unten und grüßte im Vorbeigehen im Geiste die Gesichter an der Wand, bevor sie auf die geschäftige kleine Straße hinaustrat.

Jetzt, da sie ein Ziel hatte, genoss sie es, durch die Straßen von Paris zu spazieren, die Taschen über die Schulter geschwungen, den Kopf erhoben. Sie fühlte sich wie ein Teil der geschäftigen Stadt, genau wie die Lieferanten, die Männer von der Stadtreinigung oder die Beamten.

Nützlich, wie Mammaw gesagt hätte.

Nur eine Sorge ließ ihr keine Ruhe: Was würde sie machen, wenn der Laden im August geschlossen hatte? Sie könnte natürlich noch mehr Sehenswürdigkeiten von ihrer Liste abhaken. Aber Claire war zu dem Schluss gekommen, dass sie nicht zur Touristin geboren war. Geschichtsträchtige Orte waren nicht ihr Ding. Selbst als sie die Touristen Armand gegenüber verteidigt hatte, hatte sie sich unwohl bei dem Gedanken gefühlt, ein Teil der Besuchertraube vor dem Louvre zu sein oder sich durch die Menschenmengen auf den Champs-Élysées zu drängen.

Aber in diesem Moment war sie glücklich.

Sie war bei der Metrostation Saint-Michel angekommen, hatte einer Straßenmusikerfamilie Münzen in den Hut geworfen, hatte Buttes Chaumont auf der U-Bahn-Karte gefunden und wusste, wo sie umsteigen musste. Fünfundzwanzig Minuten später tauchte sie in einem relativ modernen Viertel wieder aus der Metro auf. Hier mischten sich moderne Gebäude mit vereinzelten traditionell grauen Steinhäusern, deren einziger Schmuck kleine schmiedeeiserne Balkons waren.

Claire folgte Armands Anweisungen und ging ein paar Blocks bis zu der Adresse, die auf dem Zettel notiert war. Sie fand den Namen, Lisette Villeneuve, auf dem Klingelschild neben der Eingangstür und drückte erst einmal, dann noch mal auf die Klingel.

Keine Antwort.

Eine tätowierte junge Frau mit leuchtend blauen Haaren und schweren schwarzen Stiefeln, die zu groß für ihre zierliche Gestalt wirkten, kam und steckte den Schlüssel ins Schloss.

»Entschuldigung«, sagte Claire. »Kennen Sie eine Frau namens Lisette Villeneuve? Apartment 110?«

»Ja, die kenne ich. Sie geht nie an die Tür, aber sie ist fast immer da. Wollen Sie reinkommen?«

Sie ließ Claire in die Lobby und führte sie zum Apartment 110.

Die junge Frau hob den Arm und klopfte laut gegen die Tür. Keine Antwort. Sie klopfte wieder. *»Madame?«*

»Danke für Ihre Hilfe«, sagte Claire.

»Sie wird schon irgendwann kommen«, sagte die Frau. »Warten Sie ein bisschen.«

Sie ging weiter den Hausflur hinunter und verschwand in einem Apartment am Ende des Gangs.

Claire wartete vor der Tür und lauschte. Sie dachte, sie habe ein schlurfendes Geräusch gehört, aber immer noch antwortete niemand. Claire überlegte, ob sie aufgeben sollte, aber sie war den ganzen Weg hierhergekommen, und die Vorstellung, unverrichteter Dinge wieder zurückzufahren, war ihr zuwider. Also tat sie es der jungen

Nachbarin gleich, hob den Arm und klopfte laut gegen die Tür.

»*Madame?*«

»*J'arrive!*«, hörte sie eine gedämpfte Stimme hinter der Tür. *Ich komme!*

Schließlich wurde die Tür geöffnet, und eine Frau Ende vierzig oder Anfang fünfzig stand vor ihr, makellos frisiert und gekleidet, wie es so typisch für Pariserinnen eines bestimmten Alters war: anmutig, stilvoll und elegant.

»Was gibt es denn?«

»Madame Villeneuve? Armand Fontaine aus dem Atelier Lombardi schickt mich, um die Schlüssel zum Laden zu holen.«

»Armand schickt Sie?« Sie sah blass aus, als ob ihr die Angelegenheit zusetzen würde. Ihr Blick wanderte den Flur hinunter zur Vordertür.

»Ja. Es tut mir leid, Sie zu stören. Ich wollte nur schnell die Schlüssel zum Atelier holen.«

Die Frau starrte sie noch einen Moment an, dann fragte sie: »Sie sind Amerikanerin?«

Claire nickte. »Sie doch auch, nicht wahr?«

»Natürlich, natürlich. In Ordnung. Geben Sie mir einen Augenblick.«

Sie schloss die Tür. Claire stand da und fühlte sich unwohl. Sie checkte ihre Mails auf dem Handy und sah den öden Flur auf und ab.

Nach einigen Minuten kam die Frau mit einem Schlüsselbund zurück, an dem drei riesige uralte Schlüssel zusammen mit ein paar kleineren hingen, die zu einem Schließfach oder Spind zu gehören schienen. Sie reichte sie Claire.

»Oh, das hätte ich beinahe vergessen«, sagte Claire und suchte in ihrer Tasche nach der Post. »Die waren noch an das Atelier adressiert. Armand hat gesagt, dass Sie doch bitte bei der Post Ihre Adresse ändern sollen.«

»Sind Sie mein Ersatz im Atelier?«

Claire lächelte und nickte. »Nur vorübergehend. Ich –«

»Wie heißen Sie?«, unterbrach die Frau sie.

»Claire. Claire Broussard. Es freut mich, Sie –«

Die Frau schlug ihr die Tür vor der Nase zu.

Claire zog eine Augenbraue nach oben und stieß hörbar den Atem aus. Kein Wunder, dass Quentin sie als eine Verbesserung gegenüber ihrer Vorgängerin beschrieben hatte. Die Latte hing auch wirklich nicht sehr hoch. Vielleicht hatte Frau Villeneuve ja gegenüber den Touristen ihren Charme eingeschaltet, oder ihr ruppiges Verhalten entsprach dem Bild einer Pariser Verkäuferin. Aber irgendwie schien Kommunikation nicht ihre Stärke zu sein.

Als Claire das Gebäude verließ, traf sie wieder auf die tätowierte Frau.

»Hat sie Ihnen noch geöffnet?«, fragte sie Claire.

»Ja, hat sie.«

»Ist sie eine Freundin von Ihnen?«

»Nein, sie ist eher eine geschäftliche Bekanntschaft.«

»Sie ist ein wenig merkwürdig, *n'est-ce pas*?«

»Ja, das ist mir auch aufgefallen.«

»Sie ist Künstlerin«, sagte sie achselzuckend. »Wahrscheinlich werden Künstler manchmal von Dingen getrieben, die andere nicht nachvollziehen können.«

Claire dankte der jungen Frau noch mal für ihre Hilfe, dann verabschiedeten sie sich. Claire zog ihr Handy zurate, um den Weg zu ihrem nächsten Ziel herauszufinden – den Markt, den Armand erwähnt hatte –, dann wandte sie sich nach Norden die Straße hinunter.

Sie genoss den Anblick des Viertels, das so gar nicht touristisch war: Hier lebten normale Menschen ihr Leben. Zwei Teenager fuhren auf Vélibs an ihr vorüber, Mietfahrräder, die man im ganzen Stadtgebiet ausleihen konnte. Eine gebückte alte Frau schlurfte vorbei; sie war ganz in Schwarz gekleidet und hatte drei Baguettes in einem Korb dabei. Zwei junge Frauen, eine trug einen Hidschab, unterhielten sich und schoben Kinderwagen vor sich her. Vier Männer um die sechzig saßen vor einem Café, die Espressotassen vor sich, gestikulierten und diskutierten lebhaft. Ein gelangweilt wirkender Kellner mit Schürze lehnte gegen die Wand und schnippte mit den Fingern, als sehnte er sich nach einer Zigarette.

Doch bald schon begannen Claires Gedanken zu wandern. Es war eindeutig, dass Frau Villeneuve, wie ihre Nachbarin festgestellt hatte, *un peu bizarre* war. Aber steckte da unter Umständen noch mehr dahinter? Hatten sie und Armand eine romantische Beziehung gehabt? Lag hier die Ursache für das gebrochene Herz, das Giselle und Quentin angedeutet hatten?

Frau Villeneuve war eindeutig älter als Armand, aber sie war attraktiv und elegant. Und war Paris nicht berühmt für die Beziehungen zwischen älteren Frauen und jüngeren Männern?

Aber das ging Claire nichts an. Gar nichts.

Trotzdem. Sie sah an ihrer Bluse und ihren Jeans hinunter, an dem Silberschmuck, den sie bei Straßenhändlern in Chicago gekauft hatte, und an den ausgetretenen schwarzen Lederstiefeln. Claire dachte eigentlich immer, dass sie ihren eigenen Stil habe, eine gewisse Lässigkeit, aber sie war nicht modebewusst, schon gar nicht verglichen mit den Frauen in Paris. Sie war weder schick noch elegant.

Und was wäre schon dabei, wenn Armand und seine vorherige Assistentin ein Verhältnis gehabt hätten? Auf eine Art wäre es doch schön, wenn zwei solch mürrische Außenseiter sich gefunden hätten.

Aber aus irgendeinem Grund stieß sich Claire an der Vorstellung.

27

Der Markt befand sich in einer Halle unter Arkaden aus Gusseisen und Glas. Claire stand einen Moment im Eingang und ließ die Szenerie auf sich wirken.

Sie war auf die berühmten Sehenswürdigkeiten von Paris eingestellt gewesen, auf den Eiffelturm oder den Louvre. Aber was sie viel mehr beeindruckte, waren die unglaublich schönen historischen Gebäude, die hier ganz selbstverständlich in den Alltag integriert waren, als Apotheken oder Friseursalons, als Autowerkstätten oder Markthallen verwendet wurden. In ihrer Heimatstadt waren die meisten historischen Bauwerke mit der Zeit abgerissen oder von Hurrikans zerstört und durch möglichst billige Häuser ersetzt worden. Im nahe gelegenen New Orleans hatten einige Perlen überlebt, und die Touristen drängten sich aus gutem Grund im French Quarter.

Aber es war die Beiläufigkeit, mit der die Pariser die historische Architektur behandelten, die ihr so gefiel.

Claire warf einen Blick auf die Liste, die Armand ihr mitgegeben hatte. Er hatte eine schwungvolle und leicht geneigte Schrift.

Côtelettes d'agneau
Tomates, oignons, ail
Herbes de Provence
Paté de campagne
Fromages – Petit Basque, Comté, Epoisses
Salade
Yaourt
Œufs bio
Lait bio
Melon, pommes, poires

In der Halle standen die Marktstände dicht an dicht, und Menschenmassen drängten sich in den Gängen. Neben Obst, Gemüse, Fleisch, Fisch und Käse gab es auch noch kleine Stände, die Kaffee, Sandwiches und Gebäck anboten. Es war sofort ersichtlich, dass die vollsten Stände, in denen die Käufer um die Aufmerksamkeit der Verkäufer wetteiferten, die besten Produkte – oder die besten Preise – haben mussten. An anderen war es ruhig, Fliegen umschwirrten die Ware, und die Angestellten verscheuchten sie mit müden Handbewegungen.

Claire beobachtete, wie sich kleine alte Frauen Melonen, die nur wenig größer waren als ein Tennisball, an die Nase hielten und daran rochen. Sie führten hitzige Diskussionen mit den Verkäufern. Während Claire dastand und das Treiben beobachtete, fiel ihr auf, dass weder Kunden noch Verkäufer ein Blatt vor den Mund nahmen und sich regelrecht beleidigten, aber es war ein Spiel, das sie spielten. Sie stritten, lockten einander aus der Reserve, beschwatzten ihr Gegenüber und wurden sich am Ende handelseinig.

Sie erinnerte sich, wie ihre Großmutter im Hofladen von Old Man Patterson stand, sich lautstark beschwerte und um die Preise feilschte. Aber Mr Patterson war der einzige Anbieter, und wenn sein Kohl voller Läuse war oder die Kartoffeln überall grüne Stellen hatten, dann musste man damit leben.

Claire holte tief Luft und stürzte sich ins Gewühl. Aber solche Situationen waren nicht ihre Stärke. Sosehr sie ihr Leben als Verkäuferin in Paris genoss, so vermisste sie es doch langsam, ihre Fähigkeiten voll einsetzen zu können. Armands kritische Art war da sicherlich auch keine Hilfe. Sie sehnte sich beinahe nach einer Serverpanne, die ihr erlaubt hätte, ihre Fähigkeiten unter Beweis zu stellen.

Eine Weile lang folgte sie einer besonders wählerischen Frau und bestellte, was sie bestellte, doch nach einer Weile verlor sie die Geduld und kaufte die restlichen Dinge bei einem Stand ohne Schlange. Dann nahm sie die Metro zurück ins fünfte Arrondissement, schlängelte sich zwischen Studenten und Touristen hindurch, zwischen Einheimischen und Fremden, bis sie die Moulage Lombardi erreichte.

Sie schleppte die schweren Taschen die Treppe hoch, stellte sie auf der Küchenplatte ab und war froh, von ihrer Last befreit zu sein. Ihre Arme schmerzten.

Armand kam aus seiner Werkstatt und fing an, alles aus den Taschen zu räumen. Zuerst dachte sie, er sei einfach nur hilfsbereit, doch dann merkte sie, dass er ihre Einkäufe inspizierte und *Ooh la la* oder *Putain* vor sich hin murmelte.

Mit einigen der Produkte, hauptsächlich mit denjenigen, die sie nach dem Vorbild der alten Frau gekauft hatte, war er zufrieden, aber als er den Rest begutachtete, begann er vor sich hin zu schimpfen. Er warf die Hände in die Luft, stapfte durch die Küche und beschwerte sich darüber, dass man in Amerika nicht mal wusste, wie man einkaufte.

»In Chicago und auch in meiner Heimatstadt haben wir

sogenannte Supermärkte«, schnappte Claire und lehnte sich mit vor der Brust verschränkten Armen an den Tresen. »Man geht dort hinein und kauft einfach, was es dort gibt. Eine sehr praktische Erfindung.«

»Das gibt es in Frankreich auch. Sie heißen Casino oder Monoprix. Es ist allgemein bekannt, dass sie minderwertiges Fleisch und schlechte Lebensmittel verkaufen. Und was die Meeresfrüchte betrifft …« Er sprach den Satz nicht zu Ende, als ob sich der Rest von selbst erklären würde.

»Mmmm«, erwiderte Claire unverbindlich und konnte nicht so recht nachvollziehen, warum er sich über so etwas aufregte.

»Wie auch immer«, sagte er schließlich achselzuckend und beruhigte sich. »Es ist schon in Ordnung. Zumindest das Lamm sieht ordentlich aus. Wir werden schon etwas damit anfangen können.«

Das Abendessen war köstlich.

Lieber Onkel Remy,
du wirst nie erraten, was ich gerade mache: Ich bin Assistentin eines Küchenchefs! Nein, nicht wirklich. Aber hier im Atelier, wo ich wohne, kocht mein Chef jeden Abend ein riesiges Abendessen, und ich bin seine Hilfskraft, wasche das Gemüse, schneide und rühre um.
Es erinnert mich an Mammaw, aber alles findet ohne Reden statt. Hier gibt es keine Geschichten, außer ich erzähle sie. Dann wird er ungeduldig und dreht seine französische Musik an. Also kochen wir schweigend, und am Ende genieße ich das köstliche Essen im Garten.
Außerdem helfe ich beim Abwasch.
Ich habe dich lieb und vermisse dich!
Deine Nichte Chance

Es war schon spät, nach Mitternacht. Claire las sich durch noch mehr Artikel aus der Kiste, aber sie fühlte sich nicht müde. In dem Apartment war sie davon ausgegangen, dass der Nachtklub sie wach hielt, aber jetzt merkte sie: Es waren wohl ganz andere Gründe, die sie nicht schlafen ließen. Vielleicht war es die permanente Unsicherheit über ihre Zukunft, die in ihrem Kopf umherschwirrte.

Sie starrte die uralten Steinmauern an, das große Fenster, von dem aus man den Nachbargarten überblickte, den vergoldeten Spiegel über dem Tisch.

Man konnte nicht leugnen, dass sie mit der Moulage Lombardi einen Glückstreffer gelandet hatte. Aber es war nur vorübergehend. Und sie konnte eine gewisse Enttäuschung nicht unterdrücken, die sie gelegentlich überkam, wenn ihr Blick auf *L'Inconnue* fiel. Claire hatte immer noch keine genauere Vorstellung, wer die junge Frau gewesen war, ob es einen Zusammenhang zu dem geheimnisvollen Brief gab oder ob irgendetwas davon von Bedeutung war.

Wahrscheinlich hatte Mammaw sie einfach nur nach Paris geschickt, weil sie wusste, dass Claire dringend eine Richtung brauchte, eine Aufgabe, ein Abenteuer.

Aber wie ging es von hier aus weiter? Was sollte sie tun?

Schließlich gab sie den Versuch einzuschlafen auf, strampelte die Decke weg und ging in die Küche, um etwas zu trinken.

In der Werkstatt brannte noch Licht. Armand saß über ein großes Projekt gebeugt an der Werkbank. Claire ging so leise wie möglich auf die Fenster zu; er arbeitete an dem kleinen Gipsschloss. Ein Mann und sein Puppenhaus.

Plötzlich sah Armand auf und zog schnell ein Tuch über das Schloss. Er kam zur Tür.

»Brauchst du etwas?«

»Nein, danke. Es tut mir leid, dass ich störe.«

Er sagte nichts weiter, hielt aber ihren Blick.

Sie schüttelte erneut den Kopf. »Ich habe das Licht gesehen und mich gefragt, ob alles in Ordnung ist.«

»Es ist alles in Ordnung, ja. Gute Nacht.«

»Bonne nuit.«

Statt in ihr kleines Zimmer zurückzugehen, setzte sich Claire an den Verkaufstresen und loggte sich ins Internet ein. Sie beantwortete ein paar Mails, bezahlte ihre Kreditkartenrechnung, überprüfte ihren Kontostand und rief dann eine Suchmaschine auf.

Sie führte noch einmal eine gründlichere Suche nach *L'Inconnue* durch, fand aber nicht mehr als die Information aus den Artikeln in der Kiste, von denen sie manche immer noch nicht gelesen hatte. Sie entdeckte jedoch einen Artikel, der die hohe Suizidrate gegen Ende des neunzehnten Jahrhunderts zum Thema hatte. An manchen Tagen zog man Dutzende von Leichen aus dem eisigen Fluss. *L'Inconnue* war also nur eine unter vielen. Ohne ihre jugendliche Schönheit und ihr betörendes Lächeln wäre sie in Vergessenheit geraten wie all die anderen.

Sie fand drei Artikel, die bestätigten, dass *L'Inconnue* als Modell für die Erste-Hilfe-Puppe hergehalten hatte, darunter verlässliche Quellen wie *Le Petit Journal* oder *The Guardian*, also nahm sie an, dass die Geschichte stimmte.

Claire schaute wieder zu den erleuchteten Werkstattfenstern hinüber. Sie fühlte sich unzufrieden, konnte aber nicht sagen, warum. Sie loggte sich aus und goss sich ein Glas Wein ein, das sie in kleinen Schlucken trank, während sie im Bett las.

28 SABINE

Maurice verbringt weniger Zeit im Atelier und mehr Zeit in Cafés und Bars. Wenn Sabine nicht zu malträtiert aussieht, dann nimmt er sie mit. Sie sitzt dann neben ihm, mit einem Glas Lillet vor sich. Er selbst trinkt lieber Absinth, findet ihn aber einer Dame nicht angemessen, weshalb er für sie den süßen Wein bestellt.

Auch wenn Sabine nichts sagt, genießt sie doch die Zeit. Sie liebt es, den Leuten zuzuhören – meist sind es Männer, aber gelegentlich auch Frauen –, die sich über Philosophie, Politik, Kunst und Handwerk unterhalten. Die Worte schweben in einer verwirrenden Wolke über ihrem Kopf, doch deuten sie andere Welten an, andere Länder, andere Denkweisen. Sie versucht, sich die Dinge zu merken, die gesagt werden, versucht, die Gesprächsfetzen aufzuheben für die Stunden, die sie sich reglos wie eine Tote halten muss, während sie ihm Modell sitzt. Sie nutzt diese Zeit, sich über die neuartigen Konzepte Gedanken zu machen, sie abzuwägen und zu analysieren.

Oft stellt Maurice sie berühmten oder einflussreichen Schriftstellern oder Künstlern vor: Marcel Proust, Edgar Degas, Émile Zola. Zola spricht ganz erregt über die sogenannte Dreyfus-Affäre. Namen schwirren über ihren Kopf hinweg; sie hört sie zum ersten Mal. Maurice macht sich darüber lustig, die Männer sind unbeeindruckt und lachen über ihre Naivität. Manchmal fragen sie, ob sie auch für sie als Modell arbeiten möchte, aber meistens ignorieren sie sie.

Eines Abends gesellt sich ein Mann namens Jean-Baptiste Lombardi zu ihnen. Er raucht starke Gauloises-Zigarillos und ist im Vergleich zu den anderen Männern – die sich gegenseitig ins Wort fallen und lautstark ihre Meinung kundtun – eher zurückhaltend.

Er verwirrt Sabine, weil er sie direkt anspricht und nicht über Maurice mit ihr kommuniziert. Monsieur Lombardi lächelt und erzählt, dass er frei von der Angst des Künstlers ist, weil er nur Masken gießt.

»Er macht *Toten*masken«, dröhnt Maurice.

Sabine macht große Augen. Einmal jedoch hat sie bereits Napoleons Totenmaske gesehen, in einem der Museen, in die Maurice sie mitgenommen hat. Sie erinnert sich, dass sie dachte, wie echt doch diese Darstellung des Kaisers war, echter als es jede Interpretation eines Künstlers je vermocht hätte. Sie erscheint ihr näher an der Wahrheit, an der wirklichen Person.

Während die Männer sprechen, beobachtet Sabine den Maskenbildner. Seine geschundenen Hände gestikulieren, während er spricht. Seine Fingernägel sind weiß von Gipsresten, seine Handgelenke kräftig. Eine hässliche Narbe verläuft über seine Braue bis zur Wange. Ein Wunder, dass die Klinge sein Auge nicht ausgestochen hat. Seine Augen sind von einem wunderschönen Blau, tief und kühl wie der See in den Wäldern hinter ihrem Dorf.

»Wie sehen Sie das, Mademoiselle?«, fragt Monsieur Lombardi. Sein Blick ist intensiv, und er ruht auf ihr. Lässt sie erröten.

»Ich?«, fragt sie atemlos.

»Ja, was denken Sie über die Impressionisten? Ist ihre Zeit vorbei? Sollten sie abtreten und den Nabis Platz machen?«

»Ich ... Ich weiß doch nichts«, flüstert Sabine.

»Sie ist meine kleine Feldmaus vom Lande!«, ertönt Maurices nicht mehr ganz nüchterne Stimme. *»La rate des champs!«*

»Aber eine Feldmaus weiß vieles«, sagt Jean-Baptiste. »Zum Beispiel, wie man in der Stadt von den Krumen unter den Tischen der Reichen überlebt.«

Maurice starrt ihn an. Er wird nicht gerne daran erinnert. Er könnte jederzeit seine Eltern um Geld bitten; die Versuchung ist immer da und lockt ihn. Er weiß das, so wie alle anderen. Er ist nicht hungrig genug.

Sabine bemerkt die Anzeichen für die Gefahr, das Zucken des Schnurrbarts, sein plötzliches Verstummen. Sie presst die Lippen aufeinander; jedes Wort von ihr würde die Situation nur verschlimmern.

Eine Hand, schwer und heiß, landet in ihrem Nacken. Maurice legt ihr die andere Hand unters Kinn und hebt ihren Kopf. Sabine ringt sich ein Lächeln ab.

»Siehst du, was ich meine, Jean-Baptiste?«, fragt Maurice. »Sie hat das Lächeln der Mona Lisa. *Le sourire de La Joconde.* Warum kann ich es nicht einfangen, frage ich dich?«

Ihr Gesicht brennt.

Doch dann merkt sie: Der Maskenbildner starrt nicht sie an, sondern Maurice. Erst sein Gesicht, dann seine großen Hände, die sie so grob behandeln.

Das beschämt sie noch mehr. Sie sieht weg, hört auf zu lächeln.

»Vielleicht sollte ich dich beauftragen, eine Maske zu

machen, hm, Jean-Baptiste? Eine Lebendmaske, die ich studieren könnte, solange ich möchte. Dann könnte ich vielleicht einfangen, wonach ich suche.«

Als es Zeit ist zu gehen, wirft Maurice eine Handvoll Münzen auf den Tisch; er macht sich nicht die Mühe, sie zu zählen. Sabines Blick fällt darauf: Es ist mehr Geld, als er ihr für eine ganze Woche Arbeit bezahlt.

Als er geht, lässt er den Stuhl einfach stehen, ohne ihn wieder nach vorne zu rücken. Dafür gibt es ja Dienstboten.

29

Die Tage vergingen, und Armand und Claire entwickelten eine gemeinsame Routine. Er wachte früh auf und machte Kaffee, Claire lief in die *boulangerie* – Le Boulanger de Monge, 123 Rue Monge – und holte Croissants und Baguette für später. Das Brot musste natürlich aus der besten *boulangerie* kommen.

»Warum«, fragte Armand, als er ihr die Adresse der Bäckerei nannte, »sollte man sonst überhaupt Brot essen? Das Leben ist zu kurz.«

Tagsüber kümmerte sich Claire um die Kunden, auch wenn nicht alle Englisch sprachen. Sie konnte den Franzosen helfen und sich mit ihren Spanischkenntnissen durchschlagen, und die meisten Deutschen sprachen Englisch. Ab und zu musste Armand aus seiner Werkstatt kommen, um mit den Japanern zu sprechen.

Claire liebte es, Geschichten zu erzählen, und wiederholte, was Armand ihr über die Historie und das Gießen von Masken erzählt hatte, wobei sie die Geschichten nach Gutdünken ausschmückte. Wenn gerade keine Kunden kamen, half sie Armand oder manchmal Giselle dabei, die Formen abzuschleifen und zu versiegeln.

Während der langen Mittagspause hatte sich Claire angewöhnt, spazieren zu gehen und das Gewirr von kleinen Sträßchen und Gassen zu erkunden, die das Quartier Latin ausmachten. Zu jeder Tageszeit erinnerte das Viertel an ein Straßenfest. Kleine Hotels und Pensionen hatten Schilder auf den Gehweg gestellt. Die meisten Gebäude waren traditionell aus beigem Kalkstein, aber die hölzernen Fassaden waren in leuchtenden Farbtönen gestrichen, türkis, rot, gelb oder orange.

Die ganz schmalen Gässchen waren für den Autoverkehr gesperrt und von Touristen und Einheimischen bevölkert; Fahrräder, Motorräder und Mopeds konkurrierten um den wenigen Platz in den Straßen, die für den Verkehr zugelassen waren. Straßenmusiker spielten Akkordeon oder Gitarre; eine Band aus Peru zog auf dem Place Saint-André-des-Arts die Aufmerksamkeit der Passanten auf sich. Es gab überdachte Cafés und Bars, Posterläden, Weinkeller sowie Geschäfte, die Schlüsselanhänger, Schürzen und Seidentücher verkauften, und in einer Bar wurde die Happy Hour angepriesen.

Die Moulage Lombardi war nicht weit von der Sorbonne entfernt, der berühmten Universität, die im dreizehnten Jahrhundert gegründet worden war. Eine entspannte Schar von Studenten und Künstlern bevölkerte das Viertel, und man konnte sich gut vorstellen, wie die Dichter über die Jahrhunderte hinweg in ihren Dachkammern und Eckcafés saßen und schrieben. Claire fragte sich, ob die Präsenz der Akademiker für die zahlreichen Buchläden, Postkarten- und Zeitschriftenläden, für all den Schreibwaren- und Kunstbedarf in dem Viertel verantwortlich war.

Sie kam an einem Starbucks vorbei, aber ignorierte ihn geflissentlich. Ein Kaffee zum Mitnehmen reizte sie zwar durchaus, aber sie war nicht sicher, ob sie Armands Verachtung ertragen konnte, wenn sie mit einem verräterischen Pappbecher in der Moulage auftauchen würde.

Auf einem ihrer Spaziergänge stieß Claire auf eine kleine Gasse namens Rue du Chat-qui-Pêche, die Straße der angelnden Katze. Und später kam sie noch bei Shakespeare and Company vorbei, dem berühmten englischsprachigen Buchladen. Sie nahm sich Zeit, durch die Regalreihen zu stöbern, und kaufte zwei neue Romane, die beide in Paris spielten: *Ein Fest fürs Leben* von Ernest Hemingway, das sie noch nie gelesen hatte, und den zeitgenössischen Roman einer Amerikanerin, die ihre zweite Liebe in der Stadt des Lichts fand.

Wenn sie die Türen zur Moulage Lombardi geschlossen hatten, setzten sie sich zum *apéro*, manchmal mit Giselle, manchmal mit Quentin, manchmal nur sie beide. Claire streichelte die Katze; dann kochte Armand und sie gab den Souschef. Nachts las sie mehr über *L'Inconnue*, jeden Zettel, den sie in der Kiste fand, und alles, was im Internet aufzutreiben war.

Eines Tages tauchte ein bequemerer Stuhl an dem kleinen Tisch in ihrer Lehrlingskammer auf; an einem anderen Tag hing plötzlich eine Zeichnung neben dem Spiegel. Es war eine liebevolle Kreidezeichnung von einem Mann, der über eine Skulptur gebeugt an einer Werkbank saß. Zuerst dachte Claire, es handele sich um Armand, aber dann merkte sie, dass es ein anderer Mann war, der eine Narbe von der Braue bis zur Wange im Gesicht trug, aber einen sympathischen Gesichtsausdruck in seinen hellen Augen hatte.

Als sie die Veränderungen erwähnte, zuckte Armand nur mit den Schultern und lehnte ihren Dank ab.

Manchmal spät am Abend gelang es ihr, Armand von seiner Werkbank wegzulocken und zu einem Glas Cognac zu überreden. Dann saßen sie im Garten, und Claire erzählte ihm Geschichten von ihrer Familie. Über ihren Urgroßvater Jerry Duval, der während des Zweiten Weltkriegs nach Paris – und in diesen Laden – gekommen war, um ein Geschenk für seine Frau zu finden; über die Alligatoren, die die Sümpfe heimsuchten; über die Zerstörung durch die Hurrikans; über den Tanz, die Musik und das Essen der Cajuns. Oder wie ihr Onkel Charles plötzlich einem *rougarou* gegenüberstand, oder wie Onkel Bill in Galveston mit seinem Finger in einer Kanone stecken blieb, und der Finger abgeschnitten werden musste.

»Er hat ihn in einer Kanone verloren? Das glaube ich nicht.«

»Du glaubst das mit dem *rougarou*, aber das mit der Kanone nicht?«, fragte sie grinsend.

»Wir wissen beide, dass *rougarous* aus dem Reich der Mythen stammen. Aber an der Fingergeschichte scheint was dran zu sein.«

»Also eigentlich war es nur die Fingerspitze. Er hatte keinen Fingernagel mehr, und er hat mir immer mit dem Finger vor dem Gesicht herumgewackelt. Ich war fasziniert. Hey, aber ich habe eine Frage: Ich bin auf eine kleine Gasse gestoßen, Rue du Chat –«

»– qui-Pêche«, vervollständigte er nickend. »Alle sind neugierig, was es mit diesem Namen auf sich hat.«

»Wo kommt er denn her?«

»Das ist wahrscheinlich eine Geschichte nach deinem Geschmack.«

»Ich kann es kaum erwarten.«

Er lächelte leicht. »Der Legende nach hat im fünfzehnten Jahrhundert in dieser Straße ein Alchemist zusammen mit seiner schwarzen Katze gelebt. Man sagte der Katze nach, dass sie mit einem einzigen Schwung ihrer Pfote einen Fisch aus der Seine angeln konnte. Einige Studenten der Sorbonne ließen sich nicht von der Meinung abbringen, dass der Mann ein gefährlicher Magier sei und die Katze seine Verbündete. Also –«

»Ich will es nicht wissen –«

»Sie haben die Katze getötet.«

»Nein!«, rief Claire aus.

»Ich fürchte doch. Und danach war der Alchemist nicht mehr aufzufinden.«

»Was war mit ihm geschehen?«

»Anscheinend ist er Jahre später wiederaufgetaucht. Aber sein Leben war so eng verknüpft mit seiner Katze, dass er seinen Antrieb eine Weile lang verloren hatte.«

Claire starrte ihn lange an. »Glauben Sie das?«

Er zuckte mit den Schultern. »Wer kennt schon die Wahrheit? Das ist die Geschichte, die man über ihn erzählt.«

Aber Claire wusste sehr wohl, dass die Geschichten, die über einen erzählt wurden, genauso gut Fiktion wie Fakt sein konnten.

30 PIERRE-GUILLAUME

1944

Pierre-Guillaume verpackte die Maske so vorsichtig, wie er konnte.

Der amerikanische Soldat war begeistert von der Aussicht, dieses wunderschöne Gesicht seiner Frau in Louisiana zu schicken. Jerry Duvals Einsatz würde erst einige Monate später enden, daher wollte er, dass das Geschenk vorher ankam und seine Frau wusste, dass er im weit entfernten Frankreich an sie dachte. Duval hatte erzählt, dass er ihr ursprünglich Parfüm oder Seidenstrümpfe schicken wollte, aber nicht wusste, ob und wo man so etwas in der vom Krieg gebeutelten Stadt auftreiben konnte.

Pierre-Guillaume wusste es auch nicht. Außerdem würde die Maske noch bestehen, wenn der letzte Tropfen Parfüm versprüht wäre oder die Seidenstrümpfe längst Laufmaschen hätten.

Pierre-Guillaumes einzige Sorge war, dass *L'Inconnue* zerbrechen würde, bevor sie in dem weit entfernten Land ankam. Er versuchte, es sich vorzustellen. Würde sie mit dem Flugzeug fliegen oder mit dem Schiff fahren? Würde sie in einem wunderschönen Saal hängen oder vielleicht im Schlafgemach einer Dame? Wie sahen amerikanische Häuser überhaupt aus?

Er stellte sich solide, schmucke Backsteinhäuser vor, die vor Kraft strotzten wie die amerikanischen Soldaten selbst. Häuser, die stabil genug waren, dass sie der Energie dieser Männer ein Zuhause geben konnten, mit freundlichen Terrassen und einer Schaukelbank. Aber vielleicht stammte dieses Bild auch aus einem Film, den er vor dem Krieg gesehen hatte: *Leoparden küßt man nicht* mit Katherine Hepburn und Cary Grant.

An all das dachte Pierre-Guillaume, während er Papier und Sägespäne und alles, was er finden konnte, um das liebliche Gesicht herumpackte.

Er trat einen Schritt zurück und sah sie an. Wie die meisten Männer war er ein bisschen in *L'Inconnue* verliebt. Was steckte hinter diesem schmalen geheimnisvollen Lächeln? Was war ihr wohl in den letzten Augenblicken ihres Lebens durch den Sinn gegangen?

Letzten Monat, an seinem freien Tag, hatte sein Meister darauf bestanden, ihn in den Louvre mitzunehmen und ihm *La Joconde* von Leonardo da Vinci zu zeigen. Das Gemälde war kurz zuvor an seinen Platz an diesen ehrwürdigen Wänden zurückgekehrt.

»Sie wurde aus Paris weggebracht, als die deutschen Besatzer in die Stadt kamen«, erklärte Monsieur Lombardi. »Sie hätten sie sonst gestohlen, wenn sie sie gefunden hätten.«

»Wo hat man sie versteckt?«

»Man sagt, dass sie erst ins Château d'Amboise, dann in die Abtei Loc-Dieu und schließlich ins Château de Chambord gebracht wurde. Aber das weiß niemand genau.«

»Warum nicht?«, fragte Pierre-Guillaume. Er blieb geduldig und ließ den Meister die Geschichten in seinem eigenen Tempo erzählen, aber manchmal verstummte Monsieur

Lombardi und verlor sich in den Katakomben seiner Gedanken. In solchen Momenten blieb Pierre-Guillaume außen vor und wünschte sich, mehr Details zu erfahren, wie ein Kind, das sein Gesicht ans Schaufenster einer Patisserie drückt. Manchmal stellte sich Pierre-Guillaume vor, wie er ins Gehirn seines Meisters kroch und alles lernte, was dieser wusste. Mit dem Vater seines Meisters, Jean-Baptiste Lombardi, ging es ihm genauso. Die beiden Männer faszinierten ihn.

»Das tatsächliche Gemälde, das auf die Reise ging, kann auch eine Fälschung gewesen sein.«

»Eine Fälschung?«

»Deshalb wollte ich unbedingt, dass du sie siehst, Pierre-Guillaume«, sagte Monsieur Lombardi, als sie ihren Platz vor *La Joconde* anderen aufgeregten Besuchern überließen.

Sie gingen auf den kleinen Hof zu, um dort eine Tasse Tee zu trinken. Diese Momente schätzte Pierre-Guillaume besonders, wenn er nicht einfach die Anweisungen befolgen musste, sondern sein Meister sich Zeit nahm, ihm Dinge zu erklären, ihm half, die unergründlichen Wege der Kunst und der Welt zu verstehen.

»Manchmal ist eine Kopie so wichtig wie das Original. Es gibt Menschen, die glauben, in der Moulage Lombardi werden nur Masken kopiert und Abgüsse erstellt. Sie betrachten uns nicht als echte Künstler. Aber obwohl wir Reproduktionen anfertigen, sind es trotzdem Dinge von großer Schönheit, Erinnerungen an ein verblichenes Genie. Wir sind Bewahrer eines künstlerischen Geistes. Wir pflegen die Geschichte, Pierre-Guillaume, vergiss das nie.«

Und jetzt, als Pierre-Guillaume die Maske von *L'Inconnue* betrachtete, empfand er sie mit einem Mal als ebenso geheimnisvoll und erhaltenswert wie *La Joconde*.

Wieso ertränkte sich eine so wunderschöne Frau?

Pierre-Guillaume vermutete, dass das eines der Geheimnisse der Frauen war.

»Was für Verpackungsmaterial hast du gefunden?«, fragte Monsieur Lombardi. Er war guter Dinge, weil er gerade den Auftrag erhalten hatte, Teile der alten Sammlung im Louvre zu ersetzen, die an die Nazis verloren gegangen waren. Die Stadt brummte vor Geschäftigkeit; der Wiederaufbau duldete keinen Aufschub, und jeder trug seinen Teil dazu bei.

»Ich habe alte Zeitung verwendet – alte Ausgaben von *Le Petit Journal* – und Sägespäne von nebenan«, antwortete Pierre-Guillaume, der stolz war, daran gedacht zu haben. Jetzt nach dem Krieg reparierte und baute jeder, der Holz und Werkzeuge auftreiben konnte. Das Haus des Nachbarn war verwüstet worden und einmal sogar abgebrannt. Aber er hatte Familie im Ausland, die Geld geschickt hatte, und er hatte schon mit dem Wiederaufbau begonnen.

»Sehr gut. Hat es gereicht?«

»Ich habe auch ein bisschen Schmierpapier benutzt, aber es ist noch nicht genug.«

Monsieur Lombardi ging in die Werkstatt und kam mit einer abgegriffenen Blechdose zurück.

»Hier ist Papier drin, das du verwenden kannst. Es war früher sehr dick und mit Leinen verstärkt. Es müsste sich gut eignen.«

Pierre-Guillaume stemmte den Deckel der Dose auf und stieß auf einen Stapel mit alten Notizzetteln, die mit leicht verblichener Tinte beschrieben waren.

Er nahm einen der Zettel hoch und las:

Danke.

Darunter in anderer Schrift:

Danke wofür?

Und dann:

Für einen Blick in deine Seele.

»Was ist das?«, fragte Pierre-Guillaume.

»Nichts – ein Haufen alter Briefe von meinem Vater. Er braucht sie nicht mehr.«

»Sind sie denn nicht wichtig, Monsieur? Sie sind ...« Irgendetwas hatten die Briefe an sich. »Sie sind so hübsch.«

Monsieur Lombardi lachte. »Du bist ein lieber Junge, Pierre-Guillaume. Ja, du hast recht, sie sind hübsch. Aber überflüssig, und wir wollen doch, dass *L'Inconnue* unbeschadet ankommt, nicht wahr?«

Sein Meister griff sich einen Zettel vom Stapel, riss ihn entzwei, zerknüllte die Hälften und stopfte sie in die Kiste. »Man braucht wahrscheinlich eine ganze Menge, aber das sollte funktionieren.«

Monsieur Lombardi ging zurück in die Werkstatt und beugte sich über eine Büste von Robespierre.

Pierre packte *L'Inconnue* fertig ein, wobei er noch zwei weitere Zeitungen, drei Einkaufszettel, die Seiten eines Buches, das im Regen vergessen worden war, und Sägespäne vom Nachbarn verwendete – aber keinen einzigen der Zettel aus der alten Blechdose.

Stattdessen schmuggelte er sie in seine kleine Kammer neben der Küche und las sie die halbe Nacht hindurch; sie waren wie eine Liebesgeschichte.

31

Wie vorherzusehen gewesen war, ließ Claire an diesem Abend den Roman von Hemingway links liegen und stürzte sich sofort auf die Liebesgeschichte. Sie las sehr schnell; auf der Hälfte beschloss sie, den Rest für den nächsten Tag aufzuheben und stattdessen einen Brief an Remy zu verfassen.

Aber sie wusste nicht, was sie schreiben sollte. Zum einen, weil sie keine richtige Verbundenheit zu ihm fühlte, was der einseitigen Korrespondenz geschuldet war. Remy ging nie ans Telefon und schrieb noch viel seltener Briefe, daher fühlte er sich für Claire sehr weit weg an. Sie überlegte, ob sie ihm die Geschichte von Le Chat-qui-Pêche erzählen sollte, aber sie war einfach zu traurig.

Ihr Blick wanderte durch den Raum, bis er plötzlich an einem losen Stein in der Wand hängen blieb.

Er war nicht ganz rechteckig und hatte eher unregelmäßige Kanten. Sie musterte die anderen Steine: Wie viele davon müssten wohl locker sein, damit die ganze Wand in sich zusammenfiel? Andererseits hatten diese Gebäude Jahrhunderte und Kriege überdauert. Da würden sie auch noch ein bisschen länger bestehen.

Sie stupste dagegen. Er war definitiv locker.

Sie dachte daran, was Giselle über Leute erzählt hatte,

die Dinge vor den Nazis versteckt hatten. Das war bestimmt ein gutes Versteck, oder etwa nicht? War es möglich, dass …?

Die Schwierigkeit bestand darin, mit den Fingern in den Spalt zu kommen, um den Stein herauszuziehen. Sie passten nicht hinein. Sie benutzte den Brieföffner, schob ihn zu einer Seite und rüttelte ein bisschen an dem Stein. Sobald er einmal ein Stück aus der Wand hervorschaute, war es einfach, ihn zu greifen.

Er war schwer, scharrte an der Wand entlang, als sie ihn herauszog. Sie lugte in das Loch hinein.

Innen war eine Metalldose.

Sie war rostig, aber Claire konnte erkennen, dass es sich um eine alte Keksdose handelte.

Sie stellte die Dose auf den Tisch und starrte sie an. Armand hatte gesagt, dass sein Großvater Pierre-Guillaume der letzte Geselle gewesen war, und der Letzte, der die Kammer bewohnt hatte.

Konnte die Dose ihm gehört haben?

Er war ein Jugendlicher gewesen, als er am Ende des Kriegs hier eingezogen war. Falls die Dose ihm gehört hatte, dann enthielt sie wahrscheinlich – was? Altes Haarwachs und ein Schmuddelheft vielleicht? Ein Foto seiner Freundin? Oder Briefe von seiner Familie?

Claire war versucht, die Dose zu öffnen, aber sie sollte sie wohl besser Armand überreichen. Sie hatte immer noch ein schlechtes Gewissen, weil sie in seinen Räumen geschnüffelt und das Puppenhaus entdeckt hatte. Jetzt brachte sie es einfach nicht fertig, die alte Dose zu öffnen, die seiner Familie gehörte.

Sie trug sie zur Werkstatt und stand einen Augenblick vor den Fenstern. Wie üblich war Armand bei der Arbeit, aber nach einem kurzen Moment sah er auf.

»Entschuldige die Störung. Darf ich reinkommen?«

»Worum geht es denn?«

»Ich habe diese Dose gefunden«, sagte sie, betrat die Werkstatt und stellte sie auf der Werkbank ab.

Armand sah sie fragend an.

»Im Lehrlingszimmer.«

»Und?«

»Sie war hinter einem lockeren Stein in der Wand versteckt. Sie hat wahrscheinlich deinem Großvater gehört.«

»Hm. In Ordnung. Ich bringe sie ihm mit, wenn ich das nächste Mal in der Franche-Comté bin.« Er wendete sich wieder dem Fries zu, den er mit beißendem bräunlichen Schellack versiegelte.

Claire blieb vor der Werkstatt stehen. »Willst du denn gar nicht wissen, was in der Dose ist?«

»Du scheinst es jedenfalls wissen zu wollen.«

»Schließlich war die Dose hinter einem Stein in der Wand versteckt!«

»Es war nicht unüblich, Wertgegenstände zu verstecken, besonders während der Besatzung.«

»Glaubst du, es ist etwas Wertvolles?«

»Nein, ich glaube, es ist irgendein Schundheft. Oder etwas Banales wie ein paar Francs oder eine alte Uhr. Ich bringe sie meinem Großvater mit. Mal sehen, ob er sich daran erinnern kann.«

»Wahrscheinlich hast du recht«, sagte Claire und wünschte, sie hätte die Dose geöffnet, als sie noch die Gelegenheit dazu gehabt hatte.

»Du siehst enttäuscht aus. Reicht dir die Kiste mit Papieren nicht, die ich dir gegeben habe? Mein Großvater Pierre-Guillaume lebte doch Jahrzehnte nach dem Tod dieser armen Frau. Er hatte nichts mit ihr zu tun.«

»Ich weiß. Ich war einfach nur neugierig.«

»Du bist immer neugierig.«

»Ja, das höre ich öfter.«

Am Sonntag blieb der Laden geschlossen. Giselle bot Claire an, mit ihr ins Musée Rodin zu gehen, wenn es sie nicht störte, dass die Kinder mitkamen. Claire stimmte freudig zu.

Das Museum war in einem wunderschönen Gebäude aus dem achtzehnten Jahrhundert untergebracht. Doch auch der Garten – in dem eine Vielzahl von Rodins Skulpturen, meist aus Bronze, aufgestellt waren – erfreute sich großer Beliebtheit, zumindest an diesem warmen und sonnigen Sommertag. Einige Gruppen studierten die Skulpturen, und hier und da machten Leute im Schatten ein Picknick.

Während die Kinder durch den Garten rannten und Fangen spielten, hätte Claire Giselle am liebsten über ihren Cousin ausgefragt. Sie hätte nur zu gern gewusst, was Armands Geschichte war, aber das gehörte sich natürlich nicht. Die ungewohnte Intimität der Wohnsituation ließ sie beinahe vergessen, dass sie die Familie Lombardi erst seit ein paar Tagen kannte und sie auch bald wieder verlassen würde.

Nach zwanzig Minuten riefen sie die Kinder und betraten das Museum. Sie schlenderten durch die verschiedenen Räume, die Rodins Entwicklung als Bildhauer gewidmet waren. Vor einer seiner bekanntesten Skulpturen, *Le Baiser*, blieben sie stehen.

Giselle neigte den Kopf. »*Der Kuss* gefällt mir. Ich finde, so sieht Leidenschaft aus. Meinst du nicht?«

Claire nickte. Die Skulptur aus weißem Marmor war wundervoll, sinnlich und ausdrucksstark.

»Die hier finde ich noch leidenschaftlicher«, sagte Claire, als sie vor *L'Éternel Printemps* stehen blieb, ein Mann und eine Frau, die einander weniger zärtlich, sondern vielmehr mit vollem Körpereinsatz umarmten. Sie las die Plakette. »Da steht, dass die Skulptur von seiner Liebesbeziehung mit Camille Claudel inspiriert wurde, die fünfundzwanzig Jahre jünger war als er. Wie *Le Baiser* sollte es ursprünglich Teil von *La Porte de l'Enfer* werden, wirkte dafür aber zu heiter.«

Giselle warf einen Blick hinüber zu ihren Kindern, die vor einer kleinen Bronzeversion von *Le Penseur* standen und kicherten. Giselle fragte: »Wie steht es mit deinem Liebesleben, Claire? Warst du je verheiratet?«

Sie schüttelte den Kopf.

»Auch nie kurz davor?«

»Ich hatte einen Freund, als ich in Chicago gelebt habe. Er hat nie um meine Hand angehalten, aber ich weiß, dass er eine Familie gründen wollte.«

»Willst du keine Kinder?«

»Doch. Zumindest glaube ich das. Aber ...«

»Nicht mit ihm«, führte Giselle den Satz zu Ende. »Das ist eine große Entscheidung. Dann lieber keine Kinder, wenn du dir nicht sicher bist oder nicht den richtigen Partner hast. Kinder sind nicht einfach.«

»Bei dir sieht es sehr einfach aus.«

Giselle brach in Gelächter aus. »Oh, das freut mich, dass du das denkst! Aber es stimmt nicht. Auch für mich ist es ein Kampf. Mein Tattoo erinnert mich daran.« Sie zog den Ausschnitt ihres T-Shirts nach unten, und ein Stacheldraht kam zum Vorschein, an dem drei Rosen wuchsen. »Eine Rose für jedes Kind, aber die Stacheln und Dornen erinnern mich an die Schwierigkeiten des Lebens.«

»Es gefällt mir.«

Giselle zuckte mit den Schultern. »Ich kam mir sehr dramatisch vor in diesem Moment. Vielleicht war ich auch ein bisschen betrunken, das weiß ich nicht mehr genau. Mein Mann mag es nicht. Lass uns die Sachen von Camille Claudel anschauen, okay?«

Als sie den Raum betraten, lasen sie eine Tafel mit einem Satz, den Rodin über Camille Claudel geschrieben hatte:

ICH HABE IHR GEZEIGT,
WO SIE GOLD FINDEN KONNTE,
ABER DAS GOLD, DAS SIE FINDET,
GEHÖRT IHR GANZ ALLEIN.

»Das ist süß, oder?«, fragte Giselle seufzend. »Ich glaube, Rodin hat sich wirklich um sie gesorgt. Armand sieht das kritischer. Wahrscheinlich bin ich eine Romantikerin. Ich möchte einfach glauben, dass er sie wirklich geliebt hat. Was denkst du?«

»Meine Großmutter hat immer gesagt, dass es so viele Arten gibt, einander zu lieben, wie Opossum zu kochen.«

Giselle verzog das Gesicht zu einer Grimasse. »Ihr esst so was?«

Claire lachte. »Nein, nicht wirklich – zumindest nicht in meiner Familie. Aber Mammaw erwähnte sie gerne.« Das Lächeln in ihrem Gesicht blieb, und Claire merkte, dass sie gerade an Mammaw gedacht hatte, doch der stechende Schmerz, der sich sonst immer einstellte, blieb aus. Sie war traurig, das schon, aber das Gefühl war erträglich und durch einen Hauch von Nostalgie abgemildert. »Außerdem isst man alles, wenn man nur hungrig genug ist. Die meisten Amerikaner ekeln sich bei der Vorstellung daran, Schnecken zu essen.«

Giselle lachte.

Sie gingen weiter in die Abteilung, in der einige Werke von Camille Claudel ausgestellt waren. Die Schilder besagten, dass Claudel hauptsächlich als Rodins Muse bekannt war, ließen aber nicht unerwähnt, dass auch sie eine talentierte und gefeierte Bildhauerin gewesen war und eine Reihe von weiblichen Künstlerinnen inspiriert hatte.

Claudel war erst zweiundzwanzig, als sie eines ihrer berühmtesten Werke schuf, das *Sakountala* oder *L'Abandon* genannt wurde, manchmal auch bekannt als *Der Kuss*. Doch anders als Rodins gleichnamige Darstellung wirkte Claudels Skulptur aufgeladen mit Leidenschaft, aber auch voller Spannung. Die Liebenden werden darin nach einer Trennung wiedervereint. Der Mann kniet, die Frau steht über ihn gebeugt und lehnt sich leicht nach hinten. Seine Arme sind um die Hüfte der Frau geschlungen, und sie lehnt den Kopf gegen ihn, erwidert aber seine Umarmung nicht, so als hielte sie etwas zurück. Die Skulptur fing einen Moment von Zärtlichkeit und Leidenschaft, von Sehnsucht und Verlangen ein.

Von *L'Age mûr* sagte man, es repräsentiere Claudels quälende Liebe zu Auguste Rodin. Eine junge Frau ist auf den Knien und versucht, einen Mann zu halten, der sich von ihr ab- und der Umarmung einer anderen Frau zuwendet – ein rohes und emotionales Werk voller Angst. Claire erkannte es aus dem Musée d'Orsay wieder; hier im Musée Rodin war ein Gipsabdruck ausgestellt.

Claire konnte beinahe spüren, wie die Werke der Künstlerin ihr zuflüsterten und die Hände nach ihr ausstreckten; sie hatte das Verlangen, die Skulpturen zu berühren und ihre Formen zu ertasten.

Giselle schien eher Claire als die Skulpturen zu betrachten.

»Was denkst du?«

»Ich finde, Armand hat recht: Ihre Werke haben eine Energie und eine Dringlichkeit, die denen von Rodin manchmal fehlt.«

»Das ist ja auch nachvollziehbar: Rodin war es sehr wichtig, von den Mächtigen der damaligen Zeit und von der Akademie anerkannt zu werden und Aufträge zu bekommen. Claudel war schon allein wegen ihres Geschlechts eine Außenseiterin, also ist es ihr vielleicht leichter gefallen, Grenzen zu überschreiten.«

»Denkst du, dass Außenseiter leichter diese besondere Energie in ihrer Kunst finden?«

»Das sagt man vielen zumindest nach«, antwortete Giselle. »Vielleicht müssen wahre Künstler für ihre Kunst leiden. Unsere ehemalige Angestellte Lisette war zum Beispiel überzeugt, dass ihr besonderes Genie nicht erkannt werde. Natürlich glauben das viele Künstler, aber meiner Meinung nach sind nur die wenigsten davon wirklich begabt.«

»Ich kenne mich überhaupt nicht mit Kunst aus«, murmelte Claire. »Aber Camille Claudel bezahlte für ihren Mut mit dem Wahnsinn. Ist das nicht ungerecht?«

»Vielleicht liegt es am Temperament der Künstler. Schau dir Van Gogh an oder all die anderen, denen das Leben schwierig oder unmöglich erscheint. Selbst mein Cousin, wie du gesehen hast.«

»War Armand schon immer so unglücklich?«

»Unglücklich? Nein. Er war immer schwierig, hat nach Perfektion gestrebt und hatte immer schon einen starken Willen. Aber er war früher trotzdem zufrieden.«

»Was ist passiert?«

Giselle zögerte. »Es tut mir leid, Claire. Er ist sehr verschlossen. Wenn er es dir noch nicht selbst erzählt hat, dann habe ich kein gutes Gefühl dabei, es dir –«

»Das verstehe ich vollkommen«, sagte Claire mit einem Kopfschütteln. »Bitte vergiss einfach, dass ich gefragt habe.«

Die Kinder kamen angelaufen und jammerten, dass sie Hunger hätten.

»Was denkst du, Claire?«, fragte Giselle. »Museumsbesuche sind doch harte Arbeit, nicht wahr? Ich finde, es ist Zeit, dass wir uns etwas gönnen.«

David und Victorine sahen Claire erwartungsvoll an.

»Ich habe gerade an dieses hübsche kleine Café von vorhin gedacht. Wollt ihr mir das nicht mal zeigen?«

32 SABINE

Gelegentlich verleiht Maurice Sabine an andere Künstler. Meist begleitet sie Isabelle dann, aber heute soll Sabine für eine Frau Modell stehen, also bringt Isabelle sie nur bis zur Brücke und geht dann weiter zu einem neuen Laden auf der Rive Droite, dem rechten Ufer des Flusses, wo sich die Geschäfte und Banken befinden und die wohlhabenden Leute wohnen. Die Studenten und Künstler leben auf der Rive Gauche.

Sabine erreicht die Adresse, die auf dem kleinen Zettel vermerkt ist: 117 RUE NOTRE-DAME-DES-CHAMPS. An der blauen Tür hängt ein großer eiserner Türklopfer in Form eines Fisches.

Es ist die Adresse von Mademoiselle Camille Claudel.

Sabine greift nach dem Fisch und klopft. Kurze Zeit später kommt Mademoiselle Claudel selbst an die Tür. Sie hat kein Dienstmädchen.

Sabine steht da und starrt ihr Gegenüber an.

Mademoiselle Claudel lacht und sagt: »Wollen Sie nicht hereinkommen, Mademoiselle? Sie haben doch nicht etwa Angst vor mir, oder?«

Sie haben sich ein paar Tage zuvor im Café kennengelernt. Sabine hatte Mademoiselle Claudel davor nie dort gesehen, auch wenn gelegentlich andere Frauen im Café sind, um mit den Künstlern und Schriftstellern zu diskutieren. Manche dieser Frauen sind elegant gekleidet wie Damen, während andere nicht bessergestellt zu sein scheinen als Sabine selbst.

Aber Mademoiselle Claudel ist anders; das ist von Anfang an klar. Sabine bewundert, was Claudel an jenem Abend über die Rolle der Kunst in der Gesellschaft gesagt und wie sie darauf bestanden hat, dass Frauen sich an dem Gespräch beteiligen.

Sabine fühlte sich geschmeichelt und aufgeregt, als die Nachricht von Mademoiselle kam, in der sie Sabine fragte, ob sie für sie Modell stehen wolle. Maurice war in guter Stimmung gewesen und stimmte zu, unter der Voraussetzung, dass sie alles über die Beziehung zwischen Claudel und Rodin herausfand. Er liebte Klatsch, insbesondere die Details, die man eines Tages vielleicht als Druckmittel verwenden konnte.

Nach all den Monaten, in denen sie sich für Männer ausgezogen hat, schämt sich Sabine nicht, vor Mademoiselle Claudel nackt zu sein. Sie legt hinter einem Paravent ihre Kleidung ab, dann geht sie nackt zu dem Diwan, der in der Mitte des Raums unter einem Oberlicht auf einem Podest steht. All das ist Sabine vertraut, war sie doch inzwischen schon in so vielen Ateliers.

»Ich arbeite gern erst in Ton«, erklärt Claudel, während sie um Sabine herumgeht und ihren Körper betrachtet. »Und erst wenn ich mit meiner Komposition zufrieden bin, gehe ich zu Stein über. Es gibt heutzutage manche, die sofort in Stein meißeln. Aber obwohl ich Innovation in den meisten Fällen begrüße, bin ich in dieser Hinsicht Traditionalistin.«

Sie steht hinter einer großen Werkbank und hat einen Klumpen rötlichbraunen Ton vor sich.

»Modellieren oder zeichnen Sie auch manchmal, Sabine?«

Sabine ist schockiert, dass sie angesprochen wird. Maurice hasst es, wenn sie sich während der Arbeit bewegt, und seien es nur die Lippen. »Ich zeichne ein bisschen. Es gefällt mir.«

»Was ist mit diesem Maskenbildner – wie heißt er doch gleich? Monsieur Lombardi? Jean-Baptiste Lombardi? Würden Sie ihn nicht gerne zeichnen?«

»Hm, ja. Ich glaube, ich habe ihn im Café kennengelernt.«

»Ich habe gesehen, wie Sie an diesem Abend mit ihm geredet haben. Ihnen sind doch sicherlich seine Hände aufgefallen«, sagt Claudel wissend, während sie den Ton bearbeitet. Ihre Hände sind mit nassem Ton bedeckt. »Und dieser Blick in seinen Augen. Ich bin sicher, dass das Schicksal deshalb sein Auge verschont hat, als er sich die Narbe zugezogen hat.«

»Welcher Blick?«

»Als ob er einen wirklich sehen würde. Das ist selten bei Männern.«

Das Gespräch ist beendet, als Mademoiselle Claudels Aufmerksamkeit sich ihrer Vision zuwendet, die sie in dem ungeformten Ton erkennen kann. Sabine starrt die Bildhauerin an, die sich in ihrer Kreation verliert, sie beobachtet, wie sie den Ton mit wütendem Eifer bearbeitet. Woran denkt sie wohl in diesem Moment? Wo befindet sie sich? Wie ist es ihr gelungen zu entkommen, obwohl sie doch hier im gleichen Raum ist?

Mademoiselle Camille Claudel ist die bemerkenswerteste Frau, die Sabine je kennengelernt hat. Sie scheint sich nicht darum zu kümmern, was Männer über sie denken.

Sabine hat die Gerüchte gehört: Claudel hat ihren Geliebten Rodin zurückgewiesen, weil er sich weigert, Rose Beuret, die Mutter seines Kindes, zu verlassen. Claudel ist verbittert, aber sie ändert sich nicht für ihn. Sie läuft ihm nicht hinterher. Sie bleibt sich treu.

Während Sabine auf dem Diwan sitzt und versucht, so reglos zu sein wie eine Statue, denkt sie über Mademoiselle Claudels Worte über Monsieur Lombardi nach. Maurice starrt sie die ganze Zeit an – nicht nur wenn sie für ihn Modell steht: Oft wacht sie auf und findet ihn über sie gebeugt, auf seine Ellbogen gestützt, wie er ihr Gesicht mustert. Oder er sieht ihr zu, wenn sie sich anzieht, oder, schlimmer noch, wenn sie badet oder den Nachttopf benutzt. Er beobachtet sie, mustert sie, denkt über sie nach. Und dennoch: Hat er sie jemals wirklich gesehen?

Jean-Baptiste Lombardi hingegen hat sie gesehen an diesem ersten Abend in dem vollen Café. Seine Augen waren auf sie gerichtet, und die Welt ist in den Hintergrund gerückt und hat nur sie beide übrig gelassen. Er sah an ihrem honigfarbenen Haar vorbei und an den Apfelbäckchen, die andere Männer immer kommentierten. An den dunklen Augen, die sich vielleicht eines Tages trüben würden, so wie es die Augen ihres Großvaters getan hatten, und eingebettet sein würde in ein Netz von Falten. Wenn sie keine Schönheit mehr wäre.

Und irgendwie wusste sie in diesem Moment, dass Jean-Baptiste Lombardi sie auch noch sehen würde, wenn ihre Augen getrübt wären und sie Falten hätte.

Es ist eine Offenbarung, wenn man wirklich gesehen wird.

Sabine gefällt es, für Mademoiselle Claudel Modell zu sitzen. Sie fühlt sich nicht, als würde die Bildhauerin ihre

Seele einfangen wollen. Stattdessen hat es den Anschein, als würde sie versuchen, dem Ausdruck zu verleihen, was sie sieht, um es mit der Welt zu teilen.

Claudel arbeitet. Ihre feuchte Kleidung wird schwer und nass von Ton, die Schürze ist durchgeweicht, ihr Haar löst sich aus den Spangen.

Als sie eine Pause machen, serviert Mademoiselle Claudel Sabine ein Glas Wein und stellt Teller mit Pastete und Brot hin.

»*Merci, mademoiselle*«, sagt Sabine. Die meisten Künstler bieten ihr nichts zu essen an, und sie muss selbst um einen Schluck Wasser bitten. Sie betrachten sie als Objekt, so weiß wie ihre Leinwände.

»Bitte nennen Sie mich Camille«, sagt sie. »Oh! Sehen Sie nur, wie Sie erröten! Hören Sie mir zu, Sabine: Frauen zählen nicht automatisch weniger als Männer, und die Armen zählen nicht weniger als die Reichen. Erziehung und Erfahrung sind zwar wichtig, das stimmt, aber auf das hier drinnen« – sie klopft gegen ihren Kopf –, »und das hier« – sie klopft sich gegen die Brust über ihrem Herzen –, »darauf kommt es an. Sabine, Sie zählen nicht weniger als ich.«

Sabine spürt die Hitze in ihren Wangen und weiß, dass sie sogar noch mehr errötet ist. Was Mademoiselle Claudel – *Camille* – da sagt, ist irritierend, beinahe furchterregend.

»Haben Sie von Berthe Morisot gehört?«, fragt sie und cremt ihre Hände und Arme ein, um die Trockenheit zu bekämpfen; Ton saugt die Feuchtigkeit aus der Haut. »Und von Marie Bracquemond oder der Amerikanerin Mary Cassatt?«

Sabine schüttelt den Kopf.

»Drei unglaublich begabte Frauen, *les trois grandes dames* des Impressionismus.«

»Maurice hat mir erzählt, dass Pierre-Auguste Renoir der Vater des Impressionismus war. Und Monsieur Degas, und Monsieur Pissarro.« Sabine bemüht sich, Camille zu zeigen, dass sie nicht völlig ungebildet ist. Sie liest. Sie hört zu, wenn Maurice sprich. Und er spricht oft, tut seine Meinung kund über Kunst und die Künstler, über Politik, Essen und Architektur.

Es ist mit Abstand das Beste an Maurice. Sie hat Monsieur Degas im Café kennengelernt, und er hat sie innerhalb von ein paar Sekunden gezeichnet. Sabine zeichnet gerne. Sie hat in ihrem Kissenbezug sogar ihre Kohle und etwas Papier mitgebracht. Aber zu sehen, wie Degas' Hand über das Papier huschte, war, wie an einem Wunder teilzuhaben.

Camille lächelt. »Ich sehe, Sie haben gelernt. Sehr gut! Was ich nur sagen will, ist: Vergessen Sie nicht, dass Frauen auch Künstler sein können. Eine Frau kann die Welt sehen, Sabine, ebenso wie ein Mann es kann. Wir können sie mit unseren Augen filtern und dem Gesehenen durch unsere Kunst Ausdruck verleihen, genau wie Männer es können.«

Sabine nickt, nippt an ihrem Wein und probiert die zarte Pastete auf einem krossen Stück Brot.

»Vielleicht sogar besser als Männer, weil wir Leiden besser verstehen als Männer«, sagt Camille. »Hören Sie mir zu, meine junge Freundin: Eine Muse kann nicht gefangen gehalten werden. Eine Muse muss frei sein. Die Muse sucht sich ihren Künstler aus, nicht andersherum. Haben Sie mich verstanden?«

»Ich denke schon, ja«, sagt Sabine, obwohl sie es überhaupt nicht verstanden hat.

»Und manchmal«, fügt Camille leise und eindringlich hinzu, »ist man selbst der Künstler, den man aussucht.«

33

»Fährst du mit dem Auto in die Franche-Comté? Wie lange fährt man denn?«, fragte Claire Armand am nächsten Morgen beim Kaffee.

»Nein, ich fahre nicht Auto«, erwiderte Armand und hielt die Zeitung vors Gesicht.

»Wirklich? Ich könnte es dir beibringen, wenn du magst.«

»Ich kann fahren. Ich möchte nur nicht. Ich nehme den Zug.«

»Oh. Was ist mit Gertrude?«

»Mit wem?«

»Der Katze. Wer füttert sie, während du weg bist?«

Nach kurzem Zögern zuckte er die Schultern und sagte: »Sie ist eine Streunerin. Sie wird schon klarkommen.«

Claire war nicht ganz wohl bei dem Gedanken, aber wieder ermahnte sie sich, dass sie das nichts anging. Das hier war nicht ihr Leben, in ein paar Tagen würden die Lombardis zu ihrem Familientreffen auf dem Land fahren, und höchstwahrscheinlich würde Claire sie nie wiedersehen. Ihre zwei Wochen in dem Pariser Atelier würden eine interessante Randnotiz in der Geschichte ihres Lebens sein, eine lustige Anekdote auf Partys. Sie konnte es schon hören: *Totenmasken! Das habe ich ja noch nie gehört!*

Nachdem sie die Katze ja nicht selbst adoptieren konnte – schließlich würde sie bald in die USA zurückfliegen, wo es genügend streunende Katzen gab, die ein Zuhause suchten –, musste sie sie wohl oder übel ihrem Schicksal überlassen.

Trotzdem ging Claire, nachdem sie den Laden aufgeschlossen und das GEÖFFNET-Schild aufgehängt hatte, zu Quentins Haus hinüber, suchte seinen Namen auf dem Klingelschild und läutete.

Wenig später kam er mit einer Ledertasche unter dem Arm an die Tür.

»Claire, was für eine schöne Überraschung! Ich bin gerade auf dem Weg zur Arbeit, aber möchten Sie kurz reinkommen? Kann ich Ihnen einen Kaffee anbieten?«

»Nein, danke. Ich muss in den Laden zurück. Ich wollte Sie nur kurz etwas fragen: Könnten Sie nächste Woche die schwarze Katze füttern?«

»Die Katze?«

»Sie hatten erwähnt, dass Sie die Stadt im August nicht verlassen. Armand glaubt, die Katze kommt allein zurecht, und wahrscheinlich stimmt das auch. Sie ist ja sehr unabhängig. Aber irgendwie habe ich kein gutes Gefühl dabei. Er stellt ihr normalerweise jeden Abend Futter raus, deshalb dachte ich, ob Sie vielleicht –«

»Er hat mich schon darum gebeten.«

»Wirklich?«

Quentin nickte.

»Warum hat er mir das nicht gesagt?«, wunderte sich Claire.

»Er liebt diese Katze und würde sie niemals einfach so ihrem Schicksal überlassen. Aber ich glaube, er provoziert Sie gerne ein bisschen. Und ich habe den Eindruck, dass das auf Gegenseitigkeit beruht.«

Sie erwiderte sein Lächeln. »Wahrscheinlich haben Sie recht. Danke. Ach, danke übrigens noch mal für die Schokolade. Ich habe mich an Ihre Anweisung gehalten und die ganze Freiheitsstatue aufgegessen. Erst nur die Fackel, aber dann konnte ich nicht mehr aufhören. Es war unfassbar köstlich.«

»Warten Sie –« Er holte eine Bonbonschachtel aus seiner Tasche. »Hier, nehmen Sie noch ein bisschen.«

»Haben Sie immer Schokolade bei sich?«

»Ich versuche es zumindest«, sagte er. »Wie ich ja schon gesagt habe, ich esse das Zeug nie selbst. Es reicht ja schon, dass ich die ganze Zeit nach Kakao rieche.«

»Für die meisten Leute wäre das etwas Positives.«

Er lächelte. »Das will ich doch hoffen.«

Am Abend holte Claire die Schokolade als Nachspeise nach einem köstlichen Mahl von *truite meunière*, Forelle Müllerin, das zusammen mit Lauchgemüse und einer Vinaigrette sowie einer *tartine* mit Speck und Zwiebeln serviert wurde.

»Sind die von Quentin?«, fragte Armand.

»Ja.«

»Wann warst du bei Quentin?«

»Heute Morgen kurz. Ich war bei ihm drüben, um ihn wegen der Katze zu fragen.«

»Was ist mit der Katze?«

»Ich habe mir Sorgen gemacht, dass sie nichts zu fressen findet, wenn du im August weg bist. Und Quentin hatte ja erzählt, dass er den Sommer über in der Stadt bleibt, deshalb habe ich gedacht –«

Er warf die Hände in die Luft. »Was bist du denn so besessen von dieser Katze?«

»Ich bin nicht besessen. Ich mag Tiere und habe mir Sorgen gemacht, das ist alles. Aber ich hätte mir denken können, dass du dich schon darum gekümmert hast.«

Er stieß die Luft aus und starrte in seinen Cognac.

Sie hatten die Gartenlichter gelöscht, um die leuchtenden Sterne und den Halbmond genießen zu können; es war eine milde, wolkenlose Nacht. Die gedämpften Geräusche von der Straße – Gesprächsfetzen, das Rattern von Rollläden der Geschäfte, das Hupen eines Autos – bildeten einen angenehmen Klangteppich. Die Luft duftete nach Rosen; dazu mischte sich der Geruch von gegrillten Zwiebeln und Fleisch aus den nahe gelegenen Restaurants.

»Wie auch immer«, sagte Claire. »Die Schokolade passt hervorragend zum Cognac. Sie entwickelt sich auf ihrem Weg zum Rachen und nach dem Schlucken behält man den Geschmack auf der Zunge ...«

Armand lächelte widerwillig.

»Ich habe es geschafft: Du lächelst!«, machte sie sich über ihn lustig. »Das fühlt sich jedes Mal an wie ein kleines Wunder.«

»Ich glaube nicht an Wunder«, sagte Armand mit einem leichten Kopfschütteln.

»Nein? In meiner Heimatstadt gab es mal ein Wunder.«

»Ich fange an, mir langsam Sorgen um deine Heimatstadt zu machen. Leute verlieren Finger, sie werden von *rougarous* verfolgt ...«

»Willst du die Geschichte hören oder nicht?«

»Natürlich.«

»Eines Abends ist eine junge Frau die Straße entlanggefahren, als ihr Auto plötzlich von der Fahrbahn abkam und in einen Bayou stürzte. Ihr Baby saß in einer Babyschale auf der Rückbank. Das Auto landete auf dem Dach, und da hingen sie nun, stundenlang. Als die Feuerwehrleute das Auto erreichten, hörten sie eine Frau, die um Hilfe schrie: ›Helfen Sie uns! Helfen Sie meinem Baby!‹

›Wir kommen!‹, antworteten sie. ›Halten Sie durch!‹«

Obwohl Claire keine Erinnerungen an diesen Abend hatte, kannte sie die Geschichte auswendig, bis hin zu den gerufenen Worten. Wie oft hatte sie Mammaw zugehört, die die Geschichte Freunden und Verwandten erzählte!

»Die Stimme der Frau, schwach, aber ganz klar, trieb sie an«, fuhr Claire fort. »›Helfen Sie uns! Bitte helfen Sie uns!‹ Sie riefen zurück und versicherten ihr, dass sie gleich bei ihr sein würden. Später, als sie die Bergung in der Wache zu Protokoll gaben, haben sie den Adrenalinschub beschrieben, die plötzliche Kraft, die sie antrieb, das Ziel vor Augen. Sie berichteten, wie sie das Fenster eingeschlagen hatten und die Frau kopfüber vor ihnen hing. Ihr Gesicht war unter Wasser, ihr langes braunes Haar trieb um ihren Kopf herum. Ihre dunklen Augen waren weit geöffnet.«

»Sie war gestorben?«, fragte Armand.

Claire nickte. »Aber dann haben sie die Babyschale gesehen. Darin saß ein Baby, kopfüber wie seine Mutter. Aber es war so klein, dass es nicht im Wasser hing. Lebte das kleine Mädchen noch? Jimmy Romero benutzte sein Messer und durchschnitt die dicken Gurte. Er befreite es, spürte das Gewicht in seinen Armen und betete: ›Vater unser, der Du bist im Himmel ...‹, wieder und wieder. Und obwohl er seit fast zwanzig Jahren nicht mehr bei der Beichte gewesen war, kamen ihm die Worte wie von allein. Der Verstand machte dem Instinkt Platz: Schlag das Fenster ein, *bete*, schneide den Gurt durch, *bete*, zieh die Atemmaske über, *bete*, schwimm ans Ufer, *bete*, beatme das Kind, *bete*.«

»Das Baby hat also überlebt?«

»Ja. Alles, was es brauchte, war jemand, der es aus seinem kopfüber hängenden Sitz befreite, eine aufrechte Position und frische Luft. Seine Augen öffneten sich, und seine kleinen Fäuste schlugen aus. Sobald es zu sich gekommen war, fragten sich die Helfer gegenseitig: ›Wer war die Stimme, die uns gerufen hat? Es klang wie seine Mutter …‹«

»Aber seine Mutter war tot«, sagte Armand. »Und trotzdem hat sie um Hilfe gerufen.«

»Ja, trotzdem.«

»Das war also das Wunder.«

»Jeder hat damals gesagt, dass die Stimme seiner Mutter, die Liebe seiner Mutter, durch den Schleier gedrungen ist, der die Lebenden von den Toten trennt.«

Claire lehnte sich zurück und nahm einen Schluck von ihrem Cognac. Der Sommerabend war lau, sie war von dem wunderbaren Abendessen und der Schokolade wohlig satt, und durch den Cognac fühlte sie sich vollkommen entspannt und ein kleines bisschen schwindelig.

»Warum erzählst du die Geschichte in der dritten Person?«, fragte Armand in seiner ruhigen Stimme.

»Verzeihung?«

»Ich denke, die Geschichte handelt von dir, nicht wahr?«

»Wie kommst du darauf?«

»Stimmt es denn nicht?«

Sie nickte.

»Und dennoch erzählst du sie wie eine erfundene Geschichte, als ob das Ganze jemand anderem passiert wäre. Lebst du denn nicht dein eigenes Leben, Claire Broussard?«

Sie wusste nicht, was sie erwidern sollte. Normalerweise mochten die Leute ihre Geschichten, reagierten mit Erstaunen, Kichern oder Faszination, die noch zunahm, wenn sie ihnen erzählte, dass die Geschichten sich wirklich ereignet hatten.

Für eine Weile schwiegen sie.

»Ne vis-tu pas ta propre vie, Claire Broussard?«, hatte Armand gefragt. Sie war sicher, dass sie es richtig verstanden hatte, wusste, was er sagen wollte. Lebte sie denn ihr eigenes Leben?

Als sie nicht antwortete, fuhr er fort: »Es tut mir leid, deine Geschichte zu hören, Claire. Hast du eigene Erinnerungen daran, oder kennst du die Geschichte nur aus den Erzählungen anderer?«

»Ich bin mit den Erzählungen groß geworden, aber eigene Erinnerungen habe ich nicht daran.«

»Trotzdem muss es ja absolut traumatisch gewesen sein.«

»Mehr für die anderen als für mich. Ich wünschte natürlich, ich hätte meine Mutter kennengelernt, aber ich denke, am Ende hat sich alles gefügt. Schließlich arbeite ich zurzeit als Verkäuferin in Paris – das muss mir erst mal jemand nachmachen!«

Er ignorierte ihren matten Versuch, witzig zu sein, nippte an seinem Getränk und aß noch ein Stück Schokolade.

»Als du das erste Mal hier ins Atelier gekommen bist, als du oben an der Treppe aufgetaucht bist wie eine Erscheinung, da hast du dich eine Weile nur umgeschaut. Du hast da in der Sonne gestanden wie ein Star, der auf die Bühne getreten ist. Weißt du noch?«

»Ja. Ich dachte, du hättest mich gar nicht bemerkt.«

»Ich habe dich bemerkt.«

»Du hast nichts gesagt.«

»Aber später habe ich dich gefragt, ob du etwas brauchst.«

»Ach ja?«

»Ja. Und du hast mir nicht geantwortet.«

»Das stimmt nicht. Ich habe gesagt, dass ich nach der Maske der *L'Inconnue* suche.«

Er schnaubte. »Die Maske der Frau, die schon so lange tot ist. Was willst du denn von ihr? Und du wolltest nicht mal eine, weil du ja schon eine hast.«

»Ich habe es dir doch erzählt: Sie ist zerbrochen.«

»Aber du wolltest keinen Ersatz.«

»Ich mag die, die ich habe, ob zerbrochen oder nicht.«

»Hast du schon mal was von der japanischen Kunst *kintsugi* gehört?«

»Es ist wohl wenig überraschend, dass ich mich mit japanischer Kunst nicht auskenne. Vor zwei Tagen habe ich schließlich erst gelernt, dass Paul Gauguin als Postimpressionist gilt und dass es einen großen Skandal gab, weil er mit den Impressionisten gebrochen hat. Das ist für mich schon eine ganze Menge.«

»Ja. Gauguin und ein paar andere nannten sich Nabis. Das bedeutet Prophet. Sie haben wohl ziemlich viel von sich selbst gehalten. Aber ich glaube nicht, dass dieser Titel lange Bestand hatte. Die meisten Leute zählen sie einfach zu den Impressionisten. Aber ich bin natürlich kein Kunsthistoriker.«

»Du kennst dich viel besser aus als ich. Aber was ist *kintsugi*?«

»Wörtlich übersetzt heißt es goldene Verbindung. Wenn ein wertvolles Stück Keramik zerbricht, dann mischen die Künstler Goldstaub und Lack und kleben damit die Stücke wieder zusammen. Anstatt also den Schaden zu kaschieren, heben die goldenen Linien die Bruchstellen noch hervor.«

Claire versuchte, sich vorzustellen, wie das Gesicht von *L'Inconnue* mit vergoldeten Bruchstellen aussehen würde.

Das Bild setzte sich in ihrem Kopf fest, herzzerreißend und doch wunderschön.

»Wenn doch nur die Narben des Lebens mit goldenen Linien repariert werden könnten«, sagte sie leise.

»Genau. *Kintsugi* ist eng verbunden mit der Philosophie des *Wabi-Sabi.*«

»Ich vermute, es ist nicht das, was wir zu Sushi essen?«

»Bei *Wabi-Sabi* geht es darum, das Unperfekte zu schätzen. Es lehrt, dass die Narben der Geschichte ein wesentlicher und sogar wundervoller Bestandteil unserer Erfahrung sind. Es ist nichts, was man verstecken muss oder wofür man sich schämen sollte.«

Claire war kurz davor, Armand nach seinen Narben zu fragen. Sie waren so offensichtlich wie leuchtend goldene Bruchlinien. Aber sie hielt sich zurück. Der Schmerz war zu greifbar, die Anstrengung, die es ihn kostete weiterzumachen, zu groß.«

Stattdessen sagte sie: »Ich möchte dir etwas zeigen. Ich bin gleich zurück.«

Sie ging in ihre Kammer und suchte den zerrissenen Brief – den sie in der Kiste mit der zerbrochenen Maske auf Mammaws Dachboden gefunden hatte. Dann ging sie zurück in den Garten. Wolken zogen nun über den Himmel, und ein leichter Wind war aufgekommen. Claire schaltete die Außenbeleuchtung ein, sodass Armand etwas erkennen konnte.

»Du hast recht. Einer der Gründe, warum ich hier bin, ist *L'Inconnue.* Ich habe mich gefragt, wo sie herkommt. Aber das war nicht der einzige Grund.«

Sie reichte Armand den zerrissenen Zettel.

»Er wird mich niemals lebendig gehen lassen«, las er laut. »Was ist das?«

»Das war zusammen mit der Maske in der Kiste, die ich auf dem Dachboden meiner Großmutter gefunden habe. Er lag zwischen lauter alten Zeitungen und Quittungen. Ich glaube, er wurde in die Kiste geworfen, als die Maske hier in der Moulage Lombardi für den Transport verpackt wurde.«

»Es war ja ganz am Ende des Krieges«, erwiderte Armand achselzuckend. »Da hat man alles verwendet, was man in die Finger bekommen hat, um die Sachen zu polstern.«

Sie nickte. »Das habe ich mir auch gedacht.«

»Aber das Modell für *L'Inconnue* hat Jahrzehnte vor dem Zweiten Weltkrieg gelebt, in den 1890er-Jahren. Es gibt keinen Hinweis darauf, dass dieser Brief irgendetwas mit ihr zu tun hatte. Es könnte sich um alles Mögliche handeln. Ein Melodrama unter Teenagern oder irgendeine übertriebene Reaktion. Egal was es war, das Ganze ist Ewigkeiten her.«

»Ich weiß.«

»Vielleicht bist du ja von *L'Inconnues* Geschichte beeinflusst, von den Sachen, die du über sie gelesen hast in einem der Artikel in der großen Kiste. Aber was spielt es denn für eine Rolle?«

»Man fragt sich einfach, was mit ihr passiert ist.«

»Entschuldige, aber es ist völlig klar, was mit ihr passiert ist: Sie war ein armes Mädchen vom Land, das schwanger und verzweifelt war und sich in die Seine gestürzt hat.« Ein Donner untermalte seine Worte, und Armand stand ganz entspannt auf, nahm einen Stapel Geschirr und ging die Treppe nach oben. Claire tat es ihm nach.

»Es war damals eine beliebte Methode, sich das Leben zu nehmen«, fuhr Armand fort, als sie in der Küche die Sachen einräumten. Draußen fielen bereits dicke Tropfen vom Himmel und verbreiteten den köstlichen Geruch von warmem Regen. Die sommerlichen Wettereinbrüche waren hier genauso unerwartet und heftig wie in Plaquemines Parish.

»Darüber habe ich gelesen.«

Er nickte. »Man hat Hunderte von Leuten im Jahr aus der Seine gezogen. Danach wurden sie im Leichenschauhaus aufgebahrt, und wer von niemandem identifiziert wurde, der wurde in einem Armengrab auf dem Friedhof Père Lachaise begraben.«

»Was meinst du damit, dass sie im Leichenschauhaus aufgebahrt wurden?«

»Das ehemalige Leichenschauhaus von Paris war direkt hinter der Kathedrale Notre-Dame. Es war eine Touristenattraktion und wurde sogar in den damaligen Reiseführern aufgeführt. Die Leute kamen zur einen Tür herein, spazierten an den unbekannten Toten hinter der Glasscheibe vorbei und gingen zur anderen Tür wieder hinaus.«

»Warum haben sie das gemacht?«

»Eigentlich wurden die Leichen natürlich für die Hinterbliebenen aufgebahrt, sodass sie identifiziert werden konnten, aber es entwickelte sich zu einem makabren Spektakel. Es war sehr beliebt. Besonders wenn es eine hübsche Frau zu sehen gab oder einen besonders furchtbaren Fall –«

»Das ist ja schrecklich.«

»Es waren andere Zeiten.«

»Tod galt als Unterhaltung?«

»Ich sehe nicht viel fern, aber ich glaube, das ist heute nicht anders, oder?«

34 SABINE

Maurice ist bei seinen Eltern zu Besuch, wenn er von ihnen zurückkommt, ist er noch frustrierter als sonst und fühlt sich noch weniger als Künstler wertgeschätzt.

Sabine ist sicher, dass ein Teil seines Wunsches nach Anerkennung durch die Akademie daher kommt, dass er sich seinem Vater gegenüber beweisen möchte. Irgendwie ist seine Unzufriedenheit inzwischen mit ihr, mit Sabine, verknüpft. Es macht ihn wahnsinnig, dass es ihm nicht gelingt, ihr Wesen zu bannen, sei es in Ton oder auf der Leinwand.

»Wohin verschwindest du, wenn ich versuche, dich einzufangen?«, fragt er sie, und sein Gesicht ist dicht vor ihrem. Sie kann Cognac in seinem Atem riechen. Er drückt ihr Gesicht in seiner großen Hand, die rissig und rau vom Behauen des harten Steins ist. »Warum entkommst du mir immer?«

Sabine schweigt. Es ist am besten, nichts zu antworten. Wenn sie es doch wagt, dann hält er inne und denkt über ihre Worte nach, versucht sie zu verstehen. Und dann wird seine Stimme ganz leise und bewusst, und er stellt ihr noch eine Frage.

Und unabhängig davon, was sie antwortet, wächst sein Zorn.

So läuft es immer. Es ist besser, sich rechtzeitig eine kleine Ohrfeige einzufangen, bevor er sich in seine schlechte Laune hineinsteigert.

Oft ist er danach ganz zerknirscht und bittet sie um Verzeihung. Dann geht er, oder er betrinkt sich ohne Maß, und sie verschwindet durch die Tür des Ateliers nach draußen in die kleine Gasse. Schon oft ist sie ohne ihren Mantel in die Kälte geflohen, selbst ohne den Schal, den ihre Mutter ihr zu ihrem sechzehnten Weihnachtsfest gestrickt hat.

Eines Tages geht sie wieder zur Kathedrale Notre-Dame und betritt den Beichtstuhl. Und wieder mahnt sie der junge Priester: »Kunst ist gefährlich. Sie müssen einen anderen Weg finden, mein Kind. Sie dürfen nicht den Verlockungen des Fleisches nachgeben.«

Sie lacht beinahe, als er das sagt. Als ob die Versuchungen des Fleisches sie zu Maurice geführt hätten. Das Einzige, dem sie erlegen ist, ist das Essen.

Und Sabine wird sich nicht dafür schämen, dass ihr Bauch voll ist, dafür dass sie jeden Tag ein Frühstück hat und in der Nacht Schlaf findet, ohne dass ein bohrender Hunger sie wach hält.

Während sie für Maurice Modell sitzt, denkt sie über seine herablassenden Bemerkungen nach, über die Verachtung des Priesters, Isabelles Gehässigkeit. Sie dreht und wendet die groben Worte in ihrem Kopf hin und her, poliert sie wie die Holzstücke in der Werkstatt ihres Stiefvaters. Sabine schmirgelt und schleift sie, bis ihre scharfen Kanten nicht mehr schmerzen, bis die Splitter nicht mehr in ihr Inneres, in das zarte Fleisch ihres Herzens bohren.

Sie wird die scharfen Ecken abrunden. Ihre Seele wird hart werden und widerstandsfähig, wie es ihre Hände einst waren.

35

»Komm«, sagte Armand am nächsten Nachmittag. »Wir gehen zusammen zum Markt, dann kann ich dir zeigen, wie man einkauft.«

»Und ich dachte, ich wüsste, wie man einkauft ...«

»Aber nicht in Paris.«

»Nein«, lenkte Claire kichernd ein. »Nicht in Paris.«

In Wahrheit war Amand in so guter Stimmung – zumindest für seine Verhältnisse, was bedeutete, dass er sich den ganzen Tag noch kein einziges Mal über Kunden beschwert hatte –, dass sie ihn gerne zum Markt begleitete. Sie freute sich sogar darauf, ihn in einer anderen Umgebung zu erleben, nicht umstellt von den uralten Mauern der Nummer 17, Rue de la Huchette.

Es war ein schöner Nachmittag, und die Straßen waren frisch gewaschen vom Regen der Nacht, also gingen sie die Seine entlang, anstatt die Metro zu nehmen. Unwillkürlich überprüfte Claire mit einem Blick den Wasserstand der Seine und wechselte auf Armands andere Seite.

»Was ist los?«, fragte er.

»Nichts ist los.«

Sein skeptischer Blick wanderte zu ihr hinüber. Er glaubte ihr nicht.

Claire zuckte mit den Schultern. »Es hat letzte Nacht eine Menge geregnet.«

»Ja, es regnet auch in Paris. Hast du Angst vor Regen?«

»Nein, nicht wirklich. Natürlich nicht. Es ist nur, der Fluss könnte ja über die Ufer treten.«

»Die Seine?«

Sie nickte.

Armand schwieg, aber als sie zu ihm hinübersah, merkte sie, dass er in sich hineingrinste.

»Du willst mir erzählen, dass die Seine wegen ein bisschen Regen über die Ufer tritt?«

»Das ist durchaus denkbar. 1910 gab es ein schlimmes Hochwasser, wusstest du das? Und später noch andere, 1924 und 1955. Und davor gab es sicher auch schon welche.«

»Du hast die Hochwasserjahre auswendig gelernt?«

»Ich sage ja nur, dass ich nicht weiß, ob Paris wirklich gut vorbereitet ist. Es ist schließlich eine ziemlich ebene Stadt. Bis auf den Hügel von Montmartre.«

Er lachte auf. »Dann ist es wahrscheinlich ganz gut, dass wir im oberen Stockwerk wohnen, nicht wahr?«

Er hatte mehr recht, als er wusste. Sie hatte nicht ohne Grund ein Apartment im ersten Stock gemietet. Sie schlief lieber weit über dem Boden, nur zur Sicherheit.

»Aber keine Angst«, fügte er hinzu. »Selbst wenn es ein Hochwasser gibt, dann können wir ja immer noch schwimmen.«

»Nicht unbedingt.«

»Kannst du nicht schwimmen?«

Sie schüttelte den Kopf, vielleicht ein kleines bisschen zu heftig.

»Kannst du nicht gut schwimmen oder gar nicht schwimmen?«

»Erstens: Wenn ein Fluss über die Ufer tritt, muss man wissen, dass es sich nicht um das schöne saubere Flusswasser handelt, das man kennt«, dozierte Claire im Tonfall einer Lehrerin. Wie konnte er sich der Gefahr eines Hochwassers nicht bewusst sein? »Schlamm, Benzin, Abwässer und alle möglichen unschönen Sachen schwimmen darin. Deshalb ist es so gefährlich. Nicht wegen des Wassers allein.«

»Du weichst aus. Was meinst du damit, dass du nicht schwimmen kannst? Kann das nicht jeder Erwachsene in einem entwickelten Land? Gibt es denn kein Wasser, da wo du groß geworden bist?«

»*Doch*, überall. Plaquemines Parish ist durchzogen von Bayous, und es ist ein Delta. Es wurde unzählige Male von Hurrikans verwüstet.«

»Claire, es tut mir leid«, sagte Armand, blieb abrupt stehen und drehte sich zu ihr um. »Jetzt verstehe ich – du hast Angst vor Wasser wegen des Unfalls?«

»Nein. Mein Vater hat mir mal Schwimmunterricht gegeben. Es hat nicht so gut geklappt.«

»Ist das eine deiner Geschichten?«

Sie schüttelte den Kopf. Diese Geschichte bot keinen guten Erzählstoff.

Sie war fünf Jahre alt. Chance und Daddy und vier Sixpacks am Strand. Sonst machten sie Ausflüge immer mit der Familie. Sie mochte es lieber, wenn andere Kinder zum Spielen dabei waren und Onkel und Tanten und Mammaw, die Sandwiches, Kartoffelchips und Nudelsalat eingepackt hatte. Daddy hatte alles vergessen außer Bier. Im Auto lag noch eine übrig gebliebene halb volle Wasserflasche, also nippte sie daran, aber das Wasser war heiß und schmeckte nach Plastik.

Chance spielte allein und baute eine Sandburg. Sie baute gerne Sachen aus Sand, so wie die kleinen Tierskulpturen, die Mommy ihr hinterlassen hatte. Manchmal dachte Chance, dass sie nur etwas ganz besonders Schönes bauen musste, damit ihre Mommy dadurch zu ihr sprechen konnte.

»Los jetzt, hab keine Angst vor dem Wasser«, sagte ihr Vater. »Rein mit dir.«

»Ich möchte nicht, danke, Sir«, sagte sie.

Manchmal ging Chance am Saum des Wassers entlang, sodass ihre Zehen überspült wurden und ihre nackten Füße ein schmatzendes Geräusch machten. Sie spürte den kitzelnden Sand, der an den Füßen zog, und wenn sie nach unten sah und beobachtete, wie das Wasser sich zurückzog, wurde ihr ganz schwindelig.

Aber sie hatte Angst vor tiefem Wasser. Sie konnte nicht schwimmen und fühlte Panik in sich aufsteigen, wenn ihre Cousine oder ihre Tante versuchten, sie ins Wasser mitzunehmen und ihr das Schwimmen beizubringen. Sie schrieben es einer unterbewussten, fast vergessenen Erinnerung an den Abend im Auto zu und ließen sie in Ruhe.

»Na, mach schon«, forderte ihr Vater sie auf. »Ab ins Wasser und schwimm einfach. Ich will dich schwimmen sehen.«

Mit einem flauen Gefühl in der Magengegend merkte Chance, dass er nicht einmal seine Stiefel ausgezogen hatte. Er hatte nur sein Hemd aufgeknöpft, seine Sonnenbrille angezogen und sich in den Liegestuhl fallen lassen. Mindestens ein halbes Dutzend zerdrückter Bierdosen lag im heißen Sand. Immer wenn er sich durch das zweite Sixpack arbeitete, begann es gefährlich zu werden. Es wurde Zeit, eine Weile lang zu verschwinden. Jetzt würde er traurig werden, manchmal sogar weinen, und dann würde der Zorn sich seiner bemächtigen.

Warum werde ich denn nie verschont? Warum muss alles ausgerechnet mir passieren? Warum habe ich ein Balg, aber keine Frau?

Chance ging ihre Optionen durch. Es waren nicht viele Leute am Strand. Familien mit Müttern waren am besten. Meistens würde sie sich einer Familie anschließen, und Daddy würde für eine Weile einschlafen. Dann hatte sie zwar Hunger und Durst, aber zumindest schlief er, und wenn er aufwachte, fuhren sie nach Hause, und sie könnte ihn vielleicht überzeugen, sie bei Mammaw abzusetzen. Dort roch es nach Reis und Gewürzen, und es gab nicht nur einen Gefrierschrank voller Essen, sondern sogar zwei, einer davon in der Garage, in dem Obst und Gemüse aus dem Garten lagerten, das Mammaw klein schnitt und in Tüten verpackte, damit sie später verkauft werden konnten. Chance half ihr gerne dabei; es gab sogar eine kleine Maschine, mit der man die Öffnung verschließen konnte.

Doch diesmal waren nur Jugendliche am Strand. Sie wollten sich nicht um ein Kind kümmern und boten nicht den Schutz, den Chance brauchte. Vielleicht könnte sie einfach hinter diesem Strauch spielen, und er blieb, wo er war. Er stand nicht gerne auf, sobald er sich mit seinem Bier im Liegestuhl niedergelassen hatte. Dann könnte sie einfach abwarten.

Ein Schatten fiel über ihre Sandburg. Daddys riesiger Fuß landete auf dem größten der Türme, bei dem sie sich so bemüht hatte, dass er stand. Unter seinem schweren Stiefel fiel der Turm sofort in sich zusammen.

Er packte sie am Arm und zerrte sie mit sich in Richtung Ozean.

»Nein!«, kreischte Chance. »Nein, Daddy, *nein*!«

Die Jugendlichen sahen herüber, als sie schrie, sahen aber, dass sie mit ihrem Vater hier war. Sie nahmen an, dass sie in Sicherheit war.

»Nein!«, schrie sie und ruderte mit den Armen. Sie versuchte, sich wie ein totes Gewicht auf den Boden fallen zu lassen, aber das war keine Herausforderung für ihn. John Broussard war ein kräftiger Mann. Er arbeitete auf den Ölplattformen oder auf Fischerbooten, und seine Muskeln zeugten davon. »Bitte, Daddy, Sir! Bitte, nein!«

Er watete ins Meer und ignorierte, dass das Wasser in seine Stiefel lief und seine Hose durchnässte. Als er bis zur Hüfte im Wasser stand, warf er seine Tochter so weit hinaus in die Brandung, wie er konnte.

Chance hyperventilierte, bevor sie überhaupt das Wasser berührte. Sie ging unter.

Panik. Es war nackte, rohe Angst. Unter Wasser schrie sie, aber ihre Schreie wurden vom Wasser geschluckt. Der Ozean war in Aufruhr, warf sie hin und her und schien sie nach unten zu saugen. Sie öffnete die Augen, aber alles war schlammig grün und die Lichtflecken an der Oberfläche so weit weg.

In Filmen ruderten Ertrinkende immer mit Armen und Beinen und konnten den Kopf so lange über Wasser halten, bis sie um Hilfe gerufen hatten.

Aber Claire war einfach untergegangen. Sie versuchte, die Luft anzuhalten, wie ihre Tante es ihr beigebracht hatte, aber sie hatte eigentlich keine Luft mehr, die sie anhalten konnte. Sie nahm einen tiefen Schluck Meerwasser und erbrach es sofort wieder. Ihre Muskeln krampften sich zusammen. An den Seiten ihres Gesichtsfeldes wurde alles schwarz.

Sie sah das Gesicht ihrer Mutter vor sich, ihr dunkles Haar, das wie Seide im Wasser trieb.

Starke Hände packten sie und zogen sie an die Oberfläche.

Erst dachte sie, Daddy hätte nachgegeben und sie gerettet. Aber die Hände gehörten einem Jugendlichen, der für einen Sommerjob als Rettungsschwimmer trainiert hatte. Er legte den Arme um ihre Schultern und trug sie auf den Strand. Er wollte gerade mit Mund-zu-Mund-Beatmung anfangen, als er merkte, dass sie von allein atmete. Sie krümmte sich nach vorn, Krämpfe schüttelten sie, dann hustete sie das ganze Wasser hoch und erbrach sich über den heißen Sand und die zerstörten Reste ihrer Sandburg.

Jugendliche standen in einem Kreis um sie herum, starrten sie an und kicherten aus Nervosität. Ein Kind sagte: »Iiihh, sie hat gekotzt!«

Chance hörte ein seltsames raues, schnaubendes Geräusch und dachte zuerst wieder, dass es ihrem Vater vielleicht leidtat. Aber dann merkte sie: Er lachte so sehr, dass er weinen musste.

Schließlich drängte sich ein Erwachsener durch die Menge und lobte den Jugendlichen für sein schnelles Eingreifen. Er starrte zu Chances Vater hinüber, begleitete sie dann zur Außendusche und half ihr, sich zu waschen. Ihre Brust tat vom Husten weh, und ihr war übel. Sie sah nach oben und konzentrierte sich auf die Wasserleitung, die direkt aus der Wand kam, auf die Hitze der Frühlingssonne auf ihrem Rücken und auf das Gefühl von rauem Beton unter ihren Füßen.

Hauptsache nicht auf das, was gerade geschehen war. Oder auf die Frage, ob es wieder passieren würde.

Jemand rief die Polizei, und Chance verbrachte die Nacht in einer Pflegeunterkunft. Danach zog sie zu Mammaw und Remy.

Nein, Claire konnte nicht schwimmen.

36

Bevor sie einkauften – ein Unterfangen, das Armand so ernst nahm, dass sie sich vorher stärken mussten –, tranken sie einen Kaffee und teilten sich ein Gebäck. Um sie herum pulsierte das Markttreiben.

»Als ich das letzte Mal einkaufen war, bin ich eine Weile einer älteren Frau gefolgt«, erzählte Claire. »So wusste ich, welches der gute Metzger ist.«

»Das ist die beste Art, es zu lernen.«

»Von wem hast du es gelernt?«

»Von meiner Mutter und von meinen Tanten. Ich bin immer gerne mit ihnen zum Markt gegangen.«

»Lebt deine Mutter noch?«

»Ja. Sie lebt auf dem Land.«

Es lag ihr auf der Zunge, ihn nach dem Puppenhaus zu fragen, aber sie verkniff es sich. Da lauerte ein Geheimnis, etwas Intimes und Privates. Und sie kannte erwachsene Frauen, die Miniaturen mochten, die kunstvolle Puppenhäuser mit Orientteppichen und winzigen Tässchen und Untertellern und klitzekleinen Telefonen ausstatteten. Eine ihrer Kolleginnen bei No-Miss Systems, eine knallharte Brokerin, hatte in ihrer Freizeit Puppenhäuser gebaut und sie dann für wohltätige Zwecke gespendet. Es waren winzige viktorianische Fantasiewelten mit Spitzendeckchen, Samtstühlchen und daumennagelgroßen Goldspiegeln. Claire hatte sie einmal über ihr Hobby ausgefragt; die Frau hatte ihr erklärt, dass diese Miniaturen ihr ein gottgleiches Gefühl gaben und sie die Welt aus einer anderen Perspektive sehen ließen, genau wie bei *Gullivers Reisen*.

Warum sollte ein Mann nicht das Gleiche tun?

Aber es schien einfach nicht zu ihm zu passen. Er war so schroff und schnell schlecht gelaunt. Claire konnte ihn sich beim Sport vorstellen, wie er ein Schwert schwang oder zu schnell fuhr, um seinen Frust über die Touristen und das Geschäft, über Giselle und Claire loszuwerden. Mit einem Puppenhaus zu spielen erschien ihr zu meditativ und nicht im Einklang mit seinem Wesen.

Aber, wie Quentin richtig festgestellt hatte: Sie kannte ihn nicht.

Sie tranken ihren Kaffee aus und wandten sich den Ständen zu.

»Das Obst hier ist wahrscheinlich kleiner als das in den USA, oder?« Er nahm eine Melone von der Größe einer Orange in die Hand.

»Ja, das stimmt.« Selbst aus zwei Metern Entfernung konnte sie die Melone riechen. Der Duft des Sommers umfing sie.

Sie suchten Armands Lieblingsfischhändler auf, dann den Käseverkäufer. Jeder Händler kannte Armand, und wenn sie sich ihrem Stand näherten, beleidigte er ihre Waren, und sie fragten ihn, wie er es geschafft habe, dass ihn eine hübsche Amerikanerin begleitete.

Am Käsestand reichte der Mann Claire ein Stück Käse nach dem anderen zum Probieren. Jedes Mal, wenn ihr ein

Käse schmeckte, sagte er: »Warten Sie, dieser hier ist nicht gut. Versuchen Sie diesen hier einmal.«

Es war eine Lehre in Käsekunde. Armand forderte den Mann auf, sie in Frieden zu lassen, und kaufte große Stücke Roquefort und Petit Basque sowie ein kleines Stück frischen Ziegenkäse.

»In meiner Region gibt es Comté-Käse. Kennst du den?«, fragte Armand.

»Ich glaube schon, ja«, sagte Claire. Nachdem sie nach Chicago gezogen war und ihre Kleinstadtgewohnheiten abgelegt hatte, hatte sie gelernt, dass es mehr Käsesorten auf der Welt gab als amerikanischen Scheibenkäse und milden Cheddar. Ihre Kollegen hatten Cocktailpartys veranstaltet, bei denen es Brie mit winzigen Champagnertrauben, mit Honig überträufelten Ziegenkäse und spanischen Manchego mit Mandeln gab. Selbst die Auswahl an Oliven war eine Offenbarung gewesen: Sie war mit einfachen schwarzen Oliven aus der Dose aufgewachsen. Die hatte es zu besonderen Gelegenheiten gegeben, und sie steckte sie gerne auf die Finger und aß sie dann eine nach der anderen; zuerst schleckte sie allerdings alle ab, damit Jessica sie ihr nicht von den Fingern klaute. Sie kannte auch die grünen Oliven, die ihr Vater im Martini verwendete.

»Wenn du guten Comté probiert hättest, dann wüsstest du das noch. Es ist ein wundervoller Käse. In Frankreich gibt es zweihundertsiebenundachtzig offizielle Käsesorten. Jede Region hat ihre Spezialitäten.«

»Das sind die offiziellen Käsesorten? Was sind denn dann die inoffiziellen?«

Er zuckte mit den Schultern. »Die Eigenkreationen und so etwas. Wahrscheinlich lassen sich die Sorten überhaupt nicht zählen. Es gibt Bauernkäse und industriell gefertigten, und die Kooperativen stellen Käse her. Es gibt Käse aus Kuhmilch, aus Ziegenmilch, aus Schafsmilch, Rohmilchkäse, frischen, *bleu*, Rotkulturkäse, Weißschimmelkäse –«

Sie lachte.

»Was ist denn daran lustig?«

»Ich bin einfach überwältigt. Ihr Franzosen seid schon wirklich speziell. Es ist wie mit den Patisserien. Hast du schon mal in die Auslage einer Patisserie geschaut?«

»Natürlich. Schließlich lebe ich ja hier.« Sie blieben an einem Gemüsestand stehen, an dem Armand einen riesigen Bund duftenden Basilikums, ein paar Brokkoliröschen und Shiitakepilze kaufte.

»Es ist gar nicht so, als ob ich das alles essen will«, sagte Claire. »Ich kann nur einfach nicht aufhören, auf die Türme von perfekt geformten rosa-weißen Pralinen zu starren.«

»Aber es gibt schon Konditoreien in den USA, oder?«

»Nicht solche wie diese. Warst du schon mal in den USA?«

Er nickte und legte das Gemüse in Claires Korb. »Ich war in San Francisco und New York. Ich habe sogar die Freiheitsstatue besucht. Sie war viel kleiner, als ich dachte.«

»Dafür seid ihr verantwortlich. Ihr habt sie schließlich für uns gemacht.«

»Aber die Inschrift habt ihr angebracht: *Give me your tired, your poor …*«

»*Your huddled masses yearning to breathe free.*« Claire nickte. »Wunderschön, nicht wahr?«

»Das finden wohl die meisten. Deshalb ist sie in unserer kollektiven Vorstellung auch so groß wie der Eiffelturm, obwohl der dreimal so groß ist.«

»Wirklich?«

»Ja, ich glaube schon. Zumindest fast.«

Claire lächelte, als Armand an zwei verschiedenen Ständen Äpfel begutachtete und sie dann zurücklegte. »Ich fand es wirklich nett von Quentin, dass er mir die kleine Freiheitsstatue mitgebracht hat. Ich habe sie komplett aufgegessen, das muss ich zugeben. Ist sein Laden in der Nähe?«

»Nein, er ist in der Rue de Rivoli.« Wie immer, wenn die Sprache auf Quentin kam, wurde Armands Stimme ganz angespannt. »Lass uns noch ein paar Eier bei der Frau an der Ecke kaufen, und dann sind wir fertig.«

»Was ist denn los mit Quentin und dir?«

»Das ist sehr kompliziert.« Armand schien noch etwas sagen zu wollen, er suchte nach den richtigen Worten. »Ich –«

Genau in diesem Moment wurde Claire von einem Mann mit voll beladenem Karren angerempelt, und sie geriet aus dem Gleichgewicht. Sie stolperte und ließ den Korb fallen.

»*Pardonnez-moi, madame!*«, entschuldigte sich der Mann.

Armand griff nach ihrem Arm, um sie zu halten, und zog sie an sich heran.

Es hätte sich eigentlich seltsam anfühlen müssen, an seine Brust gelehnt zu stehen, aber das tat es nicht. Stattdessen fühlten sich alle Stellen, an denen sie sich berührten, elektrisiert, lebendig und erhitzt an.

»Claire, *ça va*? Geht es dir gut?«, fragte Armand. Sein Tonfall war neutral, aber Claire hörte einen Anflug von Heiserkeit in seiner Stimme.

»Ja, alles in Ordnung«, sagte Claire. »Danke.«

Er ließ sie nicht los. Für eine ganze Weile nicht. Die Taschen lagen auf dem Boden, und um sie herum brodelte das Markttreiben. Aber für Claire und Armand gab es nur diesen Moment: ihre Blicke ineinander versunken, die Hitze ihrer Körper, die sich aneinanderdrückten.

Und ihr Atem, der sich vermischte.

37 SABINE

Der Markt pulsiert.

Obwohl Sabine sich inzwischen mehr an das Stadtleben gewöhnt hat, droht die Geschwindigkeit sie immer noch zu überwältigen, besonders auf dem vollen Markt. Sie muss sich nach allen Seiten umschauen und vor allem darauf achten, dass der Geldbeutel in Sicherheit ist; der kleine Lederbeutel hängt an einem Gürtel um ihre Hüfte. Sie umklammert den Griff eines halb vollen Korbes mit der einen Hand, in der anderen hält sie einen Einkaufszettel.

Sabine tritt einen Schritt zur Seite, um eine Kutsche vorbeizulassen, und zwei Jungen laufen vorüber und reißen den Korb zu Boden. Sie rufen *Pardon, désolé!*, bleiben aber nicht stehen. Sie verliert das Gleichgewicht und stolpert gegen den Bordstein.

Jemand greift nach ihrem Arm und stützt sie.

Es ist der Maskenbildner, Jean-Baptiste Lombardi.

»Sind Sie verletzt?«, fragt er und lässt sie wieder los. Er stellt den Korb auf und sammelt die Lauchstangen, Kartoffeln, Karotten und Pilze auf dem schmutzigen Pflaster ein, das nach dem Dreck und den Abfällen der Gemüsestände riecht.

»Haben Sie sich den Knöchel verstaucht?«

Sabine schüttelt den Kopf, obwohl ihr Knöchel schmerzt. Sie schluckt und weiß nicht, was sie sagen soll. Sie wirft einen Blick hinter sich. War Maurice ihr gefolgt? Natürlich nicht. Sie hat ihn schlafend im Bett zurückgelassen; nach einer durchzechten Nacht steht er nicht gerne vor Mittag auf.

Jean-Baptiste folgt ihrem Beispiel und sieht sich in der überfüllten Halle um. »Suchen Sie jemanden?«

Sie schüttelt den Kopf. Geht los, weiß nur, dass sie auf keinen Fall mit ihm gesehen werden darf. Mit keinem Mann. Aber ihr Knöchel fühlt sich schwach an, und er schmerzt, als ob er ihr Gewicht nicht tragen könnte.

»Warten Sie, warten Sie, Mademoiselle«, sagt der Mann und hält sie sanft am Arm fest. »Bitte. Darf ich Sie zu einem Tisch begleiten? Ruhen Sie doch Ihren Knöchel ein wenig aus, nur einen Moment. Ich kaufe Ihnen einen Kaffee.«

»Ich glaube nicht, dass ...« Sie tritt einen Schritt zurück, und er lässt sie los.

Ein zorniger Blick überzieht sein Gesicht, als er ihre aufgeplatzte Lippe sieht. Sie sieht, wie sich seine Kiefermuskeln bewegen und arbeitet im Geiste eine Antwort aus: Sie ist vom Diwan gefallen, als ihr bei einer schwierigen Pose das Bein eingeschlafen ist.

Aber als er seine Frage stellt, geht es nicht um ihre Lippe.

»Beobachtet er Sie? Maurice? Ist er hier?«

Sie schüttelt den Kopf.

Als er weiterspricht, ist seine Stimme sanft. Es ist diese Stimme, die sie nur einmal in ihrem Leben von einem Mann gehört hat: von dem jungen Mann, der die Pferde trainiert hat.

»Darf ich mich dann doch um Sie kümmern, Mademoiselle? Nur einen Augenblick. Geben Sie ihrem Knöchel die Gelegenheit, sich zu erholen.«

Unter der Überdachung des Marktes hat eine stämmige, fast zahnlose alte Frau ein kleines Café eröffnet, das aus ein paar Tischen aus Fässern und kleinen Holzstühlen besteht. In einem hübschen Kupfertopf braut sie Kaffee. Jean-Baptiste führt Sabine zu einem Hocker und bestellt Kaffee und Kuchen.

Während sie sitzt, übermannt sie die Müdigkeit. Nicht der Tag, sondern die ständige Notwendigkeit, Entschuldigungen zu erfinden, erschöpft sie.

Aber Jean-Baptiste zwingt sie nicht zu reden. Stattdessen erzählt er Sabine, wie sein Vater und sein Onkel Jahre zuvor als junge Männer aus Florenz gekommen sind und die Kunst des Abgießens mitgebracht haben. Die große Familie teilt ihre Zeit nun zwischen Paris und der Franche-Comté auf, wo die Familie seines Onkels ein Schloss besitzt, er hat gut geheiratet. Seine eigenen Eltern sind in Rente gegangen, als sie des Stadtlebens müde waren, und haben die Moulage, das Geschäft des Maskenmachens, an Jean-Baptiste weitergegeben. Sabine hört zu und ist hingerissen, als er beschreibt, wie die handwerklichen Traditionen verfeinert und seit den Tagen der Renaissance von Generation zu Generation weitergegeben wurden. Er erzählt, wie oft Bildhauer versuchen, ihn zu bestechen, damit er Gussformen von menschlichen Modellen macht, sodass sie behaupten können, sie haben sie perfekt geformt.

Sabine, durch den Kaffee und Jean-Baptistes Geschichten wieder aufgemuntert, ruft: »Nein, wirklich?«

»Wirklich, ja«, antwortet er mit einem Lächeln.

»Aber warum? Wenn sie doch Künstler sind, warum wollen sie dann mit dem Werk eines anderen betrügen?«

Er lacht. »Eine gute Frage.« Er schüttelt den Kopf und rührt einen Brocken rohen Zucker in seinen Kaffee. »Ich betrachte mich selbst eher als Handwerker denn als Künstler; meine Arbeit ist eher technisch als kreativ. Aber natürlich verbringe ich viel Zeit mit Künstlern, und ich kann sagen: Die Verzweiflung ist manchmal unerträglich. Stellen Sie sich doch nur einmal vor, Sie müssten Schönheit aus dem Nichts erschaffen, aus einem Klumpen Ton oder aus Stein.«

»Oder auch nur bestehende Schönheit darstellen«, sagt Sabine und errötet dann, als ihr ihre Forschheit auffällt. Sie wird noch röter, als er sie mustert, als ob er plötzlich fasziniert von etwas wäre.

»In der Tat. Oder auch nur darstellen. Zum Beispiel glaube ich, dass Maurice wieder und wieder versucht, Ihr Gesicht auf Leinwand oder in Ton zu bannen, aber immer daran scheitert. Und das treibt ihn in den Wahnsinn, oder nicht?«

Sie nickt und genießt ihren Kaffee. Denkt darüber nach, dass sie sich so etwas ein paar Jahre zuvor nicht hätte träumen lassen: Da sitzt sie inmitten eines pulsierenden Marktes in Paris und trinkt mit einem Mann Kaffee, den sie kaum kennt.

Er schiebt den kleinen Teller zu ihr hinüber.

»Probieren Sie den Kuchen.«

Darum muss er sie nicht zweimal bitten. Sie nimmt die kleine Gabel und steckt sich einen Bissen des luftigen weißen Kuchens mit dem sahnigen Guss in den Mund. Es ist wie der Himmel auf ihrer Zunge.

Monsieur Lombardi beobachtet sie genau, das Kinn in die Hand und den Ellbogen auf den Tisch gestützt. Genau wie Maurice es macht, aber es verursacht ihr nicht das gleiche Gefühl, als wäre sie eine Maus, die von einem Raubvogel beobachtet wird. Monsieur Lombardis Blick erinnert sie an ihr eigenes Gesicht, wenn sie vor dem Schaufenster der Patisserie steht, wenn sie die bunten Bilder im Louvre betrachtet oder die Straßenlaternen, die sich in der Seine spiegeln.

»Bitte, warum sehen Sie mich so an?«, fragt sie ihn.

»Wie sehe ich Sie denn an, Mademoiselle?«

»Als wäre ich dieses Stück Kuchen hier.«

Er lacht erneut und richtet sich auf. »Verzeihen Sie. Es ist nur, Sie haben eine faszinierende Aura. Besonders wenn Sie das Haar so tragen, als seien Sie aus einer anderen Zeit gefallen.«

Sie leckt sich ein bisschen Sahne von den Lippe. »Wenn Sie möchten, dass ich für Sie Modell stehe, müssen Sie Maurice fragen. Er verleiht mich von Zeit zu Zeit.«

»An Monsieur Rodin.«

Sie nickt.

»Und an Camille Claudel, wie man sich erzählt.«

»Ein- oder zweimal, aber nicht mehr.«

»Warum nicht?«

»Er glaubt, dass Mademoiselle Claudel ein schlechter Einfluss für mich ist.«

»Ha! Das glaube ich gerne. Camille ist eine bewundernswerte Frau. Eine hervorragende Künstlerin. Sie hat Glück, dass sie ihrer Kunst nachgehen kann.«

Es entsteht eine erneute Lücke in ihrem Gespräch. Sabine genießt ihren Kaffee und das letzte bisschen Sahne auf dem Kuchen.

Sie wägt ihre Worte vorsichtig ab, bevor sie einen Vorstoß wagt:

»In mancherlei Hinsicht stimme ich Ihnen zu. Allerdings wirkt Mademoiselle Claudel auf mich nicht glücklich.«

»Nein?«

»Ich glaube, sie ist sehr traurig.«

Er nickt langsam. »Wahrscheinlich haben Sie recht. Ich habe nur die äußeren Bedingungen gemeint: Sie hat die Mittel, um ihr Atelier zu betreiben, ihrer Kunst nachzugehen und sich selbst auszudrücken.«

»Anders als ich«, bringt Sabine eilig hervor, und ihr Blick sucht den seinen. Sie möchte, dass er versteht, dass er ihre Worte deutet und in ihrem Herzen liest. »Ich habe dieses Glück nicht.«

Jean-Baptiste hält ihren Blick lange Zeit und nickt dann langsam. »Das weiß ich, Mademoiselle. Das weiß ich sehr wohl.«

Danach wechseln sie keine Worte von Belang mehr. In einträchtigem Schweigen trinken sie ihren Kaffee aus. Sie beobachten die Menschen um sich herum, die jungen Mütter, die Kinder, die Mägde und die Händler, die alles Mögliche feilbieten, von Hasen über Pilze bis hin zu Gewürzen aus dem Orient. Sabine fragt sich, ob Monsieur Lombardi sich ihrer Anwesenheit ebenso bewusst ist wie sie sich seiner: Es ist, als würde er sie von der anderen Seite des Tisches aus in Schwingung versetzen. Er sorgt dafür, dass sich jede Faser ihres Körpers unter Spannung und voller Leben anfühlt.

Als sie fertig sind, zählt er Münzen ab und stapelt sie ordentlich auf dem Tisch. Er lächelt der Cafébetreiberin dankend zu und schiebt die Hocker wieder nach vorn, sodass sie nicht im Weg sind.

38

Als Claire am nächsten Morgen aufwachte, war da kein Duft nach frischem Kaffee.

Gestern nach ihrer Umarmung in der Markthalle hatte sich Armand anscheinend wieder seiner Abneigung gegenüber neugierigen Amerikanerinnen besonnen. Er zog sich in sich zurück, zeigte ihr widerwillig, welchen Metzger er bevorzugte – Monsieur Faucher, dessen Fleisch *le meilleur* war –, und kaufte dann noch Biomilch und Eier. Danach gingen sie schweigend nach Hause. Claire versuchte, ihn ein bisschen aus der Reserve zu locken, fragte ihn, ob sie sich einen Crêpe kaufen und inmitten der Touristen auf dem Gehweg essen sollten, aber er biss nicht an.

Nachdem sie ins Atelier zurückgekehrt waren und die Einkäufe eingeräumt hatten, war Armand in seiner Werkstatt verschwunden und hatte die Tür hinter sich geschlossen. Nach einem unschlüssigen Augenblick hatte sich Claire in ihr Zimmer zurückgezogen.

Lieber Onkel Remy,
du würdest mich wahrscheinlich kaum erkennen, weil meine Haare durch die Arbeit im Atelier voller weißem Staub sind. Erinnerst du dich noch, wie dir meine Sandskulpturen gefallen

haben? Diese hier sind ähnlich, nur viel stabiler. Ich streue ein bisschen Gipsstaub in den Umschlag, dann kannst du ihn zwischen den Fingern zerreiben und dir vorstellen, wie ich komplett damit bedeckt bin.
Ich glaube, mein Chef mag mich nicht besonders, aber ich bin ja nur vorübergehend hier, deshalb ist das nicht so wichtig. Er schimpft ziemlich viel, aber das stört mich nicht.
Kannst du dir vorstellen, jeden Tag auf dem Markt einzukaufen? Er besteht darauf. Er sagt, dass die Produkte dann frischer und von besserer Qualität sind. Nach seiner Ansicht besteht der Sinn des Lebens in gutem Essen und Wein.
Heute hat der Laden geschlossen, und ich gehe noch mal in den Louvre. Ich war schon einmal dort, aber er ist einen zweiten Besuch wert. Es ist das größte Museum in Paris, und die Mona Lisa hängt dort. Leonardo da Vinci nannte sie La Gioconda, weshalb sie in Frankreich La Joconde heißt. Warum haben wir wohl ihren Namen geändert? Vielleicht ist es wie in unserer Familie, in der jeder außer dir und Jessica einen Kosenamen hat!

Sie hatte überlegt, Armand zu bitten, ihr an ihrem freien Tag ein wenig von dem wahren Paris zu zeigen, von dem er immer sprach. Aber er war am Abend vorher so distanziert gewesen, dass sie ihn doch nicht gefragt hatte.

Also hatte sie den Tag für sich allein.

Sie packte ihren Laptop und ihr Notepad in ihre große Umhängetasche. Heute wollte sie noch mal in den Louvre, um sich einige Skulpturen von Rodin und Claudel anzusehen, die nicht in seinem Museum waren. Sie hatte außerdem eine neue Liste mit Dingen, die sie unbedingt sehen wollte, unter anderem das Leichenschauhaus von Paris und die französische Nationalbibliothek.

Sie überquerte die Pont de l'Archevêché an der südlichen Spitze der Île de la Cité, hinter der Kathedrale Notre-Dame. Der Square de l'Île de France bot auf beiden Seiten einen freien Blick auf die Seine. Das Mémorial des Martyrs de la Déportation ehrte die über zweihunderttausend Menschen, die während des Vichy-Regimes in die Todeslager der Nazis deportiert worden waren.

Es gab keinen Hinweis auf das alte Leichenschauhaus, das an diesem Fleck gestanden hatte, das Gebäude, das *L'Inconnue* und so viele andere nicht identifizierte Leichen beherbergt hatte, die zuvor aus der Seine gezogen oder in den Straßen und Parks aufgesammelt worden waren. Keinen Hinweis auf die ehemalige Touristenattraktion.

Der Weg zum Louvre war wie immer eine kleine Odyssee. Obgleich der ehemalige Palast ein imposantes Gebäude war, brachten Tausende von Besuchern pro Tag den Louvre an seine Grenzen. Claire hatte gehofft, einen Blick auf die *Mona Lisa* erhaschen zu können und schaffte es zumindest in den gleichen Raum. Aber es gelang ihr nicht, an der Menge vorbeizusehen, die sich um den kugelsicheren Glaskasten versammelt hatte.

Stattdessen schlenderte sie durch die Halle mit den Skulpturen. Beim Anblick der Plastizität und der Sinnlichkeit spürte sie das Verlangen, mit den Händen über die Erhebungen und Kurven zu streichen. Vielleicht ließ sich alles auf die kleinen Tiere aus Ton zurückführen, die ihre Mutter ihr hinterlassen hatte; sie konnte sie immer noch in ihrer Hand spüren. Skulpturen waren wie eine greifbare Verbindung zu ihrer Mutter.

»Deine Mama wollte immer verschwinden und eigene Skulpturen schaffen«, hatte Mammaw erzählt. »Sie hat diese Maske auf dem Dachboden geliebt, genau wie du.«

Nach dem Louvre hatte Claire im Institut médico-légal de Paris vorbeigeschaut, dem rechtsmedizinischen Institut der Stadt. Die gelangweilt dreinschauende Frau am Empfang war alles andere als gerührt von Claires Geschichte.

»Glauben Sie ja nicht, dass Sie die Erste sind, die etwas über die Identität der Unbekannten aus der Seine herausfinden möchte«, sagte sie. »Und die Letzte werden Sie auch nicht sein. Aber es gab damals keine vollständigen Akten. Die Unbekannten wurden in einem Armengrab auf dem Friedhof Père Lachaise begraben. Wenn Sie ihr die letzte Ehre erweisen möchten, können Sie dort Blumen ablegen.«

Die Bibliothekarin der Nationalbibliothek, die in modernen Glastürmen untergebracht war, war zwar freundlicher, aber im Endeffekt auch nicht hilfreicher. Obwohl es zahlreiche fiktive und spekulative Geschichten über das Leben und den Tod von *L'Inconnue* gab, existierten keinerlei Hinweise auf ihr wahre Identität.

Schließlich ging Claire in ein Café, bestellte einen Cappuccino und öffnete ihren Laptop. Sie beantwortete einige Mails und schrieb Jessica eine kurze Nachricht.

Dann fing sie an, an der Website der Moulage Lombardi zu arbeiten. Giselle hatte ihr den Kontakt zu ihrem ältesten Sohn Luc vermittelt, der ihr die Passwörter und die Zugangsdaten zu dem Account gab, mit dem er die Seite ursprünglich erstellt hatte. Claire setzte für die Bilder und den Text Platzhalter – für die Inhalte würde sie mit Giselle oder Armand zusammenarbeiten müssen, aber sie erstellte ein Grundkonzept und erneuerte einige Verlinkungen.

Es fühlte sich gut an, auf diese Weise etwas beizutragen. Auch wenn sie bald nicht mehr da sein würde, würde über die Website ein Teil von ihr in der Moulage Lombardi weiterleben.

Aber in Wahrheit sank ihr das Herz in die Hose bei der Vorstellung, Paris zu verlassen. Sie fand endlich ihren Rhythmus. Sie könnte sich woanders einmieten, aber nicht zu weit weg, denn sie hatte sich in das verschachtelte Quartier Latin verliebt. Es war ihr sogar in den Sinn gekommen, nach einer richtigen Arbeit zu suchen. Softwareentwickler wurden schließlich immer gesucht. Und war nicht Englisch auch in Europa die technische Verkehrssprache?

Bevor sie alles wieder schloss, um zum Atelier zurückzukehren, scrollte sie durch ein paar Jobvermittlungsseiten in Paris und versuchte, sich mit den örtlichen Softwarefirmen vertraut zu machen. Ganz offensichtlich war das aber nicht der richtige Weg, um die Jobsuche hier in Frankreich anzupacken. Als Amerikanerin würde sie wahrscheinlich auch eine Arbeitserlaubnis und ein verlängertes Visum brauchen, um überhaupt länger als ein paar Monate hierbleiben zu können. Es gab eine Menge Hürden zu überwinden, aber falls sie ein Unternehmen finden würde, das interessiert an ihr war, könnten sie ihr bestimmt dabei behilflich sein. Sie würde Giselle fragen.

Als Claire am Nachmittag ins Atelier zurückkam, war Armand immer noch nicht zurück.

Sie bereitete sich ein einfaches Abendessen aus Salat und dem übrigen Lammfleisch und nahm den Teller mit in den Garten, wo sie die Beleuchtung anknipste. Sie goss sich ein Glas Wein ein, bemühte sich, jeden Bissen und jeden Schluck zu genießen, und fühlte sich wie eine Pariserin. Aber auch sehr einsam.

Der Dienstag begann kühl und grau. Armand war immer noch nicht zurück, aber Claire entschied, wie üblich in die *boulangerie* zu gehen und Croissants und Baguettes zu kaufen. Sie hatte sich dieses Ritual schnell angewöhnt und brauchte inzwischen das feine Gebäck zu ihrem morgendlichen Kaffee; außerdem liebte sie den Morgenspaziergang durch die engen Gassen der Rive Gauche, wenn die Cafés öffneten, die Lieferlastwagen ihre Fracht entluden und die Ladenbesitzer den Gehsteig vor ihrem Laden fegten. Es war zu früh für die meisten Touristen, und die Atmosphäre war verschlafen und freundlich.

Eigentlich war es ja noch nicht lange her, dass Claire auf dem Flughafen Charles de Gaulle gelandet war, aber ihr neues Leben fühlte sich schon ganz natürlich an.

Als sie mit ihrem Korb zur Moulage Lombardi zurückkam, wartete bereits eine Kundin vor der Tür. Als Claire näher kam, sah sie aber, dass es die frühere Englischdolmetscherin des Ateliers war, Lisette Villeneuve. Sie trug einen schicken Mantel mit Gürtel und ein Seidentuch um den Hals. Ihr braunes Haar war zu einem adretten Knoten hochgesteckt. Sie mochte vielleicht in den USA geboren sein, war aber definitiv schon lange genug in Paris, um als Einheimische durchzugehen, zumindest in Claires Augen.

Sie fragte sich, ob zwischen Armand und ihr etwas gelaufen war. Es gab keinen besonderen Grund für diese Annahme; vielleicht einfach weil Villeneuve genauso verschwiegen und geheimnistuerisch war wie er. Claire konnte sich die düstere Atmosphäre vorstellen, die Armand und sie im Atelier geschaffen hatten.

»Bonjour, madame. Est-ce que je peux vous aider?«, fragte Claire, als sie näher kam. »Kann ich Ihnen helfen?«

»Ist Armand hier?«, antwortete die Frau.

»Im Moment nicht, nein.«

Die Frau zögerte und schien nach Worten zu suchen. Sie wirkte irgendwie seltsam. Auf der einen Seite zerbrechlich und gefühlvoll, aber auch wütend.

»Habe ich ... eine Mail erhalten?«, fragte sie schließlich.

»Ich kann gerne nachschauen«, antwortete Claire und sperrte die Tür mit dem riesigen Schlüssel auf, wobei die anderen Schlüssel laut gegen den Türrahmen klimperten. »Lassen Sie mich doch oben nachsehen, und wenn ich etwas finde, bringe ich es Ihnen.«

»Helfen Sie hier auch beim Gießen oder nur beim Verkauf?«

»Beides. Warum fragen Sie?«

In diesem Moment stürmte Giselle herbei. Sie roch nach Zigarette.

»Du hast hier nichts mehr verloren, Lisette«, sagte sie. »Geh.«

Lisette starrte Giselle an, dann sah sie wieder zu Claire. Sie drehte sich um und ging davon, die Hände tief in den Taschen vergraben, als wollte sie die Kälte von sich fernhalten.

Giselle runzelte die Stirn und schüttelte den Kopf.

»Was war das denn?«, fragte Claire leise.

Giselle seufzte. »Sie hatte ein gewisses Talent, aber sie war hier frustriert, eigentlich vom ersten Tag an. Sie wollte Skulpturen machen, nicht gießen oder abformen. Es ist ein verbreitetes Problem unter Künstlern: Sie wollen keine Handwerker sein, sondern etwas Neues erschaffen.«

»Das klingt ja, als wäre das etwas Schlechtes«, stellte Claire fest, als sie die Treppe nach oben voranging.

»Es ist schlecht, wenn man in einer Gießerei arbeitet. Wir fertigen hier Kopien an. Wenn man sich nicht mit der Kunst der Vervielfältigung identifizieren kann und die Kunstfertigkeit nicht respektiert, die man braucht, um gute Kopien zu machen, dann ist man hier falsch.«

»Das klingt logisch.«

»Und außerdem«, fügte Giselle hinzu, während sie ihre Sachen hinter dem Tisch verstaute, »hat sie eine Riesenszene veranstaltet. Sie ist auf Armand wütend gewesen und hat alle ihre Werke zerstört, weil sie Angst hatte, dass jemand sie klaut. Ich stoße immer noch auf Scherben in der Werkstatt.«

»Das erinnert mich an Camille Claudel«, erwiderte Claire. »Ich bin gestern an ihrem ehemaligen Atelier vorbeigekommen. Es ist so traurig, dass so viele ihrer Arbeiten verloren sind.«

Giselle nickte. »Ich weiß ja nicht, ob ich Lisettes Werke mit Camille Claudels vergleichen würde, aber temperamentvoll waren beide, das stimmt.«

Claire hätte Giselle am liebsten gefragt, ob Lisette – wie Claudel – eine Affäre mit dem Mann gehabt hatte, mit dem sie zusammenarbeitete. Aber wie sollte man solch eine Frage stellen?

»Bildhauer zerstören manchmal ihre Arbeit«, sagte Giselle. »Ich habe das sogar schon bei Armand beobachtet. Künstler haben einfach einen Hang zur Dramatik, findest du nicht auch? Es ist wahrscheinlich sehr befriedigend, den Knall zu hören und zuzuschauen, wie die Scherben in alle Richtungen fliegen. Vielleicht versuche ich das auch, wenn ich das nächste Mal frustriert bin. Wo ist eigentlich Armand?«

»Er ist weg.«

»Was meinst du damit?«

»Ich weiß nicht, wo er ist. Er war ...« Es war seit dem Moment auf dem Markt, dachte sie. Während der Vorbereitungen für das Abendessen und während des Essens war er sehr einsilbig gewesen. Das war das letzte Mal gewesen, dass sie ihn gesehen hatte. »Am Sonntagabend hat ihn irgendetwas belastet, und am nächsten Tag war er weg.«

»Manchmal verschwindet er für ein paar Tage. Ich würde mir keine Gedanken machen.« Giselles Tonfall war unbekümmert, hatte aber eine leicht besorgte Note. »Manchmal braucht er ein bisschen Raum. Es ist wahrscheinlich sogar ein Vertrauensbeweis. Er geht davon aus, dass du hier allein klarkommst. Und Ende der Woche schließen wir ja sowieso für den Sommer.«

Claire zeigte Giselle, was sie an der Website geändert hatte. Giselle war begeistert, besonders von dem geplanten Formular, mit dem Kunden direkt online bestellen konnten.

»Das ist fantastisch, Claire. Das ist bestimmt super fürs Geschäft. Vielen, vielen Dank!«

»Gerne. Ich hoffe, es hilft. Sag mal, weißt du vielleicht, ob es in Paris einen Bedarf an Softwareentwicklern gibt?«

Giselle sah sie verständnislos an, doch dann grinste sie und umarmte sie stürmisch. »Du willst in Paris bleiben! Das ist ja toll!«

»Denkst du, das könnte klappen?«

»Es ist nicht leicht, eine Aufenthaltsgenehmigung zu bekommen. Aber die Technologiebranche ist ja so wichtig, deshalb gibt es Sonderregeln, wenn ein Arbeitgeber dich braucht. Ich frage Thiérry, meinen Mann. Er arbeitet für ein großes Unternehmen, vielleicht fällt ihm was ein.«

»Danke, das wäre wirklich nett.«

Es hatte Spaß gemacht, sich eine Weile im Internet zu verlieren. Aber trotzdem, dachte Claire im Stillen, als sie sich im staubigen Atelier umsah: Sie würde den Geruch von Gips, die Eimer voll milchigem Wasser, die aufgeregten Touristen vermissen, ihren miesepetrigen Meister und die

Gesichter der Toten, die jede ihrer Bewegungen beobachteten.

Irgendwie konnte sie sich nicht vorstellen, dass ein Softwareunternehmen einen so interessanten Arbeitsplatz zu bieten hatte. Aber immerhin wäre es Paris.

»Was machen die Leute so in der Sommerpause?«, fragte Claire, während sie den Boden fegte.

»Wenn sie Geld haben, fahren sie vielleicht nach Spanien oder Südfrankreich oder an die Küste. Aber manche, wie wir, besuchen auch einfach jedes Jahr die Familie auf dem Land, wie die Vögel, die nach Norden ziehen.«

»Das ist sicher wundervoll.«

»Das ist es in der Tat«, sagte Giselle lächelnd. »Es ist schön, die Tanten zu besuchen, solange sie noch am Leben sind. Meine Mutter ist vor zwei Jahren gestorben, und ich vermisse sie immer noch.«

»Das tut mir leid. Meine Großmutter ist gestorben, bevor ich nach Frankreich gekommen bin.«

»Ach, das erklärt einiges.«

»Inwiefern?«

»Warum du bereit warst, hier im Atelier mitzuarbeiten. Das ist doch eher ungewöhnlich für jemanden, der Urlaub in Paris macht. Aber Trauer erklärt manches, nicht wahr? Unter anderem, warum du es hier mit Armand aushältst.«

Claire grinste. »So schlimm ist er auch wieder nicht. Wir führen interessante Gespräche.«

»Das glaube ich. Er ... Ich weiß, er wirkt sehr stark, aber eigentlich ist er sehr sensibel. Claire, warst du eigentlich schon mal in der Franche-Comté?«

»Nein. Das ist mein erstes Mal in Frankreich. Ich war bisher nur in Paris.«

»Du solltest mitkommen.«

»Mitkommen?«

»Aufs Land. Wir haben viel Platz dort. Wahrscheinlich finden wir dort auch ein Plätzchen für dich, das deutlich luxuriöser ist als die Kammer, in der du jetzt lebst.«

»Ich habe gedacht, der Familiensitz ist eine Ruine?«

»Das ist er auch. Aber wir haben ja auch noch das alte Landhaus. Es wurde gebaut, damit Jean-Baptiste Lombardi dort mit seinen fünf Kindern und den Cousins und Cousinen leben konnte. Es ist zwar keine Villa, aber es ist ziemlich groß. Es gibt sieben oder acht Schlafzimmer und eine Menge kleinerer Räume. Es ist aus Stein gebaut, sehr traditionell. Es gefällt dir bestimmt.«

»Aber ...« *Aber was?*

Die Skulpturen sprachen immer noch nicht zu ihr. Sie war dem Geheimnis, wegen dem ihre Großmutter sie hierhergeschickt hatte, kein einziges Stückchen näher gekommen. Und Armands Worte schwirrten ihr im Kopf herum:

Du musst dir die Hände schmutzig machen.

Die japanische Kunst kintsugi. Die goldenen Linien heben die Bruchstellen noch hervor.

Lebst du denn nicht dein eigenes Leben? Was willst du, Claire?

»Also«, fuhr Giselle fort, »mein Mann, ich und zwei der Kinder fahren im Auto. Hinten ist also noch ein Platz, falls es dich nicht stört, die Rückbank mit zwei klebrigen Kindern zu teilen. Unser Ältester fährt selbst.«

»Was ist mit Armand?«

Giselle sah weg und blätterte durch die Quittungen auf dem Tisch. »Vielleicht entscheidet er sich hierzubleiben. Aber er fährt sowieso lieber mit dem Zug.«

Claire kannte Armand kaum. Quentin hatte sie vor ihm gewarnt, genau wie Giselle. Menschen, die ihn kannten. Doch sie dachte daran, wie er nachts über das Puppenhaus gebeugt saß. Daran, wie er in ihr kleines Zimmer kam, wenn sie weg war, um es mit einer Zeichnung, einem Spiegel oder einem Teppich zu verschönern. An die Art, wie er Giselles Kinder umarmte und sich um die streunende Katze kümmerte. An das Triumphgefühl, wenn sie ihm ein leises Lächeln entlocken konnte.

An das Gefühl seiner Arme, die sie festhielten, an seinen Geruch, an die Spannung, die sie in der überfüllten Markthalle gespürt hatte.

Aber er war weg. Und das Atelier würde bald schließen. Und Giselle bot ihr eine Mitfahrgelegenheit aufs Land an und Unterkunft mit Familienanschluss.

Was willst du, Claire?

»Ja«, sagte Claire. »Ja, Giselle. Ich komme sehr gerne mit.«

39 SABINE

Später am Tag, wenige Stunden nachdem sie vom Markt zurückgekehrt ist, erhält Sabine die erste Nachricht.

Sie ist nicht unterschrieben und ein Straßenjunge überbringt sie ihr, der eine alte Hose und eine Kappe trägt. Sie war gerade dabei gewesen, das Atelier zu fegen, als es an der Tür klopfte.

Der Junge ist klein und sieht wahrscheinlich jünger aus, als er ist. Er hat ein schmutziges Gesicht und einen niedlichen Gesichtsausdruck, der Sabine an ihren kleinen Bruder erinnert.

»Ich habe gewartet, bis der Mann mit dem Bart weg war«, erklärt er eifrig. »So wie man es mir gesagt hat. Außerdem soll ich dir sagen, dass du mir nichts geben sollst. Der Mann, der mich mit dem Brief zu dir geschickt hat, bezahlt mich.«

Sabine lässt ihren Blick die Straße hinunterwandern, um sicherzugehen, dass niemand sie beobachtet. Ihre Hände zittern, als sie die Nachricht entgegennimmt. Sie ist aus schwerem Zeichenpapier und einmal gefaltet. Sie öffnet sie.

Wollen Sie für mich Modell sitzen?

Das war alles. Ihr bleibt die Luft weg. Sie steht in der offenen Tür und bewegt sich nicht, starrt auf die dunkle Tinte auf dem hellen Papier.

Es sind *seine* Worte, denkt sie und streicht mit den Fingern über die Buchstaben. Spuren des Mannes mit der sanftesten Stimme, die sie je gehört hat, sanfter selbst als die des Pferdetrainers. Des Mannes mit den blauen Augen, dessen eines auf wundersame Weise vor der Klinge bewahrt wurde, die ihn getroffen hat. Monsieur Jean-Baptiste Lombardi.

Er dachte an sie.

Genau wie sie an ihn dachte: an seine Augen, seine Hände und seine Stimme, die alle anderen Gedanken verdrängte.

Sie lässt den Jungen auf der Schwelle stehen, während sie Tinte und Feder holen geht. Dann schreibt sie unten auf das Blatt. Sie formt die Worte mit großer Sorgfalt, dennoch spritzt die Tinte an manchen Stellen. Sie kann lesen und schreiben, hatte aber in letzter Zeit nicht viel Gelegenheit, es zu üben. Ihre Hand zittert. Sie hofft, dass die Tinte ein wenig von ihren Gefühlen offenbart, dass ihre Gefühle durch ihr Herz in ihren Arm fließen, den Weg über die Hand in die Tinte und auf das Blatt finden.

Zuletzt schreibt sie:

Sie müssen Maurice fragen.

40

Claire zog ihre kleine Reisetasche bis zur Ecke des Boulevard Saint-Michel, um Giselle und ihre Familie zu treffen, weil die winzige Rue de la Huchette von der Müllabfuhr blockiert wurde.

Sie bogen in einem roten Renault um die Ecke, auf dessen Dach einige Gepäckstücke befestigt waren. Aus einem der Rückfenster ragte eine Stehlampe hervor. Giselle stellte Claire ihren Mann Thiérry vor. Er war Ende vierzig, trug eine Brille und sah aus wie ein Bücherwurm. Er begrüßte Claire auf Englisch und schnallte ihre Tasche aufs Dach neben das andere Gepäck.

Claire hatte ihren Geldbeutel vorsichtshalber herausgenommen. Sie hatte eine düstere Vorahnung, wie das Gepäck vom Dach purzelte und sie versuchte, ihren Geldbeutel und alle ihre Papiere vom Mittelstreifen der Autobahn zu retten.

Giselle nutzte die Pause, um eine schnelle Zigarette zu rauchen. Sie stand ein paar Meter entfernt, damit die Kinder nicht den Qualm abbekamen.

Victorine und David begrüßten Claire auf die traditionelle Art und Weise, mit einem Küsschen auf jede Wange. Sie rochen nach *pain au chocolat*.

»Thiérry fährt, aber warum setzt du dich nicht vorne hin, Claire? Es ist zu voll hier hinten«, sagte Giselle.

»Nein«, antwortete Claire. »Du nimmst mich schon zu einem Familientreffen mit, da will ich nicht auch noch eure Sitze in Beschlag nehmen. Außerdem mag ich Kinder.«

»Du hast noch keine Autofahrt auf der Rückbank mit *diesen* Kindern verbracht«, sagte Thiérry.

»Am Ende wirst du mich verfluchen«, kicherte Giselle heiser. »Mit dem Auto braucht man vier Stunden, der Zug ist in zwei Stunden da.«

»Der Zug ist doppelt so schnell wie das Auto? Gibt es denn dorthin keine Autobahn?«

»Doch, aber der Zug ist trotzdem noch viel schneller. Wir würden ihn auch nehmen, aber das wird für uns alle sehr teuer.«

»Außerdem ist meine liebe Frau nicht in der Lage, irgendwohin zu verreisen, ohne den gesamten Hausstand mitzunehmen.«

»Es ist eben kompliziert, mit Kindern zu verreisen«, protestierte Giselle. »Als ich jung war, hatte ich auch nur einen Rucksack dabei, mehr nicht.«

Claire grinste und kletterte mit den Kindern auf die Rückbank. Victorine, die Kleinste, saß in der Mitte. Es erinnerte Claire an so viele Familienausflüge, bei denen sie immer die Kleinste gewesen war und in der Mitte oder auf dem Schoß irgendeines älteren Cousins sitzen musste: an den Strand, zu Verwandten in Saint Landry Parish oder zweimal nach New Orleans.

Die Autobahnen waren gebührenpflichtig und sehr breit. Und obwohl dichter Verkehr herrschte und viele Paris für ihren Augusturlaub hinter sich lassen wollten, kamen sie in gutem Tempo voran. Thiérry erzählte Claire ein bisschen über die Technologiebranche in Paris, die boomte, und riet ihr, noch einige Wochen in Paris zu bleiben, damit er ihr ein paar Gesprächstermine organisieren konnte. Wie Giselle auch gesagt hatte, war es leichter, der französischen Bürokratie zu begegnen, wenn man bereits einen Job in Aussicht hatte, sodass das Unternehmen einem beim Papierkram behilflich sein konnte.

Während der Fahrt brachten die Kinder ihr ein Spiel bei, bei dem man eine Liste von Dingen entdecken musste: eine Kuh, eine Windmühle, einen Anhänger. Sie gewann die erste Runde und verlor die folgenden Runden absichtlich.

»Wie groß ist dein Land?«, fragte Victorine sie. »Ist es größer als Frankreich?«

»Ja, ein bisschen.«

»Wirklich?«, fragte der Junge mit skeptischem Blick. »Frankreich ist sehr groß.«

»Das stimmt«, antwortete Claire. »Aber die USA sind größer. Insgesamt bestehen sie aus fünfzig Staaten.«

»In Frankreich haben wir auch viele Départements«, erwiderte David. »Meine Großmutter hat in der Franche-Comté gelebt, aber sie ist gestorben.«

»Ich weiß. Das tut mir leid. Meine Großmutter ist auch vor Kurzem gestorben.«

Victorine streichelte Claires Arm. »Bist du traurig?«

Clare nickte und schluckte. Sie musste gegen die Tränen ankämpfen und räusperte sich. »In Cajun heißt das: *J'ai gros couer*. Das bedeutet: ›Ich möchte weinen.‹«

Das Mädchen nickte weise, als ob sie verstehen würde. Dann fügte sie hinzu: »Auch wenn unsere Großmutter gestorben ist, haben wir immer noch viele Tanten in der Franche-Comté.«

»*Viele* Tanten«, bekräftigte David.

Claire lächelte. »Und wie sind eure Tanten so?«

»Sie sind fett und weich, und man kann auf ihrem Schoß sitzen, während man die Lavendelblüten sammelt«, platzte Victorine heraus. »Und wenn man mit ihnen spazieren geht, zeigen sie einem immer schöne Sachen. Bunte Blätter zum Beispiel oder eine haarige Raupe. Und es gibt viele Kühe. Soll ich dir eine Geschichte erzählen?« Bevor Claire die Möglichkeit hatte zu antworten, legte sie los: »Einmal haben wir einen Eimer voller Schnecken nach Hause gebracht –«

»Victorine«, unterbrach Giselle sie und drehte den Kopf nach hinten. »Lass Claire in Ruhe. Sie möchte doch nicht alle deine Geschichten hören.«

»Das macht mir nichts aus«, sagte Claire. »In meiner Familie erzählen wir alle Geschichten.«

»Wie groß ist deine Familie?«, fragte Thiérry.

»Ich bin bei meiner Großmutter aufgewachsen. Sie war eines von sieben Kindern, die auch wieder Kinder haben, deshalb habe ich viele Cousins und Cousinen in Plaquemines Parish, auch wenn ich ein Einzelkind war.«

»Plaquemines Parish?«

»Das ist eine Gegend in Louisiana. Wir sind Cajun.«

»Was ist das?«

»Das sind die Nachfahren französischer Siedler in den Vereinigten Staaten. In Louisiana wird immer noch viel Französisch gesprochen, auch wenn es langsam ausstirbt. Meine Großmutter hat darauf bestanden, dass wir französisch reden; man hatte es ihr in der Schule verboten, deshalb hat sie das sehr ernst genommen. Und weil ich ja bei ihr gelebt habe, musste ich entweder Cajun sprechen oder hungrig ins Bett.«

»Apropos hungrig ...« Giselle warf ihrem Mann einen bedeutungsvollen Blick zu.

Für Claire waren Autofahrten gleichbedeutend mit Junkfood: Burger und Milchshakes und eine Tüte Chips, die herumgereicht wurde. Aber in Thiérrys und Giselles Auto gab es keine Chips und keine Limonade. Nur eine Flasche Mineralwasser.

Thiérry fuhr auf einen Rastplatz und parkte. Giselle nahm einen Picknickkorb aus dem Kofferraum.

Claire bot an, Getränke oder etwas anderes zu kaufen, um auch etwas beizutragen, aber sie lehnten ab. Thiérry erwähnte, dass Giselle auch immer viel zu viel Essen einpackte.

Stattdessen bot Claire an, die Kinder zu den Toiletten zu begleiten, die sich in einem großen Gebäude mit Restaurant befanden. Innen gab es die französische Variante von Fast Food: Schinkensandwiches, Croissants und Gebäck, Fladenbrot mit karamellisierten Zwiebeln und Gruyère. Die Kinder bestaunten ein großes Sortiment an handgemachten Süßigkeiten, und Claire war ganz angetan von den regionalen Produkten, von Pasteten über Oliven bis hin zu Marzipan. Alles war wunderschön verpackt. Es gab sogar eine kleine Boutique und einen Stand, der lokalen Wein verkaufte.

Als Claire und die Kinder wieder zu Giselle und Thiérry zurückkamen, war der Picknicktisch mit einem blau-gelben provenzalischen Tischtuch, mit weißen Porzellantellern, kleinen Gläsern und je einer Flasche Wein und Wasser gedeckt. Giselle hatte Sandwiches aus frischem Brot, Schinken und Karotten- und Selleriesalat gemacht. Auf einem Teller in der Mitte war eine Pyramide aus kleinen Pflaumen und Birnen aufgetürmt, und zur Nachspeise gab es eine wundervolle Obsttorte.

Nach dem Essen bettelten die Kinder, Süßigkeiten kaufen zu dürfen, aber ihre Eltern erlaubten es nicht und wiesen darauf hin, dass die Tanten sicherlich Kekse und Kuchen für sie vorbereitet hatten. Sie tankten und fuhren weiter.

»Kann ich jetzt meine Geschichte erzählen?«, fragte Victorine ihre Mutter in leicht weinerlichem Tonfall. »Claire hat gesagt, sie mag Geschichten.«

Giselle sah Claire fragend an.

»Ich würde sehr gerne deine Geschichte hören, Victorine«, sagte Claire.

»Es ist eine gute Geschichte, und sie ist wahr. Einmal haben wir einen Eimer mit Schnecken nach Hause gebracht, aber dann sind wir ins Kino gegangen, deshalb haben wir sie in der Küche im Eimer gelassen und haben ein dickes Tuch darübergelegt, sodass sie atmen konnten, aber im Eimer bleiben mussten. Aber als wir aus dem Kino gekommen sind, waren die Schnecken entkommen!«

»Nein!«, rief Claire.

»Doch!«, insistierte Victorine.

»Wie sind sie entkommen?«, fragte Claire.

»Sie haben zusammengehalten und das schwere Tuch hochgehoben!«, erklärte David.

»*Ich* erzähle die Geschichte«, wies Victorine ihren Bruder zurecht.

»Lass doch deinen Bruder helfen, die Geschichte zu erzählen«, ermahnte Giselle sie.

»Ist das eine wahre Geschichte?«, fragte Claire grinsend. »Ich habe ja schon von Ameisen gehört, die zusammenarbeiten, aber Schnecken ...«

Victorine nickte so heftig mit dem Kopf, dass ihre Locken auf und ab hüpften. »Sie ist wahr! Als wir nach Hause gekommen sind, waren alle Schnecken aus dem Eimer entkommen und haben Schleimspuren im *ganzen* Haus hinterlassen!«

Giselle kicherte und sah zu Thiérry hinüber, der den Kopf schüttelte und bei der Erinnerung aufstöhnte.

»Es war ein Albtraum«, sagte Thiérry. »Giselle hat mich schreiend auf der Arbeit angerufen.«

Claire lachte.

»Ich habe nicht geschrien«, widersprach Giselle und stieß ihren Mann spielerisch gegen den Arm. »Ich war nur verstört.«

»Deshalb mag ich keine Schnecken«, sagte David. »Weil ich eine in meinem Bett gefunden habe!«

»Und sie waren auf meinen Spielsachen!«, fügte Victorine hinzu.

»Sie waren einfach überall«, sagte Giselle lachend. »An den Wänden, an der Decke – überall! Ihre Schleimspuren sind zickzack durch das ganze Haus gelaufen. Und wir konnten sie nicht unter den Schränken rausbekommen, also –«

»Also haben sie *Baby*schnecken bekommen!«, kreischte Victorine.

Die Familie brach in lautes Gelächter aus, und Claire stimmte ein.

41

Thiérry fuhr das Auto eine steile, gewundene Straße entlang, die sich durch dichte Wälder schlängelte. Weiter unten konnte Claire einen Fluss mit einigen kleinen Wasserfällen sowie ein kleines Dorf erkennen.

»Das ist Lods!«, sagte Victorine.

»Das ist was?«, fragte Claire.

»Das Dorf heißt Lods«, erklärte Giselle. »Der Fluss dort unten heißt Loue.«

»Hat die Loue je Hochwasser?«, fragte Claire.

»Ich kann mich nicht erinnern, dass das je ein Problem war«, sagte Giselle. »Warum?«

»Ach, nur so.«

Das Dorf hatte ein alpines Flair: Die Häuser waren entlang der dicht bewaldeten Serpentinen gebaut, helle Steinhäuser mit steilen Dächern. Als sie näher kamen, bemerkte sie Blumenkästen mit roten Geranien und zarten Spitzengardinen, die im Wind wehten; Katzen schliefen auf Fensterbrettern, und hier und da saßen alte Leute vor dem Haus, putzten Bohnen und unterhielten sich. Sie sahen dem Auto hinterher.

»Lods ist ein sehr kleines Dorf und sehr ruhig«, erklärte Giselle. »Es gibt zwei Hotels und ein interessantes Museum über Wein und Weinanbau, ein paar Restaurants und den Fluss. Das war's. Aber jetzt in der Saison ist der Campingplatz geöffnet, und die Wasserfälle werden abends beleuchtet. Wir müssen mal herkommen und dir das zeigen. Sehr hübsch.«

Viele der Häuser hatten geschmückte Fenster und gravierte Steine, die in die Hausmauern oder die Brunnen eingelassen waren.

»Neben dem Weinanbau war die Gegend im neunzehnten Jahrhundert für ihre Schmieden berühmt«, erzählte Thiérry. »Und das da drüben ist die Kirche Saint-Théodule, und da ist eine Steinbrücke aus dem sechzehnten Jahrhundert.«

»Und manchmal können wir Boote ausleihen und auf dem Fluss fahren«, rief Victorine.

»Es ist wunderschön hier«, schwärmte Claire.

Sie bogen in die Hauptstraße ein, die am Fluss entlangführte.

Giselle kurbelte ihr Fenster herunter und winkte einem alten Mann zu, der auf einer Bank vor einem weiß gekalkten Haus saß. Er trug eine Baskenmütze und eine schwarze Weste und stützte sich mit beiden Händen auf seinen Stock. Als wäre er der Tourismusbroschüre für den Ort entsprungen, dachte Claire.

»*Salut, Gabby!*«, rief die gesamte Familie, als sie langsam an ihm vorbeirollten, wobei Victorine fast auf Claires Schoß krabbelte, um ans Fenster zu gelangen.

Gabby hob die Hand und erwiderte ihre Begrüßung: »*Salut, Famille Lombardi!*«

»Heißt ihr Lombardi?«, fragte Claire, als sie weiterfuhren. Sie kam langsam vollkommen durcheinander mit all den Namen.

»Nein, unser Familienname ist Bouvay. Aber jeder, der mit dem Schloss und dem Haus in Verbindung gebracht wird, heißt hier im Ort Lombardi.«

Sie fuhren langsam durch das Dorf und danach noch ein paar Minuten am Fluss entlang, bevor sie in einen Schotterweg einbogen. Mehrere Reihen von Weinstöcken zogen sich den Hang hinauf und umgaben ein großes Steinhaus.

Sie hielten an einem riesigen rostigen Tor. David sprang aus dem Auto, Victorine folgte ihm dicht auf den Fersen, und gemeinsam öffneten sie das Tor. Zwei große Hunde, ein hellbrauner und ein schwarzer, kamen auf sie zugerannt, wedelten mit dem Schwanz und bellten fröhlich.

Thiérry fuhr auf einen gekiesten Vorplatz und stellte den Motor ab. Mehrere alte Frauen – und ein paar Männer und auch jüngere Leute – strömten aus einer großen blaugrünen Flügeltür.

Die Hunde bellten, die Kinder liefen herum, und die Frauen riefen aufgeregt durcheinander.

Die Tanten waren, genau wie die Kinder sie beschrieben hatten, dick und freundlich, klatschten vor Freude in die Hände und lachten. Claire wurde Michèle und Loic Fontaine vorgestellt, Armands Eltern. Seine Mutter Michèle war dunkelhaarig und hübsch, hatte ein lachendes Gesicht und eine unkomplizierte Ausstrahlung; sein Vater Loic sah aus wie eine ältere, grauhaarige Version von Armand und hatte die gleichen leuchtend blauen Augen. Michèle stellte ihr ihre Schwestern Colette, Pauline und Louise und ihre Tanten Marie und Françoise vor.

Und Giselle machte sie mit ihrem ältesten Sohn Luc bekannt, der Thiérry wie aus dem Gesicht geschnitten war, auch eine Brille trug und genauso belesen aussah. Luc sagte, er sei schon sehr gespannt auf die Änderungen, die Claire an der Website vorgenommen hatte.

Irgendwann verlor Claire den Überblick über all die Verwandten und vergaß beinahe sofort ihre Namen. Das war wahrscheinlich auch der Grund, weshalb alle die Ansammlung von Frauen schlicht als *die Tanten* bezeichneten. Sie wurde allen als *l'Américaine* vorgestellt und ins Haus gebeten.

Claire fühlte sich gleichzeitig enttäuscht und erleichtert, als sie Armand nicht unter den Verwandten entdeckte.

Sie kannte diesen Mann erst seit Kurzem, aber die gemeinsame Zeit erschien ihr so intensiv und aufgeladen, vielleicht wegen der Enge des Zusammenlebens oder ihrer momentanen Lebenssituation. Aber er war gegangen, als alles zu intensiv wurde; sie sollte seinem Beispiel folgen. Es war allerdings schwer, dieses Kribbeln zu vergessen, das seine Umarmung in der Markthalle ausgelöst hatte. Aber Claire würde ohnehin nicht in die Moulage zurückkehren, und wenn sie nicht einen Job ergattern konnte, dann würde sie bald auch Frankreich verlassen. Sie würde Armand und Giselle und ihre Familie nie wiedersehen. Diese Wochen würden ihr als interessantes Kapitel in Erinnerung bleiben. Claire begann bereits, sich die Geschichte in ihrem Kopf zurechtzulegen: *Habe ich euch schon von meiner Zeit in Paris erzählt, als ich einen Job in einer Moulage hatte?*

Die Verwandten drängten sie ins Haus; die Flügeltür führte direkt in eine große, aber volle Küche, die von einem riesigen Tisch und zehn Stühlen beherrscht wurde. An einer Wand standen ein Ofen und ein Kühlschrank, an der anderen eine Spüle und ein riesiger Hackblock. Ein Sprossenfenster mit Spitzengardine war geöffnet und gab den Blick auf einen üppigen Küchengarten frei. Auf der Fensterbank lag eine Katze, die das Geschehen teilnahmslos beobachtete. Eine der alten Frauen scheuchte sie nach draußen und schimpfte irgendetwas über Katzen in der Küche, woraufhin eine andere sie ermahnte, doch nicht so streng zu sein.

Claire ging näher zum Fenster, um den Blick auf sich wirken zu lassen.

Da entdeckte sie auf einem Hügel über dem Tal Armands Puppenhaus.

Sein Puppenhaus in voller Größe. Nun verstand Claire: Armand hatte an einem architektonischen Modell gearbeitet.

Es sah großartig aus dort oben auf dem Hügel und vom Licht der untergehenden Sonne beleuchtet. Aber, anders als bei dem Modell, war ein Teil des Turms in sich zusammengefallen, und das Dach war nicht mehr vollständig erhalten. Soweit sie das aus der Ferne sehen konnte, war der Rest des Gebäudes intakt, obwohl Claire sich genug mit Immobilien auskannte, um zu wissen, dass ein Gebäude dem Untergang geweiht war, sobald das Dach einmal defekt war.

»Das ist der Familienstammsitz?«, fragte Claire.

»Ja«, sagte Michèle. »Das Schloss war mal wunderschön. Es ist seit den 1870er-Jahren im Besitz der Familie, als unsere Vorfahren aus Italien gekommen sind.«

Die Tanten nickten und kicherten und bereiteten Snacks und Getränke vor. Sie luden Claire ein, sich an den Küchentisch zu setzen, dann erzählten sie im Wechsel die Familiengeschichte. Die Einzigen, die sich zurückhielten, waren die Männer, die ihre Aufmerksamkeit eher auf das Essen richteten, und Schwester Louise, die nickte, lächelte und kicherte, aber ansonsten stumm blieb.

»Luigi Lombardi hat hier gewohnt und die Tochter einer adligen Familie geheiratet«, erzählte Pauline. »Die Familie hat natürlich während der Revolution ihr Geld und ihre Macht verloren, konnte das Schloss aber halten. Es war ein bisschen heruntergekommen, aber immer noch eine Schönheit.«

»Der andere Bruder, Giuseppe, eröffnete in Paris die Moulage. Seitdem besitzt unsere Familie das Land hier und den Laden in der Stadt«, sagte Colette. »Hier haben sie Landwirtschaft betrieben und hatten ihren kleinen Weinberg, und Giuseppes Sohn Jean-Baptiste hat die Moulage übernommen, als Giuseppe in Rente ging. Aber Jean-Baptiste wollte seine Kinder nicht in der Stadt großziehen, also fuhr er viele Jahre lang zwischen Paris und dem Landsitz hin und her, während seine Frau sich hier um die Kinder kümmerte.«

»Ihr erstgeborener Sohn, Marc-Antoine, ging nach Paris, um den Laden zu übernehmen, sobald er alt genug war«, fügte Pauline hinzu. »Und dann wurde er an Pierre-Guillaume Fontaine weitergegeben.«

»Das Schloss sieht von hier wundervoll aus«, sagte Claire.

Louise kicherte.

»Es sieht umso besser aus, je weiter man weg ist«, seufzte Michèle. »Und je dunkler es ist.«

»Ein Jammer, dass es nicht mehr intakt ist.«

»Es war immer noch schön, als die Nazis während des Krieges eingezogen sind. Damals ist die Familie endgültig ausgezogen. Die Deutschen haben dort ihre Offiziere untergebracht, und als sie gingen, haben sie alle Bilder, Teppiche, das Silber und alles, was irgendwie wertvoll war, mitgenommen«, erzählte Tante Marie.

»Sie haben auch einiges zerstört«, sagte Colette. »Sie haben ein Schlafzimmer in Brand gesetzt, und eine Granate ist in die Luft geflogen und hat den Turm beschädigt. Die herunterstürzenden Steine haben das Dach beschädigt. Jetzt leben nur noch die Geister in dem Haus, und niemand will es.«

»Ich dachte, Armand wollte es renovieren?«, fragte Claire.

Bedeutungsvolle Blicke wurden ausgetauscht.

»Das hat er mal vorgehabt, aber dann ...« Pauline zuckte mit den Schultern.

»Die Dinge ändern sich«, sagte Michèle in sanftem, aber distanziertem Ton und beendete das Gespräch.

Claire musterte Michèle einen Augenblick lang und fragte sich, wie schwer es wohl für sie sein musste, ihren Sohn so leiden zu sehen. Wenn seine Qual schon Claire, einer beinahe Fremden, auffiel, um wie viel schwerer musste es dann für seine Familie sein, das mitanzusehen?

Nachdem sie sich mit gesalzenen Nüssen, saftigen Pflaumen und Quiche gestärkt hatten, scheuchten die Tanten sie aus der Küche und lehnten jede Hilfe bei der Vorbereitung des Abendessens ab. Es war ein heißer Sommernachmittag, Insekten summten, und eine leichte Brise ließ die Blätter rascheln. Giselle schlug vor, mit den Kindern einen Spaziergang im angrenzenden Wald zu machen. Thiérry wollte nicht mitkommen, aber Claire war froh, sich die Beine ein wenig vertreten zu können.

Victorine und David liefen vorneweg, suchten sich Stöcke und fochten einen Schwertkampf aus. Der Pfad führte zu einer Lichtung mit einem großen Teich. Als sie dort anlangten, sprangen Dutzende Frösche ins Wasser. Über dem Uferbereich schwirrten Libellen. Die Kinder warfen kleine Steine in den Teich, und konzentrische Kreise breiteten sich über die spiegelglatte Oberfläche aus.

Claire tat so, als fände sie den Teich hübsch, den Kindern zuliebe. Das Letzte, was sie brauchten, war, Bekanntschaft mit ihrer Phobie zu machen. Wenn sie eines Tages Kinder hätte – *falls* sie Kinder hätte –, würde sie dafür sorgen müssen, dass sie möglichst früh schwimmen lernten, bevor sie alt genug wären, um ihre Angst zu verstehen.

Auf dem Rückweg sah man zwischen den Bäumen hindurch das Schloss.

»Könnten wir uns ein bisschen in dem alten Schloss umsehen?«, fragte Claire.

»Ja, bitte!«, rief Victorine begeistert.

»*Nein*«, erwiderte Giselle.

»Da *spukt* es«, sagte David mahnend.

»Es spukt überhaupt nicht«, sagte Victorine. »Außerdem habe ich keine Angst.«

»Es spukt nicht«, erklärte Giselle ihren Kindern. »Es gibt keine Geister. Aber es ist gefährlich. Es ist absolut tabu – habe ich mich klar ausgedrückt?«

Claire fragte sich, ob die Ruine auch für Erwachsene tabu war, entschied aber, danach erst zu fragen, wenn die Kinder außer Hörweite waren.

Sie kehrten zurück, und der Tisch war für fünfzehn Personen gedeckt, wozu extra ein Beistelltisch und unterschiedliche Stühle zusammengesammelt worden waren. Das Essen bestand aus Zwiebeltarte, Speck, Sellerieremoulade, Brathähnchen und knusprigen kleinen Kartoffeln mit Rosmarin und grünen Bohnen. Nach dem Hauptgang gab es Salat und eine Käseplatte. Der Wein floss in Strömen; Armands Vater Loic, der kaum ein Wort gesprochen hatte und darin seinem Sohn sehr ähnlich war, schenkte großzügig nach, sobald ein Weinglas nur noch halb voll war.

Claire genoss die Mahlzeit und ließ die fröhlichen Gespräche über sich hinwegplätschern. Die Familie tauschte Neuigkeiten aus Paris und über Freunde und Verwandte aus dem Dorf aus, schwelgte in alten Erinnerungen und plante Tagesausflüge. Es erinnerte Claire an die Familienessen in Plaquemines Parish, aber sie wunderte sich: Wenn sie und ihre Familie zusammenkamen, dann gab es unterschwellige Streitigkeiten und ungeklärte Differenzen wie zwischen Jessica und ihr. Gab es das in dieser Familie auch? Von außen wirkte alles so harmonisch und liebevoll.

Als Nachspeise gab es Birnencrumble und Kaffee und Tee. Das Abendessen dauerte fast zwei Stunden, und das Abräumen und der Abwasch – bei dem die Tanten Hilfe akzeptierten – noch mal eine Dreiviertelstunde. Als sie mit allem fertig waren, war es fast zehn Uhr, und die Kinder wurden ins Bett geschickt.

Giselle zeigte Claire das kleine Gästezimmer im Erdgeschoss. Es war einfach, hatte ein großes Bett und einen kleinen Schrank. Ein Fenster ging auf den Garten hinaus und bot einen Ausblick auf das alte Schloss, das teilweise von Bäumen verdeckt war.

»Du musst zwar zum Duschen nach oben kommen, aber so hast du zumindest deine eigene Toilette unterhalb der Treppe.«

»Es ist wunderschön, danke.«

»Besser als die kleine Kammer im Atelier, nicht wahr?«

Claire grinste. »Um ehrlich zu sein, ist mir die kleine Kammer ziemlich ans Herz gewachsen. Aber das Haus hier ist wirklich umwerfend!«

»Es ist ja noch früh. Soll ich dir eine kleine Führung geben?«

»Das wäre toll.«

Es gab einen Wintergarten, zwei Wohnzimmer, eine riesige Vorratskammer und sogar eine kleine Bibliothek. Der Dachboden war ein großer, offener Schlafloft für die Kinder, voller Kinderbetten und mit Schlafsäcken auf dem Boden; in den Regalen an den Wänden stapelten sich Bücher und altmodische Brettspiele. Es sah aus wie beim Campingurlaub. Das Haus hatte hohe Decken und niedrige Türen, winzige Flure und Nischen, in denen antike Möbel standen. Die Wände und Regale waren voller Familienfotos und Erinnerungsstücke.

Claire blieb stehen, um sich eine Reihe von gerahmten Kohlezeichnungen anzusehen, die sie an die Zeichnung in der Kammer im Atelier in Paris erinnerten, und ein Gemälde in ähnlichem Stil. Es zeigte eine traute Szene: zwei Kinder, die in der Badewanne spielten. Der impressionistische Stil erinnerte Claire an die Werke von Mary Cassatt.

»Sie sind von einer Ururgroßmutter oder so ähnlich. Sie hängen schon immer hier. Die meiste Keramik, die du siehst, stammt von einem Großonkel. Auch wenn nicht alle in der Moulage mitarbeiten, hat es trotzdem immer viele Handwerker und Künstler in der Familie gegeben.«

»Manchmal ist es einem wahrscheinlich auch ein bisschen zu viel«, sagte Claire. »Aber dieser Sinn für die Familiengeschichte in diesem Haus ist wirklich etwas Besonderes.« Sie dachte an das Schloss und überlegte, mit welchen Geheimnissen und Erinnerungen es wohl aufwarten mochte. Oder hatte David recht, und es gab dort nichts als Geister?

Das ganze Haus war wundervoll, aber am besten gefiel Claire der Keller. Sie gingen durch eine schmale Tür und eine steile Steintreppe hinunter. Die Luft roch modrig, war aber eiskalt, eine willkommene Erfrischung in der sommerlichen Hitze. Am Fuß der Treppe zog Giselle an einer Schnur, um das Licht anzuschalten.

Es gab mehrere Räume. Einer war voll mit Jagdutensilien

und Angelausrüstung; in einem anderen standen Kindermöbel, eine Krippe und ein Hochstuhl. Hohe Regale waren gefüllt mit Großpackungen Toilettenpapier und Küchenrolle sowie Kisten mit Badoit-Mineralwasser.

Der größte Raum war gesäumt von mit Korken verschlossenen Flaschen ohne Etikett und vier riesigen Holzfässern. Es roch nach Wein.

»*Ça, c'est notre cave*«, sagte Giselle.

»Euer eigener Weinkeller?«, fragte Claire.

»*Oui*. Der Wein in den Fässern ist von unserem eigenen Weinberg. Er ist nicht groß, der Wein reicht gerade für die Familie. Die alten Männer kümmern sich um die Trauben und machen den Wein. Das war der Wein, den wir zum Abendessen hatten.«

»Er hat mir gut geschmeckt.«

»Er ist nicht herausragend, aber er schmeckt nach zu Hause. Einer meiner Onkel braut auch ein Tonikum, wie er es nennt. Er behauptet, es sei gut bei Magenbeschwerden. Er verwendet eine Mischung aus heimischen Kräutern. Die sammelt er oben in den Bergen. Ich glaube ja, es ist eigentlich nur Alkohol, aber es scheint zu wirken. Du wirst es bestimmt noch merken: Das Essen kann sehr schwer sein.«

»Ach, gut, dann bin ich gewarnt. Dabei fällt mir noch ein: Du hast vorhin den Kindern verboten, zum Schloss zu gehen. Gilt das auch für Erwachsene? Ich würde mir das Ganze wahnsinnig gerne mal anschauen.«

»Es ist wirklich besser, das nicht zu machen«, sagte Giselle. »Es ist einsturzgefährdet. Wenn Armand auftaucht, kannst du ja ihn noch mal fragen.«

»Rechnest du denn damit, dass er kommt?«

»Vielleicht«, antwortete sie achselzuckend. »Das weiß man nie. Claire ... ich wollte dir noch sagen ... mein Cousin verkraftet es nicht, noch mal verletzt zu werden. Er ... hat eine wirklich harte Zeit hinter sich. Er hat viel durchgemacht.«

»Ich hatte nicht die Absicht, ihn zu verletzen.«

»Manchmal passiert das einfach, ob wir es vorhaben oder nicht.«

»Zwischen uns läuft nichts, Giselle«, sagte Claire. »Ich will gut mit ihm auskommen, mehr nicht, aber du weißt ja, wie er ist. Ich arbeite einfach für ihn, aber selbst das ist ja nun seit gestern nicht mehr aktuell, nicht wahr?«

Giselle zuckte mit den Schultern und schien nicht überzeugt.

»Was macht ihr denn da unten?«, rief eine Stimme vom oberen Ende der Treppe. »Bist du das, Giselle? Kannst du bitte zwei Flaschen mitbringen? Und ein paar Küchenrollen?«

»Bien sûr, Tante Françoise«, sagte Giselle, reichte Claire drei Küchenrollen und nahm zwei staubige Weinflachen aus dem Regal.

Als sie die Steinstufen wieder nach oben stiegen, dachte Claire über Giselles Worte nach. Sie dachte an das Konzept des *kintsugi*, an die Bruchstellen, die einen ganz anderen Stellenwert bekamen, an die Narben, die man sich im Laufe eines Lebens zuzog. Vielleicht konnte man über manche Tragödien nicht hinwegkommen.

Claire machte sich fertig fürs Bett und schaltete das Licht aus. Sie stand einen Moment am Fenster und ließ den warmen Abendwind über ihre Arme streichen, während sie zu dem verfallenen Schloss hinübersah. Es hob sich dunkel gegen den hellen Himmel ab.

Sie erschauderte und kniff die Augen zusammen. War da ein flackerndes Licht in einem der gewölbten Fenster zu sehen gewesen?

Doch jetzt war es weg. Die Bäume verstellten teilweise die Sicht; ihre Äste schwangen leicht im Wind. Vielleicht hatte sie also nur das Mondlicht gesehen, das sich auf den taufeuchten Blättern gespiegelt hatte.

Sie starrte so lange in die Richtung, bis ihr Blick verschwamm. Doch dann, *ja*, da war es wieder.

Ein weicher goldener Schein, der erst in einem der Fenster und dann im nächsten zu sehen war. Als ob jemand mit einer Kerze in der Hand durch den Flur ging. War das das Spuken, von dem die Kinder gesprochen hatten?

Claire glaubte ebenso wenig an Geister wie Giselle. Erwachsene wurden von ihrer Vergangenheit heimgesucht, aber nicht von Geistern. In ihrer Heimatstadt erzählte man sich natürlich derlei Geschichten. Die Bayous waren bevölkert von Geistern und Monstern. Aber Claire hatte schon als kleines Mädchen gelernt, dass die wahren Monster Menschen waren, keine Geister.

Vielleicht hatten Obdachlose im Schloss Unterschlupf gefunden, und Giselle fand es daher gefährlich. Das Licht verschwand, und obwohl sie noch mehrere Minuten hinübersah, tauchte es nicht wieder auf. Sie war erschöpft; es war ein langer Tag gewesen.

Aber als ihr Kopf auf das Kissen sank, stiegen vor Claires Auge Bilder von Armand auf, der über sein Miniaturschloss gebeugt heimlich bis spät in die Nacht die winzigen Details schliff und formte.

42 SABINE

»Erinnerst du dich an Monsieur Lombardi, den Maskenbildner?«, fragt Maurice Sabine, während sie damit beschäftigt ist, hartnäckige Tonreste von der Werkbank zu kratzen.

Sie hält inne, ihre Hände sind rot vom nassen Ton.

»Ich erinnere mich an einen Maskenbildner«, sagt sie vorsichtig. »Wir haben ihn in der Brasserie kennengelernt, an dem Abend, an dem auch Monsieur Degas da war, oder?«

»Genau. Der hässliche Mann.«

Sabine findet Monsieur Lombardi nicht hässlich. Alles, woran sie denken kann, ist die Sanftheit seiner Stimme, seine hellen, klaren Augen. Die Narbe auf seiner Wange und der Braue stört sie nicht. Im Gegenteil. Sie erinnert sie daran, dass ein Mensch genauso gut hübsch sein und in seinem Inneren Hässlichkeit verbergen kann. Und das Gegenteil war mit Sicherheit ebenso wahr. Verstecken nicht die meisten Menschen ihre Narben in ihrem Inneren?

Ihr fällt ein, was ihre Mutter ihr einmal erzählt hat: dass viele Dinge für diejenigen hässlich sind, die nicht sehen können.

Im Louvre sieht Sabine zwar die Schönheit der Farben, des Pinselstrichs und der prächtigen Kleider und Möbel.

Aber der Ausdruck in den Gesichtern – insbesondere in den Gemälden der Adligen – ist manchmal hässlich, als ob der Künstler ein Gefühl der Verachtung gegenüber den Mitmenschen auf die Leinwand gebannt hätte.

»Monsieur Lombardi hat mich gefragt, ob du für ihn Modell sitzen würdest.«

Sabine hält den Blick gesenkt. Sie reinigt die Werkbank fertig, dann wäscht sie sich die Hände und cremt sie ein. Als sie nach Paris gekommen ist, waren ihre Hände von der Arbeit auf dem Feld ganz rau. Mit Salben und Cremes hat sie versucht, sie weicher zu bekommen. Maurice besteht weiterhin darauf.

»Finden Sie, das ist eine gute Idee?«, fragt Sabine. »Dass ich für ihn Modell sitze?«

Es ist eine Gratwanderung: Einerseits fühlt sich Maurice durch die Aufmerksamkeit geschmeichelt, glaubt, dass er mit Sabine eine Entdeckung gemacht hat, als sie noch ein mageres naives Mäuschen frisch vom Land war. Er mag es, wenn andere ihn bitten, dass sie für sie Modell sitzt, dass sie ihm dann gewogen sind und ihn für seinen Scharfsinn und seine Großzügigkeit bewundern. Doch wenn Maurice merken würde, wie sehr sich Sabine danach sehnt, Zeit mit Jean-Baptiste Lombardi zu verbringen, wäre es gefährlich.

»Ich finde es amüsant«, sagt Maurice. »Ich wusste gar nicht, dass er auch Bildhauer ist. Es ist anscheinend seine neue Leidenschaft. Vielleicht sollte ich ihn bitten, mir im Gegenzug ein paar Abdrücke von dir zu machen.«

»Ich sehe keinen Grund, warum du nicht gehen solltest«, sagt er schließlich. »Ich brauche dich diese Woche sowieso nicht.«

Er arbeitet gerade an der Skulptur eines Mannes, die er

bei der Akademie einreichen möchte. Sabine hofft, dass sie angenommen wird. Es wäre nicht gut für sie, wenn Maurice einmal mehr zurückgewiesen würde.

»Isabelle wird dich begleiten«, fügt Maurice hinzu.

»*Oui, monsieur.*«

43

Als Claire am nächsten Morgen zum Frühstück aus ihrem Zimmer kam, waren noch mehr Verwandte eingetroffen und bevölkerten den Hof und die Küche.

Claire konnte die Namen aller Verwandten nicht auseinanderhalten, also gab sie den Versuch irgendwann auf. Sie ignorierte ihr Unbehagen, dass sie fast niemanden kannte, und konzentrierte sich stattdessen lieber auf das Geschehen.

Erwachsene redeten, lachten und räumten Essen auf. Kinder rannten durch die Räume, spielten mit den Hunden und jagten die Katzen.

Claire nahm eine Tasse Kaffee und ein Croissant von einer jungen Frau mit Zöpfen entgegen, die sie noch nie zuvor gesehen hatte. Dann entdeckte sie Giselle, die draußen saß, und trug ihr Frühstück auf die Terrasse. Giselle und die Tanten – Michèle, Pauline, Colette und Louise – saßen in einem Kreis um einen großen geflochtenen Korb herum. Ihre Hände waren in ständiger Bewegung und zogen die Blüten von getrockneten Lavendelzweigen ab.

»Wir machen kleine Geschenke für das Fest«, erklärte Pauline. Sie hielt ein kleines Säckchen hoch, auf das Namen gestickt waren – PIERRE-GUILLAUME UND DELPHINE – und das Datum. »Am Ende kommen die Blüten in solche Säckchen, siehst du?«

»Oh, wie hübsch! Was für eine gute Idee«, sagte Claire und setzte sich in den Kreis. »Kann ich auch mithelfen?«

»*Bien sûr*. Sobald du mit dem Frühstück fertig bist.«

Ihre Arbeit folgte einem bestimmten Rhythmus: Man nahm einen Zweig von einem der Haufen, die auf Tüchern auf dem Boden lagen, *schupp*, *schupp*, *schupp*, dann weg mit dem leeren Zweig, und der nächste.

Während die Frauen arbeiteten, unterhielten sie sich. Viele der Themen sagten Claire nichts. Die Namen von Cousins, Cousinen, Nichten und Neffen schwirrten hin und her. Aber Claire horchte auf, als sie plötzlich über eine Frau namens Odile sprachen, die in den Armen von Armands Nachbarn, dem Chocolatier, gelandet war.

»Quentin?«, fragte Claire.

»Ja, so heißt er.«

»Und ... wer ist Odile?«

Sie tauschten Blicke aus.

»Armands Frau«, sagte Colette.

Michèle schüttelte den Kopf, stand auf und verließ den Kreis.

»Seine Frau? Armand ist *verheiratet*?«, fragte Claire und sah Giselle an.

»Seine Exfrau«, sagte Pauline, bevor Giselle etwas erwidern konnte. »Odile ist Armands Exfrau.«

»Gut, dass er sie los ist«, warf Colette ein.

Giselle warf den alten Frauen einen mahnenden Blick zu. »Quentin ist kein schlechter Mann. Und Odile hat ein Recht darauf, glücklich zu sein. Es ist alles sehr kompliziert.« Damit beendete sie das Thema.

Kompliziert? So kompliziert kam es Claire gar nicht vor:

Wenn Armands Frau ihn tatsächlich mit einem anderen betrogen hatte, würde das eine Menge erklären. Obwohl es Claire merkwürdig vorkam, dass Armand Quentin in seinen Garten gelassen und ihm Wein serviert hatte.

Giselle wirkte auffallend verständnisvoll ihrer ehemaligen Schwägerin gegenüber. Claire nahm sich vor, sie danach zu fragen, wenn sie das nächste Mal allein waren.

»Du bist also aus Amerika, Claire?«, fragte Michèle, als sie sich wieder zu ihnen gesellte. Sie setzte sich hin und nahm ein Büschel getrockneten Lavendel in die Hand. Ihre kräftigen Hände bearbeiteten die Zweige in einem schnellen Rhythmus und ließen einen wahren Blütenregen in den Korb niederprasseln.

»Ich bin aus Louisiana«, sagte Claire und nickte.

»Deshalb sprichst du Französisch, oder?«

»Ja, meine Großmutter hat zu Hause Französisch gesprochen. Wie ihr ja hören könnt, haben wir bei manchen Dingen eigene Wörter, und unser Akzent ist ein bisschen merkwürdig. Aber ehrlich gesagt, bin ich froh, wie gut ich die Sprache verstehe. Ich war mir nicht sicher, wie es in Frankreich mit der Verständigung klappen würde.«

Sie kicherten und unterhielten sich über das Französisch, das man in Teilen Afrikas, in Quebec oder in Haiti sprach.

Claire bearbeitete gerade ihren dritten Zweig Lavendel, während die alten Frauen in der gleichen Zeit ein Dutzend geschafft hatten. Es war eindeutig schwieriger, als es aussah.

»Claire, erzähl uns doch mal, wie du zu der Arbeit bei Armand gekommen bist?«

»Ich war auf der Suche nach einer Unterkunft, und ich konnte ein paar Wochen mit den englischsprachigen Kunden helfen.«

»Du bist also nicht ... mit ihm zusammen?«, fragte Pauline und sah sie aufmerksam mit ihren braunen Augen an.

»Nein, nichts dergleichen.«

»Warum bist du dann hier in Lods?«

Claire lachte. »Das weiß ich eigentlich auch nicht so genau. Giselle hat mich überredet. Aber der Grund, warum ich ursprünglich in die Moulage Lombardi gekommen bin, ist die Maske der *L'Inconnue de la Seine*. Kennt ihr sie?«

Es wurden noch mehr Blicke über den immer voller werdenden Korb hinweg ausgetauscht. Colette nickte ganz langsam. »Ein klein wenig. Das Gesicht hat der Familie über die Jahre viel Geld gebracht.«

»Das habe ich auch schon gehört.«

»Man sagt, dass in jedem modernen Haushalt in den 1920er- und 1930er-Jahren und in jedem Künstleratelier eine solche Maske hing. Es hing sogar eine im Schloss, wenn ich mich richtig erinnere.«

»Du könntest Pierre-Guillaume fragen«, schlug Pauline vor.

»Zu *L'Inconnue*?«

»Ja. Er hat vor langer Zeit im Atelier gearbeitet.«

»So lange ist es auch wieder nicht her«, sagte Giselle. »Er fing gegen Ende des Krieges an, in der Moulage zu arbeiten. Das Gesicht von *L'Inconnue* wurde vor der Jahrhundertwende gegossen.«

»Mein Urgroßvater hat damals eine Maske von *L'Inconnue* gekauft, als er während des Krieges in Paris war«, sagte Claire. »Ob sich ihre Wege wohl gekreuzt haben? Wäre das nicht erstaunlich?«

»War dein Urgroßvater in der amerikanischen Armee?«

Claire nickte.

»Das war ein großartiger Tag, als die Amerikaner kamen«,

sagte Tante Marie. »Die jungen Leute wollen die alten Geschichten nicht hören. Sie vergessen. Sie waren ja nicht dabei. Ich war zwar noch ein kleines Kind, aber ich kann mich genau daran erinnern, wo ich war, als die Amerikaner durch die Stadt marschiert sind. Es war ein großartiger Tag. Danke.«

»Ich wünschte, ich könnte mir das zugutehalten«, sagte Claire. »Aber es war lange vor meiner Zeit.«

»Trotzdem war es wunderbar.«

»Pierre-Guillaume ist mein Schwiegervater«, sagte Michèle zu Claire. »Vielleicht weiß er ja mehr über *L'Inconnue.*«

»Keiner weiß etwas«, warf Louise ein, die Tante, die sonst nie etwas sagte. »Deshalb ist sie ja die Unbekannte. Die Leute mögen das Geheimnisvolle.«

Nachdem sie mit den letzten Lavendelzweigen fertig waren, wandte sich Michèle an Claire. »Ich bringe dich zu meinem Schwiegervater, wenn du willst. Er und seine Frau, Delphine, leben ein Stück weiter den Weg hinunter. Wir können zu Fuß gehen.«

»Sie leben allein?«

»Es gibt ein kleines Häuschen hinter dem großen Haus weiter hinten, in dem sie ihre Kinder großgezogen haben, unter anderem meinen Mann Loic. Als die Kinder erwachsen waren und selbst Familien gegründet haben, haben sie es uns überlassen und sind in das Häuschen gezogen. Auf diese Weise sind sie in der Nähe.«

»Das ist eine schöne Tradition.«

»Ja, nicht wahr? Ich habe meine Kinder in dem Haus großgezogen, und jetzt lebt meine Tochter, Armands Schwester, mit ihrem Mann und ihren Kindern darin. Es ist nur ein kurzer Spaziergang von hier aus. Wir stehen uns sehr nahe.«

»Das merkt man. Es ist schön, dass ihr alle zusammen sein könnt.«

Sie lachte, ein sympathisches raues Lachen. »Wir haben manchmal unsere Differenzen, aber alles in allem ist es schön. Loic und ich verbringen immer noch ein- oder zweimal im Jahr Zeit in Paris, aber hier auf dem Land ist unser wahres Zuhause.«

Es lag Claire auf der Zunge zu fragen: *Hast du etwas von Armand gehört? Denkst du, er kommt noch?* Aber sie hielt sich zurück. Es gab ganz offensichtlich schon Gerede und Bedenken, da musste sie die Gerüchte nicht noch zusätzlich anheizen.

Sie kamen an einem zweistöckigen Haus vorbei, das wie viele Häuser im Dorf aussah: weiß mit einem steilen Ziegeldach und orangeroten Blumen vor den Fenstern, mit Efeu berankt und mit Spitzengardinen. Eine schwarz-weiße Katze sonnte sich in einem Erkerfenster, im Hof wedelte ein Hund mit dem Schwanz und bellte, und Hühner scharrten und gackerten.

Das kleine Häuschen hinter dem großen Haus war einfach und eingeschossig. Es sah aus, als wäre es in den Fünfzigern oder Sechzigern gebaut worden. Michèle klopfte kurz an die Tür, wartete aber nicht auf eine Reaktion, bevor sie die Tür öffnete. Sie ging voran in ein kleines, aber gemütliches Heim ohne Stufen, was mit knapp neunzig bestimmt ein Segen war, wie Claire dachte.

Ein älteres Paar saß am Küchentisch.

»Ah, salut, Michèle!«, sagte die Frau.

Michèle begrüßte sie mit einem Küsschen auf jede Wange.

»*Papa, Maman*, lasst mich euch Claire vorstellen, *l'Amé-*

ricaine«, sagte Michèle mit lauter Stimme. »Claire, das sind Pierre-Guillaume und Delphine Fontaine.«

Sie begrüßten Claire, luden sie ein, sich zu ihnen zu setzen und boten ihr eine Tasse Tee an. Claire nannte Pierre-Guillaume *Monsieur Fontaine*, woraufhin alle lachten.

»Alle nennen ihn Grand-père«, sagte Michèle. »Weil er das Oberhaupt der Familie ist.«

»Zumindest im Moment«, sagte er. Seine Stimme war schwach, aber sein Blick war scharf, als er Claire fixierte. »Du bist also Amerikanerin?«

Delphine erzählte, wie die Amerikaner in Paris einmarschiert waren, wie ohrenbetäubend die Glocken der Kathedrale Notre-Dame geläutet hatten. Sie war nur ein kleines Mädchen gewesen, erinnerte sich aber gut.

»Was hat dich nach Paris geführt, Claire?«, fragte Delphine.

»Es hat alles damit angefangen, dass ich als kleines Mädchen die Maske von *L'Inconnue* auf dem Dachboden meiner Großmutter gefunden habe. Ich habe sogar mit ihr geredet, so als ob sie mich hören könnte.«

»*L'Inconnue* ist wirklich etwas Besonderes«, sagte Pierre-Guillaume. »Vielleicht hat sie durch diesen Traum zu dir gesprochen.«

Delphine lachte und knuffte ihn gegen die Schulter. »Du und deine Geschichten, alter Mann.«

»Meine liebe Delphine glaubt nicht daran, dass Skulpturen sprechen können. Aber wir schon, nicht wahr, *Américaine*?« Pierre-Guillaume blinzelte Claire verschwörerisch zu.

Claire grinste. »Wenn ich ehrlich bin, hatte ich tatsächlich den Eindruck, dass sie sprechen können. Nicht die ganze Zeit natürlich, aber ab und zu.«

»Siehst du, Delphine?«, triumphierte Pierre-Guillaume.

Delphine nannte ihn einen alten Narren, in liebevollem Ton, und stützte sich auf den Tisch und stand auf, um mehr Wasser aufzusetzen. Michèle ging mit, um ihr zu helfen.

»Woher aus Amerika kommst du?«, fragte Pierre-Guillaume.

»Aus Louisiana. Aus einer Kleinstadt in Plaquemines Parish. Das liegt im Delta südlich von New Orleans.«

»Ich erinnere mich«, sagte Pierre-Guillaume und nickte. »Ich erinnere mich an deinen Großvater.«

Michèle stellte einen Teller mit Keksen auf den Tisch und sprach aus, was auch Claire gedacht hatte: »Du kannst dich doch sicherlich nicht so weit zurückerinnern, *Papa*? Daran, dass du als Junge etwas an einen Amerikaner verkauft hast?«

Er tippte gegen seine Schläfe. »Ich habe ein gutes Gedächtnis. Außerdem war er einer der ersten Amerikaner, die ich nach dem Krieg kennengelernt habe. Wir waren so glücklich, dass sie in Paris waren, das könnt ihr mir glauben! Er war sehr freundlich. Er hat mir einen Schokoriegel von Hershey's geschenkt. Und er hat prophezeit, dass ich mich eines Tages in meine Delphine verlieben würde.«

»Ich kann nicht fassen, dass Sie sich nach all den Jahren noch an ihn erinnern können«, sagte Claire staunend.

»Doch, ich erinnere mich. Weil ich ihm die Maske geschickt habe. Es war das erste Mal, dass ich etwas den ganzen Weg bis nach Amerika schicken sollte. Es erschien mir so weit weg, so verheißungsvoll. Der Soldat würde noch eine Weile nicht nach Hause zurückkehren, deshalb sollte ich die Maske an seine Frau schicken, damit sie ihn nicht vergaß.«

Claire nickte. »Ich habe ihn nicht mehr persönlich kennengelernt. Sein Name war Jerry Duval. Er ist gestorben, bevor ich auf die Welt gekommen bin.«

»Du musst wissen, damals war meine Delphine noch ein Kind. Ganz mager, außerdem hat sie fürchterlich genervt! Als er mir dann prophezeit hat, dass ich mich in sie verlieben würde, habe ich das nicht ernst genommen. Doch dann habe ich sie eines Tages angesehen und gemerkt: Sie ist eine Frau geworden – eine wunderschöne, anspruchsvolle, intelligente Frau.«

Delphine kam an den Tisch zurück, setzte sich und strahlte ihn an, genau wie er sie anstrahlte. Dann fügte er mit einem spitzbübischen Grinsen hinzu: »Und sie geht mir heute noch auf die Nerven.«

Sie gab ihm einen erneuten Klaps. In gespielter Angst zuckte er zusammen und grinste.

»Dein Großvater hat mir erzählt, dass er seiner Frau eigentlich Parfüm, Schokolade oder ein Seidentuch aus Paris schicken wollte. Das war am Ende des Krieges aber unmöglich zu bekommen, also hat er stattdessen das Gesicht von *L'Inconnue* gekauft. Ich habe es verpackt und nach Louisiana geschickt. Ist es denn heil angekommen? Das habe ich mich immer gefragt.«

»Ja«, log Claire ohne Zögern. »Ja, das ist sie. Sie ist wunderschön.«

»Papa«, sagte Michèle mit lauter Stimme. »Claire hat sich gefragt, ob du irgendeine Idee hast, wer das Modell war? Das Modell für *L'Inconnue*?«

Er dachte nach und schüttelte dann den Kopf. »Aber ich war in sie verliebt, das kann ich euch sagen. Bis ich mich in meine Delphine verliebt habe. Es sind die einzigen beiden Frauen, die ich je geliebt habe.«

Delphine schnaubte spöttisch, lächelte ihren Mann dann aber wieder liebevoll an.

»Einmal habe ich Monsieur Jean-Baptiste Lombardi, den Vater meines Meisters, nach *L'Inconnue* gefragt«, erzählte Pierre-Guillaume.

»Wirklich?«, rief Claire alarmiert aus. »War Jean-Baptiste nicht derjenige, der ihre Totenmaske gemacht hat?«

»*Exactement.*« Er nickte. »Er war damals, um die Jahrhundertwende, der Meister der Moulage. Als die Frau ins Leichenschauhaus gebracht wurde, arbeitete dort gerade ein Freund von Jean-Baptiste. Sein Name war ... Olivier Delen – siehst du, Michèle, mein Gedächtnis funktioniert noch! Später hat Olivier Jean-Baptiste in der Moulage vertreten, wenn er von Zeit zu Zeit aufs Land gezogen ist.«

»Hat Jean-Baptiste sonst noch etwas über sie erzählt?«

»Olivier hat ihn kommen lassen, damit er eine Maske von ihr macht, weil sie so wunderschön war. Jean-Baptiste hat gesagt, er hatte sie vielleicht einmal gesehen, auf dem Markt, oder so. Er glaubte, dass sie ein Künstlermodell gewesen war. Aber vielleicht hat er das auch nur gesagt, weil sie so wunderschön war, dass sie ein Modell hätte sein können.«

»Sonst nichts? Er wusste nicht, wie sie gestorben war oder wie sie hieß?«

Er schüttelte den Kopf und hustete leicht. »Er hat nur gesagt, dass es eine Schande war, dass sie so jung gestorben war.«

44

An diesem Abend lieh sich Claire eine Taschenlampe aus der Küche aus und schlug den Weg den Hügel hinauf ein, zwischen den Weinstöcken hindurch und an den Bäumen vorbei zum Schloss.

Michèle hatte ihr versichert, dass sie keine Probleme mit Obdachlosen hatten; Loic kontrollierte das Schloss regelmäßig. Sie hatte sie allerdings gewarnt, dass das Gebäude in keinem guten Zustand war und dass es gefährlich sein konnte, sich darin umzusehen.

Deshalb hatte sie die Taschenlampe mitgenommen. Claire würde vorsichtig sein. Es war fast Vollmond, deshalb brauchte sie die Lampe auf dem Weg zum Schloss nicht. Grillen zirpten, eine Eule rief, und ab und zu hörte sie ein Tier im Unterholz rascheln. Ansonsten war der Abend ganz still und leise. Der laue Abendwind war angereichert mit dem Duft von getrocknetem Gras und Kräutern.

Das Schloss sah von außen spektakulär aus.

Es schimmerte im Mondlicht, und die mächtige Fassade sah aus wie aus einem Traum. Als sie näher kam, bemerkte sie Gesichter, die über dem gotischen Bogen des Haupteingangs in den Stein gehauen waren: sieben Engel. Die alten Steinmauern waren dick und massiv.

Die Tür stand weit offen; Unkraut überwucherte die Türschwelle.

Sie trat ein. Verlassene Häuser hatten Claire schon immer fasziniert. Es machte ihr Spaß, sich vorzustellen, welche Leben dort gelebt worden waren, welche Menschen durch die Flure und Türen gegangen waren.

Wie viele Male waren Kinder die Treppe hinauf- und hinuntergelaufen und hatten sich etwas zugerufen? Wie viele Paare hatten sich innerhalb dieser Mauern verliebt, hatten geheiratet, waren auseinandergegangen? Wer war alles stolz hier eingezogen und hatte sich geschworen, in diesem Haus zu sterben? Welche Handwerker hatten ihre Fertigkeiten eingebracht, um das Haus zu gestalten? Wer oder was hatte die Bewohner vor den Gefahren der Außenwelt beschützt?

Claire ließ den Strahl der Taschenlampe über die Wände der Eingangshalle wandern. Geradeaus sah sie eine riesige Treppe mit einem kunstvollen Geländer; sie erkannte sie wieder aus Armands Modell. Der Steinboden war mit Blättern und Dreck und hier und da mit ein paar Ziegeln bedeckt. Ein großer Kamin mit einem geschnitzten Sims hatte früher die Besucher gewärmt, enthielt jetzt aber nur noch Zweige und Stroh. Claire vermutete, dass ein Vogel weiter oben ein Nest gebaut hatte. Eine Tür, die von der Eingangshalle wegführte, stand offen und gab den Blick auf zerrissene Vorhänge frei, die vor großen Fenstern mit zerbrochenen Rahmen hingen.

Adlige hatten hier vor langer Zeit gelebt, zusammen mit ihren Bediensteten. Als Claire in der großen Halle stand, konnte sie sich gut vorstellen, welche Aufregung und Bedrohung die Französische Revolution hier hervorgerufen haben musste. Später kamen die Lombardis, die sich verzweifelt an das Schloss klammerten, sich aber schließlich den deutschen Besatzern geschlagen geben mussten.

Wenn man ganz leise war, konnte man dann noch die schweren Stiefel der Deutschen hören?

Sie hielt sich rechts und ging langsam den Flur entlang, wobei sie einen Blick in jedes Zimmer warf. In einem stand ein demoliertes altes Radio auf einem uralten Tisch. Ein anderer Raum war wohl mal der Salon gewesen: Ein alter roter Samtstuhl, dessen Füllmaterial nach außen quoll, stand vor einem zerbrochenen Fenster.

Sie ging weiter den Gang entlang und blieb plötzlich wie angewurzelt stehen, als sie einen goldenen Lichtschein wahrnahm, der unter einer Tür hindurch in den Flur fiel.

Ein Geist?

Sie zögerte, versuchte zu entscheiden, ob sie fliehen oder Hallo sagen sollte.

Ein Mann trat in den Flur.

Sie erschrak so heftig, dass sie die Taschenlampe fallen ließ. Sie polterte auf den Steinboden und erlosch.

Das Herz schlug ihr bis zum Hals. Es war dumm gewesen, hierherzukommen. Was hatte sie sich nur dabei gedacht? Dass es in dieser beinahe mythischen und wunderschönen Umgebung ungefährlich war, nachts allein durch eine alte Ruine zu streifen?

»Was willst du, Claire?«

»Armand?« Jetzt schlug ihr Herz noch stärker, allerdings aus einem anderen Grund.

Eine Weile starrten sie einander einfach nur an. Sie waren in silbernes Mondlicht getaucht, das durch die zerbrochenen Fenster und durch Löcher im Dach hereinfiel. Um sie herum das verfallene Herrschaftshaus, das Stück für

Stück zerfiel, aber trotz der Zerstörung nicht weniger schön war.

»Was machst du hier?«, fragte er.

»Ich, ähm ...« Sie schüttelte den Kopf und zuckte mit den Schultern. »Ich war auf der Suche nach einem Landhaus, und ich dachte, dass dieses hier vielleicht zu verkaufen ist ...«

Er antwortete nicht.

Claire räusperte sich. »Wobei ich schon sagen muss, dass mir der Zustand der Leitungen ein bisschen Sorge bereitet.«

»Warum folgst du mir permanent, fragst mir Löcher in den Bauch, machst Witze? Warum, Claire?«

»Ich ... Es tut mir leid, Armand. Wirklich. Ich wollte nicht in deine Privatsphäre eindringen. Ich habe nur das Licht gesehen, und da habe ich mich gefragt ... Entschuldige. Ich dachte –« Sie lachte leise. »Giselles Kinder haben darauf bestanden, dass es hier einen Geist gibt, und da ist wahrscheinlich meine Fantasie mit mir durchgegangen.«

»Du bist also allein in der Nacht hierhergekommen, weil du gedacht hast, hier wohnt ein Geist?«

»Vernunft war noch nie meine Stärke.«

Er schüttelte den Kopf und schnaubte. Ein unterdrücktes Lachen.

Claire zögerte, überwältigt von all den unausgesprochenen Worten.

Sie wollte Armand fragen, warum er es zugelassen hatte, dass der Betrug seiner Frau ihn zerstörte. Warum er hier in dieser Ruine campierte, wo doch am Fuß des Hügels ein wunderschönes Haus voller Familie, Essen und Liebe auf ihn wartete. Warum er nicht sehen konnte, was er alles hatte – Talent, ein erfolgreiches Geschäft, eine wundervolle

Tradition, eine liebevolle Familie. Warum er nicht beschloss, weiterzumachen und glücklich zu sein. Aber das ging sie alles nichts an, genauso wenig wie sein Puppenhaus. Der Mann hüllte sich in seine Geheimnisse wie in einen Umhang und schützte damit den Schmerz in seinem Innern. Das war sein gutes Recht. Es war nicht entscheidend, was sie wollte.

»Wie auch immer«, sagte sie schließlich. »Ich werde jetzt wieder gehen und dich mit deinem Schloss allein lassen. *Bonne soirée*, Armand.«

Sie wandte sich ab, um zu gehen.

Armand legte eine Hand auf ihre Schulter. Sanft drehte er sie wieder herum, sodass sie ihm ins Gesicht sah.

In seinen Augen spiegelte sich Verzweiflung. In seinem irritierend schiefen Gesicht lag eine Mischung aus Bedürftigkeit, Verlangen, Angst und Zweifel. Und Hoffnung.

Als er sprach, war seine Stimme leise und heiser:

»Sag mir, was du willst, Claire Broussard.«

»Was ich wirklich will?«

Er nickte.

»Das hier.«

Sie trat einen Schritt auf ihn zu, in seine Arme, und hob das Gesicht.

Armand versteifte sich und schaute sie fragend an. Seine blauen Augen musterten sie. Um sie herum knackte und jammerte das Haus, verlorene Echos und Träume vergangener Jahrzehnte.

Sein Mund senkte sich auf ihren.

Stunden vergingen, und immer noch hielten sie einander fest.

Armand hatte in einem ehemaligen Salon ein Lager errichtet. Er hatte aus Blättern und Moos eine Matratze aufgehäuft, die er dann mit mehreren Schichten weicher Flanellschlafsäcke bedeckt hatte. Ein paar Kerzen standen auf dem steinernen Sims eines Kamins und verliehen dem Raum einen goldenen Schein. Ein Stapel alter Bücher diente als Nachttisch. Obenauf waren ein Buch, das er gerade las, ein kleines Glas und eine Flasche Wein. In einem Korb befanden sich Brot, Käse und Obst.

Von oben funkelten die Sterne durch ein Loch im Dach. Sie erinnerten Claire an die kleinen Lichter im Garten der Moulage Lombardi in Paris. Armand hielt sie von hinten umschlungen. Claire konnte seinen Atem im Nacken fühlen. Sie wollte nicht sprechen, um den Zauber des Moments nicht zu zerstören.

Aber schließlich flüsterte sie: »Wie lange wolltest du denn hier oben bleiben?«

»Ich wollte morgen runterkommen«, sagte Armand. »Ich mag es einfach, ein, zwei Nächte für mich zu haben, bevor ich mich dem Trubel stelle.«

»Du hast eine große Familie.«

»Ich liebe sie. Aber manchmal ist es ein bisschen viel.«

Sie verstummten. Sein Geruch umhüllte sie und mischte sich mit dem Aroma der Blätter und der Feuchte und dem Muff der alten Bücher. Die Sommernacht war kühl, aber Armand war warm und der Schlafsack weich.

»Ich habe davon geträumt, das Schloss für meine Tochter zu restaurieren«, erzählte Armand. Seine Worte klangen durch ihre Haare leicht gedämpft.

Sie lag reglos da. »Deine Tochter?«

»Ihr Name war Léonor. Sie war mein Ein und Alles.«

War.

»Wir beide sind hier im Haus durch die Räume gezogen

und haben uns vorgestellt, wie alles einmal aussehen würde. Wir haben alte Pläne studiert und es im Geiste wiederaufgebaut. Wir haben angefangen, gemeinsam ein kleines Gipsmodell zu bauen. Sie hatte ein sehr gutes Auge.«

Nach einer langen Pause spürte Claire, wie er sich von ihr löste. Sie rollte sich herum und sah, dass er auf dem Rücken lag und durch das Loch in der Decke in den Himmel schaute.

»Sie war erst acht, aber sie hatte für ihr Alter großes Talent. Ich habe sie mit zur Arbeit genommen; sie ist im Atelier groß geworden. Ich habe mir vorgestellt, wie ich ihr alles beibringen würde, damit sie dann irgendwann das Geschäft übernehmen könnte. Sie wäre die erste *Mademoiselle* gewesen, die als Meisterin das Atelier geführt hätte.« Er räusperte sich. »Sie war sehr lustig, ein kleiner Quatschkopf. Sehr schlau. Sie hat gerne Geschichten erzählt. Wie du.«

Wir sind gerade von Paris zurückgefahren. Wir sind die kleinen Straßen gefahren und haben uns viel Zeit genommen. Sie hat es geliebt, die Autobahn zu verlassen und alle Burgen und Schlösser auf dem Weg anzuschauen, um sie mit unserem Schloss zu vergleichen.

Es war ein betrunkener Autofahrer. Ich habe ihn nicht einmal kommen sehen. Ich bin erst im Krankenhaus wieder aufgewacht.«

Claire wagte es kaum zu atmen. Die Stille dauerte so lange an, dass sie schon dachte, Armand sei vielleicht eingeschlafen. Aber dann sah sie seine Tränen.

Sie legte ihm ganz sanft die Hand auf die Brust. Auf sein Herz.

»Sie sagen, dass sie nicht gelitten hat. Dass sie sofort tot war.«

Claire rutschte näher an ihn heran, legte die Wange an seine Schulter und schmiegte die Hüfte und die Beine an seinen Körper. Es gab keine Worte.

Nach einer Weile flüsterte er: »Ich frage mich, ob sie das immer sagen.«

45 PIERRE-GUILLAUME

Heute

Pierre-Guillaumes Herz zerbrach wegen seines Enkels.

Er sah Armand von Zeit zu Zeit, wenn er verschwand und die Familie nicht wusste, wo er sich aufhielt. Pierre-Guillaume wusste, dass er in der Ruine des alten Schlosses war, mit einer Taschenlampe und Kerzen, um sich zurechtzufinden. So wie er und Léonor es immer gemacht hatten. Als sie die dunklen Schöpfe noch zusammengesteckt und sich ihre Haare vermengt hatten, sodass man nicht wusste, wo der eine endete und die andere begann. Sie hatten Pläne geschmiedet, wie man das Gebäude von Grund auf restaurieren und die Geister der Nazis verjagen konnte.

Armand wurde nicht von den Geistern des Krieges heimgesucht. Der Geist seiner Tochter ließ ihm keine Ruhe. Oder war *er* es, der *sie* nicht loslassen wollte?

Keiner drang zu ihm durch, nicht seine Mutter, nicht seine Tanten. Und nicht sein geliebter Großvater Pierre-Guillaume.

Vielleicht würde es ja dieser amerikanischen Frau gelingen.

Die Tanten waren voller Hoffnung, hatten aber Angst. Angst, dass Armand noch unerreichbarer werden würde, wenn er sich in eine Ausländerin verliebte. Aber Pierre-

Guillaume machte sich keine Sorgen. Sie nannten ihn altmodisch, aber er kannte die Wahrheit: Die richtige Frau öffnete das Herz eines Mannes wie ein guter Korkenzieher eine Flasche Wein – und holte so all das Gute hervor, damit man es genießen konnte. Wenn Wein zu lange in der Flasche blieb, wurde er sauer und trüb und verlor seine Fruchtigkeit.

Und Pierre-Guillaume glaubte an Zeichen. In dem Moment, als der Soldat auf seiner Türschwelle auftauchte und seine prophetischen Worte über Delphine sprach, da wusste er, dass der amerikanische Soldat eine wichtige Rolle in seinem Leben spielen würde.

Und als Pierre-Guillaume das Gesicht von *L'Inconnue* verpackte, es so gut polsterte wie möglich, da stellte er sich vor, wie die Maske ihren Weg fand zu einem weit entfernten Ort in Amerika und eine Verbindung zwischen ihnen herstellte. Das Leben eines Menschen, das sich überschnitt mit dem Leben eines anderen in diesem schier endlosen Netz, das die Menschheit ausmachte.

Der Krieg war vorüber, und Pierre-Guillaume hatte daran geglaubt, dass Frankreich aus der Asche wiederauferstehen würde wie ein Phönix. Es war ein optimistischer Blick in die Zukunft, der ihn nie verlassen würde: Er hatte seine Angebetete geheiratet, viele Kinder großgezogen, und nun zogen die Kinder ihrerseits Söhne und Töchter groß. Nachdem er viele Jahre lang unter Marc-Antoine Lombardi in der Moulage gearbeitet hatte, hatte er selbst das Atelier übernommen, und danach sein Sohn Loic, und nun sein Enkel, Armand. Es war alles, wie es sein sollte.

Nur die Tragödie mit Léonor hing über der Familie, ein Schatten von Schmerz, Verlust und Sorge.

Pierre-Guillaume hatte seinen Vater sterben sehen, seinen Bruder und seine Mutter, und so hatte er gelernt: Das Leben – und mit ihm der Tod – konnte grausam sein und gnadenlos. Aber wenn man lange genug durchhielt, dann wurde das Bittere süß. Wenn man lange genug durchhielt, dann wurde man am Ende vielleicht mit einer Delphine belohnt, mit Kindern, mit einem Leben.

Armand musste noch ein bisschen durchhalten. Er war ein guter Junge; er hörte mehr zu als die meisten. Als Pierre-Guillaume jung war, hatte auch er den Alten gerne zugehört. Marc-Antoines Vater, Jean-Baptiste, war von Zeit zu Zeit nach Paris gekommen und hatte Geschichten erzählt über das goldene Zeitalter, als Paris die Heimat einiger der größten Künstler, Schriftsteller und Dichter war. Der jugendliche Pierre-Guillaume hatte an den Lippen des alten Mannes gehangen. Er war fasziniert, wie Paris gewesen war, und träumte davon, wie es wieder werden könnte.

Pierre-Guillaume hatte sich die Geschichten angehört und stellte sich die junge Frau vor, *L'Inconnue*, als sie noch durch die Straßen von Paris gewandert war. Vielleicht war sie das Modell eines Künstlers gewesen, hatte Jean-Baptiste Lombardi gesagt. Vielleicht hatte er sie sogar selbst auf dem alten Markt getroffen.

Manchmal dachte er, er würde einen Anflug ihres Lächelns in Delphines zauberhaftem Antlitz entdecken. Aber das dachte wahrscheinlich jeder Mann, wenn die Geliebte ihn anlächelte. Hatte *L'Inconnue* im Moment ihres Todes für den Mann gelächelt, den sie liebte?

Doch Pierre-Guillaume wollte solche Geheimnisse nicht mehr lüften. Seine Augen wurden schlechter, sein Gehör, sein Gedächtnis. Bald würde er selbst unter der Erde sein und würde nichts hinterlassen als seine eigene Totenmaske, wenn er seinen Enkel bitten würde, eine anzufertigen. Eine

Maske in der Sammlung der Familienmasken. Aber vielleicht wäre es auch besser zu gehen, ohne Spuren zu hinterlassen. Wer würde sich denn in einigen Jahren überhaupt noch darum scheren? Er würde ein unbekanntes Gesicht sein, so *inconnue* wie *L'Inconnue* selbst.

Und vielleicht war das auch das Beste.

46

Armands Ankunft am nächsten Tag war ein großes Ereignis. Er war eindeutig der Liebling der Tanten – und natürlich seiner Mutter – und verbrachte einen Großteil des Tages damit, sich zu unterhalten, Scherze zu machen und bei der Vorbereitung eines Vier-Gänge-Menüs zu helfen, dessen Hauptgang eine regionale Spezialität namens *tartiflette* aus Speck, Kartoffeln und Reblochon-Käse war.

»Es ist sehr reichhaltig«, erklärte Armand nach dem Mittagessen, als sie die Küche reinigten. »Es passt besser in die Wintermonate, aber es ist das Lieblingsgericht meiner Mutter, deshalb muss ich es jedes Mal zubereiten, wenn ich komme.«

»Sie liebt dich abgöttisch«, sagte Claire.

»Ich habe Glück, dass ich noch beide Eltern habe.«

»Und sie haben Glück, dass sie dich haben.«

Ihre Blicke trafen sich und verharrten einen Moment. Obwohl es in der Küche vor Verwandten wimmelte, fühlte es sich an, als wären sie allein.

Armand wies mit dem Kopf Richtung Tür. »Willst du nach draußen? Einen Spaziergang machen?«

»Ja, sehr gerne.«

Sie gingen den Pfad entlang, der zum Teich führte.

Am Wegesrand entdeckte Armand einige orangefarbene Pilze. Er zog ein Messer aus der Tasche seiner Jeans und sammelte eine Handvoll.

Er hielt sie ihr unter die Nase.

»Riech mal«, sagte er.

Sie beugte sich zu den Pilzen hinunter und atmete tief ein.

»Was riechst du?«, fragte er und beobachtete ihren Gesichtsausdruck.

»Erde?«

»Ja.« Er lächelte. Es war ein echtes Lächeln, das bis zu seinen Augen reichte, voller Aufregung wie bei einem kleinen Jungen.

Ich möchte dafür sorgen, dass er so lächelt, dachte Claire. Jeden Tag.

Er hielt sich die Pilze unter die Nase und atmete ein. »Ich liebe diesen Geruch. Sie wachsen in einer Nacht, wusstest du das? Sobald sie die richtigen Bedingungen vorfinden, tauchen sie von heute auf morgen auf.«

»Hast du denn keine Angst, dass sie giftig sein könnten?«

Er schüttelte den Kopf. »Pfifferlinge sind ganz anders als andere Pilze. Es gibt viele essbare Pilze in den Wäldern, aber ich bin kein Experte, deshalb sammle ich nur die eindeutigen. Mein Großvater hat mir ein bisschen darüber beigebracht.«

»Pierre-Guillaume?«

Armand nickte. »Er hat während des Kriegs auf dem Land gelebt. Wie viele Leute wäre er während der Besatzung fast verhungert. Er hat gelernt, sich Essen zu beschaffen: Löwenzahnblätter und -wurzeln, die Eier wilder Vögel, Pilze. Selbst heute kann er nicht spazieren gehen, ohne mit einem Sack voller essbarer Dinge zurückzukommen.« Er lachte. »Das treibt meine Großmutter in den Wahnsinn.«

Er griff nach ihrer Hand. Seine Handfläche, die sonst von Gips bedeckt war, war jetzt voller Erde.

Claire drückte sie. Er drückte sanft zurück, sah auf sie hinunter und blickte dann wieder in den Wald hinaus.

»Deine Großmutter Delphine ist in der Moulage in Paris aufgewachsen?«, fragte Claire.

Er nickte. »So haben sie sich kennengelernt. Pierre-Guillaume hat als Teenager angefangen, dort zu arbeiten.«

»Er sagt, er kann sich erinnern, wie er die Maske der *L'Inconnue* an meinen Urgroßvater verkauft hat und sie nach Louisiana geschickt hat.«

Armand sah sie zweifelnd an. »Es tut mir leid, aber ich glaube, mein Großvater wird ein wenig wunderlich. Sein Gedächtnis lässt ihn allmählich im Stich.«

»Kann sein. Aber mir gefällt der Gedanke, dass er sich an so etwas erinnert. Und viele alte Leute sind zwar ein wenig wunderlich, was die Gegenwart betrifft, können sich aber an jedes Detail aus ihrer Vergangenheit erinnern. Der menschliche Geist ist erstaunlich.«

»*Du* bist erstaunlich.«

Er zog sie an sich. Der Kuss begann sanft, wurde dann aber intensiver und weckte die Erinnerung an die vergangene Nacht.

Sie spazierten weiter zum Teich. Als sie näher kamen, hörten sie ein Plätschern.

»Frösche«, sagte Armand. »Sie springen ins Wasser, wenn man sich nähert. Im Frühling können wir sie fangen und Froschschenkel essen. Meine Mutter bereitet sie sehr gut zu.«

»Wo ich herkomme, isst man auch Froschschenkel. Aber ich weiß nicht, ob ich das könnte. Ich mag Frösche.«

»Du isst doch auch Rind. Magst du keine Kühe?«

»Doch, aber Frösche sind niedlicher als Kühe.«

Er wollte sie in Richtung Wasser ziehen, aber sie sträubte sich.

»Wie kann eine Frau wie du Angst vor dem Wasser haben?«

»Was meinst du mit *eine Frau wie ich*?«

»Du scheinst vor nichts Angst zu haben.«

»Sie lachte laut auf. »Das ist nicht ganz richtig.«

»Du bist allein nach Paris gekommen und bei einem fremden Mann eingezogen.«

»Ja, und bei was für einem!«

»Und dann stehst du mir plötzlich im Dunkeln in der Ruine gegenüber.«

»Ich dachte, du bist ein Geist.«

»Das ist genau das, was ich meine. Warum jagst du mitten in der Nacht Geister in Ruinen?«

Sie zuckte mit den Schultern. »Ich konnte einfach nicht widerstehen.«

»Aber was ich meine, ist: Wieso hast du ausgerechnet vor Wasser Angst?«

Claire zögerte. Sie hatte noch nie darüber gesprochen, was damals mit ihrem Vater passiert war. Mammaw hatte es natürlich gewusst, aber sie schienen einen unausgesprochenen Pakt geschlossen zu haben, darüber Stillschweigen zu bewahren. Es gab zwar Gerüchte innerhalb der Familie, aber niemand kannte die ganze Geschichte. Selbst jetzt war Claires erster Impuls, eine Geschichte zu erfinden, zum Beispiel etwas über einen Wasserskiunfall zu erzählen oder irgendetwas Lustiges über ein Aufblasboot.

Aber Armand hatte seine Angst mit ihr geteilt. Es war nur fair, wenn sie das Gleiche tat.

»Ich bin einmal fast ertrunken. Als ich ungefähr sechs war. Vielleicht auch jünger. Mein Vater hat mich ins Meer geworfen, aber ich konnte nicht schwimmen.«

»Er hat dich reingeworfen?«

»Er ist Alkoholiker. Er war betrunken.«

»Aber er hat dich bestimmt wieder rausgeholt?«

Sie schüttelte den Kopf. »Ein Jugendlicher hat gerade am Strand für seine Rettungsschwimmerprüfung trainiert. Ich war eine gute Übung für ihn. Als die Polizei kam, erzählte mein Vater ihnen, dass er mir nur das Schwimmen beibringen wollte.«

Armand umschloss ihr Gesicht mit den Händen und sah ihr in die Augen. »Das tut mir so leid, Claire.«

Sie versuchte, es mit einem Lachen abzutun. Normalerweise war sie darin gut. Sie konnte schmerzhafte Geschichten in unterhaltsame Anekdoten verwandeln. Aber diesmal funktionierte es nicht. In diesem Moment fühlte sie sich verpflichtet, Armand die Wahrheit zu sagen. Die schreckliche, nackte Wahrheit.

»Manchmal frage ich mich –« Sie unterbrach sich selbst.

»Was? Erzähl es mir, Claire.«

Und dann schließlich platzte sie mit den Worten heraus. Gedanken, die sie sich kaum je getraut hatte, bewusst zu formulieren. Die Angst, die sie mit sich herumgetragen hatte, seit es geschehen war, seit Jessica sie als Kind geärgert hatte, die gesamte Schulzeit hindurch; diese Last, die sie mit nach Chicago genommen hatte und jetzt nach Paris. Die so groß und schwer war, dass sie daran zu ertrinken drohte.

»Ich frage mich, ob ... der Autounfall meiner Mutter vielleicht gar kein Unfall war. Vielleicht wollte sie sich ja umbringen und mich mit sich nehmen.«

Armand schlang die Arme um sie, und so standen sie sehr lange am Ufer des Teichs. Die Vögel zwitscherten, und die Sonne glitzerte auf dem Wasser.

»Was bedeuten würde«, fuhr Claire fort, während ihr Kopf auf seiner Brust lag, »dass *beide* meine Eltern versucht haben, mich umzubringen: mein Vater, indem er mich ins Meer warf, meine Mutter, als sie uns in den Bayou gelenkt hat.«

»Ich fange an zu verstehen, warum du Angst vor Wasser hast.«

Sie lachte auf. »Es erinnert mich an eine Geschichte aus der römischen Mythologie, in der Eltern ihr Kind töten wollen, das sich aber wehrt und lebt. Ich ... Ich frage mich einfach manchmal, ob ich wirklich so unwert war, geliebt zu werden?«

Ihre Stimme brach bei den letzten Worten.

»Nein, Claire, *nein*.« Armand hielt sie ein Stück von sich weg und sah ihr direkt in die Augen. »Hör mir zu: Du warst ein *Kind*. Jedes Kind hat verdient, dass es geliebt wird. Falls deine Eltern grausam waren oder Probleme hatten, dann hatte das nichts mit dir zu tun. *Nichts*. Es war nicht deine Verantwortung; du warst ein unschuldiges Kind.«

Sie nickte und legte den Kopf wieder an seine Brust. Claire wusste, dass er mit seinen Worten recht hatte. Sie hatte das über die Jahre gelernt, im College, aus Büchern oder von Freunden, denen sie sich ein wenig geöffnet hatte: Sie trug keine Schuld an der Alkoholkrankheit ihres Vaters, und noch viel weniger an dem Unfall ihrer Mutter. Es war nicht ihre Verantwortung.

Und trotzdem.

Armand strich ihr eine Locke aus den Augen und lächelte sie traurig an. »Das Problem mit dir ist, dass du so verdammt leicht zu lieben bist. Hey –« Er wechselte das Thema. »Möchtest du eine Schlossführung bei Tageslicht?«

»Das wäre toll«, brachte sie hervor, während ihre Gedanken noch um das Gespräch kreisten. Hatte er wirklich gerade gesagt, was sie glaubte, gehört zu haben? Hatte Armand gesagt, dass er sie liebte?

Sie dachte an den miesepetrigen Maskenbildner, der plötzlich wegen ein paar Pilzen strahlte wie ein kleiner Junge. So viel zum Thema *leicht zu lieben.*

Claire konnte nicht aufhören, in seine Richtung zu sehen, als sie zum Schloss gingen. Leider sollte Pauline recht behalten: Das Schloss sah bei Licht wirklich schlimmer aus.

Dreck, Stroh und Laub hatten sich in den Ecken gesammelt, und Kletterpflanzen rankten durch die zerbrochenen Fenster. Ein paar Zeitungen, alte Chipstüten und Sandwichverpackungen lagen über den Boden verteilt; in die Wände waren Namen oder Schimpfworte geritzt; ein gesprayter Smiley verunstaltete eine Spiegelwand in einem Salon. Ziegel und Holz waren in den Ecken angehäuft, und hier und da stand ein alter Sessel oder ein Flügel in einem ansonsten leeren Zimmer.

Manche Bereiche waren auf wundersame Weise kaum in Mitleidenschaft gezogen, die große Treppe beispielsweise zeigte kaum Spuren außer ein paar Blättern in den Ecken. Andere Räume wiederum waren durch die vereinten Kräfte von Wetter, Vernachlässigung, Wasserschäden, Insektenbefall und Vandalismus völlig verwüstet.

Doch die geschnitzten Friese waren nach wie vor elegant und betonten die hohen, mit goldenem Stuck verzierten Decken. Manche waren mit blauem Himmel und Engeln bemalt. Mächtige Kamine aus Kalkstein oder Ziegeln dominierten fast jeden Raum, die Bogentüren bestanden aus massivem, mit Schnitzereien verziertem Holz. Der mit Steinfliesen ausgelegte Boden hatte den Jahren getrotzt und erstrahlte immer noch in Ocker, erdigem Rot und Salbeigrün, aber einige der hölzernen Zwischendecken hatten nachgegeben und waren an manchen Stellen durchgerottet.

»Ich weiß, ich weiß«, sagte Armand, als sie vorsichtig über herabgestürzte Balken stiegen und Kletterpflanzen beiseiteschoben. »Es ist ein ziemliches Projekt. Ich glaube, Léonor war die Einzige, die mich nicht für verrückt gehalten hat, weil ich das Schloss vor dem Untergang bewahren wollte.«

»Es ist wunderschön«, sagte Claire, aber sie fürchtete, dass dieses Schloss bereits vor langer Zeit untergegangen war. Sie kannte sich mit den Baukosten in Frankreich nicht aus, aber allein wegen der schieren Größe würde es wahrscheinlich Millionen kosten, es wieder in Schuss zu bringen. »Irgendwie ist es auch schön, so wie es ist.«

»Das hier wollte ich dir zeigen«, sagte er und führte sie zu einer Flügeltür, die vom Hauptflur abging. Er nahm einen riesigen alten Schlüssel aus seiner Tasche und öffnete die Tür.

Dieser Raum war buchstäblich unberührt. Ein intaktes Dach hatte die Holzböden und die eingebauten Bücherregale geschützt, und die Fensterrahmen waren unbeschädigt. Es befanden sich keinerlei Möbel in dem Raum, aber die Regale waren voller alter, ledergebundener Bücher. Was Claire jedoch am meisten faszinierte, war eine Wand, die mit einer Reihe von weißen Masken geschmückt war und sie an das Atelier in Paris erinnerte.

»Das sind die Masken der Familie«, sagte Armand.

»Der Familie?«

»Die Familie Lombardi macht seit Generationen Totenmasken von berühmten Menschen, aber auch voneinander. Mein Vater hält nichts von der Tradition, er findet es albern. Wenn meine Großeltern also Masken wollen, muss ich die wohl anfertigen.«

»Würdest du das denn tun?«

»Natürlich.« Er lächelte. »Ich persönlich finde es überhaupt nicht albern. Es ist etwas sehr Intimes. Es ist ein Weg, die Verstorbenen zu ehren.«

Claire ging die Wand entlang und betrachtete ein Gesicht nach dem anderen, die Augen der Ahnen waren geschlossen, als ob sie alle schlafen würden. Manche zeigten eine gewisse Familienähnlichkeit; sie hatten Falten oder Narben, Spuren eines langen Lebens. Zwischendrin waren Lücken, einzelne Masken schienen zu fehlen.

Und dann entdeckte sie das liebliche Gesicht von *L'Inconnue*.

»Da siehst du«, sagte Armand, »du bist nicht die Einzige, die von dieser jungen Frau besessen ist. Sie hängt schon hier, seit ich denken kann.«

»Kennst du alle Gesichter?«

»Die meisten. In dieser Reihe sind alle Meister des Ateliers: Das hier war Giuseppe Lombardi, der aus Italien gekommen ist und die Moulage Lombardi gegründet hat. Hier ist seine Frau Maria. Und das hier war ihr Sohn Jean-Baptiste – mit einer ziemlich dramatischen Narbe, wie du siehst. Hier ist sein Sohn Marc-Antoine mit seiner Frau, Anne-Lucille. Sie waren meine Urgroßeltern; Delphine war ihre Tochter. Na ja, wir werden ja sehen, ob Pierre-Guillaume und Delphine in diese Galerie aufgenommen werden wollen oder nicht.«

»Was ist mit Jean-Baptistes Frau?«

Er zuckte die Schultern. »Es wurden leider einige Masken zerschlagen, als die Deutschen hier waren. Wir haben die Gussformen im Atelier. Ich wollte sie immer einmal durchschauen und die fehlenden Masken ersetzen.«

Armand erläuterte ihr einige der anderen Gesichter – eine Lieblingsgroßtante, ein geliebter Cousin –, doch diese Familienmitglieder hatten nicht direkt mit der Moulage zu tun.

Aber Claires Aufmerksamkeit wanderte immer wieder zurück zu *L'Inconnue.*

»Warum hängt denn *L'Inconnue* hier, wenn doch all die anderen zur Familie gehören?«

Er zuckte wieder mit den Schultern. »Na ja, wie gesagt, sie hing damals bei fast jedem Künstler an der Wand. Sie galt wohl als schick und natürlich wunderschön. Und sie war immer unser Bestseller. Komm, ich muss dir noch was anderes zeigen.«

Er schloss die Tür und sperrte sie von außen zu.

»Es wundert mich, dass niemand in diesen Raum eingebrochen ist«, sagte Claire.

»Wenn jemand das wirklich gewollt hätte, wäre es ihm wohl gelungen. Aber es gibt so viele Räume, die offen und leicht zugänglich sind. Mein Vater passt ein bisschen auf das Haus auf. In diese Gegend verirren sich nicht viele Touristen, also kennen eigentlich nur die Einheimischen den Ort hier. Ab und zu kommen mal ein paar Jugendliche vorbei, aber ansonsten gab es nie ein Problem.«

Armand führte sie durch die Hintertür aus dem Gebäude. Der Garten wies Überreste einer Architektur auf: niedrige Steinmauern, ausgewachsene Buchsbaumhecken und alte Brunnen, die mit bräunlichem Wasser gefüllt waren. Armand führte Claire zu einem Außengebäude, das wie ein alter Stall aussah.

»Laut der Familienüberlieferung war es mein Ururgroßvater Jean-Baptiste, der sich diesen Stall in ein Kunstatelier umgebaut hat, als er aufs Land gezogen ist.«

»Er wollte ein Künstler sein?«

»Eigentlich war seine Frau wohl die Begabtere der beiden. Die Kohlezeichnung, die ich in deinem Zimmer aufgehängt habe, ist von ihr. Sie zeigt Jean-Baptiste bei der Arbeit.«

»Sie ist wunderschön. Sie hatte ein gutes Auge. Wie hieß sie?«

»Mélusine. Aber die beiden sind gestorben, lange bevor ich geboren bin. Ich hatte immer den Eindruck, dass es eher Mélusine war, die hier gelebt hat; Jean-Baptiste hat seine Zeit zwischen Paris und hier aufgeteilt.«

»Das ist mir schon auf der Tafel vor dem Atelier aufgefallen«, sagte Claire. »Da war Jean-Baptiste als Meister aufgelistet, aber noch ein anderer Name stand in Klammern.«

»Olivier Delen«, bestätigte Armand nickend. »Er war anscheinend ein guter Freund von ihm und hat ihm einen Großteil des Tagesgeschäfts abgenommen, wenn Jean-Baptiste hier war.«

»Wie schockierend, dass jemand die Zügel in der Hand hatte, der nicht zur Familie gehörte!«, zog sie ihn auf.

»Jean-Baptiste war ein Freigeist«, sagte Armand und öffnete die Tür. »Und er hat darauf gewartet, dass sein Ältester, Marc-Antoine, die Geschäfte übernimmt.«

Claire betrat das Atelier. Das Licht strömte durch Oberlichte und große Fenster in den Raum; die hölzernen Wände wirkten rustikal, aber einladend. Auf einer Werkbank lagen ein Klumpen Ton, der mit Plastikfolie abgedeckt war, und mehrere kleine Modelle aus Draht. Ein paar kleine Blöcke Marmor und Kalkstein standen an den Wänden entlang aufgereiht, und Hammer, Meißel und andere Werkzeuge lagen fein säuberlich sortiert in einem Regal.

»Ich wusste nicht, dass du selber auch Skulpturen machst.« Claire drehte sich zu ihm um. »Du warst ziemlich ausweichend, als ich dich in Paris danach gefragt habe.«

»Ich mache es ja auch nicht ernsthaft. Nur zum Spaß. Ich mache mir gern die Hände dreckig. Außerdem habe ich doch sehr wohl betont, wie wichtig es für einen guten Abgusskünstler ist, sich mit Bildhauerei auszukennen, oder?«

»Ja, das hast du«, sagte sie und blieb vor der Werkbank stehen. Sie verschränkte die Hände hinter dem Rücken, aus Angst, etwas zu berühren.

»Tu dir keinen Zwang an«, sagte er und wies auf den feuchten Ton.

»Ich habe noch nie irgendwas geformt ...«

»Und was ist mit diesen Lachskroketten, von denen du erzählt hast?«

Sie lachte. »Ich hatte auch ein Händchen für Sandburgen, als ich klein war. Aber ich glaube, das ist nicht das Gleiche.«

»Ich habe beobachtet, wie du deine Hände über die Skulpturen gleiten lässt. Ich glaube, du hast eine größere Begabung, als du denkst.« Er entfernte die Plastikfolie, brach ein Stück Ton von dem großen Klumpen herunter und reichte es ihr. »Nimm mal ein bisschen Ton in die Hand, um ein Gespür dafür zu bekommen.«

Sie drückte es in ihrer Handfläche.

»Bildhauerei ist eine Kunst«, sagte Armand. Und wie bei jeder Kunst geht es eher um Leidenschaft als um Technik. Die Fertigkeiten kann man erlernen und vertiefen, aber Leidenschaft muss man in sich tragen.«

»Und du willst sagen, ich habe die Leidenschaft in mir, um Skulpturen zu formen?«

»Das weißt du besser als ich.«

Claire genoss das Gefühl des Tons in ihrer Hand. »Hast du irgendwelche fertigen Stücke, die ich mal sehen könnte?«

Er schnaubte. »Ich fürchte, wenn es um Bildhauerei geht, bin ich über das Stadium der Idee noch nicht hinausgekommen. Ich habe diese kleinen Modelle hier gemacht, mehr nicht. Meistens arbeite ich nur im Atelier in Paris, und da mache ich Kopien, keine Originale.«

»Und das ist schließlich auch eine hohe Kunst, wie ich gelernt habe.«

»Das stimmt«, sagte Armand.

Claire hatte plötzlich Lust, etwas zu erschaffen. Irgendetwas. Sie dachte an die kleinen Tontiere, die ihre Mutter gemacht hatte, und fing an, kleine Kugeln zu formen, die sie aneinanderklebte. Sie sahen zwar anders aus, als sie die Tiere in Erinnerung hatte, aber es machte trotzdem Spaß. Claire nahm ein scharfes kleines Werkzeug und drückte winzige Augen und kleine Münder in den Ton.

Sie sah auf und bemerkte, dass Armand ihr zugeschaut hatte.

»Meine Mutter war eine frustrierte Bildhauerin. Das haben in meiner Familie zumindest immer alle erzählt«, sagte Claire mit einem Achselzucken. »Ich habe ja keine Erinnerung mehr an sie, aber sie hatte kleine Tiere aus Ton für mich gefertigt. Sie sahen ein bisschen so aus wie diese hier. Ungefähr. Wenn man die Augen zusammenkneift. Na ja ...« Sie drückte ihre kleinen Werke wieder zusammen. »Ihre hatten deutlich mehr Stil.«

»Mir haben deine gefallen«, sagte er ruhig und starrte sie stirnrunzelnd an.

»Was ist los?«

»Nichts«, erwiderte er und schüttelte den Kopf. »Sie sind auf jeden Fall nicht schlecht für jemanden, der keinerlei Erfahrung mit Ton hat. Du scheinst das Gefühl an deinen Händen zu genießen – du solltest ein bisschen damit herumexperimentieren.«

Als sie den Ton rollte und formte, schob Armand ihr Haar zurück.

»Dein Ohr ist sehr ungewöhnlich«, sagte er. »Es ist mir gleich am ersten Tag aufgefallen. Es ist wie eine Muschel, so wie es sich auf der Seite einrollt ...«

Er küsste ihr Ohrläppchen, und es sandte ihr einen wohligen Schauder den Rücken hinunter.

»Ich habe noch nie in meinem Leben über die Form meiner Ohren nachgedacht«, sagte Claire mit einem heiseren Lachen.

»Das ist ja auch meine Aufgabe, nicht deine«, antwortete er und lächelte.

Sie küssten einander, dann schnappte er sich einen Klumpen Ton, und schon standen sie nebeneinander und formten und entwarfen, dann kneteten sie ihre Kreationen wieder zu einem großen Klumpen zusammen und begannen von vorn. Es hatte etwas Meditatives, beinahe Hypnotisches.

Claire erzählte Armand mehr über sich und ihren Vater: wie sie sich vor dem Vorfall am Strand immer hinter dem Sofa versteckt hatte, mit den Tieren ihrer Mutter in der Hand. Wie sie für sie zum Leben erwachten. Ihre Angst im Wasser, die Panik, der Schmerz. Wie glücklich sie war, zu Mammaw und Remy zu ziehen, aber wie sie von Schuldgefühlen geplagt wurde, weil ihr Vater niemanden hatte, der sich um ihn kümmerte. Dass sie bis heute nur von ihm hörte, wenn er Geld brauchte.

Und sie erzählte ihm, dass sie Tag für Tag mit dem Gesicht von *L'Inconnue* gesprochen hatte, dort auf Mammaws stickigem Dachboden. Und ihr ihre Ängste und Träume anvertraut hatte. Wie hart sie gearbeitet hatte, um aus ihrer Heimatstadt wegzukommen, aber nie das Gefühl der Schwermut loswurde, dieses seltsame Heimweh. Wie vertraut Frankreich sich anfühlte, obwohl es doch ein fremdes Land war.

Armand erzählte Claire, wie er im Krankenhaus aufgewacht war, ohne länger Vater einer Tochter zu sein. Wie er plötzlich in einem Albtraum gefangen war, in dem ein ungerechter Gott sein Leben verschont und das seiner Tochter genommen hatte. Wie er gebettelt hatte, mit ihr tauschen zu dürfen. Wie er getobt, das Schicksal und sich selbst verflucht hatte.

Und der Unfall? Hätte er ausweichen können, sodass der silberne Audi ihn nicht erwischt hätte? Hatte der Sekundenbruchteil an Unaufmerksam genügt, hatte er in diesem Moment die Chance vertan, seine Léonor zu beschützen? Was wäre gewesen, wenn sie das letzte Schloss doch noch angeschaut hätten? Wenn sie einmal öfter angehalten hätten? Oder wenn sie den Zug genommen hätten, worum seine Frau Odile ihn gebeten hatte?

Der Moment, als Odile im Krankenhaus ankam, Wut und Zorn und nackter Schmerz in den Augen. Und der unausgesprochene Vorwurf, den er in jedem ihrer Blicke sah.

Odile sagte, das sei nicht wahr, sie gebe Armand keine Schuld. Sie wisse, dass es nicht seine Schuld gewesen war. Aber als die Tage zu Wochen und zu Monaten wurden, fragte sie immer wieder: »Warum hast du nicht den Zug genommen, wie ich dich gebeten habe? Warum nicht? Warum nicht?«

Armand hörte unvermittelt auf zu reden und zerstörte die Tonfigur wieder, an der er gearbeitet hatte.

»Es gibt keinen Grund«, war alles, was Claire sagen konnte. »Manchmal gibt es einfach keinen Grund.«

47 SABINE

Maurice schickt seine Schwester Isabelle, um Sabine ins Atelier des Maskenmachers zu begleiten. Isabelle ist schweigsam, wie meistens. Sie hat ein Buch dabei, einen Fortsetzungsroman, den sie sich aus der Wanderbücherei ausgeliehen hat. Es ist eine Romanze über verschmähte Liebe.

Sabine würde sich am liebsten über das Buch lustig machen, das sie einmal versucht hat zu lesen, aber zu konstruiert und melodramatisch fand. Doch sie hält sich zurück. Isabelle hat keinen Sinn für Humor und würde sich angegriffen fühlen.

Die Art, wie Monsieur Lombardi sie ansieht, macht ihr Angst. Nicht die gleiche Angst, die sie Maurice gegenüber empfindet; diese Angst ist tiefer und verstörender, weil sie gleichzeitig so verführerisch ist. Sind seine blauen Augen ihre Rettung, oder wird sie in ihnen ertrinken?

»Kein Mann wird Sie erlösen, Sabine«, hat ihr Mademoiselle Claudel das letzte Mal gesagt, als sie sich gesehen haben. »Das müssen Sie verstehen. Sie müssen sich selbst retten, vertrauen Sie nicht darauf, dass ein Mann das tut.«

Sabine glaubt Camille; sie weiß, dass Männer ihr nur Unglück gebracht haben. Alle bis auf den Pferdetrainer. Aber er hat sie am Ende ja auch im Stich gelassen.

Doch obwohl Sabine Camilles Worte versteht, weiß sie doch nicht, wie das geht, sich selbst zu retten.

Das Atelier der Moulage Lombardi ist in der Rue de la Huchette, im Quartier Latin, auf der anderen Seite der Kathedrale. Sie gehen eine enge Treppe nach oben und stehen unvermittelt in einem engen Raum, in dem alles von einer Schicht Gipsstaub überzogen ist. Es ist nicht wie in den Künstlerateliers, in denen sie bisher war, wo es nach Leinöl und Terpentin riecht, nach Ton und Stein. Die Moulage riecht nur nach Gips, und überall stehen Eimer mit milchigem Wasser.

Und mittendrin steht Jean-Baptiste Lombardi in einem Kittel und begrüßt sie. Er ist von Staub bedeckt und sieht selbst aus wie eine Statue, die zum Leben erweckt wurde.

Aber diese Augen sind sehr lebendig. Sehr menschlich.

Inzwischen ist sie daran gewöhnt, ihre Kleider vor Künstlern fallen zu lassen, aber weil es Monsieur Lombardi ist, errötet sie bei dem Gedanken, während sie auf den Paravent zugeht, um sich dahinter auszuziehen.

»Nein.« Er hält sie zurück, als sie den obersten Knopf ihrer Bluse öffnen will. »Ich ... werde sie so abbilden, wie Sie gerade sind.«

Die Hitze seines Blicks. Das unausgesprochene Einvernehmen, als ob er wüsste, wer sie ist. Als könnte er sie wirklich sehen.

Isabelle sitzt auf einem Stuhl in der Ecke und liest.

Jean-Baptiste führt Sabine zu einem Stuhl und bittet sie, es sich bequem zu machen.

Er stellt sich hinter eine Werkbank, auf der ein frischer

Klumpen Ton liegt. Er fängt an, ihn zu bearbeiten und sieht sie die ganze Zeit über an.

Nach einer sehr langen Zeit hat er immer noch nichts zustande gebracht, was auch nur entfernt an eine Person erinnert. Lediglich ein unförmiger Klumpen liegt vor ihm. Dennoch betrachtet er sie und spielt mit dem Ton. Aber es ist eindeutig, dass er kein Talent hat. Überhaupt keines. Sabine sieht das sofort; sie hat die vergangenen Monate bei den unterschiedlichsten Künstlern verbracht. Sie weiß, wenn jemand ein künstlerisches Auge hat.

Sie wird langsam nervös. Wenn Isabelle etwas bemerkt, wird sie ihrem Bruder berichten, dass Monsieur Lombardi die ganze Zeit nichts anderes gemacht hat, als Sabine anzustarren.

»Ich habe meine Meinung geändert«, sagt Monsieur Lombardi. »Würden Sie mir erlauben, dass ich einen Abguss ihrer Hände mache?«

»Einen Abguss?«

»Die Bildhauerei ist nicht meine Stärke, fürchte ich. Im Abgießen bin ich besser.«

Sabine wirft einen Blick auf Isabelle, aber die ist vertieft in ihr Buch. »Natürlich, Monsieur. Wie Sie möchten.«

Er bereitet den Gips vor, dann streicht er Fett auf ihre Haut.

»Damit sich der Gips nachher gut ablöst«, erklärt er ihr mit ruhiger Stimme.

Jede seiner Berührungen ist wie eine Liebkosung. Sabine war die Rauheit ihrer Hände immer peinlich. Maurice hatte sich lustig gemacht, aber dann hat er ihr Salbe mitgebracht. Und jetzt, da sie als *modèle de profession* still halten muss, sind sie weicher geworden. Darüber ist sie erleichtert. Sie ist froh, dass sie für Jean-Baptiste weich sind und dass sie jede seiner Berührungen spüren kann.

Sabine ist heiß, sie errötet. Gott sei Dank kümmert sich Isabelle nicht um sie. Aber selbst wenn sie ihnen Aufmerksamkeit schenken würde, ist sie doch blind, wenn es um zwischenmenschliche Emotionen geht.

Monsieur Lombardi taucht Gazestreifen in den nassen Gips und legt sie auf ihre Haut. »Sie müssen mindestens eine halbe Stunde vollkommen still halten. Sagen Sie mir, wenn es zu warm wird, ja? Ich kann die Zeit meistens gut abschätzen, aber ich möchte Sie nicht verbrennen.«

»Oui, monsieur.«

»Wir machen zuerst die Außenflächen der Hand, dann die Innenfläche. Später werde ich die beiden Hälften verbinden. Das ist die eigentliche Schwierigkeit.«

»Wofür brauchen Sie die Modelle, Monsieur?«

»Für Kunstschulen sind Modelle sehr wichtig, manchmal auch für die Medizinerausbildung. Ihre Hände und Füße sind sehr zart, Mademoiselle, und wohlproportioniert. Die Hände sind für einen Künstler am schwierigsten darzustellen, wussten Sie das? Es ist unglaublich schwierig, jede Falte und jede Vertiefung abzubilden, die Länge der Finger und ihr Verhältnis zueinander, die Venen, die sich erheben, die Lebenslinien.«

»Was ist mit den Füßen?«

»Die Füße kann man in Schuhen darstellen, das ist eine einfache Lösung.« Er lächelt. »Aber die Hände sind die wahre Prüfung für jeden Künstler.«

»Und Gesichter?«

Er neigt den Kopf zur Seite. »Gesichter natürlich auch. Hätten Sie gerne, dass ich einen Abguss Ihres Gesichts mache?«

»Wie machen Sie das denn, ohne der Person Schaden zuzufügen?«

»Ich bin sehr vorsichtig«, sagt er und zwinkert.

Als der Gips getrocknet ist, befreit er sie und hält ihre Hand lange in seiner. Betont langsam reinigt er die Hand von Fett und Gipsresten. Als er seine Handfläche gegen ihre hält, erschauert sie.

Ihre Blicke treffen sich. Sie fühlen es beide.

»Was machen Sie da?«, fragt Isabelle in der Ecke.

»Meine Großmutter hat von einer echten Zigeunerkönigin gelernt, wie man in der Handfläche liest«, antwortet Monsieur Lombardi, ohne mit der Wimper zu zucken. »Zumindest hat sie das behauptet. Aber vielleicht wollte sie damit auch nur ihre Enkel beeindrucken.«

Er fährt mit einem Finger Sabines Lebenslinie nach. Ein Schauer durchzuckt sie und wandert direkt in ihren Bauch. »Es bedeutet, dass Sie viele Kinder haben werden und sehr alt werden.«

Jetzt ist Isabelles Interesse geweckt. Sie legt ihr Buch beiseite und kommt zu ihnen herüber. »Lassen Sie mal sehen. Woran erkennen Sie das?«

Monsieur Lombardi lächelt und fragt, ob er auch Isabelles Hand sehen darf. Als er sie vor sein Gesicht hält, fährt er ihre Lebenslinie nach und erzählt ihr, dass in ihrer Zukunft ein dunkler attraktiver Fremder auf sie wartet.

Sie zieht ihre Hand zurück und runzelt die Stirn. »Ich glaube, das erfinden Sie.«

Er lacht. Sabine hat noch nie einen Mann so leicht und oft lachen gehört.

Ist er gefährlich? Ist er echt? Sie nimmt sich vor, Monsieur Rodin zu fragen, was er von diesem Mann hält. Sie weiß, was Mademoiselle Claudel sagen würde: dass er –

auch wenn sie seine Augen mag – nicht gut ist, wie alle Männer.

Monsieur Lombardi begleitet sie noch bis zur Treppe und dankt ihnen, dass sie gekommen sind. Er küsst Isabelles Hand und macht dann das Gleiche bei Sabine. Wobei er mit seinen Lippen einen Augenblick zu lange über ihrer Haut verharrt.

Isabelle bekommt nichts von dem mit, was da zwischen ihnen geschieht. Sie wird ihrem Bruder berichten, dass alles rein geschäftsmäßig verlaufen ist und dass Monsieur Lombardi ein hingebungsvoller Künstler ist, der nur an Abgießen und Bildhauen interessiert ist. Isabelle fehlt die Fantasie, um sich etwas anderes vorzustellen.

Als Sabine und Isabelle durch die geschäftigen Straßen der Rive Gauche zurückgehen, die voller Studenten und Künstler, Blumenhändler und Suppenverkäufer sind, versucht Sabine, den Maskenmacher aus ihrem Gedächtnis zu verbannen: seine Augen, seine Hände, seinen Mund.

Sie fragt Isabelle nach der Hauptfigur in ihrem Roman.

»Sie ist ertrunken«, sagt Isabelle mit einem leichten Kopfschütteln.

»Ertrunken?« Sabine bleibt am Fuß der Brücke Pont Neuf stehen und starrt sie an.

»Willst du es lesen?«, fragt Isabelle und reicht ihr das Buch. »Ich bin fertig damit.«

»Nein, danke.« Sabine schüttelt den Kopf. »Ich mag den tragischen Schluss nicht. Wie ist sie ertrunken?«

»Sie hatte keine Wahl«, sagt Isabelle achselzuckend. »Sie war schwanger und wurde von ihrem wohlhabenden Liebhaber verlassen, der den guten Jungen umgebracht hatte, den sie wirklich liebte. Sie musste sich umbringen und warf sich deshalb in die Seine.«

»Das ist ja schrecklich«, sagt Sabine. Sie befinden sich jetzt auf der Brücke, und sie blickt in das dunkle Wasser des Flusses hinunter.

»Manchmal hat man eben keine Wahl«, sagt Isabelle.

»Man hat immer eine Wahl.«

»Nein. Nein, hat man nicht. Manchmal ist der einzige ehrbare Weg, sich umzubringen.« Isabelle wirft Sabine einen Blick von der Seite zu. »Die Seine fordert jedes Jahr Hunderte von Frauenleben, wusstest du das?«

Sabine fragt sich, ob Isabelle ihr damit sagen will, dass das auch ihre Zukunft sein wird. Dass sie dieses Schicksal teilen und ertrinken sollte, um Maurice Isabelle zu überlassen. Er ist der einzige Mann, den Isabelle je lieben wird, denkt Sabine.

»Aber laut Monsieur Lombardi werde ich lange leben und viele Kinder haben«, sagt Sabine und versucht, sich einen Reim auf Isabelles harte Worte zu machen.

»Nein«, sagt Isabelle und schüttelt ihren Kopf. »Du wirst bestimmt auch ertrinken. Frauen wie du ertrinken immer.«

48

Lieber Onkel Remy,
du errätst nie, wer gerade Schwimmen lernt!
Ich besprenkle den Umschlag mit ein bisschen Teichwasser, aber das wird natürlich schon getrocknet sein, wenn der Brief bei dir ankommt. Aber wenn du ihn an deine Nase hältst und ganz tief einatmest, dann kannst du vielleicht einen Hauch von Teich wahrnehmen: Er riecht nach Erde und grünem Wasser, und ein kleines bisschen nach Algen, wie sich das gehört.
Es gibt dort Frösche und winzige Fische, die nicht größer sind als mein Fingernagel. Außerdem fliegen über die Wasseroberfläche grün und violett gefärbte Libellen, je nachdem von welcher Seite das Licht einfällt. Es ist heiß und feucht hier, fast wie zu Hause.
Morgen findet eine große Familienfeier für Delphine und Pierre-Guillaume Fontaine statt, um ihren fünfundsechzigsten Hochzeitstag zu feiern. Meine Hände riechen nach Lavendel von all den Geschenksäckchen, die ich damit befüllt habe. Ich schicke dir ein paar Blüten.

Praktisch jeder in dem kleinen Ort hat eine Einladung zu Delphine und Piere-Guillaumes Party bekommen. Die Vorbereitungen begannen früh am Morgen. Sie stellten Dutzende Tische in langen Reihen auf dem Hof auf, deckten sie mit weißen Tischdecken und Laken ein. Die Nachbarn hatten für den Anlass Stühle, Teller und Besteck ausgeliehen. Die Tanten – und Armand – blieben in der Küche und schnippelten und kochten. Die Kuchen, Obsttorten, Schokoladen- und Zitronenmousse sowie verschiedene Pasteten und Salate waren schon am Vortag zubereitet worden, aber jetzt war es Zeit, die Eintöpfe und Kasserollen fertigzustellen und das Grillfleisch zu marinieren.

Die jungen Leute halfen, Weinkisten aus dem Keller nach oben zu schleppen und Säcke voll Eis für Limonaden und Ähnliches aus dem Ort zu bringen. Selbst die kleinen Kinder halfen, indem sie die umliegenden Felder und Wiesen auf der Suche nach Blumen durchkämmten, die sie in kleinen Gläsern auf den Tischen verteilten. Das riesige Tor stand offen und war mit Girlanden aus Krepppapier und mit Rosen geschmückt, der Kies wurde gerecht, und auf jedem Fensterbrett standen Töpfe mit rosafarbenen und roten Geranien.

Claire wurde als Souschef eingeteilt – Armand war anscheinend mit ihren Schneidekünsten zufrieden –, und danach als oberste Spülerin. Es machte ihr nichts aus. Sie freute sich, inmitten des Geschehens zu sein und dabei zuzusehen, wie die Familie zusammenkam, scherzte und lachte, fest entschlossen, Grand-père und Grand-mère gebührend zu feiern.

Als die Gäste eintrafen und die Festlichkeiten ihren Lauf nahmen, floss der Wein, Freunde und Familienmitglieder hielten Reden, das Essen fand reißenden Absatz und wurde von allen Seiten gelobt, die Musik spielte auf, und der Nachmittag flog nur so vorüber.

Irgendwann sah Claire, dass Pierre-Guillaume sich im Schatten ausruhte. Er hatte den ganzen Nachmittag Hof gehalten und wirkte ein wenig erschöpft, aber glücklich. Delphine hingegen schien unermüdlich. Sie bewegte sich durch die Menge wie eine Prinzessin, die ihre Untertanen unterhielt und königlich in die Runde lächelte.

»Sie ist wunderschön«, sagte Claire und setzte sich zu ihm in den Schatten des Baumes.

»Das war sie schon immer«, sagte Pierre-Guillaume. »Ich bin ein Glückspilz. Du denkst, ich bringe das durcheinander, aber ich kann mich noch an deinen Vater erinnern. Er war ein Zeichen.«

»Er war mein Urgroßvater. Wofür war er ein Zeichen?«

»Er sagte, dass ich eines Tages meine Delphine heiraten würde. Und dann hat dich *L'Inconnue* nach Paris geführt, zu meinem Enkel. Siehst du, alles hat seine Ordnung.«

Claire ließ den Blick über die Menge schweifen und suchte nach Armand. Er lehnte an der Wand auf der anderen Seite des Hofes und rauchte einen Zigarillo. Kinder und Hunde tollten an ihm vorbei; ein paar alte Leute standen um ihn herum. Aber seine Aufmerksamkeit galt ganz allein Claire.

Hatte er sie beobachtet, oder hatte er ihren Blick auf sich gespürt, wie es ihr oft ging, wenn er sie ansah? Was war das für eine Verbindung, die zwischen ihr und dem grimmigen Bildhauer bestand? Waren es die geteilte Trauer und der Verlust? Oder steckte mehr dahinter?

Pierre-Guillaume erhob sich mühsam von seinem Stuhl und stützte sich auf seinen Stock.

»Kann ich dir helfen?«, fragte Claire und sprang auf, um ihn zu stützen.

»Es ist noch nicht lange her, da haben sich andere auf mich gestützt. Jetzt lehne ich mich gegen eine junge Frau! *C'est fou.* Altwerden ist nicht schön. Hör zu, junge Dame: Das Leben vergeht schneller, als man denkt. Genieß jeden Augenblick.«

»*Oui, Grand-père*«, sagte Claire.

»Du wohnst in meinem alten Zimmer im Atelier, nicht wahr? In der Lehrlingskammer?«

»Ja. Zumindest habe ich dort gewohnt.«

Claire fragte sich, was bei ihrer Rückkehr nach Paris passieren würde. Ein Teil von ihr wünschte sich gemeinsam mit Armand zurück in die Werkstatt, wo sie gießen und schleifen und danach das Abendessen zubereiten konnten, nur sie beide. Aber ein anderer Teil von ihr fragte sich, ob die Magie, die sie fühlte, mit dem Schloss verknüpft war, mit dem Gefühl, irgendwo außerhalb von Raum und Zeit zu sein.

Pierre-Guillaume lächelte. »Ich weiß, für junge Leute ist das heute nichts Besonderes mehr, aber nach dem Krieg war die kleine Kammer eine Zufluchtsstätte, ein Rückzugsort. Ich war so glücklich und stolz, für die Moulage Lombardi arbeiten zu dürfen.«

»Das Zimmer ist sehr gemütlich.«

»Ja, das Wort trifft es!« Er lachte heiser. »*Gemütlich.*«

»Weißt du, es war so viel los, dass ich es ganz vergessen habe: Ich habe da eine Dose gefunden, in deinem Zimmer.«

»Eine Dose?«

»Hinter einem lockeren Stein in der Wand. Ich habe gedacht, das war vielleicht dein Geheimversteck.«

Pierre-Guillaume kramte in seinem Gedächtnis. Die Notizen, die er gefunden hatte, die er wie eine Liebesgeschichte gelesen hatte. Er nickte. Er erinnerte sich. »Ah! Ja. Weißt du, wem sie gehört haben?«

»Nein, wir haben die Dose nicht geöffnet. Ich hoffe, dass Armand daran gedacht hat, sie mitzubringen – er wollte dich danach fragen. Wir dachten, dass es vielleicht etwas Persönliches ist.«

»Es sind Liebesbriefe, wenn ich mich richtig erinnere.«

»Liebesbriefe? Von wem?«

»Das weiß ich nicht. Sie waren schon alt, als ich noch jung war. Mein Meister Marc-Antoine Lombardi, Delphines Vater, hat gesagt, es seien irgendwelche alten Papiere. Ich sollte sie eigentlich dafür verwenden, die Maske von *L'Inconnue* zu verpacken. Aber ich habe sie stattdessen aufgehoben. Ich habe versucht, sie vorsichtig zu verpacken. Sag mal, ist sie unbeschadet angekommen?«

»Ja«, sagte Claire. »Sie ist wundervoll.«

»Ich erinnere mich noch daran, als ob es gestern wäre. Wie ich sie verpackt und nach Amerika geschickt habe.«

»Wäre es in Ordnung, wenn Armand und ich die Dose öffnen würden und nachschauen, was darin ist?«

»*Mais oui* – natürlich! Bring sie mir nach der Feier vorbei, dann sehen wir uns die Briefe gemeinsam an. Du bist neugierig, merke ich. Das ist gut. Es ist gut, wenn man neugierig ist.«

»Weißt du, es lag ein merkwürdiger alter Brief in der Kiste neben *L'Inconnue.* Das war der Grund, warum ich nach Paris gekommen bin: der Brief und das Gesicht.«

»Er hat dich hierhergeführt, zu meinem Enkel«, sagte er mit einem Nicken. »Wie ich immer sage: Alles ist miteinander verbunden.«

49 SABINE

Am nächsten Tag kommt ein weiterer Brief von der Rive Gauche.

Danke.

Mehr enthält er nicht.

Danke wofür?, schreibt Sabine unten auf das Blatt und schickt ihn zurück.

Für einen Blick in deine Seele.

Furcht überkommt Sabine.

Sie sendet den Brief zurück, ohne darauf zu antworten.

50

Claire half Pierre-Guillaume zu einem Stuhl und suchte dann Armand, der immer noch an die Wand gelehnt stand. Er legte die Arme von hinten um sie, und sie lehnte sich an ihn und sah über den festlich geschmückten Hof. Loic hatte ein Akkordeon herausgeholt; ein Onkel spielte Gitarre.

Armand roch nach Tabak.

»Ich dachte, du bist gegen das Rauchen«, sagte Claire.

»Das hier sind ja keine Zigaretten. Es sind Zigarillos. Das ist etwas anderes.«

»Na, wenn du das sagst«, erwiderte sie lächelnd. »Hey, das hätte ich fast vergessen: Hast du die Dose mitgebracht, die ich in der Lehrlingskammer gefunden habe?«

»Ja, habe ich. Sie ist bei meinen Sachen.«

»Ich habe Pierre-Guillaume gefragt. Er hat gesagt, dass da Liebesbriefe drin sind, aber nicht von ihm. Vielleicht sind sie wie der Brief, der mich zu dir geführt hat.«

»Du solltest nicht so viel auf die alten Männer hören.«

»Ich mag alte Männer. Schließlich gebe ich mich ja auch mit dir ab, nicht wahr?«

»So alt bin ich nun auch wieder nicht.«

»Du benimmst dich aber so«, zog sie ihn auf. »Zumindest

hast du dich so benommen, bevor du mich kennengelernt hast.«

Er grinste, beugte sich zu ihr hinunter und küsste sie.

»Wie auch immer, lass uns ihm die Dose zeigen. Ich bin gespannt auf die Geschichten von früher.«

Armand ging die Dose holen, und als das Fest ruhiger wurde, brachten Claire und Armand sie Pierre-Guillaume und halfen ihm, den rostigen Deckel zu öffnen.

Im Inneren der Dose lag ein Stapel Briefe aus dickem, liniertem Papier.

»Seht ihr, ich habe sie sogar nummeriert«, sagte Pierre-Guillaume und nickte, als er den Stapel durchblätterte. In die oberen Ecken waren mit Bleistift Nummern geschrieben. »Jetzt erinnere ich mich. Ich habe versucht, die Reihenfolge herauszufinden. Das war das Ergebnis.«

#1

Wollen Sie für mich Modell sitzen?

Sie müssen Maurice fragen.

#2

Danke.

Danke wofür?

Für einen Blick in deine Seele.

#3

Ich kann nicht aufhören, an dich zu denken.
Bitte triff dich mit mir.

Ich muss in der Früh auf den Markt.

Ich werde dich finden.

#4

Du bist wie der Mond. Du leuchtest hell, dann verschwindest du, dann tauchst du wieder auf und erleuchtest den dunklen Nachthimmel. Die Flut meiner Seele strömt dir entgegen, um in deiner Nähe zu sein, und verebbt, wenn du weg bist. Du bist mein Mond.

#5

Es schmerzt mich, wenn du meine Briefe ohne Antwort zurückschickst. Aber ich verstehe es. Trotzdem möchte ich, dass du weißt: Ich werde nie aufgeben. Wir werden einen Weg finden.

Ich kann nur an dich denken. Du bist immer in meinen Gedanken. Es macht mir Angst.

Wann kann ich dich wiedersehen?

Morgen werde ich um neun Uhr Brot in der Boulangerie kaufen. Ich werde versuchen, ohne meinen Schatten zu kommen, aber wenn ich nicht allein bin, darfst du dich nicht nähern.

#6

Mit diesem Brief schicke ich einen Kuss.
Kannst du ihn fühlen?

Ich fühle deine Küsse jeden Augenblick des Tages und in meinen Träumen, sobald ich die Augen schließe.

Er wird heute in der Akademie sein.
Willst du mich treffen?

Auf dem Platz vor der Kathedrale Notre-Dame. Ich werde Kerzen für meine Mutter und meinen Bruder anzünden.

#7

Ich weiß nicht, ob ich so weiterleben kann. Du beherrschst jeden Teil von mir, meinen Geist und meine Seele. Ich trage dich mit mir, in meinem Herzen und auf meinen Lippen.

Ich arbeite an einem Plan. Ich bin sicher, dass mein Freund Olivier uns helfen kann.

#8

Ich weiß, dass es gefährlich ist, aber wir müssen handeln. Ich kann es nicht ertragen, dass er dich verletzt. Und ich habe Angst, was passiert, falls er uns je entdecken sollte.

Ich bin bereit. Sag mir, wann. Ich werde dich am Quai treffen. Nichts kann mich aufhalten.

Hab keine Angst.

Solange du auf mich wartest, werde ich vor nichts Angst haben.

Es gab noch einige Notizen, die auf heimliche Treffen hindeuteten, aber nicht nummeriert waren, doch die Essenz der Briefe war eindeutig.

»Ich möchte gerne glauben, dass sie von da an glücklich und zufrieden bis an ihr Lebensende gelebt haben«, sagte Pierre-Guillaume. »Was denkt ihr?«

Claire zögerte. Sie war sich nicht sicher, ob sie den Inhalt des letzten Briefes mit ihm teilen sollte, den sie in der Kiste gefunden hatte.

Meine Liebe, meine Teuerste,
Olivier wird uns helfen. Wir dürfen nicht länger zögern. Wir müssen handeln. Ich werde warten. Nimm nichts mit.

Er wird mich niemals lebendig gehen lassen.

Schließlich beschloss Claire, es für sich zu behalten.

»Und du hast keine Ahnung, wem die Briefe gehört haben könnten, Grand-père?«, fragte Armand.

Pierre-Guillaume schüttelte den Kopf. »Du weißt ja, mein Meister war Marc-Antoine Lombardi, Delphines Vater. Dein Urgroßvater.«

Armand nickte. »Ja, mein Urgroßvater hat dich das Handwerk gelehrt, du hast es meinem Vater beigebracht, und er mir.«

Pierre-Guillaume nickte. »Genau! Deshalb haben die Fontaines inzwischen das Sagen, und nicht die Lombardis. Aber tief in deinem Inneren bist du auch ein Lombardi, nicht wahr?«

»Ja, Grand-père«, sagte Armand mit einem leichten Grinsen.

»Du hast das sicherlich alles schon mal gehört, natürlich. Manchmal verliere ich den Überblick, bei so vielen Enkeln und Großnichten und Großneffen. Ich vergesse, wem ich was erzählt habe. Ich bin nun mal ein Glückspilz.«

»Da stimme ich dir zu«, sagte Armand. »Du sagst also, die Briefe haben Delphines Vater, Marc-Antoine, gehört?«

»Nein, sie sind noch älter. Ich denke, es muss sein Vater gewesen sein, Jean-Baptiste. Sag mal, *Américaine*, ist sie denn wirklich heil angekommen? Ich sollte sie nämlich mit diesen Briefen polstern.«

»Ja, sie ist gut angekommen«, beruhigte ihn Claire. »Sie ist wundervoll.«

»Warum sind dir diese Briefe so wichtig, Claire?«, fragte Armand sie später am Abend. Sie hatte sie auf dem alten Schreibtisch aus Walnussholz ausgebreitet, der in der überfüllten Bibliothek des großen Hauses stand, und begutachtete sie unter einer hellen Lampe. »Was auch immer passiert ist – oder nicht passiert ist –, es ist doch über ein Jahrhundert her.«

»Aber was, wenn der Brief tatsächlich von *L'Inconnue* geschrieben wurde? Das würde bedeuten, dass sie sich überhaupt nicht selbst umgebracht hat. Dass sie umgebracht wurde von demjenigen, der sie nicht gehen lassen wollte.«

»Ist das denn weniger tragisch?«

Gute Frage. War es weniger furchtbar, umgebracht zu werden, als sich selbst umzubringen?

»Suizid ist das Schlimmste, findest du nicht?«

»Ich glaube, dass du an deine Mutter denkst. In ihrem Fall wäre ein Unfall weniger tragisch als ein Suizid. Aber Mord …?«

Sie schüttelte den Kopf und starrte auf die Briefe.

»Aber Claire, eines verstehe ich nicht: Wie kommst du darauf, dass die Briefe *L'Inconnue* gehörten? Wo ist die Verbindung?«

»Ich weiß es auch nicht. Aber der Brief lag neben ihrem Gesicht, als ich sie das erste Mal auf dem Dachboden meiner Großmutter gefunden habe. Deshalb stelle ich vielleicht einen Zusammenhang her. Und dann ist da noch etwas: Warum hängt *L'Inconnue* an der Wand mit den Familienmasken?«

»Claire, sie hing an so vielen Wänden.«

»Alle anderen an der Wand gehörten zur Familie.«

»Du glaubst also, dass irgendjemand, vermutlich Jean-Baptiste, in sie verliebt war und ihr die Briefe geschrieben hat?«

»Jean-Baptiste hat Pierre-Guillaume erzählt, dass er sie gekannt hat. Von der Zeit her passt das doch. Er war kurz vor der Jahrhundertwende ein Mann Ende zwanzig, und

L'Inconnue war wahrscheinlich noch eine Jugendliche oder Anfang zwanzig, als die Maske gemacht wurde.«

Armand sah sie lange an. »Du denkst also, dass er gerufen wurde, um die Totenmaske für die Frau zu machen, die er geliebt hat und die von ihrem Freund umgebracht worden war?«

»Vielleicht.«

»Ich fand die Maske ja davor schon traurig. Aber die Version ist ja noch schrecklicher.«

»Ich weiß nur nicht, wie ich es beweisen, wie ich die Verbindung herstellen kann. Im Leichenschauhaus wurde damals noch nicht lückenlos über die Toten Buch geführt, und ich habe in der Rechtsmedizin keinen Namen und keine Adresse gefunden, gar nichts.«

»Wann warst du denn in der Rechtsmedizin?«

»Als du in Paris plötzlich von der Bildfläche verschwunden warst. Ach, übrigens, mach das bitte nicht noch mal. Das halte ich nicht aus.«

Er nickte.

»Komm, Claire, lass uns etwas mit dem Ton arbeiten.«

Claire hatte jeden Tag ein paar Stunden in dem Atelier in der Scheune verbracht, seit Armand es ihr gezeigt hatte. Sie konnte gar nicht genug bekommen von dem Gefühl an ihren Händen. Wenn sie den Ton bearbeitete, merkte sie, dass ihre Emotionen an die Oberfläche kamen, ohne dass sie sie benennen musste. Sie konnte einfach warten, bis sie kamen: die Trauer über Mammaws Tod, der Schmerz über den Verlust ihrer Mutter und über die Behandlung, die sie durch ihren Vater erfahren hatte. Das Glück, das sie in Armands Armen spürte.

Im Atelier fühlte sich Claire weit weg von der Welt und gleichzeitig unwahrscheinlich präsent. Eines Tages würde sie Hammer und Meißel nehmen und sich einen großen Marmorblock vornehmen. Sobald sie sich überlegt hatte, was sie aus dem Stein hauen wollte.

»Was ich am liebsten formen würde, bist du«, erzählte sie Armand. »Vom ersten Moment an, als ich dich gesehen habe.«

Armand war offenbar amüsiert und fühlte sich anscheinend auch geschmeichelt, dass sie eine Skulptur von ihm machen wollte.

»Dein Gesicht ... es ist irgendwie ... ungewöhnlich.«

Ein furchtbarer Ausdruck legte sich auf sein Gesicht. Claire bedauerte sofort, was sie gesagt hatte.

»Oh, Armand, es tut mir so leid, ich wollte nicht –«

»Ich habe mir bei dem Unfall den Kiefer, die Nase und die Augenhöhle gebrochen.«

»Das meinte ich nicht! Jetzt, wo du es sagst, ja, natürlich ist dein Gesicht ein bisschen schief. Aber das macht es so faszinierend ...« Das Letzte, was sie wollte, war, ihn zu verletzen. »Ich stelle es mir schwierig vor, dich in Ton, geschweige denn Stein zu bannen. Dich umgibt eine faszinierende Aura. Du bist ... du lässt so vieles unausgesprochen, und trotzdem ist da eine Zärtlichkeit und ein Schmerz, in deinem Gesicht spiegeln sich so viele Gefühle.«

»In meinem zerbrochenen Gesicht?«

»In deinem wundervollen, zerbrochenen Gesicht. Würdest du für mich Modell sitzen, sodass ich dich zeichnen kann?«

Er willigte ein, saß ganz still und erlaubte ihr, sein Gesicht zu studieren, solange sie wollte.

Claire dachte an die Zeit zurück, als sie sich vor Armand gefürchtet hatte. Aber jetzt ... hatte er sie gebeten, ihr zu vertrauen, und sie war ihm in den Teich gefolgt. Er hatte seine starken Armen um sie gelegt, und sie hatte gewartet, bis sich das Wasser über ihrem Kopf schloss. Sie kämpfte gegen die Panik an, glaubte an Armand, und an sich selbst. Sie lernte, die Luft anzuhalten, ruhig zu bleiben und den Kopf über Wasser zu halten.

Sie lernte zu schwimmen.

51

Nach einem ausgedehnten gemeinsamen Abendessen auf dem Land mit der ganzen Familie hatten sich Claire und Armand mit einer Flasche Wein, einer Taschenlampe und einem Schlafsack davongestohlen. Sie verbrachten die letzte Nacht im Schloss, liebten sich und hielten einander auf dem kleinen Lager inmitten der Ruine fest.

Der Raum war dunkel, abgesehen vom Schein einer Kerze, die oben auf einem Bücherstapel stand. Das Zirpen von Grillen erfüllte die Nacht, aber ansonsten war alles still.

Claire stützte sich auf ihren Ellbogen. »Warum sind wir hier, Armand? Willst du das Schloss wirklich restaurieren?«

»Ich dachte, es gefällt dir?«

»Ich bin absolut hingerissen davon. Aber ich mag es, wie es jetzt ist. Wie die Kletterpflanzen durch die Fenster ranken, wie sich die Natur alles zurückerobert ...«

Er seufzte.

»Ich meine«, fuhr Clare fort, »es wäre ja wundervoll, wenn du die Mittel hättest, es instand zu setzen, aber was dann? Würdest du hier leben wollen, als Schlossherr? Für eine Person ist es ein bisschen viel, selbst für ein Paar, nicht wahr?«

»Ich hatte mir immer vorgestellt, dass es voller Kinder sein würde. Nicht zu vergessen die Tanten.«

»Und eine streunende schwarze Katze?«

Er lächelte und strich ihr eine Haarsträhne aus der Stirn.

»Ja, und eine Katze namens Gertrude.«

Besagte Katze war froh, ihn wieder bei sich zu haben. Claire hatte gemeinsam mit Armand den Zug genommen; ihre Abreise aus Lods hatte sich hingezogen. Familie und Nachbarn hatten versucht, sie zu überreden, noch eine Woche zu bleiben. Aber Armand hatte darauf bestanden, dass sie zurück nach Paris mussten, um das Atelier für die Wiedereröffnung am ersten September vorzubereiten. In Wirklichkeit, da war sich Claire sicher, hatte er einfach einen Sättigungspunkt erreicht, was die Familienzeit betraf.

Jetzt waren sie zurück, nur sie beide, in dem kleinen Garten hinter dem Laden. Sie nippten am Wein und genossen den ruhigen Abend. Die Katze kam zu ihnen hinüberspaziert und strich miauend um Armands Beine. Er hob sie hoch, setzte sie sich auf den Schoß und streichelte sie.

»Hallo, meine Schöne«, sagte er mit weicher, ruhiger Stimme. »*Ça va?*«

»Es scheint, als ob Quentin sich gut um sie gekümmert hat, während wir weg waren.«

Armand nickte.

»Armand ... ist deine Frau, Odile, mit Quentin zusammen?«

Er nickte. »Ja. Es ist besser so. Sie hat es ... sie hat es nicht ausgehalten. Sie hat eine sehr schwere Zeit hinter sich, und in meiner Nähe war es noch schlimmer für sie.«

»Das tut mir leid.« Etwas anderes fiel Claire nicht ein.

»Und du solltest wissen, dass Odile nicht mehr meine

Frau ist. Die Scheidung war vor einem Jahr endgültig durch. Der Unfall war vor drei Jahren.«

»Aber sie gibt dir doch nicht die Schuld?«

»Nein, oder zumindest war das nicht ihre Absicht. Ich gebe mir selbst die Schuld. Sie lebt jetzt in der Provence und kommt nur noch selten nach Paris. Quentin sieht sie oft. Ich bin froh, dass es ihr gutgeht. Was wir durchgemacht haben, ist ...«

»Unvorstellbar.«

Er nickte.

Claire dachte daran, was Mammaw sagen würde. *Die Zeit heilt alle Wunden.* Aber sie war da nicht so sicher. In Armands Gesicht waren die Wunden jeden Tag zu sehen und in seinem Herzen noch mehr.

Aber vielleicht war das ja richtig so. Sollte man schließlich ein geliebtes Kind jemals vergessen, das man in einem grausamen Moment verloren hatte?

Vielleicht waren die Narben eher wie die goldenen Risse des *kintsugi* und hielten die Erinnerungen beisammen.

Claire dachte an ihre Mutter, die sie als Kleinkind verloren hatte. Sie war bei dem Unfall dabei gewesen, aber sie war viel zu jung, um sich zu erinnern. Zumindest bewusst. Sean hatte einmal vorgeschlagen, dass sie sich doch hypnotisieren lassen sollte, um die Erinnerungen an die Oberfläche zu holen. Aber sie war nicht sicher, ob sie sich erinnern wollte; die Erinnerungen an die Erlebnisse mit ihrem Vater waren schmerzhaft genug.

Nach dem *apéro* gingen sie wieder nach oben. Ein großer Stapel Briefe hatte sich in ihrer Abwesenheit angesammelt; Armand sah ihn durch, sortierte ihn nach Werbung, Rechnungen und persönlicher Korrespondenz.

»Bekommst du immer noch viele Bestellungen per Post?«, fragte Claire.

»Ja. Aber ich fürchte, dass ich mich wohl eines Tages der modernen Welt anschließen muss. Im Moment genieße ich es noch, anachronistisch zu leben. Ein Mann, der aus der Zeit gefallen ist.«

Claire grinste. »Ein alter Griesgram, meinst du wohl.«

Er grinste auch und zog sie leicht an ihrem Pferdeschwanz.

»Ach ja, ich habe übrigens ein paar Änderungen an eurer Website vorgenommen.«

»Änderungen?« Er trat einen Schritt zurück und sah sie besorgt an.

»Nichts Großes. Ich habe nur ein paar Verlinkungen erneuert und ein bisschen Ordnung geschaffen. Ich habe eine Liste mit Fragen und Vorschlägen angelegt, zum Beispiel ein Bestellformular, mit dem man über das Internet bestellen kann. Wir sollten uns mal zusammensetzen und die Liste durchgehen. Du könntest Teil der modernen Welt werden.«

Er lächelte widerwillig und nickte. »Wie könnte ich das ablehnen?«

Er sah zu der alten Uhr an der Wand. »Wir haben überhaupt keine Vorräte mehr. Darf ich dich heute Abend zum Essen ausführen?«

»Du? Du isst auswärts? Das hätte ich nicht gedacht.«

»Paris ist die Stadt der Liebenden, wusstest du das nicht? Außerdem muss ich dir etwas zeigen.«

Sie aßen in einem seiner Lieblingsbistros, dessen Besitzer Armand kannte und der immer wieder ihre Weingläser nachfüllte. Nach dem Essen wanderten sie an der Seine entlang. Obwohl die Nähe zum Fluss sie immer noch nervös machte, war es beruhigend zu wissen, dass sie – selbst wenn der schlimmste Fall eintreten und sie ins Wasser stürzen sollte – ihren Kopf über Wasser halten konnte. Sie würde zwar nie einen Schönheitspreis für ihren Schwimmstil gewinnen, aber ihr Hundekraul konnte sich inzwischen durchaus sehen lassen.

Sie blieben immer wieder stehen, um durch die antiquarischen Bücher zu stöbern, die die *bouquinistes* entlang der Seine verkauften. Dann schlenderten sie an einer Menschenmenge vorbei – die unterschiedlichsten Leute, Schüler, Alte, Anfänger und Profis –, die Tango tanzte.

Claire blieb stehen, um kurz zuzuschauen. Die Musik war wild und exotisch, der Tanz dramatisch und doch romantisch. Es war wundervoll anzusehen.

»Dreh dich um«, sagte Armand, legte ihr die Hände auf die Schultern und drehte sie sanft um.

Der Eiffelturm, der sich ohnehin schon majestätisch gegen den Nachthimmel abhob, begann zu blinken.

»Oh!«, rief Claire und hielt den Atem an.

»Ich dachte mir, dass es dir gefällt.«

»Es ist wie eine riesige Discokugel.« Sie sah Armand über ihre Schulter an und lächelte. »Es ist unglaublich romantisch.«

Er zuckte mit den Schultern.

»Und ein kleines bisschen – na ja, ziemlich – touristisch.«

Jetzt lachte er laut auf, und sie fiel in das Gelächter ein, schlang die Arme um seine Hüfte und zog ihn fest zu sich heran.

»Siehst du, nicht alles, was touristisch ist, ist schlecht.«

Sein Blick wanderte langsam über ihr Gesicht, bevor er ihr tief in die Augen sah.

»Nein, für amerikanische Touristinnen entwickle ich sogar gerade eine gewisse Vorliebe.«

Am nächsten Morgen wachte sie in Armands Bett auf. Er schlief noch tief und fest, seine Brust hob und senkte sich.

Sie sah ihm einen Moment lang zu. Sie hatten noch nicht über die Zukunft gesprochen; würde sie in ein paar Tagen abreisen und nach Louisiana oder nach Chicago zurückkehren? Oder woanders einen Job suchen? Oder sollte sie versuchen, in Paris eine Arbeit zu finden?

Claire war so mit Armand beschäftigt gewesen, dass sie nicht weiter über eine schwierige Wahrheit nachgedacht hatte: Sie hatte zwar das Gesicht gefunden, das sie gesucht hatte, aber dort hatte kein Geheimnis auf sie gewartet. Sie hatte nicht einmal den Brief enträtseln können, den sie in der Kiste gefunden hatte. Er gehörte wohl zu den anderen Briefen aus Pierre-Guillaumes Blechdose, und sie hatte immer noch den Verdacht, dass es sich um einen Briefwechsel zwischen *L'Inconnue* und Jean-Baptiste Lombardi handelte, aber wohin führte sie das?

Armand hatte recht. Die Vorstellung, dass sie ermordet worden war und Jean-Baptiste dann ihre Totenmaske gemacht hatte, war einfach zu abscheulich. Dann doch lieber die Version mit dem Suizid.

Armand rührte sich immer noch nicht. Claire schlüpfte vorsichtig aus dem Bett, um ihn nicht zu wecken. Er brauchte den Schlaf.

In der Küche beschloss Claire, zur Abwechslung einmal ihm Kaffee zu machen. Sie nahm die Kaffeedose aus dem Regal, löffelte das duftende Pulver in die Maschine, goss Wasser hinein und schaltete sie ein. Sie lächelte, als sie sich

Armand vorstellte, wie er sich beschwerte, dass der Kaffee nicht stark genug sei oder zu stark. Oder vielleicht verbrannt schmeckte, oder nicht heiß genug war oder etwas in der Art.

Irgendwie fand sie sein Gemaule ganz sympathisch.

Auf der Ablage sah sie die Post, die Armand sortiert hatte, fein säuberlich aufgestapelt: Werbung, Rechnungen und Briefe.

Der oberste Brief war an Lisette Villeneuve adressiert. Die Frau, die im Atelier gearbeitet hatte.

Ein Detail allerdings machte Claire stutzig: Sie hätte schwören können, dass die Adresse in Mammaws Handschrift verfasst war.

Sie nahm den Brief in die Hand und untersuchte ihn genauer. Er war in Louisiana abgestempelt. Und die Absenderin hieß Minerva Duval Paquet.

Minerva Duval Paquet. Auch bekannt als Mammaw.

52 SABINE

Der Junge bringt Sabine noch einen Brief:

Mit diesem Brief schicke ich einen Kuss.
Kannst du ihn fühlen?

Sabine hält den Brief in der Hand und liest ihn dreimal. Sie denkt daran, wie Jean-Baptiste sie hinter einen Wagen gezogen hat. Der Geruch von verrottendem Gemüse und Müll war ihnen egal. Es gab nur sie beide, niemanden sonst auf der Welt. Sie sah in seine Augen und tauchte ohne Furcht in deren blaue Tiefen ein.

Er küsste sie.

Es war eine Offenbarung. Sie hatte die Lippen des Pferdetrainers auf ihren genossen, aber das war nichts im Vergleich. Das mit Jean-Baptiste war Sonne und Feuer. Es war ein kühlender Regen an einem heißen Sommertag und die Wärme des Kamins im kalten Winter. Hell und blendend wie die neuen elektrischen Glühbirnen, die die Stadt anstelle der alten Gaslampen in den Straßen einbaute.

Dieser Kuss war alles.

Das war es, was Monsieur Rodin in seiner Skulptur darstellen wollte, erkannte Sabine mit einem Schlag. Was viele

Leute für vulgär und unkeusch hielten. Die Leidenschaft, das Verlangen, der Schmerz. Dieses Gefühl, dass es in dieser Welt voller Leute in diesem einen Augenblick nur zwei gibt.

Sabine setzt sich mit dem Brief hin, taucht die Feder in die Tinte und wagt es, die Wahrheit niederzuschreiben:

Ich fühle deine Küsse jeden Augenblick des Tages, sogar in meinen Träumen, sobald ich die Augen schließe.

Kurze Zeit später kommt Maurice zurück und platziert sie in einer unangenehmen Positur auf dem Diwan. Vier Stunden lang liegt Sabine still da wie eine Tote. Sie denkt nur an Jean-Baptistes Lippen auf den ihren, wie sich ihr Atem vermischt, das Gefühl seiner Hände auf ihrem Körper.

»Du siehst heute wunderschön aus, Sabine«, sagt Maurice. »Du lächelst heute wieder wie die *Mona Lisa*.«

»Danke, *monsieur*«, antwortet sie.

Nach ihrer Sitzung verlässt Maurice das Haus, um sich in einer Bar mit Freunden zu treffen. Er erteilt ihr die Anweisung, zu Hause zu bleiben, weil ihr Auge noch vom Vorabend geschwollen ist, als er die Kontrolle über sich verloren hat, nachdem sie ihre Meinung zu den Nabis geäußert hatte.

»Ich würde gerne Kerzen für meine Mutter und meinen Bruder anzünden und zur Beichte gehen«, sagt sie. »Ich könnte ja meinen Schal um den Kopf tragen.«

Er zögert einen Moment, dann nickt er. »Na gut. Aber dorthin und dann zurück, das ist alles.«

»*Oui, monsieur.*«

Der Junge kommt an ihre Tür, sobald Maurice verschwunden ist.

Der Brief lautet:

Er wird heute in der Akademie sein.
Willst du mich treffen?

Sabine schreibt:

Auf dem Platz vor der Kathedrale Notre-Dame. Ich werde Kerzen für meine Mutter und meinen Bruder anzünden.

53

Claire begriff nicht, was sie da sah. Mammaw war Wochen zuvor gestorben. Wann hatte sie diesen Brief geschrieben? Und warum?

Woher um alles in der Welt kannte sie Lisette Villeneuve?

Es ergab alles keinen Sinn.

Claire starrte auf den Umschlag und kämpfte gegen den unbändigen Wunsch an, den Brief zu öffnen.

Die große Uhr über der Spüle zeigte kurz vor sieben. Demnach war es in Plaquemines Parish Mitternacht. Aber ihre Cousine ging spät ins Bett, und schließlich war es Samstagabend.

Sie rief Jessica an.

»Na, wenn das nicht meine Cousine Chance ist«, sagte sie in vertraut herablassendem Tonfall. »Arbeitest du immer noch als Verkäuferin?«

»Weißt du irgendwas über einen Brief, den Mammaw nach Paris geschickt hat?«

»Wovon redest du? Du verlierst allmählich den Verstand, Mädchen. Du weißt doch, dass sie gestorben ist, als du noch hier warst.«

»Ja, ich weiß. Aber die Sache ist die: Der Brief war nicht

an mich adressiert, sondern an eine Frau namens Lisette Villeneuve. Hast du den Namen schon mal gehört?«

»Nein.«

»Sie ist Amerikanerin, spricht aber fließend Französisch. Ist sie vielleicht eine ehemalige Nachbarin? Kennen wir irgendwelche Villeneuves?

Es folgte eine längere Pause.

»Jessica?«

Sie räusperte sich, und Claire konnte das Rascheln von Papier hören. Hörte sie ihr überhaupt zu?

»Hmm ...« Jessica fehlten selten die Worte. »Du weißt ja, wie Mammaw war. Sie kannte alle möglichen Leute über die Kirche und so. Es könnte irgendjemand sein.«

»Ja. Aber es ist doch ein merkwürdiger Zufall, dass diese Villeneuve in dem Laden gearbeitet hat, in dem ich auch gelandet bin, nicht wahr?«

»Hast du nicht gesagt, Mammaw wollte, dass du irgendein Paket aus Paris zurückverfolgst? Das ist vielleicht der Grund. Sie kannte jemanden dort.«

Das schien plausibel, fand Claire. Aber trotzdem ...

»Onkel Remy muss den Brief eingeworfen haben«, fuhr Jessica fort. »Er hat aufgeräumt. Wahrscheinlich hat er den Brief zwischen ihren Sachen gefunden und ihn deshalb zur Post gebracht. Er hat auch eine ganze Reihe Schecks eingeworfen, die sie für Rechnungen ausgestellt hatte. Das nervt mich total, schließlich muss ich mich um ihre Finanzen kümmern. Was stand denn eigentlich in dem Brief?«

»Das weiß ich nicht. Er ist ja nicht an mich adressiert.«

»Du hast ihn nicht gelesen?«

»Nein.« Claire warf einen Blick auf den Umschlag.

»Da hast du aber mehr Willensstärke als ich, das sage ich

dir. Wenn ich an meine Adresse einen Brief von einem Geist bekommen würde, würde ich ihn aufmachen. Völlig egal, welcher Name auf dem Umschlag steht.«

»Hey, Onkel Remy geht doch nie ans Telefon. Kannst du vielleicht zu ihm rübergehen und ihn fragen? Und mich anrufen, wenn du was rausfindest?«

»Na klar. Ich gehe zu ihm und quetsche ihn aus. Ich weiß ja sowieso nicht, wohin mit meiner Zeit.«

»Ich weiß, dass du beschäftigt bist, Jessica. Aber es wäre mir wirklich eine große Hilfe.«

Sie seufzte. »Er ist eine Nachteule wie ich. Ich schaue auf dem Heimweg bei ihm vorbei. Im Moment bin ich bei Cousin Jeff, der mal wieder von seinem verdammten Motorrad gestürzt ist.«

Claire bot an, bei den Arztrechnungen behilflich zu sein, und dankte Jessica für ihre Hilfe.

Armand kam in die Küche. Er sah verschlafen und ziemlich verführerisch aus in nichts als seinen Boxershorts. »Ich rieche Kaffee.«

»Was ist das?«, fragte Claire und wedelte mit dem Brief vor seinem Gesicht herum.

»Was ist was?«, fragte er und wich ein Stück zurück, um zu sehen, was sie in der Hand hielt. Das war eindeutig nicht die Antwort, die er erwartet hatte.

»Das hier ist ein Brief an Lisette Villeneuve.«

»Sie bekommt immer noch ab und zu etwas ans Atelier geschickt. Hast du sie gebeten, ihre Adresse zu ändern?«, fragte er, ging zur Anrichte und schenkte sich eine Tasse Kaffee ein.

»Was hat es mit dieser Frau auf sich?«

Wie meinst du das?«

»Wart ihr ein Paar?«

Er verschluckte sich an seinem Kaffee und fing an zu husten. »*Was?* Claire, wovon redest du?«

»Ich weiß, dass irgendwas mit dieser Frau nicht stimmt. Irgendwas ist komisch an ihr und an der ganzen Situation. Warum hast du mir nicht erzählt, dass sie aus Louisiana kommt? Woher kennt sie meine Großmutter?«

»Sie kennt deine Großmutter?«

»Der Brief hier ist von Mammaw. Meiner Großmutter.«

»Du meintest doch, dass deine Großmutter gesagt hat, du sollst hierherkommen, stimmt's? Gut möglich, dass sie jemanden hier kannte und dich deshalb hergeschickt hat.«

Jessica hatte das Gleiche gesagt. Es war die einzige Version, die Sinn ergab.

»Mach den Brief doch auf, wenn du so neugierig bist«, sagte er, lehnte sich gegen den Tresen und nahm noch einen Schluck Kaffee.

Sie sah auf den Umschlag hinunter, der Mammaws verschnörkelte Handschrift trug.

»Man öffnet doch nicht die Post anderer Leute.«

Er lachte. »Claire Broussard, du bist mir vielleicht eine sonderbare Mischung aus Rebellin und Heiliger.«

Sie sah auf den Umschlag in ihrer Hand. In Wahrheit hatte sie Angst davor, was sie darin erwartete.

Als er weitersprach, war seine Stimme ganz sanft: »Wenn du ihn nicht öffnen willst, dann bring ihn doch Lisette und frag sie, was es damit auf sich hat. Sie kann dir bestimmt sagen, woher sie deine Großmutter kennt.«

Claire antwortete nicht.

Geschichten. Ihre Familie erfand Geschichten.

Erzähl es mir noch mal, Mammaw. Erzähl mir mehr über meine Mama. Als das Auto von der Straße abgekommen ist, warum bin ich da nicht auch gestorben?

Es war ein Wunder, Chance. Und du bist ein Wunder.

»Du hast erzählt, dass Villeneuve auch etwas aus Ton geformt hat, als sie hier war«, sagte Claire. »Kann ich etwas sehen, was sie gemacht hat?«

»Sie hat alles zerschlagen. Sie hatte einen Hang zum Dramatischen.«

Das hatte Armand schon einmal über sie gesagt, erinnerte sie sich.

Claire ließ sich auf Hände und Knie fallen, suchte unter den Werkbänken und hoffte, ein paar Scherben zu finden. Sie kümmerte sich nicht um die spitzen Steinchen, die sich ihr in Handflächen und Knie bohrten.

»Claire, was machst du da? Was soll das werden?«

»Ich muss ... meine Familie hat immer erzählt, dass meine Mutter Bildhauerin werden wollte und plante, nach Europa zu gehen. Und ... Mammaw kannte sie.« Sie kniete noch immer auf dem Boden und sah zu Armand hoch. »Gibt es überhaupt nichts mehr, was sie gemacht hat?«

Er fuhr sich durch das ohnehin schon verstrubbelte Haar. Dann ging er ins Schlafzimmer und kam mit einem verbeulten Barbiekoffer zurück.

»Alles, was es noch gibt, sind diese kleinen Tiere hier, die sie für Léonor gemacht hat.«

Er öffnete den Koffer.

Drei kleine Tiere sahen Claire an. Ein Bär, ein Krokodil und eine Katze. Sie waren aus kleinen Tonkugeln geformt und grinsten. Genau wie die Tiere, die Claire in ihren Händen gehalten hatte, als sie klein war und sich hinter dem Sofa versteckte.

Die kleinen Skulpturen, die sich in ihrer Hand bewegt und ihr zugeflüstert hatten:

Alles wird gut werden. Du bist nicht allein. Du bist ein Wunder.

54

»Was ist, wenn meine Mutter bei dem Autounfall gar nicht ums Leben gekommen ist?«, hörte Claire sich fragen. Ihre Stimme klang hohl und weit entfernt, als ob eine andere sprechen würde. »Oder wenn es vielleicht nie einen Autounfall gegeben hat?«

»Claire, setz dich«, sagte Armand und führte sie zu seinem hölzernen Arbeitsstuhl. »Du siehst ein bisschen mitgenommen aus.«

»Haben sie mich angelogen? Hat meine Mutter die ganze Zeit gelebt, ist nach Paris gezogen, um Bildhauerin zu werden, und niemand hat mir das je erzählt?« Sie schüttelte den Kopf. »Ich weiß ja, dass meine Familie gerne Geschichten erfindet, aber diese hier ist – Moment mal. Du kennst sie doch seit Jahren. Sie muss dir doch irgendwann mal erzählt haben, dass sie aus Louisiana kommt. Wo ich auch herkomme. Warum hast du das denn nie erwähnt?«

»Sie hat nicht mit so starkem Akzent gesprochen wie du. Sie hatte ja schon Jahrzehnte in Paris gelebt, bevor sie angefangen hat, in der Moulage zu arbeiten.«

»Willst du behaupten, du hattest überhaupt keinen Verdacht?« Als er nicht sofort antwortete, hakte sie nach: »Armand?«

»Ich war mir natürlich nicht sicher.« Er schüttelte den Kopf. »Aber ab und zu ... es gibt bei dir ein paar Gesten und Verhaltensweisen, die mich an sie erinnert haben, aber ich habe am Anfang gedacht, das liegt daran, dass ihr beide Amerikanerinnen seid. Aber dann hast du in Lods diese kleinen Tontiere gemacht, die fast so aussehen wie diese hier. Und mir ist die Form deiner Ohren aufgefallen.«

»Die Form meiner *Ohren*?«

»Ich finde sie sehr außergewöhnlich, das habe ich dir doch gesagt ...« Er zuckte mit den Schultern. »Mir fallen solche Details eben auf. Das ist berufsbedingt.«

»Du hast es gewusst und mir nichts gesagt?«

»Was hätte ich denn sagen sollen, Claire? Dass es sein könnte, dass deine Mutter, die bei einem Autounfall ums Leben gekommen ist, in Wirklichkeit hier in Paris lebt und bei mir gearbeitet hat? Dass sie dich im Stich gelassen hat?«

»Ja, das genau hättest du mir sagen sollen.«

»Du musst zugeben, dass das ziemlich abwegig klingt.«

Das stimmte. Gleichzeitig klang es nach der Wahrheit.

»Erzähl mir alles über sie, was du weißt.«

»Da gibt es nicht viel zu erzählen. Anders als du wollte sie nicht viel mit uns zu tun haben. Sie hat die ganzen letzten Jahre immer nur in Teilzeit hier gearbeitet.«

»Das ist doch lang genug, um ein paar Dinge über jemanden zu erfahren.«

»Es tut mir leid, dir das sagen zu müssen, Claire, aber sie war immer sehr schweigsam und verschlossen. Sie hat auf unsere Arbeit herabgesehen, und sie hat weder Léonor noch Giselles Kinder je gemocht. Sie hat ihre Arbeit gemacht, hat für uns übersetzt und ist dann nach Hause gegangen. Kein *apéro*, keine gemeinsamen Mahlzeiten. Das einzige Mal, als sie wirklich nett war, war nach dem Unfall.

Ich konnte einige Monate lang überhaupt nicht arbeiten, da ist sie eingesprungen und hat den Laden eine Weile am Laufen gehalten.«

»Ich kann nicht fassen, dass mich jeder in dieser Sache angelogen hat. Was hat sich Mammaw denn dabei gedacht? Und jetzt auch noch du?« Sie stützte den Kopf in die Hände. »Jeder Mensch in meinem Leben lügt mich an.«

»Entschuldige, Claire, aber ich habe dich nicht angelogen. Ich habe eine Ähnlichkeit zwischen euren Ohren bemerkt – das ist noch lange kein Beweis für eine so abwegige Geschichte. Es kam mir kurz in den Sinn, aber ich dachte, es ist einfach unmöglich.«

»Es macht nichts«, sagte Claire und stand auf. Ich bin ja sowieso bald weg.«

»Weg? Was hat denn diese Geschichte mit uns zu tun? Mit dir und mir?«

Sie lachte trocken. »Was hast du denn gedacht? Dass ich für immer in Frankreich bleibe und mit dir Masken gieße? Ich bin nur vorübergehend deine Aushilfe, schon vergessen?«

»Und nur vorübergehend meine Liebhaberin, oder was?«

»Ich muss zurück, Armand. Das wissen wir doch beide.«

»Warum? Warum musst du zurück? Du hast keinen Job und keine Familie.«

»Was soll ich denn machen – hierbleiben und dich bei Laune halten, während du die Touristen anknurrst? Und dann? Das ist doch kein Leben.«

»Was hast du denn im Moment für ein Leben? Du jagst Phantome aus deiner Vergangenheit. Gerade hast du mir erzählt, dein ganzes Leben baut auf einer Lüge auf. Dass es den Autounfall nie gegeben hat. Wenn sie nicht gestorben ist, Claire, dann hat sie dich in der Obhut deines alkoholkranken Vaters gelassen.«

»Ja, danke für diesen wertvollen Hinweis. Das hatte ich schon selbst herausgefunden.«

Ihr Handy piepste, und Armand riss die Arme in die Luft. Claire las eine SMS von Jessica: Remy hat dir eine Mail von meinem Account geschrieben.

Sie öffnete die Nachricht:

Liebe Chance,
Jessica hilft mir, diese E-Mail zu schreiben. Du weißt ja, dass ich Computer nicht mag. Ich hoffe, sie erreicht dich. Jessica hat gesagt, ich hätte den Brief nicht schicken sollen. Entschuldigung. Mammaw hat immer einen Brief an diese Dame geschickt. Alle paar Monate. Ich kann mich erinnern, dass sie manchmal Fotos von dir aus der Schule und so geschickt hat. Und dann habe ich den Brief gefunden. Er war schon fertig, und wahrscheinlich wollte sie ihn einwerfen. Es ist die gleiche Adresse wie auf deinen Briefen, deshalb habe ich gedacht, es ist eine gute Idee. Es tut mir leid, wenn das falsch war.
Hier ist alles gut. Jessica sagt, ich soll nicht allein hier im Haus wohnen. Aber vielleicht braucht Jeff einen Ort, um wieder gesund zu werden. Dann kann er hier einziehen. Die Krabben sind noch nicht da. Das ist nicht gut für die Jungs.
Ich hoffe, es geht dir gut und du bist nicht böse auf deinen Onkel Remy. Ich mag deine Briefe. Bitte schick mehr.
Ich liebe dich und ich vermisse dich,
Remy
PS Ich bin froh, dass du schwimmen gelernt hast!

55

»Lass mich mitkommen, Claire«, sagte Armand. »Wir reden gemeinsam mit Lisette.«

»Nein«, sagte sie und wich zurück. »Nein, ich will nicht, dass du mitkommst.«

»Claire –«

»*Nein.* Danke. Ich will allein gehen.«

Den ganzen Weg über, als sie zur Metro hastete, umstieg und zu der Adresse rannte, schwirrten Gedanken durch Claires Kopf. *Meine Mutter lebt. Meine Mutter ist nie gestorben. Mein ganzes Leben basiert auf einer Lüge.*

Sie konnte es immer noch nicht ganz glauben. Es schien so weit hergeholt, so unwahrscheinlich.

Würde sie gleich ihrer Mutter gegenüberstehen? Hatte sie wirklich schon zweimal ihre Mutter getroffen, und Lizzie – Lisette – hatte nichts gesagt?

Statt in den Bayou zu fahren und sich und beinahe auch Chance zu töten, war Lizzie nach Paris abgehauen und hatte sie bei ihrem alkoholkranken Vater gelassen? All diese Jahre hätte sie Kontakt zu ihrer Mutter haben können? Wie hatte die Familie das Geheimnis so lange hüten können? Sie hatte immer gewusst, dass sie gut darin waren, Geschichten zu erzählen, aber warum hatte keiner, nicht eine einzige

Person, Claire die Wahrheit gesagt? War es möglich, dass sie es auch nicht wussten? Hatte die Geschichte sich verselbstständigt, als Mammaw allen erzählte, ihre Tochter sei im Sumpf ums Leben gekommen und Chance habe durch ein Wunder überlebt? Oder befürchtete Lizzie, ihr Mann würde ihr folgen, wenn er wüsste, dass sie weggelaufen war? Denn zumindest er hätte die Wahrheit mit Sicherheit irgendwann betrunken herausposaunt, wenn er sie gekannt hätte.

Aber warum hatte man Chance erzählt, sie wurde durch ein Wunder gerettet, wenn sie doch nichts weiter als ein Kind war, das man im Stich gelassen hatte?

Daran war so gar nichts Wundervolles.

Als Claire das Haus erreichte, kam die tätowierte junge Frau gerade die Treppe hinunter.

»Ach, hallo, wie geht's?«, sagte sie. »Ihre Freundin ist anscheinend ausgezogen.«

»Wirklich?«

»Ja. Der Vermieter war sauer, weil sie ihm gar nicht Bescheid gesagt hat. Sie hat einen Brief an der Tür gelassen. Sind Sie zufälligerweise Chance Broussard?«

Claire nickte.

»Kommen Sie, ich lasse sie rein«, sagte die Frau. »Ist alles in Ordnung mit Ihnen?«

Claire nickte wieder. Sie konnte nicht sprechen. Sie ging den Flur entlang bis zum Apartment 110. Dort hing, an die Tür geklebt, ein Umschlag, der an Chance Broussard adressiert war.

Ihre Hände zitterten, als sie den Brief las.

Liebste Claire, oder liebste Chance,
es kommt mir merkwürdig vor, das zu schreiben:
Es tut mir leid, dass ich dich verlassen habe. Es tut mir

wirklich leid. Ich bitte dich vielmals um Entschuldigung. Ich war so jung, als ich dich bekommen habe, Claire. Furchtbar jung. Dabei wollte ich eigentlich immer nur weg, in eine wunderschöne Stadt und Künstlerin werden. Das habe ich getan. Ich habe die Maske auf dem Dachboden gefunden – genau wie du Jahre später, wie mir Mammaw geschrieben hat – und mir Gedanken über sie gemacht und Träume gesponnen, wo sie wohl herkommt. Und dann bin ich eines Tages ihrer Spur gefolgt.
Genau wie du.
Ich wusste, dass du sehr viel Familie haben würdest, die sich um dich kümmern würde, manchmal vielleicht sogar zu viel, nicht wahr? Es tut mir leid, dass dein Dad sich als Versager entpuppt hat. Es klingt wahrscheinlich komisch, aber ich kannte ihn nicht sehr gut. Ich kann mich kaum an ihn erinnern, um ehrlich zu sein. Wir waren ja noch fast Kinder, als ich schwanger wurde. Ich war noch in der Highschool. Das tut mir ehrlich leid. Ich dachte, er wäre ein besserer Dad, als ich eine Mum war. Er war so aufgeregt, als du auf die Welt kamst.
Und dann hast du bei meiner Mom gelebt, was ich nicht vorgesehen hatte. Aber sie schrieb mir, dass du entkommen bist und in Chicago studiert hast. Du bist wohl wirklich meine Tochter!
Mom schrieb, dass sie dir und allen anderen erzählt hat, ich sei bei einem Autounfall ums Leben gekommen. Dieses Geheimnis scheint sie wohl bis ins Grab mitgenommen zu haben. Sie war immer schon sehr verschwiegen, wenn es darauf ankam. Vermutlich war es besser so. So hast du nicht gedacht, dass ich dich verlassen habe. Und so bist du mich nicht suchen gekommen. Ich habe sogar meinen Namen geändert: neues Leben, neue Identität.

Es ist peinlich, das zuzugeben, aber ich habe immer davon geträumt, ganz groß herauszukommen. Dass meine Talente erkannt werden und ich mehr erschaffen würde als diese kleinen Tiere. Ich habe es mein ganzes Leben lang versucht, und dann bin ich in diesem gottverdammten Abgussladen gelandet und habe meine Talente vergeudet. Ich kann nicht glauben, dass du dort arbeitest!
Ich dachte, dass ich vielleicht eines Tages triumphierend nach Hause zurückkehren würde und dass dann alles vergeben und vergessen wäre. Aber ich bin einfach nur eine Versagerin. Camille Claudel hat zu Lebzeiten auch nie die Anerkennung bekommen, die sie verdient hat. Ganz zu schweigen von Vincent van Gogh oder Vermeer. Mit solchen Gedanken tröste ich mich. Paris ist ein guter Ort für gescheiterte Künstler.
Bitte versuch nicht, mich zu finden.
Es tut mir leid, dass ich dich verlassen habe. Aber ich war überzeugt, dass es die beste Lösung ist. Und das bin ich immer noch.
Lisette (Lizzie). Deine Mom.

Claire konnte vor lauter Tränen kaum sehen, als sie schließlich den Umschlag von Mammaw aufriss. Der an ihre Mutter adressiert war.

Lizzie,
ich habe nicht mehr viel Zeit. Deshalb schicke ich sie zu dir. Sie hat gefragt, wo die Maske herkommt, also schien es mir Schicksal zu sein. Am besten sagst du ihr die Wahrheit, stehst dazu, was du getan hast. Chance ist das Beste, was du hervorgebracht hast.
Es ist, wie ich immer sage: Sie ist ein Wunder.
Maman

Claire sank gegen die Wand und glitt dann nach unten, bis sie auf dem Boden saß.

Sie hatte keine Ahnung, wie lange sie dort saß und ins Leere starrte. Sie dachte über ihr Leben nach, das auf Lügen basierte. Und dachte daran, was sie Armand gefragt hatte: *Bin ich wirklich so unwert, geliebt zu werden?*

Irgendwann stand Armand vor ihr. Er ging vor ihr in die Hocke und strich ihr eine Locke aus dem Gesicht.

»Ist alles in Ordnung?«

Sie nickte.

»Wirklich?«, fragte er und warf einen Blick auf den zerknitterten Brief in ihrer Hand.

Sie hielt ihn ihm hin, und er las ihn durch. Armand setzte sich neben sie und lehnte sich an die Wand. Er legte ihr den Arm um die Schultern, aber sagte lange nichts. Einige Nachbarn kamen vorbei und warfen ihnen merkwürdige Blicke zu.

»Sieh das Positive«, sagte Armand nach einer langen Pause. »Zumindest weißt du, dass sie dich nicht in diesem Sumpf umbringen wollte.«

Claire lachte auf. Ihr Lachen verwandelte sich sehr schnell in Weinen. Sie konnte überhaupt nicht mehr aufhören. Krampfartige Schluchzer schüttelten ihren Körper. Sie lehnte den Kopf gegen Armands Brust und brach zusammen. Sie weinte um ihre Kindheit, um ihre Mutter und ihren Vater, um Mammaw und die Lügen, die über sie hereingebrochen waren.

56 SABINE

27. Februar 1898

Sabine läuft durch die Straßen. Sie schafft es bis zum Quai du Louvre, zum wunderschönen Pont Neuf.

Der Maskenbildner zieht sie aus dem Wasser. Ein Junge hilft ihm dabei. Es handelt sich um den Jungen, den Jean-Baptiste bezahlt hat, damit er die Briefe überbringt.

»Wie heißt sie?«, fragt der Junge ernst. Es ist so früh am Morgen, dass es noch dunkel ist, und er hat so etwas noch nie erlebt.

»Sie hat keinen Namen«, sagt Jean-Baptiste und schüttelt traurig den Kopf. »Sie ist *inconnue.*«

Der Junge starrt ihn mit großen Augen an. Er wird die Erwachsenen nie verstehen, geschweige denn das Verhalten eines verliebten Mannes.

Sie tragen das arme Mädchen zum Leichenschauhaus hinter der Kathedrale Notre-Dame. Olivier Delen hat Dienst und kümmert sich so früh am Morgen um sie. Sie trägt keine Papiere bei sich, ihre Kleidung ist armselig und zerschlissen.

Sie ist immer noch wunderschön, und sie lächelt so süß. Jean-Baptiste macht einen Abguss von ihrem Gesicht, ihr letztes Porträt, ihre Totenmaske.

Sie wird neben einem obdachlosen alten Mann aufgebahrt, der in der Nacht auf einer Parkbank gestorben ist, und einer jungen Frau, die von einem Pferdefuhrwerk überfahren wurde. Im Kühlraum sind bereits Dutzende andere unidentifizierte Leichen. Sie bleiben dort einen Monat oder länger, in der Hoffnung, dass Verwandte sie als vermisst melden und nach ihrer Tante oder ihrem geliebten Onkel suchen. Es ist üblich, die Körper nackt auszustellen und die Kleidung danebenzuhängen – manchmal sind die Verletzungen so schwer, dass die Angehörigen die Kleidung statt des Gesichts identifizieren müssen. Tücher werden strategisch positioniert, um das Schamgefühl nicht zu verletzen.

Jean-Baptiste schickt den Jungen mit einer Nachricht zu der Adresse, die er so gut kennt: zum Atelier von Monsieur Maurice Desmarais.

Obwohl es erst früh am Morgen ist, kommt Maurice betrunken. Im Leichenschauhaus wartet schon eine lange Schlange. Die Menschen drängen sich wie vor den Schaufenstern eines Kaufhauses. Jean-Baptiste reiht sich in die Schlange ein.

»Bist du dir sicher, dass sie es ist?«, fragt Maurice.

»Gibt es denn solche Schönheit ein zweites Mal?«, antwortet Jean-Baptiste mit zittriger Stimme. »Einer der Angestellten hat mich holen lassen, damit ich eine Totenmaske mache. Ich bin mir sehr sicher. Kennst du ihren vollen Namen, damit wir die Familie benachrichtigen können?«

»Maurice schüttelt den Kopf. »Was hat sie nur dazu bewegt? Warum hat sie denn so etwas getan? Ich habe ihr doch ein Dach über dem Kopf gegeben und reichlich zu essen, sogar Schokolade. Du hättest sehen sollen, wie mager die kleine Feldmaus war, als ich sie das erste Mal getroffen habe.«

Die Schlange der Besucher schlurft langsam an den kalten Glasscheiben entlang.

Sie liegt in der Mitte. Maurice wirft sich gegen die Scheibe und starrt sie an.

»Sie ist immer noch so wunderschön«, sagt er. »Wie ist das möglich?«

»*Excusez-moi, monsieur.* Kennen Sie die Frau?«, fragt ein Mann aus der Menge. »Wenn Sie wissen, wer die Frau ist, sollten Sie das den Behörden melden.«

Jean-Baptiste flüstert Maurice zu: »Wenn du denen sagst, dass sie zu dir gehört, dann musst du für die Beerdigung aufkommen. Wenn du nichts sagst, dann kümmert sich der Staat darum. Sie wird in einem Armengrab auf dem Père Lachaise begraben werden.«

»Du hast recht«, sagt Maurice und nickt. Er scheint Schwierigkeiten zu haben, das Geschehene zu begreifen. »Aber ... ich kann nicht glauben, dass sie mir so etwas antut.«

»Es wird auch Stimmen geben, die behaupten, es sei kein Selbstmord gewesen«, murmelt Jean-Baptiste, als sie weitergehen. Er hat ihre Totenmaske gemacht, das Gesicht der Frau, die er liebt. »Die Leute haben die Verletzungen gesehen; sie denken vielleicht, dass es einen anderen Grund für ihren Tod gab. Es könnte einen Skandal auslösen, wenn man dich mit dieser Sache in Zusammenhang bringt.«

»Was sagst du da?« Maurice zuckt zusammen und weicht einen Schritt zurück. »Das ist doch nicht meine Schuld! Ich habe nichts damit zu tun! Ich habe nichts mit dem Tod des Mädchens zu tun ... vielleicht war es Clément – er war immer eifersüchtig, weil ich ihr nicht erlaubt habe, für ihn Modell zu sitzen. Ihn sollte man sich vorknöpfen, nicht mich. Ich kenne sie ja kaum; ich weiß nicht mal, wie ihr Nachname lautet.«

Sie verlassen das Gebäude auf der anderen Seite. Es ist kalt, aber sonnig. Über ihnen fliegen Tauben, die Glocken der Kathedrale läuten. Kinder laufen vorbei; zwei Studenten bleiben stehen und fragen:

»Gibt es heute irgendwas Interessantes zu sehen?«

Maurice und Jean-Baptiste tauschen einen Blick aus.

»*Il n'y a rien*«, sagt Maurice. »Nichts Besonderes.«

57

Gumbo köchelte auf dem Herd und verbreitete seinen würzigen Duft im ganzen Atelier. Armand hatte in einer obskuren Ecke eines Marktes Sassafrasblätter und Okraschoten aufgetrieben, und sie erwarteten Giselle, Thiérry und die Kinder sowie Delphine und Pierre-Guillaume, die mit dem Zug zu ihrer fünfundsechzig Jahre verspäteten Hochzeitsreise in Paris eingetroffen waren.

Armand hatte sogar Quentin eingeladen, um sich dafür zu bedanken, dass er sich um seine Katze gekümmert hatte. Gertrude ihrerseits hatte sich vollständig in der Moulage Lombardi eingelebt und trug den Gipsstaub auf ihrem ehemals schwarzen Fell mit Würde.

Es war nun zwei Wochen her, seit sie in die Stadt zurückgekehrt waren, seit sich Claires Welt auf den Kopf gestellt hatte. Sie versuchte, ihren Vater anzurufen, was ablief wie immer: Er war betrunken und streitlustig und nannte sie verrückt. Danach hatte sie Jessica angerufen.

»Ja, mir kam die ganze Geschichte mit dem Autounfall schon immer komisch vor.«

»Wieso denn das?«, fragte Claire.

»Es gab keine Beerdigung. Ich war damals alt genug, um mich zu erinnern. Du weißt ja, was hier für ein Theater um

Beerdigungen gemacht wird. Außerdem hat kaum jemand über sie gesprochen. Es kam mir einfach komisch vor, das ist alles. Na ja, ist ja auch egal. Für dich ist sie eben nach wie vor tot, nicht wahr?«

»Wahrscheinlich hast du recht. Hey, könntest du mir einen Gefallen tun und Remy bitten, dass er mir die Maske schickt?«

»Die was?«

»Er weiß, was ich meine. Es ist die Skulptur eines Gesichts, das ich vor langer Zeit auf Mammaws Dachboden gefunden habe. Mammaw hatte mich gebeten, sie zu reparieren, und ich denke, ich weiß jetzt wie. Remy hat meine Adresse: Er soll sie einfach an die Moulage Lombardi schicken.«

»Du bleibst also in Paris?«

»Zumindest eine Weile. Ich kann hier selbstständig arbeiten, es gibt viele web-basierte Aufträge von Leuten, die nach englischen Muttersprachlern suchen, die Französisch sprechen.«

»Aber leben möchtest du da drüben, ja? Hast du dich etwa verliebt?«

Claire sah durch die Fenster auf Armand, der sich über ein Projekt auf seiner Werkbank beugte. Sie bemerkte ihr eigenes Spiegelbild in der Scheibe: weißer Mantel, gipsverschmierte Hände.

Als ob Armand ihren Blick gespürt hätte, sah er von seiner Arbeit auf. Ein Lächeln spielte um seine Lippen.

»Es ist noch früh, aber ... ja«, sagte Claire. »Ja, ich habe mich verliebt.«

Da Claire wusste, dass die Franzosen nicht an scharfe Gewürze gewöhnt waren, hatte sie das Gumbo besonders mild zubereitet. Sie aßen draußen im Garten; Delphine und Pierre-Guillaume hatten Schwierigkeiten mit den Stufen und kamen deshalb durch den Seiteneingang und den Weg entlang. Die beiden unterhielten die anderen mit Geschichten aus dem Krieg und aus den Fünfziger- und Sechzigerjahren.

Als Armand die Käseplatte nach draußen brachte und die Kinder um Erlaubnis baten, aufstehen zu dürfen, machte Delphine eine Ankündigung:

»Pierre-Guillaume und ich haben darüber nachgedacht, Armand«, sagte sie und hielt den Arm ihres Mannes. »Und wir haben beschlossen, dass du unsere Totenmasken machen sollst, damit sie zwischen den anderen Familienmitgliedern hängen können.«

Giselle gab ein ungläubiges Seufzen von sich, und Thiérry legte ihr den Arm um die Schulter.

»Wollt ihr das wirklich, ja?«, fragte Armand.

»Ja. Würdest du das für uns tun?«, fragte Delphine.

Er nickte ernst. »Es wäre mir eine Ehre.«

Sie saßen alle eine Weile schweigend am Tisch, das Wissen um die Sterblichkeit wie ein ungebetener Gast unter ihnen.

»Claire möchte die fehlenden Masken gerne ersetzen und die Sammlung im Schloss wieder vervollständigen«, erzählte Armand. »Wir haben einige im Lager gefunden, aber die Maske für Jean-Baptistes Frau Mélusine fehlt.«

»Meine Großmutter wollte nicht, dass irgendjemand eine Maske von ihr macht«, sagte Delphine.

»Warum nicht?«

Sie zuckte die Schultern. »Vielleicht fand sie das unangemessen, wie Armands Vater. Meine Großmutter war sehr nett, wisst ihr, und nichts konnte sie aus der Ruhe bringen. Nicht einmal der Krieg. Sie hat sechs Kinder zur Welt gebracht und ihren kleinen Bruder großgezogen. Und sie war eine begabte Künstlerin.«

»Ich habe ein paar ihrer Arbeiten in Lods gesehen«, sagte Claire. »Sehr schöne Zeichnungen. Und Armand hat mir ihr Atelier gezeigt. Sie hat sich wohl nicht für Paris interessiert?«

Delphine schüttelte den Kopf. »Sie hat als junge Frau eine Weile hier gelebt, sich aber geschworen, nie zurückzukehren.«

Pierre-Guillaume holte eine eingewickelte Leinwand aus seiner Tasche.

»Das ist eines meiner Lieblingsbilder von ihr«, sagte Delphine. »Wir hatten es jahrelang in unserem Schlafzimmer hängen, aber Pierre-Guillaume und ich haben beschlossen, dass es hierhergehört, in die Moulage Lombardi. Es geht schließlich auch um Bildhauerei.«

Victorine und David kamen zum Tisch gelaufen, um zu sehen, was vor sich ging.

Das Ölgemälde zeigte die Sage von Galatea und Pygmalion, aber leicht uminterpretiert.

»Kennt ihr die Sage?«, fragte Delphine die Kinder. »Pygmalion war ein Bildhauer, der sich in eine seiner eigenen Skulpturen verliebt hat, Galatea, die schöner war als jede andere Frau. Und dann wurde sie zum Leben erweckt.«

»Aber in diesem Bild befreit sie sich selbst«, sagte Claire.

»*Exactement*«, erwiderte Pierre-Guillaume. »Vielleicht ist sie ihre eigene Muse geworden?«

In dem Gemälde stand Galatea auf einem Podest, ihre Füße waren immer noch Teil eines Blocks von weißem Carrara-Marmor. Der Bildhauer Pygmalion lag schlafend auf dem Boden, so als wäre er müde vom Liebesspiel. Galatea hatte sich Hammer und Meißel genommen und lehnte sich nach vorn, um die Füße aus dem Steinblock zu befreien. Sie meißelte ihre eigene Flucht.

Sie stand leicht vom Betrachter abgewandt, aber man konnte doch das leichte Lächeln auf ihrem hübschen Gesicht erkennen.

»Es ist das Lächeln von *La Joconde*«, sagte Pierre-Guillaume. »Es ist das Lächeln einer Frau, die es weiß.«

»Was weiß?«, fragte Victorine.

»Was nur eine Frau wissen kann«, sagte er.

»Du bist ein liebenswerter alter Narr, mein Pierre-Guillaume.« Delphine küsste ihn auf die stoppelige Wange.

An diesem Abend, als die Besucher gegangen waren und Claire und Armand den Abwasch machten, sagte Claire: »Ich habe eine verrückte Idee.«

Armand sah sie gequält an. »Mir schwant nichts Gutes.«

»Was, wenn *L'Inconnue* gar nicht gestorben ist?«

»Wieso haben wir dann ihre Totenmaske?«

»Vielleicht haben sie und Jean-Baptiste Lombardi sich verliebt, aber ihr Mann oder Liebhaber war gewalttätig, und sie haben sich gemeinsam einen Fluchtplan ausgedacht.«

Armand trocknete sich die Hände an einem Geschirrtuch ab. »Claire, du hast wirklich eine blühende Fantasie. Und du schaffst es, selbst einer tragischen Geschichte ein Happy End anzudichten.«

»Vielleicht hat er sie aufs Land gebracht, wo sie den Namen einer Meerjungfrau annahm – Mélusine –, weil sie fast im Fluss ertrunken wäre!«

Armand lachte.

»Moment mal, das meine ich ernst. Das würde auch erklären, warum Olivier Delen, ein Nicht-Lombardi, viele Jahre das Atelier geführt hat. Es war nicht deshalb, weil Jean-Baptiste das Land so liebte, sondern weil er Mélusine nicht in Gefahr bringen wollte. Und ihr ältester Sohn, Marc-Antoine, hat den Laden dann übernommen, und dann hat Pierre-Guillaume Delphine geheiratet, die Marc-Antoines Tochter war.«

Armand lachte immer noch.

Claire erstarrte. »Das würde bedeuten, dass du ein direkter Nachfahre von *L'Inconnue* bist!«

»Die, wenn es nach Claire Broussard ginge, ab heute gar nicht mehr *inconnue* wäre«, sagte er in liebevollem Ton. »Sie war bekannt unter dem Namen Mélusine Lombardi, lebte ein langes und offenbar glückliches Leben auf dem Land und hatte viele Kinder.«

»Wenn die Geschichte stimmt, dann war sie ja vielleicht noch am Leben, als mein Urgroßvater die Kopie der Maske gekauft und sie nach Louisiana geschickt hat.«

»Wo sie zerbrochen ankam und auf dem Dachboden lagerte.«

»Bis meine Mutter sie fand und der Adresse hierherfolgte.«

»Genau wie du.«

»Genau wie ich. Und weißt du was? Zumindest in diesem Punkt hat Mammaw nicht gelogen: Sie hat gesagt, ich würde auf ein Geheimnis stoßen, und das bin ich.«

»Auf mehrere sogar.«

Claire seufzte. »Ich wünschte nur, dass es eine Möglichkeit gäbe, die Geschichte mit *L'Inconnue* zu überprüfen. Wie kann ich das denn nur beweisen?«

»Gar nicht, fürchte ich. Aber weißt du, Claire, manchmal ist es schon in Ordnung, mit einem Geheimnis zu leben. Das Unwissen anzunehmen.«

»Erst *kintsugi* und jetzt das hier. Du bist ja ein echter Philosoph.«

»Die besten Philosophen sind Franzosen«, sagte er und reckte sein Kinn nach vorne. »Das weiß doch jeder.«

»Das musst du mit den Deutschen und den Chinesen ausmachen, aber ich bin ja nur Gast in deinem Land, also lasse ich es dabei bewenden.«

Armand zog sie sanft zu sich und legte die Arme um sie.

»Ich weiß nur, dass *L'Inconnue* dich hierhergeführt hat, zur Moulage Lombardi und zu mir. Und sie hat dir die Wahrheit über deine Mutter gesagt. Ist das nicht ziemlich viel für eine einfache Frau vom Land? Lass sie jetzt ruhen. Lass ihr ihre Geheimnisse.«

58 SABINE

Ihr ist kalt.

Eiskalt.

Der Aufbahrungsraum wird mit Eisblöcken und Ammoniak kühl gehalten, das mithilfe eines komplizierten Systems durch die Rohre gepumpt wird. Hier sind viele Tote: ohne Zuhause, ohne Freunde, von Gott und der Welt verlassen. Opfer von Suizid und Mord, Obdachlose, die das Wetter oder das Alter getötet hat.

Wie oft hat Maurice sie ermahnt: *Halt still, als wärst du tot.*

Sabine hat zugehört und gelernt. Sie weiß, wie man reglos wie eine Tote liegt. Und noch etwas hat sie von Maurice gelernt: Sabine schämt sich nicht, ausgestellt und fast nackt von Fremden angestarrt zu werden. Sie war schließlich *modèle de profession*. Ihr nackter Körper mochte vielleicht ausgestellt sein, aber ihre Seele gehörte ihr allein.

Letzte Nacht war sie in Panik geraten, als sie hinter sich Schritte gehört hatte. Sie rannte den ganzen Weg bis zum Quai du Louvre und suchte die Dunkelheit nach Jean-Baptiste ab. Er war da irgendwo; sie wusste, dass er da war.

Sie schaffte es zum wunderschönen Pont Neuf, der mit Skulpturen von Seejungfrauen und anderen Wesen des Meeres verziert war.

Und dann entdeckte sie ihn, ihre große Liebe, der unter der Brücke auf sie wartete.

Sie ließ sich ins Wasser fallen.

Kalt. Das Wasser riss an ihren Röcken. Sie hatte im Teich außerhalb ihres Dorfes schwimmen gelernt, aber das war in der Wärme des Sommers in ruhigem Wasser gewesen. Jetzt hatte ihr der Sprung den Atem geraubt. Durch die Kälte konnte sie kaum Arme und Beine bewegen. Die Strömung war stärker als erwartet. Die eiskalten Finger des Flusses griffen nach ihr und versuchten, sie in die Tiefe zu ziehen.

Starke Hände packten sie und zogen sie ans Ufer.

Es war nicht schwierig, tot zu spielen. Ihr war so kalt, ihre Gedanken so eingefroren wie ihr Körper, und Sabine brauchte einen Augenblick, um sich klar zu werden, ob sie nicht gerade wirklich aus diesem Leben glitt.

Zwei Hände trugen sie unter den Armen, zwei hielten ihre Knöchel. Sie trugen sie zum nahe gelegenen Leichenschauhaus. Jean-Baptistes Freund Olivier Delen öffnete ihnen und scheuchte sie hinein.

Sie legten sie hin. Jean-Baptiste zog ihr die nassen Kleider aus, wickelte sie in warme Decken und hielt sie. Olivier brachte ihr eine Tasse Tee nach der anderen. Der Junge saß mit großen Augen in der Ecke. Er teilte ihr Geheimnis.

»Kommt er mit uns aufs Land?«, brachte sie hervor.

»Was meinst du, meine Liebe?«

»Der Junge. Wenn Maurice ihn entdeckt ...«

Jean-Baptiste sah zu dem Jungen hinüber.

»Er erinnert mich an meinen Bruder«, sagte Sabine.

»Dann soll er dein Bruder sein«, sagte Jean-Baptiste. »Wenn er möchte, kann er mit uns aufs Land ziehen. Du kannst neue Namen aussuchen, und wir werden ein wundervolles Leben führen. Wir werden zeichnen und bildhauen und Trauben anbauen, um unseren eigenen Wein zu keltern.«

»Auf dem Land.« Sabine schloss die Augen und lächelte.

»Und nun«, sagte Jean-Baptiste mit seiner Stimme so weich wie ein Sommerregen, »schließ die Augen für mich, dann werde ich deine Totenmaske machen.«

Sie muss die Kälte noch ein wenig länger aushalten, bis Jean-Baptiste sichergestellt hat, dass Maurice sie gesehen hat. Der Junge ist losgerannt, um ihm eine Nachricht zu bringen. Er muss denken, dass sie tot ist, sonst wird er nie aufhören, nach ihr zu suchen, nach seiner widerwilligen Muse.

Eine Muse kann nicht gefangen gehalten werden, hatte Camille Claudel ihr erklärt. *Eine Muse muss frei sein.*

Die Muse sucht sich ihren Künstler aus, nicht andersherum.

Als sie dort liegt, mit geschlossenen Augen, reglos wie eine Tote, da beschließt Sabine, dass ihr neuer Name Mélusine sein wird. Weil der Fluss sie erschaffen hat, der Lehm, der nasse Gips, den Jean-Baptiste ihr über das Gesicht gestrichen hat.

Sabine Moreau starb in der Seine, verlassen und unbekannt, am 27. Februar 1898.

Mélusine Lombardi steht ein langes und glückliches Leben bevor.

Mit dem Künstler, den sie sich ausgesucht hat.

59

Claire öffnete die Kiste und schob das Verpackungsmaterial beiseite, um das Gesicht von *L'Inconnue* freizulegen.

Armand untersuchte die Scherben.

»Bist du sicher, dass du sie reparieren willst? Ich habe mir sagen lassen, dass du einen gewissen Einfluss in der berühmten Moulage Lombardi in Paris hast. Ich könnte dir eine neue besorgen – zu einem guten Preis.«

»Wir wollen die Narben nicht verstecken, sondern sie hervorheben, hast du das vergessen, Monsieur Lombardi Fontaine? Außerdem war sie meine Vertraute, als ich klein war. Man kann sie nicht einfach ersetzen.«

Er lächelte. Sie reinigten die Scherben von alten Klebstoffresten und Klebeband. Dann streute Armand Goldpuder in ein Schälchen mit Lack, und Claire mischte es unter.

Seite an Seite standen sie an der Werkbank und klebten das zerbrochene Gesicht von *L'Inconnue* Stück für Stück wieder zusammen. Ihre runden Wangen, die geschlossenen Augen, die Locken seitlich neben dem Gesicht. In den zackigen goldenen Linien konnte Claire ihre eigenen Wunden erkennen; sie wusste, dass die Narben, die ihre Seele zusammenhielten, so unschön sie auch sein mochten, stärker waren als das Gewebe, das sie ersetzten.

Claire hatte keine Angst mehr vor dem Wasser. Sie war bereit hineinzuspringen.

Sie tupften die letzten goldenen Stellen zurecht und traten einen Schritt zurück, um ihr Werk zu begutachten.

»Bleibst du in Paris, Claire?«, fragte Armand mit ruhiger, sanfter Stimme.

L'Inconnue lächelte, als ob sie Bescheid wüsste.

Anmerkung der Autorin

Die Maske der Unbekannten gibt es wirklich. *L'Inconnue* ist die Maske einer jungen Frau (ob Französin, Britin, Deutsche oder Russin bleibt ein Rätsel), die Ende des 19. Jahrhunderts lebte und sich der Legende nach in der Seine ertränkte. Ein Mitarbeiter des Leichenschauhauses war von ihrer Schönheit so fasziniert, dass er ihr Abbild für die Nachwelt bewahren wollte, und bat ein Mitglied der Familie Lorenzi darum, eine Totenmaske anzufertigen. Kopien sind auch heute noch in der großartigen Lorenzi Moulage d'Art zu erstehen, die sich inzwischen am Stadtrand von Paris befindet.

Im Laufe der Jahre behaupteten einige Experten, es könne sich bei dem Abdruck nicht um eine echte Totenmaske handeln. Das Modell müsse noch gelebt haben – der Hautton und das leichte Lächeln, das ihre Lippen umspielt, seien Anzeichen dafür. Einige spekulierten, sie sei womöglich die Tochter des Maskenmachers oder ein professionelles Modell gewesen.

Sicher wissen wir nur: Das bezaubernde Gesicht von *L'Inconnue* war von der Jahrhundertwende bis zum Ersten Weltkrieg in Künstlerkreisen ein überaus beliebter Wandschmuck und blickte auf das Schaffen zahlreicher Intellektueller, Kunstschaffender und Bohemiens in ganz Europa hinunter. Sicher wissen wir auch, dass Dr. Peter Safar, der eine lebensgroße Puppe für Reanimationsübungen entworfen hatte, für diese ein Gesicht suchte, und schließlich gemeinsam mit dem norwegischen Spielzeugmacher Asmund Laerdal Resusci-Anne entwarf, die die Züge der Unbekannten trägt.

Die arme junge Frau wurde also gewissermaßen millionenfach wiederbelebt. Vielleicht ertrank sie aber auch gar nicht erst. Meine Geschichte von *L'Inconnue*, die ich auf den Namen Sabine/Mélusine getauft habe, ist reine Erfindung.

Danksagung

Merci beaucoup an meine stets geduldige und wundervolle Lektorin Kerry Donovan, die mich ermutigt hat, auf mein Herz zu hören und über Paris zu schreiben. Danke an meinen Agenten Jim McCarthy, den besten Cheerleader, den man sich als Schriftstellerin wünschen kann. Außerdem vielen Dank an all die Lektoren und Designer und Künstler, die an dem endgültigen Produkt *Eines Tages in Paris* mitgearbeitet haben – dank euch ist ein tolles Buch daraus geworden!

Dank gebührt auch meinen Freunden und meiner Familie in Paris, in der Provence und in der Franche-Comté, besonders den Stauffeneggers, den Dartevels und den La-Croix. Danke auch an Françoise und Hubert Laugner für den fantastischen Aufenthalt im Elsass! Und danke an meine Südstaatenfamilie – den erweiterten Clan der Goodsons – für die schönen Kindheitserinnerungen und dafür, dass ihr mich, das Mädchen aus Kalifornien, immer daran erinnert, wie sich das Leben in Louisiana und in Texas anfühlt. Danke an meinen Vater Robert B. Lawes, dass er immer für mich da ist und mir mehr beibringt, als ihm bewusst ist. Und an Susan Lawes, die ihre frühe Leidenschaft für Kunst mit ihrer nervigen kleinen Schwester geteilt hat. Und danke schließlich an Carolyn Lawes, die blitzgescheit und lustig ist, eine echte Freundin und eine Schriftstellerinnenmuse und zu alledem auch noch meine Schwester. Kannst du bitte zurück nach Kalifornien ziehen, und zwar gleich jetzt?

Danke wie immer an meine Autorenfreunde, die wie ich dem Schreibfieber verfallen sind, insbesondere Sophie Littlefield, Rachael Herron, Victoria Laurie, Nicole Peeler, Adrienne Miller, Gigi Pandian, Martha White, Mysti Berry, Lynn Coddington, Lisa Hughey und Nicole Peeler. *Muchísimas gracias* meiner fabelhaften Assistentin und *amiga del corazón*, Anna Cabrera. Und meinen geduldigen Freunden, die mich immer unterstützen: Maddee James, Karen Thompson, Bee Enos, Susan Baker, Kendall Moalem, Muffy Srinivasan, Shay Demetrius, Suzanne Chan, Pamela Groves, Jan Strout, Chris Logan, Brian Casey, Wanda Klor, Cathy Romero und Mary Grae. Und an den ganzen Mira Vista Social Club, insbesondere an Oscars Eltern, Sara Paul und Dan Krewson. Und natürlich an Oscar; ich hoffe, du verzeihst mir, dass ich dich in diesem Buch Gertrude genannt habe. Das ist so eine Schriftstellermacke.

Zusätzlich zu den unzähligen Artikeln und Fotos, die ich in den Regalen der Bibliothek und im Internet gefunden habe, habe ich auch über den Bildern in Alex Toledanos *Paris in Photographs, 1890s* (Calla Editions, Dover Publications, 2015) gebrütet. Sehr schätze ich auch die Fotografie von Virginia Jones, die mir immer wieder das heutige Paris vor Augen führt.

Danke an Sergio, der mich in den Wahnsinn treibt, mich zum Lachen zwingt und mich jeden Tag mit Stolz erfüllt. *Et merci à* Eric, für die endlosen Abendessen, die unerschöpflichen Gläser Rotwein und seine Liebe und Freundlichkeit. Auch für das Verbessern meiner Französischkenntnisse.

Eines Tages werde ich das *ou* richtig hinbekommen. Danach können wir uns ja dann mein *r* vornehmen.

Und schließlich Dank an die *Lorenzi Moulage d'Art*, die mich – und so viele andere – inspiriert hat mit ihrer wundervollen Kunst, ihren Totenmasken und der Tradition des Abformens und Gießens. Wenn Sie je in der Nähe von Paris sein sollten, lassen Sie sich die Moulage auf keinen Fall entgehen! Ein Besuch lohnt sich, und vielleicht entdecken Sie ja auch das Gesicht von *L'Inconnue* an der Wand. Danke natürlich auch an die geheimnisvolle Unbekannte aus der Seine. Es war mir eine Freude, für dieses Buch ein alternatives Ende ihrer Geschichte zu entwerfen. Und vielleicht hat es sich ja genau so ereignet, wer weiß das schon?